AF563116

Cuentos populares y folclóricos chilenos

EL MUNDO DE LAS LETRAS

398.20983
C965p Cuentos populares y folclóricos chilenos /
Ramón Arminio Laval Alvear; estudio preliminar,
selección y acepciones de Manuel Dannemann.
1ª reimp., 1ª ed. – Santiago, Chile: Universitaria, 2017.
141 p.; 13 x 18,5 cm. – (El mundo de las letras)
Incluye notas a pie de página. Bibliografía: p.15.

ISBN Impreso: 978-956-11-2500-1
ISBN Digital: 978-956-11-2739-5

1. Cuentos populares - Chile.
I. Laval Alvear, Ramón Arminio, 1862-1929, comp. II. Dannemann, Manuel, ed.

© 2016, MANUEL DANNEMANN.
Inscripción Nº 262.011, Santiago de Chile.

Derechos de edición reservados para todos los países por
© Editorial Universitaria, S.A.
Avda. Bernardo O'Higgins 1050. Santiago de Chile.

Ninguna parte de este libro, incluido el diseño de la portada,
puede ser reproducida, transmitida o almacenada, sea por
procedimientos mecánicos, ópticos, químicos o
electrónicos, incluidas las fotocopias,
sin permiso escrito del editor.

Texto compuesto en tipografía *Adobe Garamond Pro* 11/13

Se terminó de imprimir esta 1ª reimpresión de la
PRIMERA EDICIÓN
en los talleres de Sociedad Ediciones Copygraph SpA
Carmen 1985, Santiago de Chile, en febrero de 2017.

DIAGRAMACIÓN
Yenny Isla Rodríguez

DISEÑO DE PORTADA
Norma Díaz San Martín

www.universitaria.cl

IMPRESO EN CHILE / PRINTED IN CHILE

Ramón Arminio Laval Alvear

Cuentos populares y folclóricos chilenos

ESTUDIO PRELIMINAR, SELECCIÓN Y ACEPCIONES,
MANUEL DANNEMANN

La publicación de esta obra fue evaluada
por el Comité Editorial de Editorial Universitaria
y revisada por pares evaluadores especialistas en la materia,
propuestos por Consejeros Editoriales de las distintas disciplinas.

EDITORIAL UNIVERSITARIA

ÍNDICE

ESTUDIO PRELIMINAR*

Manuel Dannemann

He aquí que el infatigable y muy extenso y prolijo trabajo de don Ramón Arminio Laval Alvear, dedicado a la búsqueda, a diferentes comentarios, a referencias bibliográficas y a significados de voces y expresiones, de "cuentos populares", como él los denominara, reaparece ahora a través de una reedición selectiva que decidiera hacer la Editorial Universitaria. Al respecto, de lo manifestado en estas líneas iniciales, se infiere la necesidad de especificar y precisar la dicotomía de cuentos populares y folclóricos**, en relación con el objetivo central de este libro que ahora se publica.

En cuanto al cuento popular o, mejor dicho, popularizado, él es el que alcanza una potente y amplia difusión, por lo común transmitida mediante una autolectura o una destinada no solo a su lector, sino que, en voz alta, a otro u otros receptores; manteniéndose, por consiguiente, en forma escrita, con una monotextualidad que debe respetarse, proveniente de un autor de nombre conocido, el cual le ha impuesto su sello personal.

Por su parte, el cuento folclórico, en algunos casos con una dispersión que abarca una mucho mayor cantidad de distintos

* Las acepciones propuestas después de los asteriscos en este Estudio Preliminar han sido proporcionadas por el autor de este Estudio.

** La doble grafía –fol**c**lore y fol**k**lore– que se halla en este Estudio Preliminar se debe a que en el año 1984 la Real Academia Española cambió la **k** por **c** en esta palabra (Diccionario de la Lengua Española, XX Edición); no obstante, hay quienes continúan escribiendo fol**k**lore.

grupos humanos, de diversas etnias, de múltiples niveles etarios y de educación formal, que el cuento popular, vive en la narración de multiversiones, esto es, en una práctica de oralidad, en eventos cuyos integrantes, en virtud de la pertenencia comunitaria que han logrado los cuentos folclóricos, se constituyen en comunidades folclóricas, en microsistemas de tradicional carácter local. Acertadamente, el gran estudioso norteamericano Stith Thompson, en su libro *The Folktale* (Thompson, 1946: vii-viii, 3-10), al describir este género, en especial la especie de maravilloso, conocida universalmente con el nombre alemán de Märchen, destaca la riqueza de sus contenidos, la fuerza de la estructura de su desarrollo episódico y su enorme propagación, que aún se pueden comprobar también en Chile en una incentivadora medida.

Si se pretende acotar estos planteamientos a la materia del libro en referencia, y proporcionar ejemplificaciones de las instancias de lo popular y de lo folclórico en lo concerniente a la narrativa, el cuento popular o, mejor dicho, "popularizado", como ya se dijera, es el que adquiere una amplia difusión en un sistema social, con ostensible predominio de una uniformidad cultural, y principalmente a causa de su autolectura o de la lectura que hace un lector para sí y otros receptores, que ya fueron señaladas, casi exclusivamente en un ámbito de educación formal, conservándose de manera manuscrita o impresa, en una monotextualidad que se respeta.

Entre los incontables ejemplos que se podrían dar de cuentos populares están los latinoamericanos *El vaso de leche*, del chileno Manuel Rojas, y la *Guerra de los yacarés*, del uruguayo Horacio Quiroga, cuyos admiradores siguen siendo numerosísimos, en varios lugares del mundo y en diferentes lenguas, de estos cuentos que nacieron como de arte literario para pervivir popularizados, y algunos otros hasta para "folclorizarse" mediante una re-creación.

Para entender el sentido y el funcionamiento del cuento folclórico es imprescindible comprobar severamente su narración y su recepción en la especificidad local de una comunidad, a cuyos miembros esta tradición cultural, la de contar cuentos, les pertenezca de una manera recíproca, así como también un corpus probatorio de relatos que, en permanente re-elaboración, ponga en evidencia la práctica de dicha tradición; porque el cuento folclórico, por mucho rigor con que se caractericen su forma, su contenido, su función, su estructura y sus factores contextuales y extratextuales, si no se lo "pone", cada cuento y cada vez que se lo narre, en su propia comunidad, en la que lo ha hecho auténticamente suyo, queda como un exponente genérico de la narrativa, sin que se lo descubra como un comportamiento folclórico en particular, comportamiento que solo –valga la reiteración– se demuestra en la eventualidad de este cuento, vale decir, en el transcurso de su uso narrativo, al que se llega a través de etapas selectivas, en un sistema social cuyos integrantes, narradores y auditores habituales se interpenetran anímicamente, a causa de la mutua pertenencia de tener un repertorio de cuentos, adquiriendo, de esta manera, un estado comunitario de homogeneidad, por heterogéneos que sean los atributos de esos integrantes en su diario vivir, antes y después de incorporarse a la comunidad descrita, la folclórica por excelencia (Dannemann y Quevedo, 1998: 312).

En síntesis, reafirmando lo ya expresado, lo válido es que un cuento folclórico, dicho orgánicamente, "contar cuentos folclóricos", lo sea para sus cultores habituales, permanentes.

Certeros ejemplos de la narración de esta clase de cuentos, vale recalcarlo, de existencia "eventualista", no textualista o de textos "inmóviles", son los del pícaro Pedro Urdemales, o los "maravillosos", unos y otros comunes y persistentes en Chile, a los cuales nos acercaremos con la ayuda de Laval.

¿Qué funciones preeminentes cumplen los cuentos "literarios", los "popularizados" y los "folclorizados" en los grupos que los cultivan?

Los primeros, satisfacer una aspiración de crear textos monoautorales para entregárselos a la sensibilidad y a la capacidad de comprensión de sus lectores y auditores; los segundos, conseguir una expansiva penetración de sus textos, también monoautorales, para esparcimiento de sus destinatarios; y los terceros, con textos poliautorales, vale decir, que cada narrador presenta en su propia versión, amenizar –*amoenus*– esto es, levantar el espíritu y dar un mensaje didáctico a sus narradores y auditores, lo que no puede generalizarse rotundamente para todas las clases de cuentos folclóricos, que más adelante serán diferenciadas entre sí, sino que, fundamentalmente, aplicarse a la de los llamados *Märchen*, vocablo alemán que acentúa lo mágico y que ha llegado a ser un tecnicismo internacional en los estudios de la narrativa (Brednich, 1982-2014).

Es oportuno en este Estudio Preliminar, después de la pregunta y de las respuestas sobre la funcionalidad de las tres clases de cuento, indagar acerca de la fundamentación y de los objetivos de este libro, que incumben aquí, sobresalientemente, a las narraciones folclorizadas, las de mayor presencia y sentido en esta reedición, en particular la especie de los cuentos maravillosos, por lo que sería válido decir que la principal fundamentación para ser estudiada en esta oportunidad –su por qué– viene de la importancia de reiterar el uso universal e inmemorial de una crecida cantidad de contenidos de estos cuentos, muy notoriamente de los que poseen la ya indicada denominación de *Märchen*. A su vez, el objetivo central –el para qué– busca entender cómo en este tiempo de la Humanidad, en el sistema étnico-social de Chile, están vigentes los cuentos folclorizados tanto en localidades de cultura aborigen como mestiza.

Pero, en cuanto a la dualidad de los popularizados y de los folclorizados, vale enfatizar que un cuento de los primeros puede "pasar", en ciertas condiciones de funcionalidad y de "situacionalidad", de lo popular a lo folclórico; así como un cuento de los segundos puede pasar de lo folclórico a lo popular, según el uso que se le dé, en ambos casos a un mismo texto, con las imprescindibles modificaciones y complementaciones propias de la re-creación de lo popular al transformarse funcionalmente en folclórico.

La narración de un cuento popular, leída o repetida de memoria, podría considerarse que sigue una línea horizontal de comunicación, transmisión y difusión, sin alterar ni la forma ni el contenido del respectivo cuento, desde su narrador hasta su receptor único o hasta sus receptores; a su vez, el relato de un cuento folclórico, que requiere siempre de la oralidad, dadas la espontaneidad y las diversas y constantes transformaciones que le introduce su narrador, sigue una línea circular, que envuelve al narrador y sus receptores, muy excepcionalmente solo uno, y varios de los cuales de una misma localidad, suelen conocer y narrar en sus oportunidades otras versiones del mismo cuento, o que en uno u otro caso al menos se hallan inmersos en la atmósfera anímica de una comunidad folclórica, cuyos miembros comparten, cual más cual menos, un evento de narrar, por el cual sus bienes culturales de narración llegan a ser propiamente folclóricos.

Tras estas reflexiones generales sobre el género del cuento será de justicia hacer algunos alcances a la persona y a la obra de Ramón Arminio Laval, en lo que implica a dicho género, quien se entregara con ahínco a reunir y estudiar cuentos folclóricos y populares de Chile, en circunstancias de que nadie habría pronosticado que este severo y eficientísimo funcionario público llegase a tener una inclinación tan apasionada y tesonera, como la que demostró respecto de estas clases de narrativa, más aún durante el primer cuarto del siglo xx, cuando una tarea como esta no se evaluaba como importante, y cuyas respectivas publicaciones aparecieron en el periodo que va desde 1909 hasta 1925.

Hoy, a los 86 años de su muerte, después de haberse podido acrecentar las pruebas filológicas de la magnitud y penetración de su trabajo en esa área, es factible atribuir su obsesión por descubrir el mundo de los cuentos y adentrarse en él, a dos causas prevalecientes: a la de hallar y apreciar un admirable e insospechado panorama de sus componentes en distintos lugares de múltiples países, en especial de los llamados *Märchen*, de contenido irreal, en gran medida mágico para la racionalidad, y por eso seductores, y, en segundo término, a la del poder, expreso o tácito, de estos cuentos fabulosos, los más próximos a la personalidad y al temperamento de Laval, de afinar e intensificar la sensibilidad de narradores y receptores mediante la emocionalidad que irradian los seres humanos y los no humanos, de estas pequeñas historias, así como sus objetos mágicos, la fuerza de la naturaleza en prodigioso movimiento, las situaciones y los medios ambiente, todos ellos inmersos en los contenidos de esta narrativa fascinante, cuyas otras especies obtenidas por Laval también se ejemplifican en este libro.

Ramón Laval nació en la ciudad de San Fernando, de la Región actualmente denominada del Libertador General Bernardo O'Higgins, el año 1862. Fue Oficial de Número en la Administración Principal de Correos de Santiago, de 1883 a 1891. Luego, en los últimos meses, ingresó a la Biblioteca Nacional, siendo nombrado Secretario de ella en 1905, y Subdirector en 1913, desempeñándose también como Director Interino.

Se incorporó a la Sociedad Chilena de Historia y Geografía en 1911, probablemente a sugerencia de Enrique Matta Vial, quien la había fundado el mismo año, y de la cual Laval fuera Secretario por más de catorce, y Director de la *Revista Chilena de Historia y Geografía* de la misma institución, también nacida por iniciativa de Enrique Matta.

El año 1923 pasó a ser miembro de número de la Academia Chilena de la Lengua, con un trabajo de incorporación sobre paremiología de Chile, por medio del cual puso de relieve su calidad de versado en la práctica de refranes como procedimientos de interpretación cultural.

Un autorretrato suyo, breve y modesto, es el que hizo presente a esta Academia, recordado por el Padre Alfonso Escudero en sus palabras de homenaje a él, en la Sociedad Chilena de Historia y Geografía, el año 1963: "Solo cuento en mi abono con la devoción que siempre he sentido por las letras y con el ansia de servirlas con la sinceridad y eficacia que mis cortos medios me proporcionen. He trabajado sin alarde, silenciosamente, en las horas que mis cotidianos quehaceres me dejaban libre, horas mezquinas para quien, como yo, he vivido esclavo de obligaciones que me veía en la precisión de cumplir hoy para asegurar la tranquilidad de mañana" (Escudero, 1963: 19).

En 1925 se acogió a jubilación, pero hasta el final de su existencia terrena, en 1929, continuó sin desmayo con sus afanes, indagaciones y escritos sobre las materias que lo atraían, en su mayor parte las de cultura folclórica y popular, en todas las épocas de su productividad.

Dejándose llevar por los pensamientos nostálgicos de su infancia, como a menudo les sucede a otros investigadores, Laval hizo una evocación de la cariñosa mujer que lo cuidaba a él y a sus hermanos en el hogar de sus padres, su "mama", como se llamaba en ese entonces, habitualmente, a quien tenía ese oficio y como preguntándose: "¿Y como olvidar a aquella excelente viejecita, la mama Antuca, quien nos cuidaba a todos los chicos de la casa como si fuéramos sus hijos? ¡Cuántos años han pasado desde entonces! Y sin embargo todavía me parece verla, con su carita arrugada, sentada al lado del enorme brasero, y nosotros, mis hermanos y yo, rodeándola, escuchando atentos sus cuentos maravillosos en que figuraban como principales personajes, cuando menos, un príncipe encantado, un culebrón con siete cabezas y los leones que dormían con los ojos abiertos; o las aventuras siempre interesantes del *Soldadillo*, de *Pedro Urdemales* o de *Puntetito*, aquel *Puntetito* que se tragó el buey al comerse una mata de lechuga, entre cuyas hojas se había ocultado el simpático chiquitín" (Escudero, 1963: 17).

Más tarde, en su edad madura y con las vivencias incentivadoras de sus trabajos de campo y de gabinete, llegó a tanto su constancia de pesquisas, que hasta en no pocos días durante los cuales pudiese haberse entregado al descanso, optó por seguir esa suerte de tentación, para ponerse directamente ante conductas y bienes de la cultura popular y de la folclórica, en su propio ámbito. Obsérvese una prueba de ello, según sus propias palabras: "En 1911 me propuse pasar las vacaciones en Carahue*, y,

* Según Laval, de *cara*: ciudad, y hue: *lugar*, que es como decir 'lugar en el que hubo una ciudad' lo que concuerda con la etimología propuesta por Ernesto W. De Moesbach (Moesbach, 1991: 46).

A las voces y expresiones que se hallan en los cuentos de esta selección, pero no en el *Diccionario de la Lengua Española*, de la Real Academia Española, o que estando en él poseen significados poco comunes o de manifiesta carencia de explicitud, que pudiesen dañar la comprensión de los contenidos de estos cuentos, se les ha anotado las acepciones que en rigor les pertenecen, a pie de página con una llamada de asterisco, en la que se indica si la procedencia de cada una de ellas es de un trabajo de Ramón Laval (RL) o de Manuel Dannemann (MD) sin necesidad de citarlo para este caso. Para más facilidad en la lectura de los textos narrativos, se han corregido las formas verbales que Laval transcribiera de los cuentos que recogía y publicó tal como los oyese, para contribuir a conservar un sello de autenticidad aparte de la gramática normativa, de lo que se exceptúan algunos ejemplos muy representativamente idiomáticos (véase pp. 83-92).

en efecto, un buen día, el 1° de febrero, tomé el tren nocturno del Sur, que parte de Santiago a las 6 P.M., y "..." después de un viaje interrumpido solo por hora y media de estada en Temuco, me encontré en aquel hermoso y pintoresco pueblo, asiento de lo que fue próspera ciudad de Imperial..." (Laval, 1916: 7).

Respecto de su objetivo de conseguir materiales, él recuerda: "Aunque Carahue es nuevo, como pueblo, no lo es como lugar habitado, y en él viven todavía personas ancianas, que allí aprendieron de sus padres cuanto saben, y allí también enseñaron a sus hijos lo que de sus mayores aprendieron. Esto quise recoger yo de sus labios, y aunque no tuve ocasión de hablar sino con dos buenos viejos, pues los más residen en el campo, en sitios apartados, me cupo la suerte de dar con un niño de unos doce años de edad, excelente narrador, de muy buena memoria, y de inteligencia viva y despejada. Su nombre es Juan de la Cruz Pérez, y su padre, José Nicanor Pérez, honrado obrero de Carahue, que le enseñó casi todo lo que sabe, falleció a la edad de 41 años en 1908, en Nueva Imperial, ciudad cercana, cabecera del departamento. A este niño debo la mayor parte de los cuentos y versos a que daré lectura (sic), los cuales con ser bastantes, son nada en comparación de lo que él me decía y demostraba saber. Yo creo que el niño Pérez habría podido estar un año refiriéndome cuentos; esta era su especialidad, y los decía con facilidad suma, sin equivocarse ni titubear" (Laval, 1916: 8-9).

Los resultados de la sostenida actividad de Laval en esta localidad sureña fueron publicados en Madrid, el año 1916, con el título de *Folklore-Hispano Americano. Contribución al folklore de Carahue (Chile),* con un sumario ordenado por el autor de la siguiente manera: I Supersticiones y creencias populares, II Poesía popular, y III Fraseología, dichos y refranes; las dos primeras áreas con diferentes divisiones temáticas, mucho más numerosas en la segunda que en la primera, once y dos, respectivamente

(p. 10). Sin embargo no se halla en este libro la materia de la narrativa, porque Laval resolvió concentrarla en una segunda parte de esta obra, la cual, que "debía contener las narraciones (tradiciones, leyendas y cuentos) ha permanecido inédita, y solo ahora nos es dado entregarla a la publicidad" (Laval, 1920: 389-390). Al respecto, es pertinente recordar que en esta segunda parte, según las nociones de este estudioso, se encuentra una tradición: "La laguna del espejo", llamada así porque junto a sus aguas cristalinas se peinaban antaño las mujeres de la vieja ciudad de Imperial; dos leyendas, en cierta medida hagiográficas: "La virgen y el labrador", y "La golondrina y el murciélago"; que contrastan en cantidad con los veintiséis cuentos aparecidos también en dicha segunda parte, publicada en los números 38, 39, 40, 41 y 42, del bienio 1920-1921, de la *Revista de la Sociedad Chilena de Historia y Geografía*, con un valioso manejo de fuentes comparativas y de referencias bibliográficas, y cuyo título completo, después del vocablo "Cuentos", agrega "recogidos en Carahue".

Pero once años antes de su aporte a la narrativa folclórica y popular que se indicara, con la alusión a los cuentos que recogiera en Carahue, y que se diese a conocer en esta revista, ya había realizado publicaciones breves, que anunciaban un proceso creciente, como la de "El cuento del Medio-Pollo" (1909: 526-538), o muy poco después, una más extensa, la de *Cuentos chilenos de nunca acabar* (1910), un año más tarde, la llamada "Sobre el cuento chileno: el pájaro azul" (1911); a las que se sumara su participación en *Cuentos de adivinanzas*, junto con la de Jorge O. Atria, Eliodoro Flores, Roberto Rengifo y Rodolfo Lenz (1912).

La laboriosidad de Laval y los frutos de sus estudios sobre la narrativa a la cual concierne este Estudio Preliminar, se continuaron apreciando en el primer cuarto del siglo XX, mediante sus *Cuentos populares en Chile* recogidos de la tradición oral (1923) y sus *Cuentos de Pedro Urdemales* (1925), que fueron precedidos, meritoriamente, por la colección de *Cuentos populares chilenos y araucanos recogidos de la tradición oral*, obtenida y publicada por Sperata Revillo de Saunière (Nos 21, 22, 23, 24, 1916; Nos 25, 26, 27, 28, 1917; Nos 29, 30, 31, 32, 1918), compañera de Laval en la Sección Folclore de la Sociedad Chilena de Historia y Geografía. Al respecto, puede aceptarse como más que probable el influjo que, de una u otra manera, hayan podido tener los trabajos sobre la señalada narrativa, de Laval y Revillo, en la obra principal, en tres tomos, sobre esta materia, de Yolando Pino Saavedra, *Cuentos folklóricos de Chile* (1960-1963), cuyos contenidos fueron acrecentados a través de la etnografía del *Atlas del Folclore de Chile*, proyecto iniciado y dirigido por el autor de este Estudio Preliminar (Dannemann y Quevedo, 1985).

Los libros sobre narraciones de tradición oral, como se las ha llamado en Chile por sus estudiosos, en particular por Laval, movieron a Alfonso Escudero, profesor de literatura de la Pontificia Universidad Católica de este país, y entusiasta admirador de don Ramón Arminio, a publicar, el año 1968, una serie selectiva de relatos recogidos por Laval, la que se realizara por medio de la Editorial Nascimento, que siempre sobresaliera por contribuir a la difusión de la cultura chilena (Escudero, 1968).

Esta acertada reedición incluyó ejemplos procedentes de los ya mencionados *Cuentos chilenos de nunca acabar*, de *Tradiciones, leyendas y cuentos populares recogidos en Carahue*, de *Cuentos populares en Chile recogidos de la tradición oral*, y de *Cuentos de Pedro Urdemales*, que se complementó con un anexo sobre "Fórmulas iniciales y finales de los cuentos populares en Chile"; que corresponde al anexo II puesto por Laval en su trabajo acerca de las narraciones de Carahue, que deja en evidencia la meticulosidad de la obtención de textos por este estudioso, proporcionando, a la vez, elementos entretenedores y didácticos.

Los proyectos de investigación en sentido estricto sobre la narrativa folclórica y la popular de Chile, con formulaciones teóricas propiamente tales, con objetivos específicos, con métodos rigurosos, y, por lo tanto, con conclusiones bien determinadas, inferidas de las anteriores, han logrado comprobar en este país la vigencia de ocho clases de cuentos, según la comprensión diferenciadora que de ellas tienen sus cultores, los cuales han sabido constituir un ordenamiento empírico, que configura el género que cautivó a Laval.

A continuación se describen muy resumidamente estas ocho clases.

El chascarro

Es de breve extensión y de contenido jocoso, con la finalidad prioritaria de divertir a personas de diferentes edades; en algunos casos con fines de crítica social, acentuando defectos de los seres humanos. Su corta extensión concuerda con la simplicidad de sus temas, los que son, por lo común, de rápido desarrollo, con escasa cantidad de episodios.

El cuento de adivinanza

Posee esta denominación porque a través de su relato se va resolviendo la incógnita propuesta por una adivinanza, cuyo solo enunciado no lo permite conseguir gracias al ingenio y la inteligencia, como ocurre con la adivinanza común; por lo que esta clase de cuento, que al concluir su narración soluciona una proposición enigmática, también sea entendido como una adivinanza-cuento, con predominio de uso entre personas adultas.

El cuento de animales

Sus actores son animales personificados, en los que se muestran virtudes y defectos de las personas. Su moraleja, de tenerla, se encuentra implícita al término de su narración, esto es, sin expresarla, como sucede acostumbradamente en las fábulas. Este procedimiento de la personificación lo hace atractivo, especialmente para niños.

El cuento de consejos

Por su condición y objetivo principal es de índole sentenciosa, con notable función didáctica e influjo en la educación informal de adultos y de personas mayores.

El cuento de fórmula

Por lo general es de temática simple y se distingue por el uso de microepisodios, según sus dos subclases:

La que emplea una aliteración lineal de un hecho, que se prolonga largamente hasta que el narrador decide darle término o el receptor lo hace por aburrimiento; como acontece con el pato que persigue a una pata, y que es reemplazado por una "interminable" secuencia de patos. De ahí que a esta subclase se le denomine de *nunca acabar*, y que sea poseedora de una básica función lúdica para divertir a niños pequeños, con la insistencia de la repetición de la fórmula respectiva, como se observara en la ejemplificación de esa subclase, proveniente de Ramón Laval.

Una segunda subclase obedece a una disminución o un aumento de una cantidad inicial de personas o animales, como en el relato de los diez perritos, cuyo dueño, en una sucesión descendente, los pierde uno a uno, hasta quedarse sin ninguno, con lo cual concluye forzosamente este cuento, cuya subclase a la cual pertenece también muestra la preeminencia de un propósito de entretención infantil.

El cuento maravilloso

"Hoy ha disminuido su práctica narrativa, principalmente la que corresponde a textos de larga extensión, difíciles de memorizar, reemplazados en algunos sistemas sociales por formas y asuntos que propagan abundantemente el cine, la radio, la televisión, la computación, y otros medios de comunicación social de técnica más avanzada, que, obviamente, bien pueden utilizarse para orientar y estimular significados profundos de la cultura".

"No obstante, todavía se comprueba la existencia de cuentos maravillosos en ciudades y sectores rurales de Chile, con predominio de asuntos pródigos en aventuras de atractivos personajes y de acontecimientos mágicos...", la que ya fuera evaluada en este país, la primera vez, por el distinguido estudioso chileno Yolando Pino Saavedra (1964). "También, en cuanto a esta clase de cuentos, conviene tener muy presente sus peculiaridades dialectales, en lo que hace a su léxico, a su sintaxis y a su fonética, las que influyen en su comunicación, difusión y recepción (Dannemann, 2007: 140)".

"La fuerza comunitaria que tiene esta clase de cuentos, en gran medida proporcionada por los componentes de su temática, que profundizan la sensibilidad y los recursos de transmisión de los buenos narradores, logra resultados sorprendentes de receptividad y de incorporación afectiva de sus auditores. Se crea así un diálogo emocional que estimula el vuelo de la imaginación y el poder de la fantasía, que todos los seres humanos llevamos en nuestro interior, por lo que debemos agradecer a estos cuentos y sus narradores que nos alejen de lo rutinario, de lo mecánico, de lo trivial, trasladándonos a regiones, a tiempos, a circunstancias, a acciones, que producen un especialísimo reencuentro del hombre con la libertad de su naturaleza" (Dannemann, 2007: 140-141).

El cuento picaresco

En esta clase, la burla, con mayor o menor picardía, constituye una característica básica, manifestándose desde una manera inocente hasta la de ofensa y de la cercana a la crueldad, la mayoría de las veces, con una línea satírico-jocosa, demostrándose que la ignorancia y la candidez de las personas burladas son las causas de las condiciones del desenlace del relato, más que la astucia y otros medios de persuasión usados por el burlador, como bien lo reconoce Ramón Laval en el prólogo de sus *Cuentos de Pedro Urdemales* (Laval, 1996: 15-16).

Es notorio que esta clase de cuentos se ha creado con el afán de divertir a chicos y grandes, debiéndose considerar que son sus finales, con frecuencia sorpresivos, los que provocan la mayor hilaridad. Frente a esta aseveración puede aparecer una semejanza funcional entre la ya descrita clase de los chascarros y la de los cuentos picarescos; sin embargo, ambas difieren en que las narraciones de la primera son, por lo común, de menor extensión que las de la segunda, y, además, porque los protagonistas de la primera tienen habitualmente una existencia social genérica, mientras que los de la segunda están individualizados, específicamente determinados, pudiéndose reconocer que en Chile las subclases de más relevancia de cuentos picarescos son las que viven en torno a los siguientes personajes: al aludido Pedro Urdemales, al Soldadillo, a Quevedo y al grupo familiar de Bertoldo, Bertoldino y Cacaseno (Dannemann, 2011: 178), respecto del cual es oportuno decir, dado su exiguo conocimiento en América Latina, que "Bajo este título se reúnen constantemente tres relatos populares, de los cuales el primero, Bertoldo, y el segundo, Bertoldino, son de Giulio Cesare Croche (1550-1609) y el tercero, Cacaseno, que continúa los otros dos, del monje Adriano Banchieri (1567-1634)"... "la primera edición importante de las tres obras reunidas es de 1620" (*Diccionario literario de obras y personajes de todos los tiempos y de todos los países*, sin fecha).

Estos cuentos picarescos, por obra y gracia de sus protagonistas, tienen su raíz en relatos españoles, en su mayor parte de tradición oral, que llegaron a ser exponentes del mestizaje cultural hispanoamericano, producido en distintas localidades del Nuevo Mundo y en diversas épocas, como se ha comprobado en investigaciones que, sin menoscabo para ellas, requieren de acrecentar su amplitud e intensidad (Dannemann, 2007: 145-149; 2011: 178), lo que llevaría a descubrir nuevas fuentes esclarecedoras para los estudios comparados, como las que surgen del libro *Francisco de Quevedo. Poesías y Chistes. Selección y prólogo de J. Álvarez del Castillo,* que entregara dos ejemplos con vigencia en Chile: el del clavo en la herrería y el de ser conocido Quevedo hasta por sus nalgas, libro el cual pude conocer gracias a mi colega, el Dr. Constantino Contreras, de connotado prestigio en los estudios sobre cultura popular y folclórica en Chile (Quevedo, 1962: 34-36, 39-40).

El cuento religioso

Las especies de esta clase se destacan porque sus personajes principales poseen atributos divinos o condiciones de santidad, de la religión católica, decisivos para el desarrollo y el desenlace del relato, sea por su presencia física directa o por su relación anímica con los seres humanos que participan en el respectivo cuento.

Este universo narrativo de ocho clases no responde a una clasificación en rigor, a una sistematización, sino que, reafirmando lo ya expresado al plantear su existencia, constituye un corpus empírico por decisión de sus usuarios, que les permite percibir el conjunto de estas clases como un repertorio global de narraciones y diferenciarlas entre sí, en circunstancias de que Ramón Laval, con su experiencia, su capacidad y su sensibilidad, ha de haberse percatado de estos hechos, a juzgar por las observaciones que efectúa en sus obras acerca de cuentos, algunas desprendidas, directa o indirectamente, de las referencias bibliográficas sobre las cuales se apoyó siempre con honestidad y tesón.

Podría afirmarse que una de estas clases, la de los chascarros, fue de las menos apreciadas por don Ramón Arminio, y, por eso, de las con menor presencia en sus recolecciones y estudios; entre otras razones, sea por encontrarse débilmente en la órbita global de la narrativa a la cual dedicara sus afanes, sea porque los ejemplos que le habrían dado indicios de ella carecieran, en su mayor parte, de la autonomía para verificar su existencia, limitándose a ser simples "chistes", aunque cabe considerar que algunas de estas ejemplificaciones pertenecerían a dicha clase, como la del cuentecillo que publicara en su artículo "Del latín en el folk-lore chileno", basándose sobre su familiaridad con esa lengua, como alumno en la Recoleta Dominica; vale decir, que tendría trazas de chascarro el que se reproduce a continuación, si bien la participación en él de un sagaz soldadillo le proporcionaría un matiz picaresco.

"Un fraile en traje de paisano, un estudiante y un soldadillo, todos tres desertores, el primero de su convento; el segundo de la universidad en que estudiaba, y el tercero del cuartel en que servía, se encontraron en un camino, hambrientos, sin dinero y sin vislumbrar otra comida que un miserable huevo que encontraron entre la yerba. Tomándolo el estudiante y dándole vueltas entre sus manos, dijo: 'Señores, si dividimos esta triste postura de gallina entre los tres, nos vamos a quedar en la misma situación que antes, si no con hambre mayor; el objeto es tan pequeño que no admite división provechosa, y por tanto propongo que se lo coma uno solo; y para saber quién ha de ser este feliz, lo echaremos a la suerte'".

"Aceptó el soldadillo, pero el fraile que era muy *alicurco** y tenía más agallas que un *pescado***, temiendo no ser favorecido, contestó al estudiante: 'ya que los tres de la compañía somos personas a todas luces ilustradas, propongo que se adjudique el huevo a aquel que eche un mejor latín'. El estudiante, que por las tapas conocía el *Arte de Nebrija*, sin sospechar que el de la proposición fuese un ex fraile, aceptó, y el soldadillo, sin inmutarse, se *atracó**** al parecer de la mayoría.

Entonces el estudiante, rompiendo una de las extremidades del huevo, que aún estaba en su poder, dijo: 'Huevis, hueveris', y muy *cocoroco***** se lo pasó al apóstata. Este lo cogió con la mano izquierda, con la uña del índice de la derecha retiró el pedazo de cáscara rota y haciéndose como que espolvoreaba sal sobre la parte que quedó descubierta, exclamó: 'Accipie sal sapientiae' y pasó muy satisfecho el huevo al soldadillo. Este, a su vez, lo tomó también con la izquierda le echó la bendición con la derecha, y diciendo al mismo tiempo: 'consummatum est' se lo tragó de un sorbo. Con lo cual demostró saber mucho más latín que los otros dos" (Laval, 1910: 23-24).

La búsqueda y la obtención de cuentos realizadas por Laval con una meticulosidad y una paciencia dignas de todo encomio,

* Sagaz.

** Envalentonado.

*** Se sumó.

**** Vanidoso.

tuvieron como máximo atractivo el campo de los maravillosos, como él mismo lo recalca en la síntesis introductoria de sus "Tradiciones, leyendas y cuentos populares recogidos en Carahue", de la cual se transcriben, a continuación, algunos fragmentos muy significativos para adentrarse en la existencia de personajes, hechos y situaciones de esta clase de narrativa (Laval, 1920: 392-397).

"En los cuentos populares en Chile no figuran hadas buenas o malas, ni ogros ni dragones. El papel que en los cuentos europeos desempeñan las hadas buenas corre en Chile a cargo de viejecitas o de animales, que al fin resultan ser la Virgen María, San José, el ángel guardián del héroe o algún otro personaje celeste; el de las hadas malas está reservado a las brujas que siempre son viejas y horribles. Los ogros son reemplazados aquí por gigantes, bandidos y brujas, o por culebrones, o por otra clase de monstruos, y los dragones por serpientes de una o siete cabezas. Los brujos masculinos no toman parte en nuestros cuentos".

"Los protagonistas se cansan, a veces, de estar en sus casas o en sus pueblos, y muy niños casi siempre, 'salen a correr o a rodar tierras, por ser hombres y por saber'. Suelen ser tres hermanos que marchan juntos hasta un lugar en que el camino se divide en tres y cada cual toma por el suyo, comprometiéndose a reunirse en el mismo sitio en que se han separado, después de cierto tiempo. Es increíble la facilidad con que los héroes matan gigantes y hacen volar la cabeza a toda suerte de monstruos. Es cierto que raramente se sirven para ello de sus solas fuerzas, ni de armas ordinarias, pues cuentan, por lo general, con el auxilio de una varillita de virtud que han recibido de una viejecita o de algún ser extraordinario, y a la cual vasta con decirle: 'Varillita de virtud, por la virtud que Dios te ha dado (haz) que suceda tal cosa', para verse complacidos".

"El campo en que se mueven es un bosque, un palacio, un castillo, una ciudad encantada, una cueva el fondo del mar; rara vez el aire".

"Los reyes y los príncipes son muy campechanos; hablan con sus súbditos de igual a igual y ejecutan los trabajos que hace cualquier persona ordinaria; se casan con una campesina o cualquiera muchachita pobre, como si eso fuera lo corriente".

"Los reyes reciben el tratamiento de *Su Sacarrial Majestad* (Su Sacra y Real Majestad) y cuando prometen algo lo cumplen indefectiblemente, porque 'palabra de rey no puede faltar'. Por lo regular tienen tres hijos, que llevan los nombres más vulgares, y de estos, el menor es siempre el preferido, el más afortunado y el que después de muchas aventuras se casa con una princesa a quien desencanta y libra de la custodia de algún desaforado gigante, o de un culebrón que, como la hidra de Lerna, tiene siete cabezas".

"En los cuentos que tienen por protagonista a una mujer, suele ser la heroína la menor de tres hermanas, que es la más bella y más virtuosa de las tres, y, por lo tanto, odiada y perseguida por las dos mayores, feas y desgarbadas. Esta hermana menor, o hija de un primer matrimonio, es la que se casa con un príncipe, las más de las veces encantado, y cuyo encanto ha logrado romper después de grandes sacrificios y cuidados".

Los animales, como en las fábulas, hablan en los cuentos, entre sí y con los hombres, lo cual no llama absolutamente la atención de las personas que los cuentan o los escuchan, como si ello fuese la cosa más natural del mundo. Con excepción de la zorra, la vaca, la yegua, la lora, y la hormiga, y en uno la cordera, los animales que actúan en los cuentos son machos".

"La mayor parte de los cuentos que siguen pueden calificarse de universales. ¿Cómo vinieron a Chile? ¿Cómo llegaron a radicarse en Carahue? Seguramente no los llevó allí ni un francés ni un italiano ni un alemán. El trabajador de Carahue no cultiva relaciones con los poquísimos extranjeros que residen en el pueblo, que son ricos y miran al *roto**, de arriba para *abajo***. Muchos de los que me los contaron no saben leer, y sus padres y sus abuelos tampoco conocieron la cartilla. No queda otra cosa, pues, sino aceptar que estos cuentos han llegado a nosotros por la tradición oral, transmitidos de padres a hijos, tal vez desde la conquista española".

Parece extraño, y hoy es indescifrable, que Laval se haya referido a "muchos" narradores de cuentos que se los pudiesen haber entregado en Carahue (1920: 396), y que antes (1916: 8) expresara que en ese mismo lugar no tuvo "ocasión de hablar sino con dos"... "buenos viejos", ... "si bien le cupo la suerte de dar con un niño de unos doce años de edad, excelente narrador, ... Juan de la Cruz Pérez..."; lo segundo ya recordado en la página 17 de este Estudio Preliminar. Sin embargo, añade que le debe gratitud a J. Del R. Elgueta y Francisco Gómez, "quienes hasta ahora han continuado favoreciéndome con el envío de nuevos materiales" (1916: 9).

Quizás algunos de ellos fueron cuentos narrados.

Según lo informado por Laval sobre su tarea de "recoger" cuentos –como él decía– al indicar antecedentes de quienes se los transmitían, especialmente en cuanto a los maravillosos, se comprueba que su procedimiento más usual era el de manuscribir los textos que le dictaban sus colaboradores-narradores, como lo habían hecho en Alemania los hermanos Guillermo y Jacobo Grimm, en el primer cuarto del siglo XIX. Así, sin descuidar su buena letra, llenaba páginas y páginas que a veces alcanzaban para un solo cuento, con la cantidad de más de 20 impresas, comprobable, entre otros ejemplos en el cuento "Hermosura del

* De mala apariencia y de muy escasos recursos materiales.

** Despectivamente.

mundo o el castillo de los tres azuelazos*". "Contado por Tránsito González, maestro carpintero de Choapa y de 57 años de edad. Me lo refirió en Peñaflor en 1922" (véase *Revista Chilena de Historia y Geografía* Nº 50, 1923: 113-136).

Como en este caso, los nombres de sus "donadores" de relatos, con sus correspondientes localidades de residencia y sus respectivas actividades principales y sus edades, fueron anotados con frecuencia por él, mostrándose la preponderancia cuantitativa de ellos en la aún denominada zona central de Chile, la que abarca, respecto de lo que se indica, la Región Metropolitana de Santiago, la Región del Libertador General Bernardo O'Higgins, la Región del Maule, a las que se suma la localidad de Carahue, en la que hoy es la Región de La Araucanía.

Don Ramón Arminio no utilizaba transcripciones fonéticas, y llego a pensar que si hubiese usado alguna, tratándose de narraciones, como las que él recogía, la habría omitido, absteniéndose de ajustar sus anotaciones a un textualismo purista, que no siempre puede ser exacto, y que, de todos modos, habría requerido de un paralelo con su texto en castellano de escritura común; pero tampoco cayó en la tentación de corregir morfológica y sintácticamente, de modo genérico y estricto normativo, los textos orales que le dictaban sus colaboradores durante larguísimas jornadas.

En él prevaleció el propósito de aportar conocimientos y de entretener a quienes leyesen o narrasen, por completo o parcialmente, los cuentos que él había reunido, por encima de exigencias técnicas lingüísticas, preservando, sí, la comprensión orgánica y simple de narraciones que pudieran contribuir a ensanchar la cultura y a respetar comportamientos sociales de ella. "Con

* De azuela, herramienta para desbastar, compuesta por una plancha de fierro y un mango de madera.

su modestia y prudencia que fueron algunas de sus virtudes, rehuyó hacer proposiciones teóricas y conceptuales, que para él no eran de su dominio y nunca se hallaron entre sus propósitos. Su meta, como culminación de sus objetivos, era la de 'recoger' expresiones tradicionales chilenas entregadas por sus propios usuarios, y de divulgarlas para contribuir a tomar conciencia de una identidad nacional, construida sobre múltiples identidades locales" (Dannemann, 2010: 40-41) como las que emanan de las narraciones de los cuentos que lo incentivaban para alcanzar esta meta, con el acicate de las complementaciones de ella, como las indicadas fórmulas de anuncio del inicio y de reconfirmación del término, de estos cuentos, una de las cuales, de las primeras, se ejemplifica a continuación, sobresaliendo la diversidad de las partes de su léxico y su propósito de jocosidad.

"Para saber y contar, y contar para saber; 'estera y *esterita*'*, para secar peritas; estera y 'esterones', para secar *orejones***; no le *eche**** tantas *chacharachas***** porque la vieja es muy *lacha******; ni se las deje de echar, por que de todo ha de llevar; pan y queso, para los tontos lesos; pan y harina, para las monjas capuchinas; pan y pan, para las monjas de San Juan. Fin del principio y principio del fin" (Laval, 1921: 377-382).

Así como merecen elogiarse su obtención y publicación de cuentos, muy en particular de los maravillosos, asimismo fueron sobresalientes sus esfuerzos que le permitieron un uso de fuentes de consulta halladas en publicaciones de estudiosos de renombre, en su mayoría europeos, entre muchos otros del alemán Johannes Bolte, del español Francisco Rodríguez Marín, del

* Estera y sus derivados, tela gruesa de diferentes materiales.

** Torrejas de durazno (melocotón) secadas al sol.

*** Diga.

**** Seguidilla de palabras con escasa o ninguna coherencia entre ellas.

***** Con inclinación de conquista sexual.

francés Paul Sébillot, del italiano Giuseppe Pitrè, del portugués Teofilo Braga, del norteamericano Aurelio Macedonio Espinosa, y de latinoamericanos, como el cubano Fernando Ortiz y el puertorriqueño Augusto Malaret, sin omitir al profesor alemán de la Universidad de Chile, el Dr. Rodolfo Lenz, fundador iniciador de la Sociedad de Folklore chileno, el año 1909, de quien Laval era cercano, como uno de los fundadores de esta Institución, que en 1913 pasara a ser la Sección de Folklore de la Sociedad Chilena de Historia y Geografía, calidad que mantiene hasta hoy (Dannemann, 2008: 40).

Con respecto de estas dos áreas, la de su trabajo de campo y de difusión mediante publicaciones de los resultados de él, por una parte y de su esmeradísima y eficaz tarea comparativa de textos de cuentos chilenos con los de distintos tiempos y lugares, por la otra, se abren incógnitas de inhallable solución completa.

¿Cuánta dedicación, qué cantidad de tiempo, entregaría Laval a la recolección de largos cuentos, esto es, de los maravillosos de denso contenido de inverosimilitudes, en circunstancias de que nunca dispuso tampoco de muy prolongados periodos para ello?

Ante la imposibilidad de una respuesta del todo satisfactoria, sería pertinente apelar a su constancia y a su fascinación por esta clase de relatos, sin que se pueda ir mucho mas allá de esta aproximación a este enigma.

¿Y cómo conseguía descubrir las abundantes fuentes extranjeras de consulta sobre la narrativa, y ponerlas en interrelación con los contenidos de los cuentos que él recogía, las más de las veces de los narradores que se los entregaban?

Es probable que su pertenencia a la Biblioteca Nacional le haya procurado vías para llegar a ellas; pero, básicamente, sus indagaciones de notable motivación personal deben haberlo impulsado a encontrarlas de una u otra manera también en otras áreas, tal vez con el apoyo del aludido filólogo Rodolfo Lenz, eximio consultor de una amplia bibliografía internacional sobre cuentos maravillosos.

Por lo tanto, en lo que hace a estas fuentes en cuanto a Laval, ha quedado más constancia de ellas mismas que de los procedimientos para lograrlas.

A través de estas dos actividades complementarias se demuestra su vigoroso autodidactismo, de ostensible productividad, con una invariable raíz intelectual y un profundo espíritu de orden, virtudes que estuvieron siempre unidas a su afectividad, en un equilibrio de saber, querer y hacer, tanto es sus estudios como en los cargos que sirvió como en su vida de familia, con una ejemplar dignidad.

En lo que concierne a la materia que le da nombre a este libro, la de los cuentos populares y de los folclóricos, la cual se ha planteado y examinado con insistencia en este Estudio Preliminar, así como han surgido preguntas directas e indirectas acerca de la obra de Laval sobre la narrativa, ahora sería apropiado, para una mejor comprensión de ella, efectuar otra más, en lo que incumbe a la denominación completa para Laval de dicha materia, que proviene de su trabajo publicado en la *Revista Chilena de Historia y Geografía:* "Cuentos populares en Chile recogidos de la tradición oral" (Nos 48-52, 1922-1923).

Sería inadmisible no enfatizar, aunque someramente, la presencia de la voz *tradición* en este título, la cual fuera de gran importancia, casi obligatoria para la noción de folclore en los tiempos de Laval, y aún hoy muy recurrente en proposiciones de estudiosos sobre ella, pero con un sentido circunscrito de la tradición como transmisión, sin aproximarse siquiera de modo estricto al concepto que va mucho más allá de la transmisibilidad de lo tradicional, sugerido por primera vez a cabalidad para la cultura folclórica por el suizo Richard Weiss, del cual traduzco algunos fragmentos que he seleccionado sobre el particular.

"La tradición no se halla en las cosas, sino que en la creencia en la tradición, la cual consiste en una permanente cualidad anímica de las personas" (Weiss, 1946: 15).

"Mediante ella obtienen los bienes culturales el significado de bienes folclóricos tradicionales. Siempre se van a producir nuevos bienes tradicionales, a los que se les dará un nimbus de lo antiguo, de lo valioso, de lo justo, de lo noble, de lo santo" (Weiss, 1946: 15).

Aunque Laval no explicitó el proceso mismo de transmisión y el carácter de valoración, de los cuentos que estudiara, principalmente con el nombre de populares, es incuestionable, según sus anotaciones, comentarios y referencias bibliográficas, que dio a entender la tradición como un traspaso social por herencia, del género de la narrativa, como un legado con sus forzosos cambios, y también como una pertenencia comunitaria funcional para sus usuarios, en la creencia de que este género constituye un patrimonio propio y representativo de ellos.

Valga como prueba de lo expresado lo que el mismo Laval refiere en su síntesis introductoria de "Tradiciones, leyendas y cuentos populares recogidos en Carahue" (Laval, 1920: 392-397) en cuanto a narradores que aceptan y hacen suyas creencias racionalmente inverosímiles en sus cuentos, incorporadas a su tradición, como acontece con el juego de formulaciones contrastantes, que incluyo aquí en una de las versiones obtenidas de mi excelente colaborador Elbardo Ulloa, de la hacienda El Principal, comuna de Pirque, Región Metropolitana, al interpretar esta suerte de contrapunto psíquico, después de finalizado el relato del cuento en el que aparecía el hecho que la causara.

"¿Cómo iba a ser posible que ese joven tuviera un caballo que caminara una legua por cada tranco que daba?" (ver p. 55).

"Yo creo que no podría ser cierto".

"Pero está tan bien contado, que puede ser verdad".

Todavía una reflexión más, destinada a recorrer y a observar, con la mayor atención posible, el mundo de los cuentos, anunciado en este Estudio Preliminar, más allá de la dicotomía de su nomenclatura enfatizada en estas páginas.

¿Qué cuentos, los populares o los folclóricos, recogería Laval a través de las narraciones de ellos, en su mayoría provenientes de quienes se los entregaban de un modo directo, con una sola versión de cada cuento, que guardaba como una joya, para luego hacerla llegar a sus lectores, y que él había adaptado idiomáticamente para su fácil comprensión?

¿Eran unos u otros los que llegaban por consiguiente a él, navegando en los vientos huracanados o en las aguas mansas, de la tradición oral de sus narradores, conservados y admirados por quienes los habían hecho suyos?

Esta pregunta, tal vez no planteada hasta hoy de manera tan perentoria, y que ratifica la bivalencia de la popularización y de la folclorización de textos reunidos por Laval y por otros investigadores, muy en especial con respecto de los cuentos maravillosos, mueve a pensar, rigurosamente, en que don Ramón Arminio no pudo, por las condiciones precarias de su tarea etnográfica, sino que recoger, en su inmensa mayoría, cuentos que, por la ocasional función de entrega a él y por la forma de esta entrega, tenían, en el correspondiente evento, una transitoria calidad de populares, pero que eran, textualmente, los mismos que por su uso cultural, social y anímico adquirían una función folclórica cuando se narraban en sus sistemas comunitarios, a los que Laval no habría tenido acceso, porque se lo impedía su involuntaria carencia de recursos técnicos de recolección audiovisual, el poder reproducirlos como procesos y no tener que limitarlos a unidades textuales; pero, no por eso, dejándolos de dar a conocer en su integridad y en su legitimidad, como aportes de un patrimonio representativo de quienes los compartían y los sentían genuinamente propios, narrados con las finalidades de amenizar y de enseñar, de un modo reiterativo, con un contenido central desarrollado en episodios, y, asimismo, con cambios en consonancia con cada una de sus versiones, entre otros, en sus fragmentos temáticos secundarios, en sus elementos léxicos y en la expresividad emocional de su relato; de esta manera, podría decirse que cada cuento folclórico tiene durante su práctica un "subautor narrador".

Los cuentos que escuchaba y anotaba Laval, de momentánea existencia popularizada, también tenían un "subautor narrador" en mayor o menor medida, pero él no podría haber efectuado un examen comparativo de sus distintas versiones, porque estas no se encontraban a su alcance, en circunstancias de que ello no era uno de sus objetivos.

Con respecto de los contenidos de estas versiones de cuentos, los cuales, según su funcionalidad de cultura, pueden entenderse como populares o folclóricos, de acuerdo con lo planteado en el Estudio Preliminar de esta edición, se decidió efectuar una selección de narraciones con preponderancia de las peculiaridades de las distintas especies del género, de las presuntamente atractivas para una amplia gama de lectores, y, ojalá, también para numerosos narradores con sus respectivos receptores, unos y otros con percepciones espóntaneas o hábilmente guiadas de modos de ser de la chilenidad, manifestadas en un arte de narrar ameno y didáctico, con asombrosas construcciones sintácticas y grandes repertorios léxicos, sin que se pueda prescindir de la pregunta de cómo serían los elementos fonéticos característicos de los narradores de los cuentos recogidos por Laval, o de cuáles serían las manifestaciones corporales de ellos, tal vez no pocas de propósitos histriónicos.

Así surgió una "reselección" de relatos, con la presencia espiritual de don Ramón Arminio, con dieciocho de *Tradiciones, leyendas y cuentos populares recogidos en Carahue* (1920); con doce de *Cuentos populares en Chile recogidos de la tradición oral* (1923);

con diez del libro *Cuentos de Pedro Urdemales* (1996), con dos de "fórmula" y con siete de "nunca acabar", estos dos últimos pertenecientes a *Cuentos chilenos de nunca acabar* (1910), no obstante poseer los que llevan la palabra "nunca" una expresa conclusión.

En ese mismo orden se hallan en el corpus narrativo de este libro los de estructura y contenidos más densos y pródigos en simbolismos, hasta los de estructura y contenidos más simples; vale decir, una curva descendente, cuyo inicio se comprueba en los maravillosos, se reduce a muy pocos otros sin el carácter mágico de los antes nombrados, disminuye en los de Pedro Urdemales, hasta alcanzar su menor intensidad en los "de nunca acabar" y en los "de fórmula".

Los méritos de Laval respecto de la narrativa popular y folclórica de Chile han llevado a la Editorial Universitaria a publicar una nueva selección de distintas clases de cuentos concernientes a su trabajo de estudio e investigación, en circunstancias de que la inmediata selección anterior fue la de Gastón Soublette, Marisol Robles y Verónica Veloz, en el libro *Sabiduría chilena de Tradición Oral (Cuentos),* que comprende cinco relatos "escogidos, tomados de la Antología" –se omite su nombre particular– "realizada por don Ramón Laval a comienzos del siglo pasado", que incluye sendas interpretaciones de los autores (2013).

La más reciente edición, hasta hoy, la de Editorial Universitaria ya mencionada, es un nuevo logro de proporcionar determinados bienes culturales chilenos a quienes se interesen por ellos desde muy distintas perspectivas, desde la enseñanza escolar hasta las humanidades y las ciencias sociales, que deben agradecer a la capacidad, a la constancia, al talento, de don Ramón Arminio Laval Alvear, muy principalmente a su apasionado afecto por la chilenidad y por su empuje en difundirla.

Como a este libro se decidiese darle una difusión generalizada, esto es, para cualquier interesado en su materia, se redujo a una medida razonable su aparato crítico en lo que concierne a comentarios, a propuestas lexicográficas y a referencias bibliográficas, que permitiese una apropiada lectura comprensiva de él.

Las narraciones que siguen, en el Capítulo I del curpus narrativo, componen un conjunto orgánico de función predominantemente ejemplarizadora, en distintos planos y modos de plantearla, que Laval presenta libre y simplemente, con su sencillez acostumbrada, pareciera que a través de una amplia secuencia de etapas de recolección, sin un orden preestablecido para agrupar sus ejemplos en clases temáticas, obviamente con su mayoritaria predilección por los textos de desarrollo y desenlace maravillosos, de mágicas sublimaciones, con el enfrentamiento de símbolos del bien con el mal, en el que se impone la victoria del primero con su durísimo e implacable aleccionamiento.

El autor de este Estudio Preliminar expresa el reconocimiento que le atañe a Eduardo Castro Le-Fort, por su iniciativa de publicar esta obra y por darle el apoyo requerido para ese fin.

Bibliografía

Banchieri Adriano (1567-1634). *Cacaseno,* en *Diccionario literario de obras y personajes de todos los tiempos*, tomo II, Barcelona, Montaner y Simón S.A. (sin fecha)*.

Brednich Rolf W. *Enzyklopädie des Märchens*, Berlin-New York, Walter de Gruyter, 1982-2014.

Croche Giulio (1550-1609). Bertoldo, Bertoldino, en *Diccionario literario de obras y personajes de todos los tiempos*, tomo II, Barcelona, Montaner y Simón S.A. (sin fecha).

Dannemann Manuel y María Isabel Quevedo. *Atlas del folclore de Chile. Introducción. Comentarios a la Carta Base,* Santiago, Imp. divest, 1985.

* La primera edición importante de estas tres obras reunidas es de 1620.

DANNEMANN MANUEL y MARÍA ISABEL QUEVEDO. "El cuento folclórico en Chile". *Revista Chilena de Historia y Geografía*, Santiago, Nº 158, 1990: 311-341.

DANNEMANN MANUEL. *Cultura Folclórica de Chile*, Santiago, Editorial Universitaria S.A., 2007.

DANNEMANN MANUEL. "Ramón Arminio Laval, Benemérito Estudioso de la Cultura Folclórica Chilena". *Revista Chilena de Historia y Geografía*, Nº 170, 2010: 40-41.

DANNEMANN MANUEL. *El Mester de Juglaría en la Cultura Poética Chilena. Su Práctica en la Provincia de Melipilla*, Santiago, Editorial Universitaria S.A., 2011.

ESCUDERO ALFONSO M. "Palabras del P. Alfonso M. Escudero en el Homenaje a los Señores Thayer Ojeda, Greve y Laval", *Revista Chilena de Historia y Geografía*, Santiago, Nº 131, 1963: 5-21.

LAVAL RAMÓN A. "El cuento del Medio-Pollo", *Revista de Derecho, Historia y Letras*, Buenos Aires, 1909: 526-538.

LAVAL RAMÓN A. "Del latín en el folk-lore chileno", *Revista de la Sociedad de Folclore chileno*, Santiago, tomo I, Entrega 1ª, 1910. 3-25.

LAVAL RAMÓN A. *Cuentos chilenos de nunca acabar*, Santiago, Imp. Cervantes, 1910.

LAVAL RAMÓN A. "Sobre el cuento chileno: El pájaro azul", *Revista Chilena de Historia y Geografía*, Santiago, Nº 2, 1911.

LAVAL RAMÓN A. *et al. Cuentos de adivinanzas corrientes en Chile*, con una introducción y notas comparativas de Rodolfo Lenz, Santiago, Imp. Universitaria, 1912.

LAVAL RAMÓN A. Folklore Hispano-Americano. Contribución al Folk-lore de Carahue (Chile) Madrid, Imp. Clásica Española, 1916.

LAVAL RAMÓN A. "Tradiciones, leyendas y cuentos populares recogidos en Carahue", *Revista Chilena de Historia y Geografía*, Santiago, Nºs 38, 1920; 39, 1920; 40, 1920; 41, 1921; 42, 1921.

LAVAL RAMÓN A. "Fórmulas iniciales y finales de los cuentos populares en Chile", *Revista Chilena de Historia y Geografía*, Santiago, Nº 42, 1921: 377-382.

LAVAL RAMÓN A. "Cuentos populares en Chile recogidos de la tradición oral". *Revista Chilena de Historia y Geografía*, Santiago, Nºs 48, 1922; 49, 1923; 50, 1923; 52, 1923.

LAVAL RAMÓN A. *Cuentos populares en Chile recogidos de la tradición oral*, Santiago, Imp. Cervantes, 1923.

LAVAL RAMÓN A. *Cuentos Populares Chilenos*. Selección y Estudio de Alfonso M. Escudero, OSA, Santiago, Editorial Nascimento, 1968.

LAVAL RAMÓN A. *Cuentos de Pedro Urdemales*. 2ª edición. Estudio y edición de Micaela Navarrete. Santiago, LOM Ediciones, 1996.

MOESBACH ERNESTO WILHELM D. *Voz de Arauco*, 3ª ed., Temuco, Editorial Millantú, 1991.

PINO YOLANDO. *Cuentos folklóricos de Chile*, Santiago, Editorial Universitaria, tomo I, 1960; tomo II, 1961; tomo III, 1963.

PINO YOLANDO. "Persistencia y riqueza de los cuentos folklóricos en Chile", *Revista de Etnografía*, Porto, Nº 6, 1964: 295-302.

QUEVEDO FRANCISCO DE. *Poesías y chistes. Selección y prólogo de J. Álvarez del Castillo*, México D.F., Editorial Divulgación, 1962.

REVILLO DE SAUNIÈRE, SPERATA. "Cuentos populares chilenos y araucanos recogidos de la tradición oral", *Revista Chilena de Historia y Geografía*, Santiago, Nos 21-32; 1916-1918.

SOUBLETTE GASTÓN, MARISOL ROBLES y VERÓNICA VELOZ. Sabiduría chilena de tradición oral (Cuentos) Santiago, Ediciones Universidad Católica de Chile, 2013.

THOMPSON STITH. *The Folktale*, New York, Holt, Rinehart and Winston, 1946.

WEISS RICHARD. *Volkskunde der Schweiz*, Erlenbach-Zürich, Eugen Rentsch Verlag, 1946.

Retrato de Ramón Laval.
Gentileza de la Sociedad Chilena de Historia y Geografía.

FAMILIA LAVAL MANRIQUE

Sentados: Ercilia Manrique de Laval, Ramón Arminio Laval Alvear.
De pie: de izquierda a derecha, Teresa Laval Manrique,
Eduardo Laval Manrique, Enrique Laval Manrique,
María Laval Manrique.

Gentileza del Dr. Enrique Laval Román, nieto de don Ramón Arminio.

Capítulo I
Cuentos Maravillosos*

* Los significados de las voces y expresiones de los cuentos de esta edición, no incluidos en el *Diccionario de la Lengua Española,* Madrid, Real Academia Española, 1984, así como algunas observaciones de Laval, que requieren de una apropiada comprensión de los textos de estos cuentos, se indican a pie de página, donde se hallan las aludidas voces y expresiones, mediante llamadas de asteriscos, añadiendo la abreviatura (RL), si ellas provienen de la obra de Laval, y (MD) si fuesen propuestas por el autor del Estudio Preliminar de este libro.

EL TAHÚR O LA HIJA DEL DIABLO*

Han de saber que estos eran dos viejecitos, marido y mujer, que vivían en un miserable rancho, como a una legua de distancia de la ciudad.

No tenían sino un hijo, que se llamaba Pedro, y al cual, cuando estuvo en edad conveniente, lo pusieron en el colegio. Pero era un muchacho flojo y se excusaba de ir a la escuela alegando que estaba muy lejos. Cuando sus padres lo obligaban a ir se quedaba en el camino, zanganeando con otros niños de su edad, tan flojos como él.

Sin embargo, dos cosas le entretenían: pelear y luchar con sus compañeros de ociosidad y jugar a las cartas, y a ambas se entregaba con placer. En las dos llegó a ser habilísimo; los muchachos temían la fuerza de su brazo y sus puños imponían respeto; en el juego era maestro, tanto, que no escapó persona del pueblo y de los alrededores a quien no ganara.

La suerte lo acompañó siempre, de modo que siendo aún muy joven, era uno de los más ricos del país. Viéndose con tanto dinero, llevó a sus padres a la ciudad y los estableció con un almacén para que sin gran trabajo pudiesen vivir sus últimos años tranquilamente y con holgura.

En la ciudad nadie quería ya jugar con él. Esto lo desesperaba, porque la pasión del juego lo dominaba por completo. Se propuso entonces ir a otra parte a buscar competidores, y cuando se estaba preparando para emprender viaje, se le presentó el

* En varios de los cuentos –en su minoría– anotados y publicados por Laval, antes del comienzo de ellos, él incluyó el nombre, el lugar, la actividad y la edad, de quien le había dado a conocer cada uno de ellos; pero, a veces, esta información quedó incompleta, por lo que el autor del Estudio Preliminar de este libro optó por excluirla del todo, más aún que su ausencia no influye en los objetivos de esta obra.

Diablo en la puerta de su casa, acompañado de una mula cargada con dos sacos de monedas de oro.

"A jugar contigo vengo", dijo el Diablo.

"Bien venido sea", contestó Pedro, "porque ya me iba aburriendo. Vamos a ver si es tan diablo como dicen".

"Comencemos y verás, y ha de ser luego; porque tengo unas diligencias urgentes que hacer. Pero antes, da vuelta para la pared esos santos que tienes ahí colgados".

Volvió Pedro los santos, e inmediatamente comenzó el juego con gran entusiasmo.

Bien puesto dejó Pedro su nombre, porque en un dos por tres los dos sacos de oro, con mula y todo, pasaron a su poder.

Cuando el Diablo se vio sin plata, propuso a Pedro que se jugaran ellos mismos. Pedro aceptó. Al primer juego salieron patas; volvieron a jugar, y también salieron patas; se jugaron por tercera vez, y ninguno de los dos ganó. Entonces dijo el Diablo:

"Luchemos, y el que primero eche al suelo por tres veces a su contrario, ese gana y se lo lleva".

"Convenido".

Salieron al patio a luchar. Se desnudaron de la cintura para arriba, se abrazaron y comenzaron a forcejear. Los dos eran muy forzudos; no se sentían más que los resoplidos que daban de la fuerza que hacían, y el sudor les caía a chorros. Esto duró largo rato, pero al fin Pedro logró tender al Diablo en el suelo. Empezó la lucha de nuevo, y de nuevo Pedro *botó** al Diablo. Pero el Diablo venció después a Pedro por tres veces seguidas.

"Eres mío", le dijo, "pero no quiero abusar". "Tienes tres meses de plazo para arreglar tus asuntos e irte a mi casa".

* Tendió sobre el suelo (MD).

"Tú ya sabes, yo vivo en la ciudad de *Garabito*...*. Toma este machete, que te servirá para el camino".

Se fue el Diablo.

Arregló Pedro sus negocios en un par de días y se dijo:

"Días más, días menos ¿qué más da? lo que se ha de hacer mañana mejor es que se haga hoy". Y se echó seis pesos a la cartera, tomó el machete y partió en busca de la ciudad de *Garabito*.

Anduvo y anduvo muchos días, hasta que por fin llegó a una montaña y se encontró con un zorrito.

"¿Sabe, amigo, por casualidad, dónde está la ciudad de *Garabito*?".

"No lo sé, señor, pero tal vez mi mamá pueda darle noticia".

Fueron a preguntárselo a la mamá del zorrito, pero también lo ignoraba. Sin embargo:

"¿Quién sabe?", dijo, "¿si mi compadre león, que es tan andariego y *trajinante***, la conozca? Anda tú, hijo, y encamina a este caballero a donde mi compadre; pueda ser que él sepa en dónde está esa ciudad".

Y la zorra mató una gallina, la coció y se la dio a Pedro para el camino.

Salieron Pedro y el zorrito y llegaron a la casa del león, ya bastante tarde. Presentó el zorrito a Pedro, y este, después de los saludos de costumbre, preguntó al león si había oído nombrar la ciudad de *Garabito*.

* "Ser un Garabito" –explica Montoto y Rautenstrauch– "unas veces se dice del chisgaravis o cascaruleta, y otras del tahúr y fullero, o del jugador muy diestro". (*Personajes, personas y personillas que corren por las tierras de ambas Castillas*, t. II, p. 271). No deja de ser curioso que la voz *Garabito*, que no se usa absolutamente en Chile, se conserve en este cuento y se repita, aunque como nombre de una ciudad a donde va un tahur, por personas completamente iletradas.

** Caminante incansable (MD).

"No la he oído mentar en toda mi vida, pero es casi seguro que mi compadre *traro** la conoce".

Mató el león un cordero; asó un costillar y se lo dio a Pedro para el camino. Después le dijo a un leoncito nuevo:

"*Endilga*** a este caballero a donde mi compadre traro".

Llegaron a donde el compadre traro.

"Buenas tardes, compadre traro", saludó Pedro.

"Buenas tardes, compadre Pedro", contestó el traro.

"Por aquí me trae una diligencia, y es saber si usted me puede decir dónde se encuentra la ciudad de *Garabito"*.

"Nunca he oído hablar de ella, compadre Pedro; pero quién sabe si mi compadre *jote**** la conozca".

Y mandó a uno de los traros nuevos que lo fuera a encaminar.

Llegaron a donde el *jote*.

"Buenas tardes, compadre *jote*".

"Buenas tardes, compadre Pedro".

"Traía un *duán*****; a ver si usted sabría en qué parte está la ciudad de *Garabito"*.

"No lo sé, compadre; pero es muy posible que alguno de mis hijos la conozca. Yo me paso encerrado en la casa, ellos son los que salen".

Descolgó el compadre *jote* una corneta y la hizo sonar, y comenzó a llegar una multitud de *jotecitos*, hijos del *jote* viejo.

"¿Han oído hablar ustedes de la ciudad de *Garabito*?".

Ninguno la había oído nombrar; pero le dijeron que, quizás *Cuchufito******, que todavía no había llegado, pudiera suministrar datos, porque ese era él más andariego de todos.

* Ave de rapiña, *Polyborus vulgaris*.

** Encamina, muestra el camino (MD).

*** Ave rapaz, *Vultur aura* (MD).

**** Voz mapuche: diligencia, encargo (RL).

***** Borrachín (MD).

Tocaron la corneta más fuerte que antes, y solo después de mucho rato llegó el *jotecito* rezagado. Venía por *estas cruces de Dios**, "como que me voy, como que me caigo". Tan borracho que a duras penas podía tenerse. Le preguntó el jote padre por qué se había demorado tanto, y contestó que porque había estado en la ciudad de *Garabito*, conversando con el Diablo.

"¿Y podría usted llevarme allá?", le preguntó Pedro.

"Cómo no, pues", respondió *Cuchufito*, "y hasta con los ojos cerrados; conozco el camino como las palmas de mis manos".

Se acostaron a dormir y poco rato después todos roncaban que era un contento, menos Pedro, que, preocupado, no pudo pegar los ojos en toda la noche. Al pobre no le quedaba ya más que un día para cumplir los tres meses que le había acordado el Diablo.

Se levantaron en cuanto Dios amaneció y se pusieron en marcha.

Cuchufito preguntó a Pedro:

"¿Lleva plata para el camino, *amigazo***? Mire que a mí me gusta echar un trago de vez en cuando y el dinero se me ha acabado; no me queda ni media *chirola**** siquiera".

Pedro le entregó los seis pesos que llevaba y al *jotecito* se le rio la cara del gusto: nunca había tenido tanta plata junta.

"Vea, amigo", le dijo a Pedro, "yo soy muy agradecido, y en prueba de ello tome esta pluma" (y se sacó una del ala derecha y se la pasó). "Llévela, que para algo le servirá. Yo lo voy a acompañar hasta el pie de una mata de *boldo***** que hay a orillas de una laguna; a las doce del día llegarán allí tres patas, que son hijas del Diablo; la que llegue más atrás, que se llama Mariquita trenzas

* Estar ebrio (RL).

** Coloquialmente, amigo de mucha confianza (MD).

*** Moneda de 20 centavos (RL).

**** Boldo: *Peumus boldus*. Árbol autóctono chileno (MD).

de oro, se va a dejar caer derechito para abajo. Entonces usted le dice a esta plumita: 'Dios y un pescadito debajo del agua', y se deja caer, convertido en pez, cerca de donde esté desnudándose Mariquita trenzas de oro. En cuanto Mariquita se meta al agua, usted se vuelve hombre, tal como es; toma las trenzas que ella habrá dejado en la orilla juntas con su ropa, y se esconde detrás de la mata de boldo. Cuando ella salga del agua y no encuentre sus trenzas de oro, dirá: '¿Dónde están mis trenzas de oro? ¿Quién me las ha escondido? Al que me las entregue yo lo libraré de los peligros en que llegue a encontrarse'. Entonces usted se las entrega, y ya puede estar tranquilo".

Condujo *Cuchufito* a Pedro hasta la mata de boldo y allí lo dejó. Poco después, a las doce en punto, llegaron tres patas a bañarse. Desde lejos las divisó, y sacando la pluma dijo: "Dios y un pescadito debajo del agua", y convertido en pececillo, comenzó a nadar y se ocultó entre unas piedras, mientras Mariquita entraba a bañarse.

Mariquita se sentó encima de las piedras, se desvistió y enseguida se sacó las trenzas de oro, las colocó encima de la ropa y se zambulló en el agua. Inmediatamente salió Pedro, cogió las trenzas, se ocultó detrás del tronco del boldo y esperó.

Cuando Mariquita se puso a vestir, echó de menos sus trenzas, y no encontrándolas, exclamó:

"¿Dónde están mis trenzas de oro? ¿Quién me las ha escondido? Al que me las entregue yo lo libraré de todos los peligros en que llegue a encontrarse".

Entonces Pedro, saliendo de su escondite, preguntó:

"¿Qué dice, señorita?".

"Que al que me entregue mis trenzas de oro yo lo libraré de todos los peligros en que llegue a encontrarse".

"Yo me encuentro en un serio peligro, y espero que usted me librará de él".

Y le entregó las trenzas.

"Confíe usted en mí. ¿Y se puede saber para dónde va?".

"Cómo no, pues. Voy para la ciudad de *Garabito*, a casa del Diablo, con quien tengo que verme hoy mismo".

"El Diablo es mi padre, y cuente que con él no le irá muy bien. Sin embargo, cuando él le mande hacer algún trabajo, acuérdese de mí y yo lo ayudaré".

Y Mariquita trenzas de oro, convertida en pata, emprendió el vuelo.

Pedro se puso en marcha para la ciudad de *Garabito*, cuyo camino le había mostrado el *jotecito* antes de irse; y como le molestara el machete que tres meses antes le había entregado el Diablo, lo disparó lejos, diciendo:

"¿Para qué quiero esta porquería? ¡Para lo que me ha servido!, ¡más es lo que me estorba!".

A poco andar llegó a la ciudad. El Diablo salió a encontrarlo y en vez de saludarlo le preguntó:

"¿Y el machete, qué lo hiciste?".

"Se me vino adelante, no lo pude sujetar".

"¿Conque se te vino adelante, no? El haberlo arrojado te va a costar muy caro. Mañana, de madrugada, vas a sembrar este trigo encima de aquellas piedras, y a las doce me traerás pan amasado con la harina del trigo que coseches".

"Se hará, señor".

Muy temprano se levantó Pedro al día siguiente, tomó el trigo que le había entregado el Diablo el día anterior, se echó un chuzo y un azadón al hombro y andando, andando, se fue a hacer la siembra.

Las piedras eran muy duras y por más que trató de cavar en ellas, nada pudo conseguir. Cansado, se tiró al suelo y se quedó dormido.

Ya iban a ser las doce cuando llegó Mariquita trenzas de oro, lo despertó y le dijo:

"¿Qué hubo del trabajo que te mandaron hacer?, ¿sembraste el trigo?, ¿lo cosechaste?, ¿lo moliste? ¡Ya tendrás hecho el pan! Lo que es yo, ya tengo la comida preparada".

"El trabajo me dio sueño y me quedé dormido".

"Todo eso está muy bueno, pero mientras tanto mi padre va a llegar. Yo no quiero que te *pille**".

Y agregó:

"Dios dé trigo encima de estas piedras;... que se esté sembrando;... que brote;... que madure y se seque;... que se siegue;... que una máquina lo trille,... y un molino lo muela,... y un panadero haga el pan,... y un horno lo cueza".

Y a medida que pronunciaba estas palabras, lo que ella decía se iba haciendo; de manera que cuando terminó, el pan estaba hecho. Púsolo en un canasto y pasándoselo a Pedro le dijo:

"Toma, llévaselo a mi padre, que ya debe de estar en la mesa esperando".

Cuando Pedro le entregó el pan al Diablo, este le preguntó:

"¿Cómo has hecho este pan?".

"Como se hacen todos los panes, pues. Usted me mandó que lo hiciera y yo lo hice. Cuando el hombre quiere hacer una cosa, la hace no más".

"Si es así, mañana me vas a hacer otro trabajo: me desaguarás aquel pozo que está allí, con este balde".

Y le pasó un harnero.

Pedro se fue donde la Mariquita trenzas de oro y le preguntó que cómo haría para sacar tanta agua del pozo con un tiesto tan poco adecuado. Mariquita le dio una bolsita y le encargó que antes de ponerse a la obra vaciara en el harnero la harina que la bolsita contenía, desparramándola sobre la tela agujereada.

* Sorprenda (MD).

Al día siguiente, muy de madrugada, se levantó Pedro para hacer su trabajo; hizo lo que Mariquita le había encargado y con ello se taparon los agujeros del harnero y pudo sacar el agua del pozo.

A las doce en punto vino el Diablo y encontró el pozo seco.

"¿Cómo has hecho para sacar el agua?", preguntó a Pedro.

"Señor", le respondió este, "como se saca el agua de todos los pozos, pues. Usted me mandó que lo hiciera y yo lo hice. Cuando el hombre se propone hacer una cosa, la hace no más".

"Si es así, mañana me vas a hacer un puente que atraviese el mar: cortarás la madera, la labrarás, armarás el puente y lo terminarás por completo a las doce del día".

*"Bien, no más**", dijo Pedro.

Y se fue donde la Mariquita trenzas de oro para que lo sacara del apuro.

"Mañana, cuando vayas a empezar la obra, acuérdate de mí y no tengas cuidado", le contestó Mariquita.

Al otro día se levantó Pedro al amanecer, tomó un hacha y se fue al bosque cercano a cortar árboles. Cortó unos cuantos palos, no más de diez, pero luego se sintió fatigado.

'Ya no trabajo más', se dijo, 'voy a dormir un momento; en otro rato más seguiré la obra'.

Y se quedó dormido.

Eran las once y media cuando Mariquita trenzas de oro llegó donde él, y despertándolo le dijo:

"Ya van a ser las doce y todavía no comienzas a armar el puente. Ni siquiera has cortado la madera".

"Me sentí fatigado y me quedé dormido".

Entonces Mariquita, volviéndose a la playa, dijo:

"Hágase un puente que atraviese el mar".

* De acuerdo (MD).

Y el puente se hizo en el mismo instante.

Llegó el Diablo, y al ver el puente preguntó a Pedro: "¿Cómo has hecho este puente tan ligero?".

"Como se hacen todos los puentes, pues, señor. Usted me mandó que lo tuviera hecho a las doce y por eso me apuré en hacerlo. Usted sabe, señor, que cuando al hombre se le pone en la cabeza hacer alguna cosa, la hace no más".

"Está bien", replicó el Diablo, "y ya que es así, mañana me vas a cuidar los tres conejitos que están adentro de aquella caja, y cada hora los sacarás afuera para que bailen".

"Está muy bien", asintió Pedro; y se fue a decírselo a la Mariquita trenzas de oro.

"Mi padre te quiere *pillar**", le dijo ella, "pero no tengas cuidado: mañana, cuando estés con los conejos, acuérdate de mí no más".

"Te tendré muy presente".

"Que no se te vaya a olvidar, te repito".

Con el *canto de las diucas*** se levantó Pedro al otro día, y ya estaba el *Malo**** esperándolo con los conejos; abrió la caja y le mostró cómo bailaban. Pedro encontró que bailaban muy bien; y efectivamente danzaban como expertos bailarines.

Le ordenó el Diablo que llevase la caja a orillas del mar y le dijo que volvería a las doce para ver cómo se habían portado los conejos y qué tal los había cuidado Pedro.

Hizo Pedro lo que el Diablo le mandó; pero una vez que dejó la caja a orillas del mar, le dio flojera y se puso a dormir. Poco faltaba para las doce cuando despertó, y oyó que los conejos lloraban.

'Pobrecitos', dijo, 'tendrán ganas de bailar'.

* Sorprender (MD).

** *Diuca diuca*. Al aclarar (MD).

*** Demonio (MD).

Y les abrió la caja. Entonces los conejos se pusieron a bailar que era un contento verlos; pero de repente se le escaparon. Uno se fue mar adentro, otro se dirigió a la cordillera y el tercero huyó para la ciudad.

¡En qué apuros se vio el pobre Pedro! Por seguir a este último perdió de vista a los otros dos, y el que perseguía se le *hizo humo** de repente.

Ya iban a ser las doce cuando llegó la Mariquita trenzas de oro.

"¿Por qué no te has acordado de mí?", le preguntó.

"Con el cuidado de buscar a los malditos conejos, que se me escaparon, me olvidé de ti", respondió Pedro.

"¡Que los conejos vuelvan inmediatamente a su caja!" mandó Mariquita.

Y los conejos volvieron mansitos y se metieron dentro de la caja.

Mariquita que se va y el Diablo que llega. Al punto preguntó a los conejos (que eran tres diablos) si Pedro los había hecho bailar. Contestaron que sí.

"¿Y por qué no se escaparon?".

"Nos escapamos, pero fuimos cogidos".

Entonces el Diablo dijo a Pedro:

"Mañana me harás otro trabajo, y será el último que te encomiende".

"¿Y en qué consistirá?".

"Me rozarás aquella montaña, la destroncarás, prepararás la tierra, plantarás una viña y a las doce me traerás uva madura".

"Así se hará", contestó Pedro.

Y se fue a ver a Mariquita trenzas de oro para que lo ayudara.

* Desapareció (MD).

"Un poco difícil está este trabajo", dijo ella; "pero acuérdate de mí cuando sea tiempo y no te pongas a dormir como en las veces anteriores".

Pedro le prometió complacerla y se fue a acostar. Al primer *diucazo** ya estaba en pie, y echándose al hombro un hacha y un azadón, se dirigió a la montaña. Comenzó su tarea con empuje, y había *botado*** unos cuatro o cinco troncos cuando se sintió cansado y sin fuerzas para continuar trabajando. Se tendió en el suelo y se quedó dormido.

Ya iban a ser las doce cuando llegó Mariquita trenzas de oro y lo encontró roncando. Entonces lo tomó de un pie, lo arrastró y lo fue a dejar a un *quilantro**** y le dijo que así lo castigaba por dormilón y por no haberse acordado de ella. Inmediatamente después ordenó:

"Pónganse cincuenta trabajadores a rozar la montaña; ...ya están destroncando; ...ya están preparando la tierra; ...ya están plantando la viña; ...ya la viña está brotando, ...y dando uva, ...y la uva madurando, ...y Pedro recogiéndola en un canasto".

Y conforme iba hablando las cosas iban sucediendo, tan bien y tan ligero que Mariquita apenas tuvo tiempo de huir y esconderse para que el Diablo no la viera.

Entregó Pedro al Diablo la canasta de uva y el Diablo le dijo que estaba bien, que ya no le encomendaría ningún otro trabajo.

Cuando el Diablo llegó a su casa le dijo a su mujer:

"¿Qué te parece, vieja, lo que me pasa con Pedro? Le he encargado tales y cuales obras y todas me las ha hecho".

"¿No ves, Diablo leso", le contestó la Diabla, "que es la María que lo ayuda?".

* Primer canto de la diuca (RL).

** Derribado (RL).

*** Lugar con abundancia de quilas, *Chusquea quila*.

"Así no más debe de ser, pues, hija, ¿y qué haremos con ellos?".

"Mañana los quemamos a los dos".

Mariquita trenzas de oro oyó esta conversación, escondida detrás de una puerta, y en la noche se fue a hablar con Pedro:

"Ahora sí que la *sacamos chueca**", le dijo. "Mañana quieren quemarnos a los dos. No es cierto que el Diablo es mi padre; él, su mujer y sus hijas me aborrecen; cuando yo era chiquita me fue a robar a la Gloria... Tendremos que irnos, porque, de lo contrario, nos quema... Toma esta fuente y escupe adentro, yo escupiré en esta otra... Ve a buscar el caballo claro que está al lado adentro de la pesebrera, que anda una legua de cada tranco; no vaya a ser que traigas el que está afuera, porque ese no anda más que media legua".

Fue Pedro a buscar el caballo que estaba adentro; pero se confundió y trajo el que estaba afuera de la pesebrera.

"¿Por qué trajiste este?, ¿no te dije que trajeses el que estaba adentro?".

"Traje este porque estaba más cerca, para no demorarme".

"¡Qué le haremos! En él tendremos que irnos".

Y los dos subieron al caballo y partieron.

Sería media noche cuando el Diablo llamó a Pedro y a María, y las salivas que ellos habían dejado en las fuentes contestaron:

"¿Qué quiere, señor?

"Nada; duerman, duerman no más".

Como a las tres de la mañana despertó el Diablo y llamó:

"¡Pedro! ¡María!".

"¿Qué quiere, señor?", contestaron las salivas, no con voz tan alta como la primera vez, porque se iban secando.

"Nada; duerman, duerman no más".

A las cinco despertó de nuevo el Diablo.

* Irle mal a uno en un negocio o asunto cualquiera (RL).

"¡Pedro! ¡María!".

"¿Qué quiere, señor?", respondieron las salivas, con voz débil y apagada, porque ya estaban casi secas.

Media hora más tarde el Diablo se levantó e hizo una gran fogata para quemar a Pedro y a Mariquita; pero cuando fue a buscarlos a sus camas no los encontró.

"Se fueron estos picaronazos", le dijo a la Diabla, "y se llevaron el caballo que anda media legua; pero yo los seguiré en este, que anda una legua por tranco, los alcanzaré y me las pagarán".

"Bueno", respondió la Diabla; "yo me quedaré aquí cuidando la casa; esta noche te espero, no dejes de traerlos".

Subió el Diablo en el caballo que andaba una legua de cada tranco y ya estaba cerca de los fugitivos, cuando Mariquita acertó a mirar para atrás y lo divisó. Entonces dijo:

"Vuélvase mi caballo una laguna pantanosa, yo una pata y Pedro un pato".

Llegó el Diablo a la laguna y quiso atravesarla, pero el caballo se empantanó y a duras penas logró sacarlo. Tuvo que volverse a su casa.

Cuando la Diabla lo vio que venía solo, le preguntó:

"¿Y Pedro y la María?".

"Cuando los iba a alcanzar se me empantanó el caballo en una laguna que había en el camino, y mientras forcejeaba por salir, se me *hicieron humo**".

"¿Y no viste nada en la laguna?".

"¡Cómo no!, un patito y una patita".

"¡Ah, viejo tonto!, esos patitos eran ellos, y la laguna el caballo. Yo saldré mañana y verás cómo los pillo".

Apenas el Diablo volvió atrás, Mariquita, Pedro y el caballo tomaron su forma natural y continuaron huyendo.

* Desaparecieron (MD).

Al otro día montó la Diabla en el caballo que andaba una legua de cada tranco y salió tras Pedro y Mariquita; pero cuando al caballo no le faltaba dar sino unos cuantos pasos-para alcanzarlos Mariquita logró verla y dijo:

"Póngase entre nosotros y la Diabla un bosque que se está *rozando**, y los troncos de los árboles cayéndose".

Y en el momento apareció cortando el camino un bosque inmenso que estaba ardiendo y los troncos quemados caían en todas direcciones, de modo que la Diabla no pudo pasar y tuvo que volverse a su casa.

Cuando el Diablo se impuso de lo sucedido, le dijo:

"¡Ah, tonta! Lo que viste fueron puras apariencias que la María puso en el camino. Mañana iré yo y verás cómo los traigo".

Tempranito salió el Diablo al otro día y desde lejos alcanzó a divisarlo Mariquita, quien, al punto, mandó:

"Vuélvase el caballo una iglesia, Pedro un cura diciendo misa y yo el niño que lo esté ayudando".

Llegó el Diablo a la iglesia, y, sin fijarse que era un templo, se dijo: 'Voy a entrar a esta casa a preguntar si han pasado por aquí los que busco'.

Entró en el momento en que Pedro alzaba la hostia, y esto que ve el Diablo arranca *patitas pa' que te quiero***, *echando sapos y culebras****.

Llegó a su casa.

"No los pude alcanzar", le dijo a la Diabla; "ni siquiera tuve noticias de ellos. Llegué hasta una iglesia en que estaban diciendo misa, no pude entrar y me volví".

* Quemando (MD).

** Escaparse rápidamente (MD).

*** Echando improperios (MD).

"¡Ah, viejo tonto! La iglesia era el caballo, el que decía la misa era Pedro, y el que la ayudaba la María. Déjame ir a mí mañana y no se me escaparán".

Salió la Diabla al otro día; pero la Mariquita la vio cuando venía muy distante aún.

"Fórmese aquí", dijo, "un mar con la orilla cubierta de piedras sueltas, vuélvase el caballo un buque y nosotros que seamos los marineros".

Y se hizo como Mariquita ordenó.

Llegó la Diabla a la orilla, los vio que iban navegando y les gritó:

"Ya sé que son ustedes; a mí no me hacen lesa como a ese viejo tonto de mi marido".

Y quiso avanzar; pero el caballo se resbaló en las piedras sueltas de la playa y se cayó con Diabla y todo y casi la *revienta**.

A la Diabla no le quedó más remedio que volverse a su casa, pero antes los maldijo:

"Anda, María, ahora vas muy contenta, pero ese perro pícaro que te lleva te ha de abandonar y se casará con otra".

Cuando los navegantes oyeron la maldición de la Diabla, dijo María:

"¿Oyes, Pedro?".

"Sí, he oído, pero eso no sucederá; *de picada saca versos***".

Llegaron a la costa y desembarcaron en un hermoso puerto. Pedro dejó a Mariquita muy recomendada en una casa mientras iba a comprarle ropas y otras cosas que necesitaba.

Pero en la ciudad Pedro se entusiasmó y en vez de hacer las compras que se había propuesto, entró a una casa de juego y ganó, y después fue a divertirse con los nuevos amigos que se ha-

* Aplasta (MD).

** De desengañada se desquita y amenaza (MD).

bía conquistado en el garito y para nada se acordó de Mariquita trenzas de oro.

Sucedió que a los pocos días conoció a unas niñas, una de las cuales le *llenó el ojo**, y sin más ni más la pidió para casarse. Accedió la interesada, y se concertó el matrimonio para la semana siguiente.

Como en el mundo todo se sabe, la nueva del matrimonio de Pedro fue corriendo, corriendo, corriendo, hasta que llegó a noticias de Mariquita.

Amaneció el día del matrimonio, que debía celebrarse después de un suntuoso almuerzo a que estaban invitadas las principales personas de la ciudad. Los convidados eran más de doscientos, así es que Mariquita pudo pasar entre ellos sin llamar la atención de nadie.

Ya estaban todos en la mesa cuando Mariquita se levantó y pidió permiso para entretener por un momento a la concurrencia con una suerte muy divertida. Se le concedió, y solicitó entonces una palangana con agua. Se la trajeron, y cuando la dejaron en la mesa delante de ella, saltaron adentro un patito y una patita, que se pusieron a nadar. Después de dar varias vueltas en el agua la patita se puso delante del patito y le dijo:

"¿Te acuerdas, patito, cuando a mí se me perdieron mis trenzas de oro y yo ofrecí librar de todo peligro al que me las entregase?".

El patito echó una zambullida y contestó:

"*¡Jajay***, que no me acuerdo!".

Dieron otra vuelta sobre el agua y la pata volvió a preguntar:

"¿Te acuerdas, patito, cuando te mandaron sembrar trigo encima de unas piedras y que con el trigo que cosecharas hicieras pan y lo sirvieras a las doce del mismo día, y que sin mi ayuda te habrías perdido?".

* Lo atrajo (MD).

** Voz exclamativa y burlona (MD).

"*¡Jajay*, que no me acuerdo!".

"¿Te acuerdas, patito, cuando te mandaron desaguar un pozo con un harnero, y no habrías podido desaguarlo si yo no te hubiera dado una bolsita con harina para que se taparan los agujeros?".

"*¡Jajay*, que no me acuerdo!".

"¡Ah, patito ingrato! ¿Te acuerdas cuando te mandaron hacer un puente que atravesara el mar y que debías tenerlo concluido a las doce del mismo día?".

"*¡Jajay*, que no me acuerdo!".

"¿Te acuerdas, patito, cuando te mandaron cuidar unos conejos y que los hicieses bailar tres veces antes de las doce, y se te escaparon uno para el mar, otro para la cordillera y otro para la ciudad, y yo te los recogí?".

"*¡Jajay*, que no me acuerdo!".

"¿Te acuerdas, patito, cuando te mandaron plantar una viña y tenías que rozar una montaña y llevar uva madura antes que dieran las doce?".

"*¡Jajay*, que no me acuerdo!".

"¿Te acuerdas, patito, cuando nos iban a quemar a los dos y yo te mandé buscar el caballo que andaba una legua de cada tranco y tú trajiste el que andaba media legua?".

"*¡Jajay*, que no me acuerdo!".

"¿Te acuerdas, patito, cuando veníamos huyendo, y mi papá nos siguió en el caballo que andaba una legua, y yo hice que el caballo en que veníamos montados se convirtiese en laguna y nosotros en dos patos, y no pudiendo avanzar mi papá tuvo que volverse para atrás?".

"*¡Jajay*, que no me acuerdo!".

"¿Te acuerdas, patito, cuando mi mamá salió a perseguirnos y que cuando ya le faltaba poco para alcanzarnos, yo hice que se interpusiera, entre ella y nosotros, un *roce**, y que los palos que caían le impidieron pasar?".

"*¡Jajay*, que no me acuerdo!".

"¿Te acuerdas, patito, cuando, al día siguiente, mi papá casi nos alcanzó y yo hice que el caballo se transformara en iglesia, tú en sacerdote que decías la misa y yo te la ayudaba?".

"*¡Jajay*, que no me acuerdo!".

"¿Te acuerdas, patito, cuando mi mamá nos siguió y yo mandé que se pusiera, entre ella y nosotros, el mar con la costa llena de piedras sueltas, que nuestro caballo se volviera buque y nosotros marineros?".

"*¡Jajay*, qué *entre luces*** me voy, acordando!".

"¡Ah; patito ingrato! ¿No te acuerdas cuando desembarcamos y me dejaste en la primera casa que encontramos a la entrada del puerto, y fuiste a la ciudad a comprarme ropa y me dijiste que volvías luego y no volviste más? ¡Me abandonaste y te vas a casar con otra!".

"*¡Jajay*, que me acordé!", respondió el patito.

Y entonces se acordó Pedro de todo lo que había pasado, y levantándose de su asiento, dijo:

"Es cierto todo eso que ha dicho la patita. Yo soy el patito y he sido un ingrato. La patita es Mariquita trenzas de oro, que me ha librado de tantos peligros, y ella debe ser mi mujer".

Y se casaron, y fueros padrinos la que era novia y su padre. Y las fiestas fueron tan grandes como no se habían visto nunca, y hubo en ellas mucho contento y regocijo, y yo, que me encontré en la boda, gocé como cuatro.

* Quema de distintas clases de vegetales, imprevista o para despejar la tierra y aprovecharla agrícolamente (MD).

** Poco a poco (MD).

Y se acabó el cuento del burro piojento, y se lo llevó el viento por la mar adentro y pasó por un zapatito roto para después contar otro.

EL CASTILLO DE LA FLOR DE LIS

Estos eran dos viejecitos que vivían en el campo de lo que les proporcionaba una hectárea de terreno de su propiedad, que cultivaban con esmero.

Tenían un nietecito que se llamaba Manuel, huérfano de padre y madre, y en el cual habían reconcentrado todo su cariño, pues no tenían más familia que él, y lo habían criado sumamente *regalón**.

Una mañana la abuela entregó a Manuel un atado de cebollas y le dijo:

"Anda al pueblo y las vendes, y con la plata que por ellas te den, compras tales y cuales cosas".

Salió Manuel con las cebollas, y habría andado unas veinte cuadras, cuando se encontró con unos muchachos que azotaban cruelmente a un perrito. Manuel tenía buen corazón y dijo a los niños:

"¿Por qué maltratan a ese pobre animalito?".

"¿Y a ti qué te importa?" le contestaron; "para eso es de nosotros".

"Dénmelo a mí, y yo en cambio les daré estas cebollas".

Los muchachos aceptaron la proposición, y Manuel se volvió a su casa con el perrito y contó a la abuela lo que había hecho.

* Mimado (RL).

La anciana se enojó un poco, se fue a la huerta, trajo un gran manojo de verduras, y dijo a Manuel:

"Anda al pueblo y véndelas, y cuidado con que vayas a hacer otra *lesera**. ¿Para qué queremos más perros que los que ya tenemos?".

"¿Quién sabe, mamita, si este perrito nos puede servir para algo? ¡Y si Ud. hubiera visto lo fuerte que le pegaban aquellos chiquillos, le habría dado lástima!".

Salió Manuel con su atado de verduras, y habría andado las mismas veinte cuadras, cuando encontró a los mismos chiquillos, que ahora llevaban un gato *amarrado***, y con unas varillas le pegaban con todas sus fuerzas.

"¿Por qué le pegan a ese pobre animal? ¿Qué les ha hecho? Dénmelo, y yo les daré este atado de verduras que ustedes pueden vender".

Hicieron el cambio, y Manuel llegó a su casa con el gato en brazos. La abuela, enojada, le dijo:

"Niño, ¡por Dios! ¿qué estás haciendo?, ¡no tenemos qué comer y nos vas a llenar la casa de animales!".

"Pero, mamita, ¿cómo iba a consentir que esos malvados mataran a este gatito tan lindo?".

Se armó la viejecita de paciencia, de nuevo se fue a la huerta y volvió con un canastito de *papas****:

"Mira, Manuel, no vuelvas a hacer las barbaridades que has hecho. Si no vendes las *papas* y no traes lo que ya te he dicho, se lo digo a tu abuelito y te castigará".

Salió Manuel con su canastito de papas y cuando había andado como unas veinte cuadras, encontró a los mismos mu-

* Tontería (RL).

** Atado (RL).

*** Patata (RL).

chachos que iban arrastrando un *culebrón** y pegándole con unos palos.

"¿Por qué le pegan a ese culebrón? ¿qué mal les ha hecho? Tomen estas papas y yo me lo llevaré".

Muy contento se volvía Manuel a su casa arreando su culebroncito, pero, al pasar al lado de un peñasco, se le escapó y se le perdió debajo de la piedra.

'¿Qué haré?', se preguntaba el niño, '¿cómo voy a llegar a la casa sin papas, sin plata y sin nada?, mi *taitita*** me va a pegar'.

Se le ocurrió mover el peñasco, que era muy pesado, y tuvo que hacer grandes esfuerzos para hacerlo cambiar de lugar. Despejado el sitio, quedó en descubierto la entrada de un pozo, y Manuel se propuso descender hasta dar con el culebrón. Fue al bosque vecino, trajo un rollo de *boquí****, plantó una estaca a la orilla del pozo, ató a ella un extremo del *boquí* y por él se deslizó hasta el fondo. Al principio no veía nada, porque estaba muy obscuro, pero cuando la vista se acostumbró vio un corredor y siguió por él hasta llegar a una puerta, en que lo detuvo una hermosa princesa, que le preguntó:

"¿Qué andas haciendo por aquí?, ¿eres de esta vida o de la otra?".

"De esta vida".

"Vete, entonces, porque a mí me cuida un culebrón, que es mi padre, y si llega a verte, te matará".

"¡Ah! ese culebrón es mío; se lo cambié a unos chiquillos por un canasto de papas, y lo libré de la muerte. Precisamente ando buscándolo; porque cuando lo llevaba a casa de mis abuelitos se me escapó y se metió en este pozo. Tengo que

* Serpiente de cuerpo muy grueso y largo común, a la cual se le atribuyen poderes míticos (MD).

** Del quechua, diminutivo de abuelo (RL).

*** Nombre genérico de plantas trepadoras, cuyos tallos se usan en distintas artesanías (MD).

llevarlo a mi casa, para que no me castigue mi *taitita**. ¿En dónde está?".

"Aquí en esta pieza, encerrado bajo siete llaves".

"Dame las llaves para sacarlo".

"No, Manuel; déjalo tranquilo, que se mejore; llegó muy maltratado. ¡Pobre padre mío! Déjamelo, y en cambio te daré este coquito de virtud, que te proporcionará todo lo que le pidas".

Guardó Manuel el coquito y despidiéndose de la princesa subió por el boquí a la superficie de la tierra.

Cuando estuvo arriba pensó:

'¡Quién sabe si esta joven me ha engañado! Vamos a ver'.

Y sacando el coquito, le dijo:

"Coquito de virtud, por la virtud que Dios te ha dado, dame de comer aquí lo que el rey, con ser rey, nunca haya comido".

E inmediatamente apareció delante de él una mesa cubierta de exquisitos platos y de los vinos más ricos.

Apenas probó una que otra cosa, y corriendo se fue a casa de sus abuelos. Los encontró acurrucados en un montón de paja, desfallecidos de hambre y, de frío. Sacó el coquito y le dijo:

"Coquito de virtud, por la virtud que Dios te ha dado, danos una comida que el rey, con ser rey, nunca la haya comido".

Y en el instante se le puso al frente una mesa servida de un todo.

Comieron los tres con mucho apetito, y después se acostaron.

Poco antes de que aclarara, Manuel se levantó sin hacer ruido, se fue a la huerta y, sacando el coquito, le mandó que agrandara la propiedad y apareciera plantada de toda clase de árboles frutales y sembrada de toda clase de semillas, y que hubiera en un extremo un gran corral con bueyes, vacas, ovejas y caballos, un chiquero con sus *chanchos***. y un gallinero con gallinas; pa-

* Abuelo (RL).

** Cerdos (RL).

vos, patos y gansos. Y así como iba pidiendo estas cosas, ellas iban apareciendo. También le pidió una linda casita para su perro y otra para su gato.

Apenas aclaró, despertaron los viejecitos con la bulla que metían los animales y las aves.

"Viejo", dijo la anciana, "lo que falta es que se hayan pasado los animales de la vecindad, y nos hayan comido nuestras siembrecitas; vistámonos *al tiro** y veamos qué ha sucedido".

Se vistieron y fueron a ver de qué provenía esa bulla, y casi se murieron de susto cuando vieron su huerta tan grande y tan bien plantada, y los corrales, el chiquero y el gallinero tan bien poblados. Los pobres viejos no podían explicarse lo que veían. Entonces Manuel, que se había colocado tras ellos sin que lo sintiesen, les dijo;

"Todo esto es de ustedes, abuelitos; ya no tendrán que pasar necesidades".

Manuel, que hasta entonces había sido un niño, se convirtió de repente en hombre, sin que a nadie le llamase tal cosa la atención. Vestía con lujo y elegancia, era caritativo con los pobres y generoso con sus amigos, y tenía fama de ser muy rico. Salía unas veces a cazar, acompañado de su perrito y de su gato, y otras iba a la ciudad, en donde todos lo agasajaban y querían.

Sucedió que una vez el rey anunció que iba a dar un baile, y que en él escogería al que debía casarse con su hija. Invitó a los reyes, príncipes y grandes de las cortes vecinas, y como la princesa era muy hermosa, inteligente y única heredera del trono, acudió un gran número de pretendientes. Manuel se dijo:

'Yo también voy a presentarme'.

Y en la víspera del baile le dijo a su coquito:

"Coquito de virtud, haz que frente al palacio del rey se me aparezca un palacio mejor que el de él y más ricamente amueblado, con cien servidores vestidos de generales".

* De inmediato (RL).

Y en el mismo momento apareció el palacio, el Castillo de la Flor de Lis, que por la hermosura y riqueza de su construcción no tenía igual en el mundo. Manuel durmió en el castillo desde aquella noche.

Al otro día el nuevo palacio fue la admiración de todos, y no se hablaba de otra cosa en el baile, cuando Manuel se presentó vestido con más elegancia que los más ricos y poderosos señores allí presentes, y seguido de sus cien servidores cargados de valiosísimos obsequios para el rey y para su hija. El rey se decía para sus adentros:

'Este será mi yerno'.

Y en efecto, en la misma noche se concertó el enlace, y ocho días después Manuel se casaba con la princesa.

Pero este casamiento se había hecho sin consultar la voluntad de la. interesada, la cual tenía amores con un negro, empleado en el palacio del rey, con el que siguió viéndose todos los días mientras Manuel salía a cazar en compañía de su perro y de su gato.

El negro aconsejó a la princesa que sonsacara a su marido de qué medios se había valido para hacerse rico y para tener el Castillo de la Flor de Lis. Y la princesa, como era astuta, para conseguirlo fingió mucho cariño a Manuel, y solo después de algún tiempo, cuando ya lo tuvo bien asegurado, se atrevió un día a preguntárselo. Manuel, que nada sospechaba y quería a su mujer con idolatría, le contó su historia; y entonces ella le dijo:

"Mira, Manuel, ¿por qué, antes de salir, no me dejas el coquito? Qué cosas tan lindas le pediría para mí. Los hombres no entienden de eso".

Manuel se lo entregó, encargándole que lo cuidara mucho, y salió a cazar acompañado de su perro y de su gato.

Solo cuando regresó, en la tarde, vino a conocer la traición de su mujer.

El rey lo esperaba sumamente airado.

"¿Y mi hija? ¿Y el Castillo de la Flor de Lis?".

Manuel no hallaba qué contestar. Y ¿qué podría decirle al rey?, ¿quién iba a adivinar en dónde estaría el Castillo? Se limitó a contar a su suegro la conversación que en la mañana había tenido con la princesa, que le había entregado el coquito. Si el Castillo había desaparecido, era por culpa de la princesa solamente.

"Ah!" decía el rey, paseándose agitadamente, "esto me pasa por haber casado a mi hija con un hechicero".

Y, volviéndose a la guardia, ordenó:

"¡Métanlo en un calabozo!".

Y dirigiéndose a Manuel:

"Tres días tienes de plazo para hacer aparecer el Castillo de la Flor de Lis y a mi hija, y, si no lo consigues, perderás la cabeza, sin que te valgan tus brujerías ni todos los coquitos del mundo".

Ya tenemos a nuestro Manuel preso, entregado a sus pensamientos, comprendiendo la magnitud de su desgracia y sin saber qué resolución tomar.

Cuando ya nadie quedaba, el perrito le dijo al gato:

"Hermanito, nosotros tenemos que librar a nuestro amo, así como él nos libró a nosotros".

Entonces el gato se subió por las murallas de la cárcel y, entrando por una ventanilla, de un salto se puso al lado de Manuel.

"Mi amito, ¿qué hay que hacer para librarlo de la prisión?".

"Hay que buscar el Castillo de la Flor de Lis, y quitarle el coquito a la princesa".

"¿Y en dónde está el Castillo?".

"Eso es lo que ustedes tienen que averiguar; y ha de ser cuanto, antes, porque no me quedan más que tres días de vida".

Salió el gato y contó al perro lo que había conversado con Manuel.

"Vamos a rodar tierras, compañero, a ver si encontramos ese Castillo *condenado**".

Y salieron a rodar tierras.

Anduvieron todo el día, se puso el sol y andar y andar, hasta que llegaron a un cuartel en que todos los soldados eran *ratones***. El gato no pudo contenerse y se les fue a la carga y mató varios; pero los ratones eran tantos, que los hicieron arrancar. El perro, muy incomodado con el gato, le dijo:

"No vuelvas a portarte así, porque a lo mejor nos sucede quién sabe qué desgracia y no encontraremos a tiempo el Castillo de la Flor de Lis".

El gato le prometió corregirse.

Siguieron andando, andando, y cuando ya se iba oscureciendo, llegaron a un cuartel en que todos los soldados eran gatos. El perro le preguntó al Comandante:

"Señor, ¿sabe Ud. en dónde está el Castillo de la Flor de Lis?".

El Comandante hizo formarse a la tropa, y ninguno sabía.

En esto estaba el perro, cuando ve que su amigo el gato va arrancando *patitas pa' que te quiero****, y detrás de él un gatazo romano armado de un garrote de espino. Salió de atrás el perrito a defender a su compañero, y cuando el gato romano vio que era con dos, con quienes tenía que habérselas, amainó y se retiró más que ligero.

"Gato del diablo", le dijo el perro "¿no me prometiste que no ibas a hacer otra maldad? ¿cómo quieres que libremos a nuestro amo?".

El gato le contó que había ido a darle un beso a una gata muy buena moza que había divisado, creyendo que era soltera,

* Maldito (MD).

** Rata (RL).

*** Rápidamente (RL).

y cuando la iba a abrazar salió aquel gato romano, que era su marido, "y si no arranco tan luego, ¡me mata, me mata, me mata! ¡Ay, hermanito! estoy *miau, miau, miau** del susto".

Le prometió portarse muy bien en adelante.

Siguieron su camino y llegaron a una ciudad donde había un cuartel, y el Comandante estaba pasando lista. Los soldados eran todos monos.

"Señor", le preguntó el perro, "¿podría decirnos Su Señoría en donde está el Castillo de la Flor de Lis?".

El Comandante lo preguntó a sus soldados, y ninguno sabía.

"El mono Martín ha faltado a la lista", dijo el Comandante; "este es muy andariego y puede ser que sepa en dónde está ese Castillo. ¿Por qué no lo esperan?".

"Esperaremos", dijeron el perro y el gato.

Poco después llegó el mono Martín, y el Comandante le preguntó:

"¿Sabes, monito, en donde está el Castillo de la Flor de Lis?".

"De allá vengo", dijo el mono Martín, "y para más señas, vi en un balcón a la princesa y al negro haciéndose cariños".

"¿Puedes conducirnos allá, monito lindo?" preguntó el perro.

"Claro que sí, contestó Martín, si mi Comandante me da permiso".

El Comandante que vio que el perro y el gato eran personas educadas, dio permiso al mono Martín para que los guiara. El camino era muy largo y tuvieron que atravesar un río.

Mientras tanto, dos días habían transcurrido desde que Manuel había caído preso y solo uno le quedaba de vida cuando llegaron al Castillo. La noche estaba muy avanzada. El perro le preguntó al mono:

* Onomatopeya, imitación del maullido de los gatos (MD).

"¿Sabes, monito lindo, dónde guarda aquel coquito la princesa cuando duerme?".

"En la boca lo guarda".

Subió el gato por las murallas, y una vez en el interior del edificio entreabrió con todo cuidado la puerta, sin hacer el menor ruido, y calladitos entraron el perro y el mono, y los tres se fueron al dormitorio de la princesa, cuyas puertas estaban entornadas solamente. El mono se colocó al lado del negro, para estrangularlo si despertaba; el perro se quedó esperando para coger el coco y huir con él; y el gato, subiéndose a la cama, metió la punta de la cola en la nariz de la princesa. De la cosquilla que le hizo dio un estornudo tan fuerte la princesa que el coquito saltó lejos, y al momento lo tomó el perro en el hocico, y huyó precipitadamente en compañía del mono y del gato.

Cuando iban atravesando el río le dio al perro un calambre, y del dolor abrió el hocico para ladrar y se le fue el coquito. Toda la noche lo anduvieron buscando por el río, pero inútilmente.

Al amanecer llegaron a la orilla y vieron a un pescador que tiraba la red de su pesca. Le compraron un pescado para almorzar, y cuando lo abrieron encontraron adentro el coquito. El perro y el gato, del gusto, no quisieron comer, dieron las gracias al mono Martín, se despidieron de él y se alejaron.

Cuando estuvieron un poco distantes, dijo el perro:

"Coquito de virtud, por la virtud que Dios te ha dado, llévanos a donde nuestro amo".

Y en el mismo instante se encontraron en el calabozo, al lado de Manuel.

El preso se llenó de alegría cuando vio a sus animalitos y supo que le traían el coco, y estuvo un buen rato oyéndoles contar sus aventuras.

Antes de que atardeciera Manuel pidió al coquito que le trajera al rey, y el rey entró poco después al calabozo.

"Yo quiero que su Majestad se convenza por sus propios ojos que es su hija la que tiene la culpa de todo lo que ha sucedido".

Y entonces, en voz muy baja, casi con el pensamiento para que el rey no lo oyera, dijo:

'Coquito, haz que el rey vea a su hija haciéndole cariños al negro'.

Y el rey tuvo que rendirse a la evidencia.

'Coquito, volvió a decir Manuel, trae para acá a la princesa y a su negro, todavía besándose y abrazándose que se volvían locos'.

"Ahí tiene a la indigna de su hija; quédese con ella, que yo no la quiero para nada... Coquito de virtud, trasládanos a mí, a mi perrito y a mi gatito adonde están el culebrón que yo libré de la muerte y su hija la princesa".

Y Manuel que concluye de hablar y que se encuentra con sus animalitos en la cueva, al lado de la otra princesa.

"¡Ah! picaronazo", le dijo ella. "Tuviste que padecer en los brazos de la otra ingrata, que te odiaba, para acordarte de mí, que te quiero de veras... Devuélveme el coquito".

Manuel, avergonzado, le entregó el coquito, y la princesa dijo:

"Coquito de virtud, por la virtud que Dios te ha dado, haz que termine el encanto que hay en esta cueva".

Y entonces la cueva se convirtió en un palacio, aun más hermoso que el Castillo de la Flor de Lis; los bosques de los alrededores en un país muy extenso y poblado, y el culebrón, en el rey que lo gobernaba. Y Manuel se casó con la princesa, y hubo grandes fiestas y se mataron vaquillas y corderos para el pueblo. Y los novios vivieron muy felices, hasta que murieron de puro viejos.

LOS NIÑOS ABANDONADOS

Este era un viudo que tenía dos hijos, un niñito y una niñita.

Al viudo se le apagaba el fuego todas las mañanas, y para encenderlo mandaba a la niñita a pedir unas brasas a casa de una viuda que vivía al frente de ellos.

La viuda le hacía mucho cariño a la niñita: la espulgaba, la peinaba y le daba sopitas de pan en *uvas borrachas**.

"¿Te gustan las sopitas?" le preguntaba.

"Mucho, están muy ricas", respondía la niña.

"Dile a tu papá que se case conmigo, y cuando yo sea tu mamita, te las daré todos los días".

Llegaba la niñita a su casa, y le decía a su padre:

"Papacito, ¿por qué no se casa con la vecina, que me quiere tanto? Todos los días me espulga, me peina y me da sopitas de miel".

Y el padre le contestaba:

"¿Para qué me caso, hijita, cuando así lo pasamos bien? Ahora son las sopitas de miel, mañana serán de hiel".

Pero tanto le rogó la niñita que se casara, que al fin se casó.

La viuda era muy buena dueña de casa y cuidaba mucho a los niños, así es que el viudo estaba muy contento; pero este gusto le duró poco, porque una semana después comenzó a tomarles odio, y pasaba con el *genio atravesado***: los *retaba**** sin motivo; les pegaba a cada momento; en fin, que aquello no era vida: los pobres niños pasaban las *penas del tacho*****.

Un día que la mujer amaneció más rabiosa que nunca, le dijo a su marido:

* Especie de miel que hacen en el campo, de uvas cocidas en arrope (RL).

** Encolerizado (DM).

*** Reprendía (RL).

**** Expresión probervial por un tarro que recibe golpes y expuesto sobre el fuego (MD).

"¡Estos chiquillos están insoportables; me van a matar a disgustos! Si no los *mandas cambiar** o los matas, no vivo más contigo. O se quedan ellos, o me quedo yo".

Cuando el marido oyó esto se entristeció sobremanera; pero pensó:

'¿Qué haré? Si se va mi mujer se me apagará el fuego, y ya no querrá darnos brasas para encenderlo, y me moriré con mis hijitos de hambre y de frío. Tendré que echar de la casa a los pobrecitos, y que Dios mire por ellos'.

Y le contestó a su mujer.

"Hágales un poco de *harina*** a los niños para el camino".

La mujer les hizo una bolsa grande de harina.

Entonces el hombre llamó a sus hijos, que estaban, jugando en el *sitio****, y entregándoles la harina, les dijo:

"Vamos, hijitos, a buscar leña a la montaña".

Y él se fue adelante, y los niños atrás.

Desde que entraron en la montaña la niñita fue dejando pilitas de harina, de trecho en trecho.

Cuando llegaron a la mitad de la montaña el padre les hizo un fuego bien grande para que se calentaran, y al lado les tendió la manta para que se acostaran.

"Acuéstense", hijitos, les dijo "porque hace mucho frío; yo solo iré a cortar la leña, y los pasaré a buscar cuando me vaya".

Con el cansancio, porque la montaña estaba muy lejos de la casa, y con el agradable calor que despedían las ramas encendidas, los niños se quedaron profundamente dormidos, y entonces el padre, que acechaba este momento, se volvió apresuradamente al lado de su mujer.

* Si no los echas (MD).

** Harina tostada de trigo (RL).

*** Pequeño terreno cercado (MD).

Los niños *recordaron** asustados al día siguiente, con el sol alto ya, y buscaron a su padre largo rato. Decían:

"¡Quién sabe si no ha podido dar con nosotros y se ha ido para la casa!".

"¿Y cómo vamos a irnos", preguntó el niño, "si no sabemos el camino?".

"No tenga cuidado, hermanito", dijo la niña "ya verá cómo llegamos allá".

Y se puso a buscar hasta que encontró la primera pilita de harina. Entonces, siguiendo el rastro de las pilitas, les fue fácil salir de la montaña, que ellos no conocían, y después, sin trabajo, tomar el camino que conducía al pueblo.

Ya era un poco tarde cuando llegaron a la casa y encontraron la puerta cerrada. Entonces golpearon.

"¿Quién es?", preguntó la madrastra.

"Somos nosotros, mamita".

"Entren, hijitos. Su padre no los pudo encontrar, y allá adentro está llorando".

Fueron los niños a consolar a su padre, que verdaderamente estaba llorando, pero por la mala acción que con ellos había cometido.

La madrastra se portó muy bien con los niños durante varios días; pero después comenzó de nuevo a tenerles odio y a hacerlos sufrir, hasta que una tarde le dijo a su marido.

"Si no echas a los chiquillos, me voy de esta casa. Ya no se puede vivir aquí; este es un infierno".

"Bueno", dijo el marido, "los voy a dejar más lejos, pero dales un poco de harina para el camino".

"No les doy nada, porque por la harina que les di la otra vez pudieron volverse. Yo no quiero que vuelvan más a la casa".

* Despertaron (MD).

"Si no volverán, mujer, si no volverán; si ahora los voy a dejar muy lejos".

La mujer no les dio nada, y el pobre hombre se vio obligado a llamar a sus niños para llevarlos sin tener nada que darles.

Los niños se demoraron un poco en obedecer el llamado de su padre, porque estaban arriba de un nogal cogiendo nueces. Cuando bajaron, tenían los bolsillos repletos de ellas.

El padre les dijo:

"Vamos, hijitos, a buscar leña a la montaña".

Y él se fue adelante y detrás los niños, el chico comiéndose sus nueces.

Desde que entraron en la montaña la niña fue dejando caer una nuez de trecho en trecho; pero el niño, que iba detrás de todos, las recogía y se las guardaba para reponer las que se había comido antes de entrar al bosque.

El padre los llevó mucho más adentro que la primera vez, les hizo un buen fuego y al lado les tendió la manta para que se acostaran.

"Acuéstense, hijitos", les dijo "porque hace mucho frío; yo solo iré a cortar leña y pasaré a buscarlos cuando me vaya".

Los niños se acostaron y muy pronto se quedaron profundamente dormidos, y entonces su padre se fue apresuradamente a su casa.

Al día siguiente, muy de mañana, despertaron los niños y se pusieron a buscar a su padre. No encontrándolo, determinaron irse, y la niñita comenzó a mirar al suelo en todas direcciones.

"¿Qué busca, hermanita?", preguntó el niño.

"Unas nueces que fui botando para que nos sirvieran de seña para volvernos, por si mi padre nos dejaba".

"¡Ay, hermanita de mi alma!, ¡estamos perdidos! Las nuececitas que usted botaba yo las recogía, y aquí las tengo guardadas en mis bolsillos".

"¿Y qué vamos a hacer ahora?".

"Encomendarnos a la Virgen, y andar para donde Dios quiera llevarnos".

Por allí anduvieron dando vueltas dos días y dos noches, sin otro alimento que las pocas nueces que tenían, y por fin, al tercer día, al amanecer sintieron cantar un gallo. Siguieron andando y llegaron cerca de una casa muy grande. Entonces se subieron a un *laurel** que había detrás de la casa, y desde ahí estuvieron observando. Como a las ocho, dijo la niña:

"Parece que estuvieran barriendo".

Y el niño dijo:

"¿Quiere, hermanita, que vaya a ver?".

"Bueno", le contestó, "vaya no más".

Bajó el niño y ocultándose por aquí, por allá, llegó hasta donde una vieja que estaba tostando *cocos***. Calladito sacó un puñado de cocos tostados, y la vieja, sin mirarlo, dijo:

"¡*Chus****, gallo tuerto!"

El niño volvió donde su hermana, y le dio la mitad de los cocos robados.

"¿Qué será esto?" decía la niña, y lo olía y se lo echaba a la boca.

Cuando el niño le contó lo que decía la vieja, la hermana se rio y le dijo:

"Vamos ahora los dos".

"No, hermanita, puede reírse y la vieja sorprendernos".

Y bajó él solo; pero la niña lo siguió sin que él lo sospechase. El niño se fue por *detrasito*, y cuando sacó otro puñado de cocos, la vieja repitió:

¡*Chus*, gallo tuerto!

* Árbol siempre verde, de la familia de las lauráceas, de hasta 8 metros de alto (MD).

** De la palma chilena: *Jubea chilensis*.

*** Interjección (MD).

La niña no pudo contenerse y soltó una carcajada. Entonces la vieja, que era tuerta, miró para atrás y les dijo:

"¿Qué hacen ahí?, ¿por qué no entran? Entren no más y coman hasta que se llenen".

Los hermanitos se hartaron comiendo cocos y estuvieron muy contentos.

En la tarde ayudaron a la vieja tuerta a hacer un gran fuego, y después les hizo traer agua de un estero que corría no muy lejos de la casa, para llenar un gran *fondo** que entre los tres colocaron en el fuego.

Muchos viajes habían hecho los niños acarreando agua y tenían ya el fondo más de medio, cuando en otro viaje les salió al encuentro, de entre los árboles, una viejecita muy simpática, y les dijo:

"Hijitos, tengan mucho cuidado con la vieja tuerta, que se los quiere comer a ustedes. Este es el último viaje por agua que van a hacer, y cuando lleguen a la casa verán a la tuerta que está jabonando una mesita que ha colocado cerca del fondo. Ella les va a decir: '¿Por qué no bailan, niñitos, en esta mesa? Bailen al modo de su tierra'. Pero ustedes, por nada subirán a la mesa, porque lo que quiere la tuerta es que ustedes se resbalen y caigan al fondo, para que se cuezan y después comérselos".

Los niños le dieron las gracias a la viejecita, que se les desapareció sin saber cómo ni por dónde. Enseguida se fueron a la casa con sus baldes de agua, que echaron en el fondo.

La vieja tuerta estaba jabonando la mesita que era un *contento*** y el agua hervía en el fondo que daba gusto. Entonces la vieja dijo a los niños:

"¿Por qué no se suben, hijitos, arriba de esta mesa y bailan al modo de su tierra?".

* Recipiente grande para cocinar (MD).

** Ágilmente (MD).

"Si nosotros no sabemos bailar *de ninguna laya**, mamita, le contestaron. Suba usted y nos enseña, y después bailamos nosotros".

"Como no, hijitos. Pero después bailan ustedes".

Pisó la vieja en la ceniza y subió a la mesa a bailar; pero, en cuanto estuvo arriba, los niños levantaron la mesa del lado opuesto al fuego, y la vieja, que no pudo sostenerse, se resbaló y cayó al agua hirviendo.

Los niños bailaban de contentos por la escapada que habían hecho, cuando llegó un gallo castellano y se puso a picarlos con toda furia. Gran trabajo les costó a los pobrecitos librarse de él; pero al fin de largo rato de combate, consiguieron inutilizarlo y lo echaron también al fondo.

Esa noche durmieron muy bien los chiquitines; y al otro día, en cuanto se levantaron, fueron a ver el fondo. El fuego se había apagado y el agua ya estaba fría. Volcaron el fondo y con el agua salieron la vieja tuerta y el gallo castellano casi deshaciéndose de cocidos. En el *concho*** que quedó en el fondo vieron una cosa que brillaba: era un manojo de llaves.

"Deben ser de estas puertas", dijo la niñita. "¿Abrámoslas?".

"Ya está; abrámoslas".

Y abrieron la primera. Daba a un gran corral, lleno de toda clase de animales: gallinas, pavos, corderos, bueyes, vacas, *chanchos****.

Aquí tenemos para comer muchos años, dijeron.

Abrieron otra puerta. Esta daba a una pieza que contenía toda clase de provisiones: azúcar, *yerba*****, café, arroz, *porotos******,

* De ninguna manera (MD).

** Del quechua, cuncho: heces (RL).

*** Cerdo (RL).

**** Planta con cuyas hojas secas se hace una infusión llamada yerba o mate (*Ilex Paraguayensis)* (MD).

***** Del quechua *purutu*, clase de fréjol (MD).

queso, dulces, en fin, de todo lo que se necesita para el desayuno, el almuerzo, la *once** y la comida.

En otra pieza encontraron vino y toda clase de licores; en otra, vestidos riquísimos y telas hermosísimas para fabricarlos; en otra, vasijas de porcelana llenas de plata, oro y piedras preciosas.

Al abrir la última puerta, la alegría que experimentaban los niños después de cada hallazgo tornose en cruel sentimiento de dolor. Presentose a sus ojos el espectáculo más triste que cabe imaginar. Cientos de personas de uno y otro sexo yacían tendidas por el suelo, en un estado tal de flacura y debilidad, que presentaban la apariencia de esqueletos forrados en piel humana y que ya no tenían ni fuerzas para quejarse. Por suerte, unos pocos, los últimos que habían sido encerrados allí, todavía podían mantenerse en pie y servirse de sus manos. Con la escasa ayuda que estos pudieron prestarles, los niños lavaron el fondo muy bien lavado, hicieron fuego y prepararon un caldo sustancioso, que volvió la vida a todos aquellos desgraciados.

Poco a poco fueron restableciéndose, y cuando se encontraron en situación de partir, hicieron a los niños toda clase de regalos, no cansándose de agradecerles el servicio que les habían hecho.

Los niños quedaron, entonces, dueños de la casa y de las riquezas que contenía y vivieron muchos años felices, contentos y dichosos.

* Refrigerio que suele consumirse en la tarde.

LA MATA DE CÓGUILES*

Para saber y contar y escuchar para aprender, que estos eran un viejo y una vieja muy pobres, que no contaban para mantenerse sino con lo poco que los vecinos les daban de limosna.

Un día llegaron a casa de un campesino, pobre también y padre de numerosa familia, a pedirle que los socorriese con algo; pero este, a pesar de sus buenos deseos, no encontraba qué ofrecerles. Les puso asiento y les dijo:

"Espérenme mientras veo si encuentro alguna cosa que pueda servirles".

Cuando volvía, afligido porque nada hallaba, se acordó que tenía unas semillas y se las llevó.

"No he encontrado otra cosa que esto", les dijo; "son semillas de cóguiles; plántenlas, y si brotan y crecen, darán fruto, que ustedes podrán vender".

Los viejos se levantaron, dieron las gracias de mala gana, porque lo que ellos deseaban era dinero, y salieron refunfuñando.

Cuando llegaron a su casa se fueron para el sitio** y abrieron un hoyo; arrojaron en él las semillas, y las cubrieron con la misma tierra que habían sacado, y las regaron.

Pasaron los días, siguieron los viejos pidiendo limosna y no se acordaron más de las semillas.

Un día tuvo el viejo que entrar al sitio, y cuál no sería su asombro al ver una enorme mata de cóguiles, tan alta que ya alcanzaba al techo de la casa y tan frondosa que cubría todo el sitio. Casi se fue de espaldas del susto.

* Cóguil: *Lardizabala biternata,* planta trepadora que crece enredada en los grandes árboles de los bosques, de frutos comestibles (MD).

** Espacio no construido de esta propiedad (MD).

Corriendo se fue a contarle a la vieja lo que había visto. La vieja no le creyó y salió precipitadamente a convencerse de que su marido no la engañaba, y cuando vio que era cierto, se puso a bailar de gusto.

Entonces les entró todito el cuidado con la mata; ¡Cómo la cuidarían, que en poco tiempo alcanzó el cielo!

Llegó el invierno sin que la mata diera fruto, y, cansada la vieja del trabajo que su cuidado le imponía, le dijo al viejo:

"Mira, viejo, es *lesera** que nos estemos matando en cuidar esta mata que no nos da provecho *ni uno***, antes nos quita el sol; más mejor es que la cortemos y saquemos leña *pa'venderla*".

El viejo se quedó callado porque le había tomado cariño a la mata y comprendía que era tontera hacerla pedazos. Bien veía él que cuando llegase el tiempo de fruta podría sacar mayor beneficio.

Pero la vieja lo siguió *cateteando**** y por este motivo lo pasaban en una continua *pelea*****: la vieja con que había que cortar la mata y el viejo con que la habían de dejar hasta el otoño.

Una mañana en que la vieja se desató en insultos porque no le hacían caso, le dio al viejo tanta rabia, que le dijo:

"Me voy solo: arréglame el *capachito****** con el *cocavín******* *p'al* camino".

La vieja le arregló el capacho, se lo tiró encima de una mesa y se fue a encerrar a su cuarto.

El viejo tomó el capachito y salió; pero en vez de irse a pedir limosna como de costumbre, se fue por detrás de la cerca hasta donde estaba la mata de cóguiles.

* Tontería (RL).

** Ninguno (RL).

*** Molestando (MD).

**** Riña, disputa, discusión (RL).

***** Bolsa de distintos materiales para trasladar objetos (MD).

****** *Cocavín, cocaví,* voz quechua: provisiones (RL).

Una vez que llegó a ella se sentó al pie y se puso a pensar qué haría con la mata. Él no quería cortarla, para aprovechar el fruto; pero si no la cortaba pasaría peleando con su mujer, y como la quería tanto, tampoco quería hacerla rabiar.

Por fin, después de mucho meditar, se le ocurrió ir a ver a Dios para pedirle consejo; y decidido a dar este paso, se amarró bien el capachito a la cintura y se puso a subir *de gancho en gancho*...* de gancho en gancho... de gancho en gancho... de gancho en gancho... hasta que llegó al cielo y llamó.

Se asomó San Pedro a la ventanilla y preguntó:

"¿Quién es?".

"Soy yo, *'iñor*** San *Peiro*; un devoto *e' su mercé*" contestó el viejo.

"¿Y en qué se le puede servir?" interrogó al santo.

'*Iñor*, respondió el viejo, yo venía a *peírle**** consejo, *pa' que* me diga lo que debo de hacer. A mi mujer se le ha puesto *qu' he* de cortar la *mat'e coile*, y a mí que no *l'hey* de cortar, porque *quero'ejala* hasta *que'é* fruto para venderlo. Usté *me'irá* si la corto o no la corto, que yo *li obeeceré* lo que me mande. Pero le *arvierto* que si no la corto, mi vieja se va allevar con la candinga: "córtala, viejo tonto; hagámosla leña, viejo leso; *háceme* caso, *viejo'e moleera*". Hay que tener *paciencia'e* santo *pa'star too er* día escuchando: 'viejo burro, viejo macho, viejo *d'esto*, viejo *d'esto'otro*'; hasta 'viejo yegua' *me'ijo* un día. Yo no sé *di onde* esta mujer ha aprendío tanta palabra fea *pa'icirme*, ya me tiene *ñato***** con tanto *insurto*, y no sé *qui* hacerme. Con que, santito lindo, *déle* consejo al que lo *ha'e menester*, y ese es su servidor".

* La expresión *de gancho en gancho* la repite el contador cuantas veces quiere; algunos la dicen hasta el cansancio (RL).

** Señor (MD).

*** En este texto se conservan, en cursivas, formas verbales transcritas por Laval como él las escuchase a quien lo narrara, para contribuir a su autenticidad (ver p. 16).

**** Aburrido (RL).

Entonces San Pedro se fue a hablar con Dios y le refirió todo lo que el *viejito** acababa de decirle. Dios le ordenó que entregara al viejo una varillita de virtud y que le advirtiese que no debía pedirle sino cosas que necesitara, porque si llegaba a excederse se la quitaría; y que se fuese tranquilo.

Salió San Pedro con la varillita, se la entregó al viejo, y le repitió lo que Dios le había ordenado decirle; el viejo prometió obedecer, dio las gracias y volvió a la tierra, bajando de gancho en gancho... de gancho en gancho... de gancho en gancho... de gancho en gancho...

A todo esto, la vieja estaba sumamente afligida.y lloraba como una Magdalena, porque hacía dos días que el viejo no llegaba a la casa, y estaba muy arrepentida de haberlo tratado tan mal. A veces pensaba que lo habrían muerto y que en la noche vendría a penar, y con la idea de que esto pudiera suceder, se lo pasaba rezando.

El viejo, en cuanto bajó, le dijo a la varillita:

"Varillita *'e virtú*, por la *virtú* que Dios *ti* ha dado, hace que se me presente aquí un *terno'e* ropa bien *chatre***, un *güen* sombrero y un rico par de zapatos".

Y en el mismo momento se encontró con que tenía delante de él todo lo que había pedido. Inmediatamente se vistió y se fue a su casa, golpeó en la puerta de calle y salió a abrir su mujer. La vieja no lo conoció, y al ver a un caballero tan elegante, le preguntó toda avergonzada:

"¿A quién busca señor?".

El viejo, viendo que su mujer no lo había conocido, se puso a reír, y le contestó:

* Así dicen vulgarmente en Chile, en vez de *viejecito* (RL).

** Mapuche: *chatre*, acicalado (MD).

"¿Ya no me *conocís**?, ¿no *conocís* a tu viejo que tanto lo *retabai*** porque no cortaba la *mat'e coile****?".

La vieja casi se murió de susto; creía que soñaba y que su marido le estaba *penando*****. El viejo, al verla tan asustada, le dio un abrazo y, mostrándole la varillita, le repitió lo que Dios le había ordenado por boca de San Pedro. A la vieja se le volvió el alma al cuerpo, le pidió perdón a su marido y le prometió no hacerlo rabiar más.

Ligerito principiaron a pedirle muchas cosas a la varillita, todas muy necesarias: le pidieron ropa, muebles, y por fin una mesa servida con los más sabrosos manjares y más ricos vinos; y todo lo tuvieron.

El viejo, agradecido y para estar mejor con Dios, tomó la costumbre de ir todos los días a la iglesia vecina a oír misa, y de miedo de que la vieja fuese a pedir lo que no necesitaba, se llevó la varillita y la pasó a dejar a casa de una comadre que vivía cerca del templo. Después que saludó a la comadre, le pidió que le guardase la varillita con mucho cuidado, que no se fuese a perder.

Cuando el viejo se fue, la comadre se quedó pensando qué gracia tendría la varillita, ya que su compadre se la había recomendado tanto, y después de mucho cavilar se le ocurrió que podría ser de virtud, y quiso probar si en efecto lo era. La sacó entonces de donde la había guardado, y le dijo:

"Varillita *'e virtú*, por la *virtú* que Dios *ti ha dao*, *hace* que se me presente aquí un *vestío* bien rico".

E inmediatamente se le apareció un elegante y hermosísimo vestido. Entonces la comadre tuvo el mal pensamiento de robarse la varillita, y se fue a la arboleda a buscar una igual para

* Conoces (MD).

** Retabas (MD).

*** Cóguile (MD).

**** Apareciendo como un ser de otro mundo (MD).

cambiarla. Después de mucho mirar las ramas de los árboles, encontró una bastante parecida, y cortándola del mismo largo que la de virtud, la colocó en el lugar que esta había ocupado y ocultó la verdadera.

Poco rato después volvió el viejo de misa y la comadre le entregó la varillita que ella acababa de cortar de la arboleda. El viejo le dio las gracias y sin sospechar nada se fue muy tranquilo a su casa a almorzar.

Llegando, hizo poner la mesa, tomó la varillita y comenzó a pedirle manjares y vinos; pero fue inútil: se cansó de pedir y nada apareció.

Muy enojado volvió a casa de la comadre.

"*Comairita**" le dijo "vengo a ver por qué me cambó mi varillita por esta tan *feaza***".

"*Compairito****", le contestó ella "¿que no ve *qu'es* la *mesma*****? ¿cómo se figura que yo iba a hacer tan semejante cosa 'e cambiársela cuando yo a *usté* lo *apreceo****** tanto?".

El compadre, viendo que nada conseguiría, se volvió a su casa y le dijo a su mujer:

"Aprontame el capachito con el cocavín porque voy a subir al cielo *pa peír* otra *virtú*".

Preparó la vieja el capachito, se lo entregó a su marido y se despidió de él deseándole un buen viaje.

Se afianzó el viejo el capacho a la cintura, se dirigió a la mata de cóguiles y se puso a subir de gancho en gancho... de gancho en gancho... de gancho en gancho... de gancho en gancho... hasta que llegó arriba. Golpeó, se asomó San Pedro por la ventanilla y el viejo le contó lo que había pasado.

* Comadre (MD).

** Fea (MD)

*** Compadre (MD).

**** Misma (MD).

***** Aprecio (MD).

Preguntole San Pedro qué deseaba, y el interpelado, que era goloso y recordaba con placer los manjares que le había proporcionado la varillita de virtud, le contestó:

"Lo que yo quisiera *agora* serían unos mantelitos, que *destendiéndolos** en la mesa, se cubra de las mejores comías".

Le trajo San Pedro los mantelitos y le hizo las mismas recomendaciones que antes. El viejo le dio las gracias y bajó por la mata de gancho en gancho... de gancho en gancho... de gancho en gancho... de gancho en gancho... hasta que llegó a la casa, extendió el mantelito y se puso a comer con su vieja. Terminaron la comida, doblaron y guardaron los preciosos mantelitos y se fueron a dormir muy satisfechos.

Al día siguiente el viejo se fue a misa y se llevó los mantelitos, y como lo había hecho con la varillita de virtud, pasó a dejarlos a la comadre y le encargó que no los extendiera, pues si tal cosa hacía se enojaba con ella.

Dejó transcurrir la comadre un momento, tanteando que su compadre hubiese llegado a la iglesia, y enseguida sacó los mantelitos, los desdobló y los colocó sobre la mesa, y sin que ella hubiese dicho ni una palabra siquiera, al punto se cubrieron de los más ricos licores y de los manjares más exquisitos. Apresuradamente retiró platos y botellas, antes que el viejo volviese, y cambió los mantelitos por otros muy parecidos que ella tenía y los dobló y guardó en el sitio en que el viejo había dejado los de él.

Momentos después llegó el viejo, tomó los mantelitos y se fue, y como tenía mucha hambre, llegando a la casa los extendió, pero con mucha sorpresa vio que los mantelitos se quedaron extendidos sin que nada apareciese sobre ellos.

Entonces el viejo, muy enojado, contó a su vieja lo que le había sucedido con la comida, y juró que los robos que le había

* Extendiéndolos (RL).

hecho no quedarían sin castigo. Hizo que de nuevo arreglara el capachito y se fue a ver a San Pedro por tercera vez.

Antes de salir le encargó a la vieja que se pusiese al pie de la mata y allí lo esperara, por si le pasaba algo, porque, con lo que había subido dos veces hasta el cielo, estaba cansado, y le quedaban pocas fuerzas y temía caerse.

La vieja lo acompaño hasta el pie de la mata de cóguiles, y el viejo empezó a subir de gancho en gancho... de gancho en gancho... de gancho en gancho... de gancho en gancho... y como se sintiera fatigado, no llegó sino hasta la mitad, se tendió sobre una rama muy tupida y se puso a dormir. Cuando estaba durmiendo le bajaron ganas de orinar y se puso a orinar. La vieja, que estaba abajo, recibió todo lo que el viejo orinaba. La vieja decía:

"Miren los angelitos cómo están *botando** la *mistela***".

Al poco rato al viejo le dieron ganas de ensuciar y se puso a hacerlo. La vieja sintió que algo caía y dijo:

"Miren los angelitos como están tirando los manjares y confites, y mi viejo está allá arriba gozando, y yo ¿por qué no gozo?". Y se apuraba a recoger todo lo que caía.

Después el viejo continúo durmiendo hasta el amanecer, y en cuanto despertó, siguió subiendo de gancho en gancho... de gancho en gancho... de gancho en gancho... de gancho en gancho... hasta que llegó al cielo y el contó a San Pedro lo que su comadre había hecho con él por segunda vez. San Pedro le mostró muchas virtudes y le dijo:

"Amigo, *bueno y burro se escriben con b*, pero no hay que ser ni tan bueno ni tan burro que *le metan a uno el dedo en la boca y no muerda.* Escoja una de estas virtudes por última vez y escoja bien, porque ya no se le dará otra".

* Echando al suelo (MD).

** Licor de aguardiente con cáscaras de fruta o trocitos de verdura o de hierba (MD).

El viejo le echó el ojo a un atado de varillas que estaba muy envuelto en un rincón y le preguntó a San Pedro en qué consistía la virtud de esos palitos, y San Pedro se la explicó al oído. El viejo, muy contento, le dio las gracias al santo y riéndose de gusto comenzó a descender de gancho en gancho… de gancho en gancho… de gancho en gancho… de gancho en gancho… hasta que puso pie en tierra. Entró a su casa y le refirió a la vieja, en mucho secreto, cómo le había ido con San Pedro. Los dos se reían a carcajadas.

El viejo estaba cansado, así es que, apenas comió una mal sopa que le sirvió su mujer, se retiró a dormir.

Al otro día tempranito se fue a misa y pasó, como siempre, a casa de la comadre. Después de saludarla le entregó el paquete de varillas y le dijo:

"Mire *comairita*, aquí le traigo otro encarguito, y no vaya a suceder que se pierda como los demás; pero una cosa le voy a *icir*: no desenvuelva el paquete ni vaya *icir* salgan palitos, porque entonces yo no respondo".

El viejo se dirigió a la iglesia para oír su misa, y la comadre se quedó pensando si desenvolvería o no el paquete. Venció la curiosidad al temor, lo desenvolvió y dijo: "*Salgan palitos*", y salieron del atado, *hijitos de mi alma**, una cantidad de palitos, duros como fierro, que se volvían locos pegándole por la cabeza, por los brazos, las piernas, por todo el cuerpo. ¡Bueno en darle fuerte!

Cuando el viejo volvió de misa encontró que los palitos todavía estaban golpeando a la comadre y ya la tenían medio muerta. El viejo le dijo:

"Vea, *comaire*, si no me *entriega* las otras *virtúes* que me ha *robao*, los palitos le siguen pegando hasta *matala*".

La comadre fue a buscar la varillita y los mantelitos que le había cambiado al viejo y que guardaba muy escondidos; y mien-

* Expresión exclamativa de intensificación de un hecho (MD).

tras tanto los palitos no la dejaban, por todas partes la seguían, rodeándola y cayendo sobre ella como bofetadas de *fraile**. Por poco le sacan el *contre***.

Trajo la comadre las virtudes que había robado y se las entregó al viejo; pero no por eso los palitos cesaron de pegarle, porque el viejo, en castigo de las maldades que le había hecho, les mandó que le siguieran *tostando**** y no descansaron hasta que la dejaron muerta.

Los viejos, de nuevo en posesión de las virtudes que les habían sido arrebatadas, tuvieron todo lo que apetecían y vivieron muchos años más, contentos y felices, gozando de una vejez tranquila. Por cierto que no olvidaron la mata de cóguiles, a la que tanto debían, pues siempre fue objeto de parte de ellos de la atención, cuidado y cariño que por sus servicios merecía.

Y aquí se acabó el cuento y se lo llevó el viento y se fue por la mar adentro y pasó por una mata de porotos para que don Fulano nos cuente otro.

LOS PALITOS DE VIRTUD

Para saber y contar y contar para saber. Esta era una vieja tenida por bruja, que vivía en un pueblecito sin más parientes ni conocidos que una comadre, tan habladora que no callaba ni los pedos que se largaba, y otra muy *alicurca***** y bellacona.

* Con mucha rapidez (RL).
** Estómago de las aves (RL).
*** Pegando (MD).
**** Astuta, pilla (RL).

Un día la comadre habladora fue a casa de la bruja, y le dijo:

"Comadrita, ¿por qué no me da una virtud para tener siquiera con qué mantenerme? ¡mire que estoy tan pobre!".

Y la bruja le contestó:

"Pero, comadrita, usted tiene una lengua muy larga, y no se le puede dar nada, porque todo lo cuenta".

Y la habladora replicó:

"No, comadrita, déme la virtud no más, y no se lo cuento a *nadiecito*".

"Bueno" le dijo la bruja, "le voy a dar esta bolsita, y cuando tenga hambre, usted le dice: 'Bolsita de, virtud, por la virtud que Dios te ha dado, lléname esta mesa de los más ricos manjares'".

Así lo hizo en cuanto llegó a su casa, y se le llenó la mesa de los mejores platos.

Llegó el domingo, y cuando se disponía para ir a misa, pensó:

'¿Cómo voy a dejar aquí mi bolsita? Cualquiera que pase por la calle puede entrar y robármela'.

Y se la pasó a dejar muy *encargada** a la otra comadre que vivía cerca, y le advirtió que no le dijese la oración que le había enseñado la bruja.

En cuanto se fue la comadre habladora a misa, la que había recibido la bolsa le dijo la oración, y antes de terminarla, ya tenía la mesa llena de manjares.

Esta comadre, que, como ya se ha dicho, era medio *bellacona*, pensó:

'Me pasara de *lesa*** si le entregara a mi comadre esta bolsita tan rica, se la voy a cambiar por esta otra, que es casi igual'.

Y como lo pensó, lo hizo.

* Recomendada.

** Necia.

Concluida la misa, la comadre habladora pasó a buscar su bolsa, y la comadre bellaca le entregó la otra parecida, que la habladora se llevó muy tranquilamente.

Llegó la vieja habladora a su casa con mucha hambre, y colocando la bolsita sobre la mesa, le dijo la oración "Bolsita de virtud, por la virtud que Dios te ha dado, lléname esta mesa de los más ricos manjares".

Pero la mesa siguió tan desnuda como antes. Repitió la oración, y la mesa siempre sin nada. Entonces supo que le habían cambiado la bolsa, y, desesperada, se fue a ver a la comadre bruja y le contó lo que le había pasado.

La bruja, muy enojada, no quería darle ninguna otra virtud, pero tanto la rogó, que al fin le dijo:

"Pero no haga lo que hizo con la bolsa, no se lo cuente a nadie. Voy a darle estos palitos y ellos le van a hacer muebles que usted venderá; y con lo que le produzcan, tendrá para comer y vestirse. No tiene más que decirles: 'Trabajen, palitos' y se pondrán a trabajar".

Así lo hizo, y los palitos le trabajaban muebles que era un contento, y no descansaban hasta que llegaba la noche.

Llegó el domingo, y cuando se disponía para ir a misa, pensó:

'¿A quién le encargaré mis palitos? Si los dejo aquí cualquiera que pase por la calle puede verlos, y si le gustan, se los lleva. Pero si se los dejo a mi comadre me los cambia, como me cambió la bolsita. Pero se los dejo no más, y no le digo cómo es la oración'.

Y pasó a dejárselos, encargándole se los guardase mientras oía misa.

Pero la comadre, que era muy *agalluda**, y que había visto vender muebles a la otra, que no tenía ni en qué caerse muerta, la había acechado y una mañana oyó que le decía a los palitos: "Tra-

* Agalluda = astuta.

bajen, palitos" y por una rendija vio cómo trabajaban los palitos: unos cepillaban la madera que otros traían; estos *aserruchaban**; aquellos clavaban; en fin, que cada uno hacía su oficio; y como eran tantos, en un momento concluían un juego de muebles.

En cuanto esta comadre malició que la dueña de los palitos había llegado a la iglesia, les dijo a los palitos: "Trabajen, palitos", pero, temiendo que no le alcanzaran a hacer un amueblado completo antes que terminara la misa, les repetía a cada rato:"Trabajen, palitos; trabajen, palitos"; y con tanto que los apuraba, los palitos trabajaban tan ligero que no se veían, y en un momento llenaron la casa de toda clase de muebles; y como no encontraran dónde seguir trabajando, comenzaron a hacerlo encima de la vieja. Uno le cepilló el pelo y la nariz, otro le aserruchó las costillas, otro le clavó las manos, otro le barnizó el cuerpo de negro, otro le daba de martillazos; en fin, que cada uno hacía su oficio en la vieja, como si la vieja fuese de madera.

Cuando la comadre habladora volvió de misa y pasó a reclamar sus palitos, todavía estaban estos trabajando encima de la otra, y la tenían convertida en un San Lázaro. Gritaba la pobre a todo lo que le daba la boca, que la tenía muy grande, y por más que les decía a los palitos: "No trabajen más, palitos", los palitos seguían su tarea sin descanso.

La comadre habladora tuvo lástima, y como no sabía la manera de mandar a los palitos que no trabajaran, se fue corriendo a donde su comadre bruja a pedirle ayuda.

La bruja no quería ir, pero al fin fue, y ordenó a los palitos: "Descansen, palitos, y vuelvan a su dueña".

Y al punto los palitos dejaron de trabajar, y juntándose se amarraron y se metieron debajo del brazo de la bruja, que se retiró muy enojada.

* Aserruchar = aserrar.

La comadre bellaca casi se murió de los golpes y cortaduras que sufrió; pero al fin sanó, eso sí que siempre quedó *ñata* y barnizada de negro. Y tanto esta como la otra no tuvieron para vivir sino lo que pudieron sacar de la venta de los muebles que alcanzaron a hacerles los palitos.

EL CULEBRÓN MAL PAGADOR

Han de saber que había un *campañista** que estaba rodeando sus animales, cuando oyó un silbido que salía de entre unas rocas. Fue allá y vio un culebrón aplastado por un peñasco. El culebrón le suplicó:

"¡Sácame de aquí, Juan!" (así se llamaba el campañista).

Juan pensó:

'Una buena obra nunca es perdida'.

Y sacó al culebrón; pero este, en cuanto se vio libre, se enrolló en el cuello de Juan.

Entonces Juan le dijo:

"Déjame, no me maltrates; fíjate que yo te he librado de la muerte sacándote de debajo del peñasco".

"¿Que no sabes?", le respondió el culebrón "¿que un bien con un mal se paga?".

"No", le contestó Juan, "un bien se paga con un bien; esto es lo corriente".

"Vamos a buscar pruebas, a ver cuál de los dos tiene la razón".

Y salieron a buscar pruebas, el culebrón siempre enroscado en el cuello de Juan.

* Quien tiene a su cargo el cuidado de los animales de una hacienda (RL).

Luego encontraron a un burro que estaba muy flaco y lastimado, y Juan le dijo:

"Venga, amigo, a prestar una declaración. ¿Será cierto que un bien con un mal se paga?".

"Cierto", contestó el burro. "Yo era un animal muy estimado de mis amos, y después de haberlos servido hasta no más, ahora que estoy viejo me han mandado a engordar para hacerme *charqui* *. El día menos pensado me matan".

Entonces el culebrón le dijo a Juan:

"Ya ves cómo un bien con un mal se paga".

Más allá tropezaron con un caballo que estaba todo espoleado, chorreando sangre. Juan le dijo:

"Venga, amigo, a prestar una declaración. ¿Será cierto que un bien con un mal se paga?".

"Cierto" contestó el caballo. "Yo he sido un animal fiel y serví a mi amo cuanto pude, hasta librarlo de la muerte en una guerra; y ahora que estoy viejo y achacoso y que no le sirvo, me tiene engordando en este potrero para matarme y hacer jabón con el sebo que saquen de mí".

"¿No ves?", le dijo el culebrón, "¿que un bien con un mal se paga?".

Siguieron andando, y, sin saber cómo, se encontraron en el mismo sitio en que Juan libró al culebrón de morir aplastado, y allí estaba casualmente una zorra, a la que Juan preguntó:

"¿Será cierto, señorita, que un bien con un mal se paga? Háganos el favor de sacarnos de esta duda".

"No", dijo la zorra, "no es cierto; que un bien con un bien se paga, eso es lo cierto".

"Este joven", repuso Juan, "me tiene agarrado del pescuezo porque lo saqué de debajo de un peñasco que lo tenía aplastado, y me quiere ahorcar, porque dice que un bien con un mal se paga".

* Carne secada y salada al sol (RL).

"Aunque, en general, un bien debe pagarse con un bien", replicó la zorra, "hay casos en que un bien debe pagarse con un mal, y para decidir en este que se me consulta, habría que conocer cómo pasaron las cosas. Vamos a ver, ¿dónde estaba este joven?", agregó, indicando al culebrón.

"Aquí estaba", contestó Juan.

"Bájate" le dijo la zorra.

El culebrón obedeció.

"Levanta el peñasco", ordenó la zorra a Juan, y Juan lo levantó.

"Ponte donde mismo estabas", le dijo al culebrón, y el culebrón se colocó en el lugar en que estuvo aplastado.

"Déjale caer un poquito la piedra", le dijo a Juan.

"¿Así tan apretado estarías?".

"No", contestó el culebrón; "estaba un poco más apretado".

"Déjale caer bien la piedra", le ordenó a Juan, y Juan la soltó.

"¿Así tan apretado estarías?"

"Así", le contestó el culebrón.

"Entonces para que aprendas que un bien debe pagarse con un bien, ahí mismo te vas a quedar".

"¡Cuánto te agradezco, zorrita!", le dijo Juan cuando se iban, "¡cuánto té agradezco el favor que me has hecho! ¡Te voy a dar hartas gallinitas!".

"¡Ah! ¿no me irás a dar perrillos?".

"No, si yo tengo hartas gallinitas, y te las daré todas".

Llegó Juan a su casa acompañado de la zorra, que-le dijo.

"¡Bueno! Ahora me vas a dar una gallinilla para el camino; después me darás las demás".

Juan le entregó la gallina que le pedía la zorra, y cada día le llevaba una, que la zorra venía a esperar al camino, según habían convenido.

Ya no le quedaba a Juan sino una gallina. Entonces la mujer le dijo:

"¿Qué le vas a dar mañana, si hoy le entregas la última gallina? Llévasela y llévale también un saco de perrillos".

Llevó Juan la gallina y el saco de perrillos que le había dicho su mujer, y cuando llegó al camino en que la esperaba la zorra, le soltó la gallina para que jugara con ella. Feliz estaba lo zorra correteándola, cuando Juan le soltó los perros. La zorra, que esto vio, arrancó que no se le veían las patas para su cueva, que estaba en una quebrada.

Cuando se vio libre adentro de su habitación, les preguntó a sus patitas:

"¿Cómo venían ustedes, patitas?".

"Veníamos corriendo para que los perrillos no te alcanzaran y comieran".

"¿Y ustedes, uñitas?".

"Nosotras veníamos sujetándonos en las piedras y los riscos, para que los perrillos no te alcanzaran y comieran".

"¿Y ustedes, orejitas?".

"Nosotras veníamos echaditas para atrás, para no agarrar viento y correr más ligero, para que los perrillos no te alcanzaran y comieran".

"¿Y tú colilla, cómo venías?".

"Yo venía para acá y para allá, espantando a los perrillos, para que no te alcanzaran y comieran".

"¡Ah, colilla pícara! ¿y sí me hubieras *volteado**? Me habrían comido los perrillos por tu culpa. Tómenla, perrillos, y cómansela", y asomó la cola para afuera de la cueva.

Los perros, que estaban quietecitos, esperando que saliera la zorra, se pescaron de la cola y tiraron con fuerza, logrando sacar a la zorra, y se la comieron.

Cuando la zorra se estaba muriendo, decía:

"¡Cierto, muy cierto, que un bien con un mal se paga!".

* Botado, arrojado, echar a tierra (RL).

LA HISTORIA QUE SE VOLVIÓ SUEÑO

Este era un joven que andaba viajando y llegó a un pueblo que no conocía. Paseando por las calles vio a una niña muy hermosa, que estaba sola adentro de una pieza con puerta a la calle, tomando *mate*. La niña le llenó el ojo, y todos los días pasaba por su puerta para verla.

Un día se detuvo frente a ella y le pidió permiso para encender el cigarro en el brasero; y con este motivo entabló conversación con ella. Le preguntó si era casada o soltera, y ella le contestó que era soltera. Pero nada, era casada; eso sí que su marido era un ocioso; que no se ocupaba de otra cosa que de andar por las calles para arriba y para abajo, y no la iba a ver sino una que otra noche.

El joven forastero no tenía, en verdad, otra ocupación, y como frecuentaba los mismos lugares que el marido de la niña, se hicieron pronto muy amigos.

El joven forastero visitaba diariamente a la niña, y varias noches fue también a acompañarla. La primera noche que fue, al despedirse de su amiga le obsequió, en señal de compromiso, un anillo muy valioso, con su nombre grabado en el interior.

Una noche que departían amistosamente los dos, golpearon a la puerta, y la joven preguntó quién era; el de afuera contestó: "Soy yo, tu marido".

"¡Cómo!", dice el forastero, "¿entonces es casada usted?".

"Después hablaremos de eso; lo que ahora interesa es que usted se esconda luego".

Y lo ocultó en un montón de lana que había en un rincón de la pieza.

El escondido, que no conoció a su amigo, porque ni lo veía ni oía bien su voz por impedírselo la lana, permaneció allí hasta las dos o tres de la mañana; y al otro día le contó a su amigo la aventura. Este le dijo:

"¡Caramba, amigo, qué suerte tiene usted! ¿La niña es buena moza? Y esta noche, ¿irá otra vez?".

"¡Cómo no!* ¿Por qué había de dejar estos amores nuevos?".

El marido hizo cuanto pudo por *pillar*** al intruso, pero sin conseguirlo, porque la niña lo escondía siempre en partes diferentes. Esto tenía al marido sumamente irritado, y más aún con lo que el forastero le contaba al día siguiente, burlándose de él sin saberlo.

"Compañero", le decía "qué celoso debe ser el marido; no deja rincón de la casa por donde no me busca pero la niña me prefiere a él, que es un tunante y un *sinvergüenza****, y me esconde muy bien".

"De veras", decía el otro, "debe quererlo bastante".

"¡Es mucha suerte la suya!".

Una noche, no encontrando la joven dónde ocultar a su amigo, lo metió en un zaguán en que arrojaban los desperdicios de la cocina y las aguas sucias, y aunque el sitio no era muy agradable, *no tuvo más remedio***** que aguantarse calladito. El marido, después de registrar por todas partes y no encontrándolo, tomó una piedra y la arrojó con fuerza al zaguán, diciendo:

"¡Por si estás ahí, pedazo de moledera!".

Y tan bien cayó la piedra, que lo embadurnó de barro de los pies a la cabeza. Pero el otro ni chistó.

Al otro día el joven le contó todo al marido, quien, aparentando indiferencia, después de felicitarlo por la suerte que tenía, se fue donde su suegro, que vivía en una quinta situada en las afueras de la ciudad, y le dijo que fuese a buscar a su hija por esto y aquello, y le refirió todo lo sucedido.

* ¡Por cierto! (MD).

** Sorprender (RL).

*** Desvergonzado (RL).

**** No pudo hacer otra cosa (MD).

El suegro mandó a buscar a su hija y la encerró en una pieza, y le dijo al yerno que convidase a su amigo a almorzar a la quinta, que él averiguaría lo que había y si su hija resultaba culpable, la mataría juntamente con el joven forastero.

Así lo hizo el marido, y poco después llegó con su amigo.

A las 12 se pusieron a la mesa, que estuvo muy animada, porque cada plato se rociaba con muy buenos tragos de vino.

A los postres, el dueño de casa propuso que cada uno contara sus aventuras, comenzando él por referir una historia amorosa, que por cierto era inventada, pero que hizo reír mucho a todos.

A su derecha estaba el joven invitado, y dirigiéndose a él le dijo el caballero:

"Ahora le toca a usted".

Entonces él, inocente de lo que pasaba, principió a contar sus aventuras con la hija del dueño de casa, sin omitir detalles; ¡y la pobre niña oyéndolo todo!

Cuando llegó a la última parte, esto es, cuando la niña lo escondió en el zaguán, tenía el joven la boca seca y pidió que le trajeran una copa de agua; le ofrecieron vino, pero él rehusó y pidió que le trajesen agua, y esta fue su salvación, porque cuando pasó de vuelta la sirvienta con la copa, la niña la llamó por la ventana y echó en el agua el anillo que el joven le había regalado.

Al ver el joven el anillo se lo echó a la boca junto con el último sorbo, y después se lo sacó disimuladamente y se lo guardó en un bolsillo del chaleco, sin que nadie se diese cuenta de ello; y enseguida continuó:

"Después de buscarme el marido por todas partes, no encontrándome, tomó una piedra y con rabia la disparó al zaguán, diciendo: 'Por si estás ahí, pedazo de moledera' y la disparó con tanto acierto, que, al caer, me salpicó de barro desde los pies a la cabeza; con el frío que sentí en la cara desperté todo asustado".

"¿Como?", dijo el suegro, "¿entonces era un sueño?".

"¿Y cómo cree, señor?", contestó el joven "¿que si hubiese sido cierto, lo hubiera contado?".

"¡Ah, pícaro bellaco!", exclamó el caballero, dirigiéndose a su yerno, "vil calumniador, que querías enlodar mi honra, encomiéndate a Dios, que ha llegado tu último momento".

Y lo mató de una puñalada.

Y como todos estaban interesados en callar el asunto, enterraron al muerto apresuradamente en el huerto, y jamás se supo lo que acababa de acontecer.

El joven siguió frecuentando la casa y antes del año se casó con la joven viuda del cuento.

EL PADRE QUE HABLABA POR SEÑAS

Han de saber que habían anunciado al Convento de San Francisco la próxima llegada de un Visitador enviado de Roma; y este padre, que tenía fama de ser un gran sabio, era también un gran polemista, pero no hablaba ni discutía sino por señas, ¡y desgraciada de la comunidad en que no se le comprendiese! Esto tenía sumamente preocupados a los padres, porque ¿quién sería capaz de atreverse con aquel coloso de sabiduría y de entender su mudo lenguaje? Los pobres religiosos estaban que *no les cabía un alfiler**.

Había en el mismo convento un *mocho*** que se ocupaba del cuidado del jardín, el hermano Fulgencio, hombre joven aún, despejado y atrevido, quien, al ver a sus superiores con la *cara*

* Muy temerosos (MD).

** Religioso lego (RL).

*larga**, se apersonó al padre guardián, que le tenía cariño y le permitía algunas libertades, y le preguntó:

"¿Podría decirme, Su Reverencia, *qué mala mosca ha picado...*** a los reverendos padres, que andan tan *cabiztivos y pensabajos****?".

Le contó el interpelado la desgracia que se les venía encima, desgracia que tenían ya como cierta, pues no encontraban un gallo *con las espuelas bastante afiladas***** que poner al frente del que estaba por llegar.

"Yo seré ese gallo", dijo fray Fulgencio, "y no tenga cuidado Su Paternidad".

Al día siguiente llegaba el tan poco deseado Visitador, y la comunidad salió a recibirlo en procesión. El recién llegado no despegó los labios y se limitó a saludar con un pequeño movimiento de cabeza.

Llegó la hora de la comida, que era la terrible, porque en ella gustaba el Visitador iniciar sus discusiones, como si se complaciera en indigestar a sus víctimas.

Entraron al refectorio y, terminada la oración que es costumbre rezar antes de principiar a comer, se sienta cada cual en su lugar. Entonces el padre Visitador se levanta y apunta con un dedo. Inmediatamente fray Fulgencio sale al medio y apunta con dos; entonces el Visitador levanta tres dedos, y fray Fulgencio le contesta mostrándole el puño. El Visitador toma de la mesa una manzana y la presenta con arrogancia a su contendor; este, a su vez, toma un pan y con gesto un tanto airado, lo levanta en su mano en actitud de arrojarlo.

* Con preocupación, disgustado (MD).

** Que se siente molesto (RL).

*** Cabizbajos y meditabundos (RL).

**** Dispuesto a combatir (MD).

El padre Visitador toma asiento complacido, y al ver su cara de satisfacción, a todos *se les vuelve el alma al cuerpo** y comen con apetito... de padres.

La visita duraba solo un día, así es que al siguiente, temprano, debía retirarse el Visitador. Antes de despedirse el padre Guardián le dijo:

"Permítame Su Reverencia que le ruegue me explique en qué consistió la discusión que Su Reverencia tuvo ayer con fray Fulgencio, porque, lo confieso humildemente, no alcancé a comprenderla".

"Reverendo Padre, el hermano Fulgencio es un sabio, y merecía decir misa mejor que muchos que la dicen. Habéis de saber que yo, al levantar un dedo, quise significarle que no había sino un Dios; y él, levantando dos dedos, me contestó: 'Es cierto que a Dios Padre debemos la vida, pero también lo es que a su hijo debemos la salvación'. Entonces yo, levantando tres dedos, le indiqué que al Padre y al Hijo debíamos agregar el Espíritu Santo, esto es, que Dios se compone de tres personas distintas; y fray Fulgencio me comprendió inmediatamente porque, cerrando la mano, y mostrando el puño, dio a entender que las tres personas formaban un solo Dios, y no más. Enseguida mostré yo una manzana, y con ello quise indicar que el hombre había perecido por la desobediencia de nuestros primeros padres, comiendo la fruta prohibida; y él, con el pan, me dijo "Si es verdad que el hombre se perdió por el pecado de Adán, también lo es que fue redimido por la Eucaristía".

"¡Oh! ¡fray Fulgencio es un gran hombre!".

Se fue el Visitador, y libres los padres de este peso, reinó en el refectorio la más franca alegría.

Una vez que pusieron fin al trabajo de las mandíbulas, el Padre Guardián ordenó a fray Fulgencio:

* Recuperar el ánimo (MD).

"Cuéntenos, hermano, qué fue lo que le decía el Padre Visitador, y qué lo que Ud. le contestaba, y cómo se las arregló para entenderle".

"Pues, si la cosa era muy clara y no necesitaba de estudio, Reverendo Padre. He aquí nuestra conversación:

El Padre Visitador me apuntó con un dedo, como diciéndome: 'Si no comprendes lo que te voy decir, te meto este dedo en el trasero'; entonces yo le dije: 'Si Su Paternidad me mete un dedo, yo le meto dos'; y él me contestó: 'Pues yo te meto tres'; 'Y yo todo el puño' le repliqué mostrándole mi mano cerrada. 'Atrevido', me dijo él, 'si sigues hablándome de esa manera, te disparo con esta manzana'; y yo entonces le respondí: '¿Manzanitas conmigo? Si Su Paternidad me dispara con ella, yo, muy respetuosamente, le tapo la cara con este pan'. Y esto fue todo. Como ven sus paternidades, no se necesitaba de mucho talento para comprender la cosa".

LA ADIVINANZA DEL TONTO

Un rey había prometido una *talega** *de plata*** al que le dijera una adivinanza que no fuese capaz de resolver. Un tonto dijo: 'Yo le *pondré**** la adivinanza y ganaré la talega', y se puso en marcha hacia el palacio del rey.

Al atravesar un campo vio a un *nuco***** que pisaba a una nuca, y pensó:

* Bolsa (MD).

** Dinero (MD).

*** Propondré (MD).

**** Nuco, *Asio flammeus,* ave de rapiña, semejante a la lechuza (MD).

'Ya tengo una parte de la adivinanza'.

Más allá encontró un cordero que balaba, y se dijo:

'Esto también me sirve'.

Siguió su camino, y al pasar por una bodega vio que un hombre estaba guardando *porotos**, y le preguntó qué era eso; el hombre le contestó: "Son porotos *pallares*** que estoy echando en este saco". El tonto repitió: "Pallares y pallares dentro del saco".

Y por fin, en la plaza, al llegar al palacio, le llamó la atención una mujer que freía *picarones**** en un sartén lleno de grasa hirviendo; y pensó: 'El talego es mío'.

Llegó donde el rey y le dijo la siguiente adivinanza:

Nuco sobre nuco, y un *beee*****,
pallares y pallares dentro del saco,
y al llegar donde mi rey:
*chirrín, chirriaco******.

Efectivamente, el rey no pudo dar con la solución e hizo entregar la talega al tonto.

* Del quechua, *puruto,* clase de fréjoles (MD).

** O pallarés (*Phaseolus pallar*), variedad de frejoles (MD).

*** Buñuelos (RL).

**** Sonido onomatopéyico de balar (MD).

***** Onomotopeya, sonido de freír (MD).

Han de saber que estos eran dos viejecitos muy pobres, que tenían dos hijos, un niñito y una niñita. El niño se llamaba Juan Bautista y la niña, Carmelita.

El viejecito, que era jardinero de oficio, trabajaba en los jardines del rey, y por todo salario le daban mensualmente un almud de afrecho. Trabajó durante tres meses, y al cumplirlos se fue a su casa, con permiso, y bajo promesa de volver al día siguiente.

El viejecito, viéndose tan pobre, se fue llorando. Su mujer lo esperaba con comida, pero ninguno de los dos la probó, porque estaban con mucha pena, y se acostaron con los niños en la única cama que tenían.

Al otro día temprano se levantaron los niños y se comieron la sopa que sus padres habían dejado en la noche.

Serían como las 12 del día cuando el rey vino de su palacio a preguntar por qué el viejo no había ido a trabajar. Los niños le dijeron que estaba durmiendo todavía.

Entró el rey muy enojado y le dio un *guascazo** al anciano, quien ni se movió siquiera. Lo *atentó*** y entonces vino a ver que los dos viejos estaban muertos. Entonces los *agarró**** y los fue a enterrar a los pies de una montaña y quiso llevarse a los niños para el palacio; pero los niños no consintieron y se quedaron allí cuidando la casa.

Los niños no tenían qué comer y durante tres años estuvieron alimentándose de raíces y yerbas silvestres.

Un día que la niña se quedó en la casa y salió Juan Bautista a buscar raíces, encontró este en el camino a un anciano que

* Latigazo (MD).

** Tocó (MD).

*** Cogió (MD).

andaba con dos perritos y llevaba una escopeta al hombro. El anciano detuvo a Juan y le preguntó a dónde iba; Juan le contestó respetuosamente:

"Voy a buscar raíces, señor, para alimentarnos yo y mi hermana, porque no tenemos otra cosa que comer".

Entonces el anciano le dijo:

"Toma mejor esta escopeta, que se carga y descarga sola, y estos dos perritos, que te servirán para recoger los pájaros que mates: uno se llama *Liviano* y el otro *Pesado*. Pero tanto los perritos como la escopeta me los devolverás cuando te los venga a pedir, porque te los dejo prestados, no más".

El viejecito se fue, y Bautista se dirigió a su casa muy contento a referirle a su hermana la feliz aventura que había tenido.

Poco antes de llegar a la casa divisó una bandada de palomas. Les hizo los puntos, y los perritos inmediatamente se pusieron en facha sentándose en las patas traseras. Salió el tiro, y los perritos corrieron tan ligero, que llegaron antes que las municiones; tantas palomas mataron las municiones como mataron los perros. Recogió Juan las que habían caído, y *chiflando*, *chiflando**, siguió su camino.

Cuando llegó a la casa lo esperaba en la puerta Carmelita, y le contó que había encontrado sal y otras cosas, y que iba a hacer un caldo de agua con hierbas.

"Yo también encontré algo en que emplear la sal", le contestó Juan, y le entregó las palomas.

Pasaron al interior, hicieron una buena *cazuela*** y mientras se cocía, Juan contaba a su hermana su aventura con el viejecito.

* Silbando (MD).

** De *cazo*, recipiente, para servir una comida hecha principalmente de carne de ave, o de cerdo, o de vacuno; con arroz, papas, verduras, en el caldo de su cocción, a menudo con *chuchoca*, una harina gruesa de granos de maíz cocidos, después de secados y molidos (MD).

"¡De modo que los perros y la escopeta van a ser tuyos quién sabe hasta cuándo! ¡Ay, qué bueno! Así podremos mantenernos comiendo pajaritos" exclamó llena de alegría Carmelita; "las hierbas y raíces ya me tenían aburrida".

Los niños salían a cazar casi siempre juntos; pero llegó un día en que no encontraron pájaros y se volvieron muy tristes. Por suerte habían secado al sol carne de las aves que les sobraban, y con ella siguieron alimentándose.

Un día dijo Juan:

"Voy a salir: ¿quién sabe si en estos días que no he cazado habrán venido algunos pájaros?".

Y tomando la escopeta, salió acompañado de los dos perros.

Buen trecho se habían alejado de la casa, cuando de repente Liviano y Pesado se pararon en dos patas, como cuando Juan iba a disparar.

'¿Qué será?' pensó; 'voy a *animarlos**'. Y los animó.

Los perritos se lanzaron a toda carrera por un antiguo camino abandonado, y él los siguió de atrás; pero corrían tan ligero que luego los perdió de vista.

De pronto se oyeron muy lejos unos ladridos, y Juan se dirigió apresuradamente al lugar de donde parecían venir. A una vuelta del camino se encontró con Liviano y con Pesado, que tenían en el suelo a un enorme gigante, quien conservaba en su mano derecha una espada ensangrentada, con la cual había herido a los perros.

Cuando el gigante vio a Juan, le dijo:

"¡Ay, Juan! espanta tus perros y te doy mi espada y mi palacio".

Juan ordenó a *Liviano* y a *Pesado* que se retiraran; pero no le obedecieron. Fue necesario que se enojara con ellos para que dejaran de morder al gigante y se hicieran a un lado.

* Azuzarlos (MD).

Entonces el gigante se levantó muy mal herido y fue a entregar a Juan el palacio en que vivía.

"Todo es para ti", le dijo al mostrarle las incalculables riquezas que encerraban los numerosos departamentos del enorme y espléndido edificio, "menos esta caja verde que está en esta pieza del mismo color. Ponle llave a la puerta y no la abras nunca; haz cuenta de que no existen, ni la puerta, ni la pieza, ni la caja".

Y le entregó las llaves de la caja y de la puerta, que también eran verdes, y que Juan agregó al manojo de llaves que momentos antes había recibido del gigante.

Muy contento se volvió Juan para su casa y refirió a Carmelita cuanto le había sucedido. Se fueron ambos para el palacio y, una vez en él, Juan entregó a su hermana todas las llaves, una de cada puerta; pero separó las de la pieza y de la caja verdes y le encargó que las guardase aparte muy bien guardadas y que nunca las usase.

Juan salía todos los días a cazar con sus perros y Carmelita se quedaba en el palacio arreglando las habitaciones y preparando la comida, sin que se le hubiera ocurrido visitar las demás piezas.

Un día que se desocupó temprano se propuso conocer todo el palacio, y visitó las piezas una tras otra, admirando las riquezas y objetos preciosos que encerraban. Al llegar a la puerta de la pieza verde, única que le faltaba ver, se dijo:

"¿Por qué me habrán prohibido que abra esta puerta?".

'Voy a ver lo que hay detrás de ella; estoy sola y mi hermano no lo sabrá'.

Entró y no vio sino la caja verde que estaba en el centro, sobre una mesa verde también. Se quedó mirándola y dudó un momento si la abriría o no; pero la curiosidad venció, e introdujo la llave en la cerradura. Apenas la había dado vuelta, cuando la tapa se abrió por sí sola y salió el gigante, de un salto. La niña casi se fue de espaldas al verlo. El gigante le dijo:

"¿No te ordenó tu hermano que no abrieras esta pieza?, ¿por qué has desobedecido? Ahora ¿qué vamos a hacer? Por de pronto tendrás que ser mi esposa; ya no puedo volver a la caja, y tu hermano, que es tan guapo, nos matará con esos *quiltros** que tiene. ¿Cómo nos libraremos de él?".

"De alguna manera tendremos que librarnos", contestó Carmelita.

"Mira", le dijo el gigante, "en una bolsita que está en tal parte de la cocina hay unos polvos; sácalos con cuidado y no los toques con las manos, porque te harían daño. Cuando él vuelva de la caza, haz como que sales a encontrarlo, pero te vienes adelante de él y vas echando los polvos en el camino, de modo que él los pise".

Así lo hizo la niña: sacó los polvos y asomándose a la calle vio que su hermano venía bajando por un cerro; chiflando venía. Salió a encontrarlo, aparentando mucha alegría, y como la senda era estrecha, aprovechó la ocasión para venirse adelante e ir arrojando poco a poco los polvos que había tomado en la cocina.

Los perritos se colocaron entre Carmen y Juan, y se fueron revolcando sobre los polvos que la niña dejaba caer, y tan bien lo hacían que el camino quedaba completamente limpio.

Solo una vez miró Carmen hacia atrás, y como viera que los perros se revolcaban, les pegó, diciéndoles que eran unos cochinos, que se iban enmugrentando las lanas. Juan le observó:

"¿Para qué les pegas?, eso no importa; llegando a la casa yo los lavaré".

Llegaron a la casa, y Carmen, como si tal cosas, le dio de comer a su hermano y al *Liviano* y al *Pesado*.

* Del mapuche, perros ordinarios (RL).

Al otro día Juan volvió a salir a cazar, y su hermana fue a la pieza verde a hablar con el gigante, y le contó que los perros le habían limpiado el camino a su hermano, de modo que había llegado a la casa sano y salvo.

"Toma una *narigada** de los mismos polvos", le dijo el gigante, "y se la echas en la sopa".

Así lo hizo ella. En cuanto vio que venía, corrió a servir la comida, y antes de pasarle el plato de sopa echó en él una narigada de los polvos.

Cuando Juan entró al comedor los perros lo siguieron, y sentados en sus patas traseras se quedaron mirándolo sin despegarle la vista, observando todos sus movimientos. Al introducir Juan la cuchara en el plato, dieron los perros un salto sobre la mesa y le desparramaron la sopa. Carmen tuvo que servirle sopa buena, sin polvos.

Al día siguiente Juan volvió a salir, y Carmen fue a la pieza verde a verse con el gigante, y le contó lo que habían hecho los perros.

"Mira", le dijo el gigante, "hazte la enferma, y cuando llegue Juan le dices que tus padres se te han aparecido en sueños y te han dicho que si no comes la naranja que está arriba de aquel naranjo, morirás, y que para poderla tomar necesita dejar amarrados en esta pieza a los dos perros con esta *huincha***"; y le pasó dos huinchas verdes para que los atara.

Llegó Juan, y como no encontrara a nadie, se dirigió a la pieza de Carmen y la encontró en cama, llorando y quejándose doloridamente.

"¿Qué tienes?", le preguntó.

"¡Ay, hermanito!, me siento muy mal, me duelen todos los huesos y no tengo valor para nada. En la mañana, después que

* Pequeña cantidad de una sustancia pulverizada (RL).

** Cinta de hilo, de algodón o de seda, de tejido flojo (RL).

tú te fuiste, desperté sobresaltada: acababa de soñar con mis padres que me decían que, si no comía una naranja de las que hay arriba de aquel naranjo que desde aquí se divisa por la ventana, me moriría hoy mismo; pero que no podrías subir a tomarla sino dejando atados en el cuarto verde al *Liviano* y al *Pesado* con estas huinchas, que al recordar encontré sobre la cama".

Llamó Juan a sus perros, los hizo entrar en la pieza verde y allí los ató fuertemente con las huinchas que su hermana acababa de entregarle, y dejando la puerta abierta, salió y subió al naranjo, Pero cuando iba por la mitad del árbol sintió que subían unas cadenas y lo estrechaban fuertemente al tronco.

Carmela, que lo estaba aguaitando, cuando vio que Juan no podía moverse, corrió a avisarle al gigante, que estaba escondido en el huerto, y que, armado de un gran sable, corrió precipitadamente a donde estaba Juan y a toda voz, le gritó:

"¡Ahora me las pagarás todas! ¡Ya no te escaparás de mí!".

Juan vio llegado su último momento, pero no se amedrentó, y gritó a sus perros:

"¡Liviano! ¡Pesado!".

A estos las cintas se les habían convertido en cadenas también, pero, haciendo un esfuerzo, las cortaron y corrieron a atacar al gigante.

El gigante los recibió a sablazos, pero ellos, con agilidad maravillosa, *les sacaban el cuerpo** a los golpes que él les dirigía. El gigante les lanzaba mandobles, unos tras otros, aunque inútilmente, porque, al bajar el sable, los perritos estaban lejos y el arma *se embotaba*** en el suelo.

Llegó un momento en que el gigante se sintió rendido y sin fuerzas para levantar el sable, que ya estaba completamente abo-

* Se escabullían (RL).

** Se enterraba (RL).

llado; y entonces el *Liviano* dio un salto y lo tomó del cuello, y el *Pesado* se pescó de una de sus pantorrillas, lo hicieron caer; y en un momento dieron buena cuenta de él, dejándolo muerto.

Enseguida se fueron al naranjo. Las cadenas que sujetaban a Juan eran muy fuertes, y los fieles animales tuvieron que trabajar desde las 12 del día hasta las 12 de la noche para librar a su amo.

Juan tomó su escopeta, y dirigiéndose a Carmen le dijo: "Adiós, hermanita ingrata, ya no nos volveremos a ver".

Carmela le pidió que la perdonara y le rogó que no se fuese, pero Juan, silbando a sus perros, salió del palacio dejándola sola.

Juan siguió su camino al azar. Iba muy triste, porque nunca se imaginó que su hermana le fuese a pagar con una ingratitud tan grande.

Anduvo muchos días sin rumbo fijo, avanzando por la senda que veía delante de sus pies, hasta que llegó a la entrada de un bosque, y allí se encontró con una bellísima joven que estaba sentada en el suelo, llorando amargamente y peinándose, y las lágrimas que vertía y los piojitos que se le caían eran de oro.

Juan le preguntó por qué lloraba, y la niña, sin dejar de llorar, le contestó:

"¿Qué sacaré con referirte mis penas, si no has de poder remediarlas?".

"¿Cómo sabes de qué soy capaz?", respondió Juan. "No porque me veas joven creas que soy un ser inútil. Cuéntame la causa de tu llanto, y quizás pueda consolarte".

"Sabrás, joven extranjero, que una horrible serpiente viene todas las semanas a comerse a una niña de la ciudad vecina, capital del reino de mi padre. Todos visten luto en ella, porque no hay familia que no cuente con una víctima, por lo menos. Mi padre, a fin de evitar que la serpiente concluyera con las jóvenes del reino, a propuesta de la misma alimaña, se obligó a entregarle a sus tres hijas, a pesar del dolor que esta medida le causaba. Mi padre prometió casarnos con los que nos librasen de la muerte, pero hasta ahora nadie se ha presentado a tentar la aventura. Ya han perecido mis dos hermanas mayores, y hoy me toca el turno a mí. En un momento más llegará a este sitio el cruel monstruo, y también llegará mi último momento. Joven, retírate, porque el monstruo esta sediento de sangre humana, y si te encuentra, se ensañará en ti".

Eran las 11 de la mañana, y a las doce debía llegar la serpiente. Juan le pidió a la princesa que no llorara y le aseguró que él la libraría de todo peligro. Le rogó que, mientras llegaba la hora, le permitiera posar la cabeza en su falda, porque se sentía fatigado. La princesa accedió, y Juan, tendiéndose en tierra, apoyó su cabeza en las rodillas de la joven, que se puso a espulgarlo, y se quedó dormido. El *Liviano* y el *Pesado* velaban su sueño con la princesa.

Minutos faltaban para las 12, cuando se sintió un bramido que hizo temblar las montañas. Juan seguía durmiendo, y la princesa, que acariciaba su cabellera, no se atrevió a despertarlo.

Un segundo bramido resonó poco después. El *Liviano* y el *Pesado* se pusieron en facha. Juan seguía durmiendo, y la princesa comenzó a llorar de nuevo. Una de sus lágrimas cayó en el rostro de Juan, quien despertó inmediatamente, como si lo hubiesen remecido. Precisamente en ese instante la serpiente, que bramaba por tercera vez, se encontraba a muy corta distancia de ellos, y Juan, como lanzado por oculta máquina, de un salto se puso en pie y gritando a sus perros "¡A ella!" le hizo los puntos con su escopeta. Salió el tiro, y cayó la serpiente con sus siete cabezas atravesadas por una bala. El monstruo aún vivía, pero el *Liviano* y el *Pesado*, con unas cuantas dentelladas, concluyeron con él.

Entonces Juan, acercándose a la serpiente, le cortó las lenguas y guardándolas en su cartera se despidió de la princesa y se fue a unas casas abandonadas que desde ahí se divisaban.

Sucedió que el rey había mandado a un negro a cortar leña, y este se había dirigido casualmente al bosque donde estaba la princesa. Al llegar cerca de ella tropezó el negro con la serpiente, que creyó dormida, y dijo:

*¿A que mato a eta chepiente y me cacho con la pinchecha, pa' comé pan banco?**

Y alzando el hacha, fue descargándola sucesivamente sobre los cuellos de la serpiente, y hacía saltar lejos las cabezas. Enseguida recogió y echó en la carreta las cabezas y el cuerpo del animal, y una vez que llegó al palacio, dijo al rey:

"*Cheñó*, la *chepiente ta matá*; el *neguito* la mató y le *coltó* la *cabecha*; *chete cabecha* le cortó el *neguito*; ahí tan en la caleta. El *neguito cachache* con la *pinchecha*".

Salieron el rey y la corte a comprobar si era cierto lo que el negro decía y, verificado el hecho, partieron a traer a la princesa, a quien encontraron muda.

El rey debía cumplir su promesa, porque "el que se compromete, en deuda se mete", y palabra de rey no puede faltar.

Mientras se hacían los preparativos de la boda mandó el rey que tres soldados llevaran al negro al río y lo lavaran con potasa y lo rasparan con *corontas*** para ver si se ponía blanco; pero fue inútil, porque siguió tan negro como antes.

La princesa continuaba muda, y este era un inconveniente grave para celebrar el matrimonio; pero como en aquellos tiempos se usaba dar un banquete antes de la ceremonia, se dispuso la mesa, y a ella se sentaron el rey, los novios y los caballeros y damas de la Corte.

Juan, que estaba al tanto de lo que pasaba en el palacio, mandó al *Pesado* que fuese a quitarle al negro el plato que le habían

* Imitación de peculiaridades fonéticas que serían características de afroamericanos (MD).

** Panojas de maíz despojadas del grano (RL).

servido, y se lo trajese. El *Pesado* obedeció: entró a palacio y de un salto se subió a la mesa y tomando con el hocico el plato del negro, huyó precipitadamente, dejando a todos asustados de su atrevimiento.

Llegó el *Pesado* con el plato, que dejó a los pies de Juan, y entonces Juan mandó al *Liviano* que le trajese la copa en que el negro estaba bebiendo. Al punto el *Liviano* se lanzó al palacio, y deslizándose por entre las piernas de los guardias que custodiaban las puertas y las de los mozos que servían en el comedor, de un brinco se trepó en la mesa, arrebató de las manos del negro la copa que en ese instante se llevaba a los labios, y arrancó a toda carrera.

Todo el mundo se quedó perplejo, y el rey ordenó a sus guardias que siguiesen al perro y se lo trajesen, pues quería castigar su osadía; pero el *Liviano*, escabulléndose por aquí y por allá, *se les hizo humo** y tuvieron que volver sin él.

Cuando los guardianes iban de retirada, mohínos y cabizbajos, Juan ordenó al *Pesado* que volviera a palacio y arrebatase al negro el plato de fruta que tenía delante y se lo trajese. El *Pesado* obedeció al punto; pero cuando huía los guardias, que estaban prevenidos, corrieron tras él y alcanzaron a verlo entrar en la casa en que Juan se albergaba.

Fueron a avisarlo al rey, y el rey dispuso que un piquete de 25 hombres al mando de un oficial, fuese a buscar a Juan y a los perros, y se los llevasen prisioneros.

Salió el piquete, y cuando llegó a la casa, el oficial, en nombre del rey, intimó a Juan que se entregase con sus perros. Juan le dijo que no irían ni él ni sus perros, sino en caso de que el rey mandase tres carrozas, una para él, otra para el *Liviano* y otra para el *Pesado*. El oficial creyó que eran bromas de Juan, y le

* Desapareció (RL).

dijo que se apurara; y como Juan respondiese que no se movía de donde estaba mientras no viniesen las carrozas, el oficial le tiró un sablazo al *Liviano*, que estaba más cerca de él; pero el animalito, de un brinco, se le fue a la garganta y lo estranguló de un mordiscón. Entonces los soldados se fueron contra Juan y el *Pesado*; pero entre este y la escopeta dieron cuenta de 24, y solo dejaron vivo a uno. Juan le dijo:

"Ve donde el rey, refiérele lo que has visto, y agrégale que, si no me manda pronto las tres carrozas, concluyo con todo su ejército; y *que se dé a santo** que no le exija que él en persona venga a buscarme".

Mandó el rey las carrozas, y en ellas se trasladaron a palacio Juan y sus perros.

Todavía seguían el rey y su corte en la mesa, y la princesa, muda, sentada al lado del negro, que estaba vestido de general. El rey preguntó a Juan por qué había muerto a sus soldados, y Juan respetuosamente le contestó:

"Ruego a Su *Sacarrial Majestad*** perdone mi proceder a que sus mismos soldados me obligaron con su descortesía y falta de respeto. Yo me imaginé que merecía mayor consideración de ellos, de todo el pueblo y de Su *Sacarrial Majestad*, por el hecho de haber librado a la princesa de una muerte segura, y al reino de la ignominia que sobre él pesaba, matando a la serpiente".

El negro, morado de rabia, se levantó violentamente de su asiento, y sin siquiera pedir permiso al rey, gritó:

"No le *clea, cheñó*; yo, yo *cholo matal* la *chepiente*; *eche hombe chendo* un *mentilocho*, *pícalo, embutelo*; yo no *ma colté* la *chete cabecha* a la *chepiente*. *Chaquen ajuela* a *eche hombe pa matalo*".

* Por satisfecho (RL).

** Sacra y real majestad (RL).

"Señor", dijo Juan, "si ese negro indecente ha muerto la serpiente, que diga dónde están las lenguas que han debido tener las cabezas del monstruo".

"En *l'hochico d'ella* tienen *qu'estal*", gritó el negro. El rey mandó traer las siete cabezas de la serpiente y se vio que a cada una le faltaba su lengua.

"Aquí están", dijo Juan, sacándolas de su cartera. "Yo las corté en presencia de la princesa, una a una, después de haber atravesado de un balazo las siete cabezas de la serpiente, como puede verse".

Examinaron las cabezas y vieron que efectivamente las siete estaban perforadas por una bala.

Pero el negro *no aflojaba un pelo**, y gritó:

"Eche hombe miente; yo no ma la maté".

Juan, para terminar de una vez, rogó al rey que preguntase a la princesa quién había sido su salvador.

El rey le dijo:

"La princesa ha quedado muda del susto".

Juan le contestó:

"Así como a mí me debe la vida, que a mí también me deba el uso de la palabra".

Y dirigiéndose a ella la interrogó:

"Bellísima princesa, en nombre de Dios, di ante vuestro augusto padre y esta noble concurrencia, ¿quién te salvó la vida matando a la serpiente de siete cabezas?".

"Tú fuiste", respondió la princesa.

"Y entonces ¿qué hizo este negro?".

"Con su hacha cortó sucesivamente las cabezas de la serpiente que yacía muerta en tierra, gracias a tu valor, y tomándolas, juntamente con el cuerpo del monstruo, las echó en la carreta".

* No ceder (RL).

El rey, feliz de ver que su hija había recuperado la palabra y de saber que era Juan el matador de la culebra, con gran contentamiento de los circunstantes hizo sacar al negro, y ordenó a Juan que se sentara al lado de la princesa, continuando la fiesta con toda alegría y entusiasmo.

Después de los postres el arzobispo casó a Juan con la princesa, que se sentía verdaderamente dichosa con el cambio de novio.

Pasó un año de felicidad no interrumpida para los jóvenes esposos, que vieron colmados sus anhelos con el nacimiento de un precioso niño.

Juan compartía su tiempo entre su mujer y su hijo, que lo tenían como encadenado con su cariño, de tal modo que había olvidado por completo su escopeta y a sus perros.

Un día llegó a pedir albergue al palacio una mujer enlutada. Se lo negaron; pero el rey dispuso que la hospedaran en las piezas de la servidumbre. A la hora de la comida, cuando todos estaban en la mesa, esta mujer se introdujo en el dormitorio de la princesa y ocultó algo en la cama de Juan, retirándose enseguida.

Juan estaba un poco indispuesto y se fue a acostar temprano. Cuando, un rato después, la princesa se retiró al dormitorio, encontró a su marido tendido de espaldas, con los brazos abiertos y los labios descoloridos. Lo llamó y no respondió. Le palpó la frente, las manos, todo el cuerpo, y estaba completamente helado. A los gritos de la princesa acudieron el rey y toda la servidumbre, y pudieron comprobar que Juan estaba muerto.

En medio del desconsuelo general, porque Juan por sus excelentes cualidades era muy querido, procedieron a amortajarlo y lo colocaron sobre una mesa enlutada. En el mismo momento entraron a toda carrera el *Liviano* y el *Pesado*, de un salto se subieron al catafalco, y con sus dientes despojaron a su amo de la mortaja y demás vestiduras. Enseguida lo dieron vuelta, y del pulmón le sacaron un enorme colmillo y otro de la cintura, los cuales le atravesaban el corazón y el estómago. Estos colmillos eran del gigante que habían muerto el *Liviano* y el *Pesado*, y habían sido colocados en la cama por la hermana de Juan, que era la mujer que había pedido alojamiento en el palacio.

Inmediatamente de retirados los colmillos Juan se levantó como si despertase, y exclamó:

"¡Qué sueño tan pesado he tenido!".

Y acarició a sus perritos, a los cuales tanto tiempo no veía.

Al día siguiente sintió Juan deseos vehementes de salir a cazar, y descolgando la escopeta, que estaba medio mohosa por la falta de uso, silbó a sus perros, y después de dar un beso a su mujer y a su hijo, partió.

Anduvo Juan más o menos una hora, y por fin llegó a un bosque situado a alguna distancia de la ciudad, y de improviso se encontró frente a frente del mismo viejecito que años atrás le entregó la escopeta y los perritos.

El viejito le dijo: "Vengo a reclamarte la escopeta y también al *Liviano* y al *Pesado*; ya ha llegado el tiempo de que me los devuelvas".

Juan le contestó:

"Lo que es prestado no es dado; no hay remedio", y le pasó la escopeta.

"Y los perros ¿no me los entregas?".

"Déjemelos", respondió Juan, "ya están acostumbrados conmigo; yo los cuidaré; yo creo que ellos preferirán mi compañía".

"No, Juan, te equivocas, aunque te quieren mucho, más me quieren a mí. Haz la prueba: ponte tú allá, junto a aquel árbol, yo me quedaré aquí y los perros que se sitúen a igual distancia de nosotros, mirándote a ti. Llámalos, a ver si se van contigo".

Juan los silbó, los llamó por su nombre, pero inútilmente. El *Liviano* y el *Pesado* no se movieron; estaban como sordos.

"Ahora vas a ver", dijo el anciano, y los silbó. Y los animalitos, alborozados, partieron como un rayo hasta ponerse a su lado.

Entonces Juan lloró y suplicó al viejecito:

"Lléveme; quiero irme con ustedes".

"Está bien", le contestó el anciano.

Y extendiendo en el suelo una manta de tres puntas, puso la escopeta en una de ellas, al *Liviano* y al *Pesado* en cada una de las otras, y él y Juan se colocaron en el medio. Al punto la escopeta y los perritos se convirtieron en tres ángeles, que tomaron la manta de sus extremos y se elevaron con Juan y el anciano por los aires.

Pasaron por el Infierno, y el anciano mostró a Juan una mujer que estaba dando alaridos en medio del fuego, y le preguntó:

"¿La conoces?".

"¡Ay! sí, la conozco. ¡Es mi hermana! ¡Saquémosla de ahí!".

El viejecito no la quería sacar, pero Juan le rogó:

"Saquémosla no más; el dolor que sufre mi hermana lo sufro yo también".

La sacaron y la llevaron con ellos.

Poco después pasaron por el Purgatorio y vieron en medio de las llamas a un viejecito y una viejecita. El anciano preguntó a Juan:

"¿Los conoces?".

"¡Ay! sí, los conozco. ¡Son mis padres! ¡Saquémoslos de aquí y llevémoslos con nosotros!".

El anciano tampoco los quería sacar, pero Juan le rogó:

"Saquémoslos no más; el dolor que ellos sufren también lo sufro yo".

Los sacaron y los llevaron consigo, y poco después entraron en la gloria, donde todos se encuentran contentos y dichosos.

Y se acabó el cuento, y se lo llevó el viento, y se coló por la puerta de un convento, y nosotros nos quedamos afuera y los frailes siguieron adentro.

MAL PADRE

Este era un caballero que tenía tres hijos, dos niñas y un niño; pero demostraba mucha preferencia por la hija mayor, a la que continuamente decía que ella era la reina de la casa y que no debía trabajar ni hacer ninguna cosa, ni para él ni para sus hermanitos menores.

Un día domingo el caballero hizo matar una oveja y, después de colgarla, se fue a misa con los niñitos chicos, dejando de dueña de casa a la niña mayor.

Cuando volvió de misa se encontró con que la carne se la habían comido los perros, y le preguntó a su hija qué había sucedido. Ella le contó que unos perros habían venido y se habían comido la oveja, y que, como él le había prohibido hacer cualquier cosa, no los había espantado y los había dejado comerse la carne. Esto lo hizo ella para probarle a su padre que debía consentir en que se ocupara de los quehaceres de la casa.

El caballero anduvo de mal genio por lo que había acontecido, y se enojó mucho más todavía cuando le dijeron que en el pueblo no había dónde comprar carne.

Viendo a su padre tan irritado, pensó la niña: '¿Qué le daré de comer a mi padre?'.

Y se resolvió a cortarse un pedazo de carne de una pierna, y con él hizo una *carbonada**. Cuando el padre la probó, le dijo que estaba exquisita y le pidió que en la tarde le diese de la misma comida.

* Comida guisada en caldo, de carne de vacuno, papas, cebolla, arroz, zapallo y verduras, cortados en trozos pequeños (MD).

Al día siguiente, como tampoco se encontrase carne en el pueblo, la niña se sacó un segundo pedazo de la otra pierna, y se lo sirvió a su padre hecho *cazuela**.

El caballero preguntó a la niña dónde había encontrado una carne tan rica, y ella le contestó que se la había sacado de las piernas, y que ya no le quedaba más.

Entonces le anunció que mataría a uno de sus hijos menores para que le dieran de comer.

La niña mayor, que tenía buen corazón y que quería mucho a sus hermanitos, les dijo que se fueran lejos, porque su padre los iba a matar para comérselos, y les dio *tortillas*** para el camino.

Salieron a correr tierras, y después de mucho andar se encontraron con una viejecita, que les aconsejó que no tomasen agua en el camino hasta después de pasar tres lagunas, porque si tomaban de la primera se volverían perros; si de la segunda, corderos; y si de la tercera, cabros.

Siguieron andando, y llegaron a una laguna cuyas aguas cristalinas convidaban a beber. Con el calor y la fatiga, el niño tenía sed.

"Hermanita", le dijo, "tengo la boca seca, voy a tomar de esta agua".

"¿Cómo has de tomar de esta agua?", le respondió la niña, "¿quieres volverte perro? Vámonos ligero de aquí".

Y tomándolo de la mano, lo arrastró consigo.

Poco después llegaron a otra laguna. Si el agua de la primera era cristalina, la de esta parecía un espejo. El niño lloraba.

"Hermanita, ya no aguanto; me muero de sed".

* De cazo, recipiente, para servir una comida hecha principalmente de carne de ave o de cerdo o de vacuno; con arroz, papas, verduras, en el caldo de su cocción, a menudo con *chuchoca*, una harina gruesa de granos de maíz cocidos, después de secados y molidos (MD).

** Pan de forma discoidal sin levadura, cocido en el rescoldo de la ceniza (MD).

Y con un esfuerzo violento y repentino, sin que la hermana lo pudiera evitar, se desasió de ella y tendiéndose de barriga en la orilla se puso a beber.

Apenas su garganta se humedeció con el primer sorbo, el niño se convirtió en cordero.

La niña se puso muy triste y continuó su camino con el corderito a la siga.

Ella también llevaba mucha sed, pero no quiso tomar agua hasta haber pasado las tres lagunas.

Después de haber andado unas cuantas horas encontraron a otra viejecita, quien preguntó a la niña para dónde iba. La niña, con lágrimas en los ojos, le refirió todo lo que le había pasado, y le dijo que no sabía a dónde ir.

Entonces la anciana le dijo que se quedaran con ella, y que nada les faltaría. La niña aceptó; y allí se quedó con su corderito, ayudando a la buena vieja en todos sus quehaceres.

La niña creció en tamaño y en hermosura, y esta llegó a ser tan grande que la fama se extendió por todas partes y llegó a oídos del rey, quien quiso convencerse de la realidad.

Salió un día el rey acompañado de los grandes de la corte, y se dirigió a la casa de la viejecita. En el corredor que daba a la calle estaba Elena (este era el nombre de la niña) sentada en un *piso** con su canasto de costura al lado, cosiendo afanosamente. Tan embebida estaba en su trabajo que no se apercibió de la llegada del rey y su comitiva.

El rey no hizo más que verla y quedar perdidamente enamorado de Elena, y se la pidió a la viejecita para casarse. La viejecita dijo:

"Si Elena quiere, yo no tengo inconveniente".

* Especie de silleta baja, sin respaldo (RL).

Elena consintió, pero con la condición de que la dejaran llevar su corderito y que se lo habían de cuidar mucho; y le dijo al rey que el corderito era su hermano, y le contó todo lo demás que le había pasado.

Transcurrieron unos cuantos meses de felicidad para los novios, que se amaban mucho; pero un día declararon la guerra al rey y tuvo que salir al frente de su ejército.

Antes de partir recomendó mucho al jefe de la guardia del palacio el cuidado de Elena, y le encargó que no dejase entrar a nadie donde ella, mientras durase su ausencia. El rey sabía que había muchas envidiosas de la suerte de su mujer, que la odiaban a muerte, a pesar de sus bondades, y temía que la hiciesen sufrir de alguna manera.

Un día se presentaron cuatro damas muy elegantemente vestidas a la puerta del palacio y pidieron al oficial que las condujese a presencia de la reina, porque tenían que darle noticias muy importantes del rey. El oficial se excusó diciéndoles que le estaba prohibido introducir a nadie en el palacio, pero que ya que se trataba de asuntos de interés para su soberana, no tenía inconveniente de transmitirle el recado que con él quisieran mandarle. Ellas dijeron *que bueno**, y le pidieron que, puesto que no podían dejarlas entrar, rogase en nombre de ellas a la reina que saliese un momento a escucharlas, y que de esta manera no desobedecía las órdenes del rey.

Llevó el oficial este recado a la reina, y como Elena era tan bondadosa, no quiso desairar a las damas y salió al vestíbulo a oírlas. Ellas le dijeron que lo que tenían que contarle era largo y necesitaban decírselo a solas; que por qué no las acompañaba a la playa y allí hablarían sin cuidado.

* Aceptaron (MD).

La reina accedió, y salieron seguidas del corderito, que no abandonaba a su hermana.

Por el camino le fueron refiriendo a Elena una historia que le interesó bastante, y así la fueron alejando insensiblemente del palacio y salieron por fin de la ciudad, caminando siempre por la orilla del mar.

En esto llegaron a una roca de forma muy caprichosa y elevada, y propusieron a la reina subir a ella para contemplar desde su cumbre la inmensidad del mar.

Subieron, y cuando estuvieron en lo más alto dieron un empujón a la reina, la que desapareció a sus ojos.

Pero en ese momento había al pie de la roca una ballena, que estaba con el hocico abierto aspirando aire, y la reina cayó adentro sin hacerse ningún daño. La ballena se tragó a la reina y se retiró al medio del océano.

El corderito solo pudo ver cuando empujaron a la reina, y creyó que se había ahogado y volvió solo, muy triste, a palacio.

El oficial, viendo que la reina no volvía y temiendo que le hubiese ocurrido una desgracia, preparábase a salir a buscarla con parte de la guardia, cuando llegó el rey, victorioso de la guerra que sus enemigos le habían declarado, y que se había adelantado a sus tropas, para dar tan fausta noticia a su mujer. Preguntó por ella al oficial y este no tuvo más remedio que contarle lo que había sucedido hasta la salida de la reina, que era lo único que sabía, y la vuelta del corderito, solo y triste.

Entonces el rey dispuso que trajeran al corderito. Cuando llegó lo acarició, y le dijo que los llevara a donde estuviese su hermana y allí balara.

El corderito los llevó hasta la roca, y ahí se detuvo y se puso a balar.

Pero esto no bastaba, porque no se veían ni rastros de la reina. Entonces el rey, con su espada, se puso a limpiar el cuello del animalito, despojándolo de la lana, como para matarlo, y el pobre, del susto, habló y dijo:

"Hermanita Elena, que me van a matar".

Ella le contestó:

"Yo, dentro de la ballena, ¿cómo te podré librar?".

El rey, entonces, hizo secar el mar y pescó la ballena, a la que hizo abrir el vientre, saliendo la reina libre, sana, y tanto más linda que antes.

Y para mayor felicidad, en el mismo momento cesó el encanto del hermano de la reina, que apareció convertido en un hermoso y gallardo joven.

La reina refirió al rey todo lo que le había pasado e inmediatamente el rey ordenó que buscasen a las cuatro damas. Encontradas, cada una fue atada a la cola de una mula chúcara, las que, echando a correr, las hicieron pedazos.

Y el rey y la reina vivieron muchos años y tuvieron muchos hijos y fueron muy felices.

LA CARTA PARA LA VIRGEN

Han de saber que había en un pueblo un matrimonio muy pobre que tenía tres hijos: los dos mayores, que eran muy pendencieros y no podían vivir en paz, se llamaban Pedro el primero y Juan el segundo. El menor, que obedecía al nombre de Manuel, tendría unos dieciocho años y era el único que valía de la casa; tenía bastante carácter, fuerza de voluntad y muy buenas costumbres. Los viejos no se avenían y llevaban una vida poco ejemplar.

En el pueblo había escasez de trabajo, así es que Pedro solicitó permiso de sus padres para salir a andar el mundo y ganar dinero. Concedido el permiso, salió Pedro a rodar tierras, y después de andar muchos días para arriba y para abajo sin encontrar colocación, llegó muy de mañana a un hermoso palacio que tenía sobre la puerta principal, en ese momento cerrada, un letrero que decía: "Se necesita un empleado para un mandado". Esperó Pedro que abriesen la puerta, y dijo al mayordomo:

"¿Podría llevarme donde el caballero?, porque quiero emplearme".

Lo condujo el mayordomo a presencia del dueño del palacio, que era un rey, y el rey le preguntó:

"¿Qué deseas?".

"He visto, señor, el aviso que hay arriba de la puerta, y como estoy desocupado, querría que usted me empleara".

"Con mucho gusto. Yo necesito efectivamente un mozo para un mandado, y pago por el trabajo que se tome en ir y volver, un *almud de plata**, o el cielo, para después de la muerte, a escoger".

"Yo haré el mandado por el almud de plata, señor; que lo que es el cielo, tiempo hay para conseguirlo".

"Muy bien. Pero, ¿eres valiente? Porque el viaje tiene sus peligros, y si te vuelves sin entregar la carta que debes llevar, te haré arrancar una *túrdiga*** desde la nuca hasta la cola".

"Convenido, señor".

El rey ordenó al mayordomo:

"Lleva a Pedro a la caballeriza, que ensille un caballo y vaya a dejar esta carta. Tú le darás las instrucciones necesarias".

Fueron a la caballeriza, en la que había tres caballos, uno oscuro, uno tordillo y otro blanco. Pedro escogió el oscuro, lo ensilló, subió en él, y guardándose en el bolsillo de su blusa la carta

* Del árabe, medida de capacidad para sólidos y líquidos (MD).

** Tira de piel de una persona o un animal (MD).

que el mayordomo le entregaba, se preparaba a partir, cuando el mayordomo lo detuvo le dijo:

"Escucha: el caballo sabe a dónde debe ir; no le tires las riendas por ningún motivo, porque inmediatamente se volverá, y entonces el rey, sin la menor compasión, hará que te arranquen una tira de cuero de las espaldas".

"¡Oh! ¡no hay cuidado! Soy valiente y cumpliré el encargo sin temor a nada".

Y clavando espuelas al caballo, partió a toda carrera.

Anduvo Pedro muchos días sin tropezar con nadie ni con nada que le llamase la atención, hasta que de repente encontró en su camino un río de sangre. Horrorizado, se echó atrás e instintivamente tiró las riendas al caballo para impedir que entrara al río. El caballo se volvió en el mismo instante, a pesar de los esfuerzos que Pedro hacía para que continuara el camino, y se fue a todo escape hasta llegar al palacio del rey.

Cuando el rey lo vio entrar, le dijo:

"No cumpliste las instrucciones que se te dieron; devuélveme la carta y pasa para adentro".

Avergonzado y sin atreverse a dar ninguna explicación, entregó Pedro la carta y con el mayordomo se fue para el interior. Allí lo esperaba el verdugo, que, con maestría sin igual, lo desnudó de la cintura para arriba y en un instante le arrancó de las espaldas una tira de cuero, desde la nuca hasta la cola.

Pedro no se quejó, no obstante el fuerte dolor que la operación le produjo, y cabizbajo salió del palacio y emprendió la vuelta a su casa.

Al verlo, le preguntaron sus padres y sus hermanos:

"¿Cómo te ha ido?".

"Mal, muy mal", contestó él. "Lo único que he sacado es que me han arrancado una tira de cuero desde la nuca hasta la cola".

Y les contó lo que le había sucedido.

Entonces Juan, el segundo hermano, pidió permiso a sus padres para tentar la aventura, asegurando *que no le importarían un pito** ni los ríos de sangre que hubiera en el mundo ni todos los diablos del infierno que se le cruzaran el camino.

Con pocas ganas le dieron permiso los viejos. Partió Juan y a los pocos días llegaba al palacio del rey. La puerta estaba cerrada porque aún era temprano y el letrero no había sido retirado de sobre la puerta. Esperó Juan que la abriera, y el mayordomo lo introdujo a la presencia del rey.

Repitiéronse las escenas que tuvieron lugar entre el rey y Pedro y entre este y el mayordomo hasta escoger el caballo. El que ensilló Juan fue el tordillo; y una vez sobre él y de recibir las instrucciones del mayordomo, emprendió la marcha muy satisfecho.

El caballo siguió el mismo camino que había recorrido Pedro hasta llegar al río de sangre. Como Juan ya estaba prevenido, aunque la vista del río le causó horror, se contuvo y dejó que el caballo lo cruzara. Pero unas cuantas horas después le cortaba nuevamente el paso otro obstáculo: corría cerca de él, formando un gran estrépito, un río de materia pútrida que exhalaba un olor tan fétido que impedía la respiración. Juan no pudo soportarlo, y se dijo: 'Si atravieso el río, muero asfixiado; prefiero que me arranquen la tira de cuero de la espalda y seguir viviendo'. Y tiró las riendas al tordillo, que dio media vuelta y a todo correr se dirigió a las caballerizas del palacio.

Ocho o diez días después llegaba Juan a su casa, con los bolsillos vacíos, como había salido de ella, y con una tira de cuero menos en la espalda; y triste y mohíno refería a los suyos el mal éxito de la aventura.

* No importarle nada (MD).

"Si llego a atravesar el río de materia sin morirme", les dijo, "quizás cuántos peligros nuevos me aguardarían, porque, parece, estos van aumentando de grado a medida que se avanza".

Esta reflexión no produjo efecto en el ánimo de Manuel, que estaba resuelto a probar suerte; y sin embargo de las súplicas de sus viejos padres y de sus aporreados hermanos que no querían que dejara la casa, a fuerza de ruego y ruego consiguió el permiso que solicitaba; y como era precavido, después de recibir la bendición de sus progenitores guardó en sus bolsillos un poco de algodón, y partió henchido de confianza en el resultado de su expedición.

Llegó a los palacios del rey, y ya en su presencia:

"Señor", le dijo, "yo creo que tendré más suerte que mis hermanos y que lograré entregar vuestra carta a la persona a quien está destinada, y por consiguiente, mi espalda se verá libre de todo desmán. No quiero como premio de mi trabajo el almud de plata que escogieron mis hermanos, sino la seguridad de salvarme; venga el cielo después de mi muerte, que lo que es dinero, bien puedo ganarlo después de cumplida esta tarea, pues soy joven y no me faltan fuerzas para trabajar".

"Bien, muy bien, hijo mío. Veo con gusto que tú eres más cuerdo que tus hermanos".

Montó Manuel en el caballo blanco y partió como una exhalación.

Cuando estuvo cerca del río de sangre cerró los ojos y dijo: "En el nombre sea de Dios", y el caballo cruzó el río en un instante, sin que Manuel lo viera. Horas después comenzó a percibir el hedor que despedía el río de materias, y entonces, apresuradamente, sacó el algodón de que se había provisto y se tapó las ventanillas de la nariz. Cerró igualmente los párpados, y dijo: "En el nombre sea de Dios", y un momento después el caballo estaba al otro lado del inmundo río.

¿Qué nuevos riesgos le esperarían aún? Esto pensaba Manuel, haciéndose el ánimo de que serían mayores todavía que los que había atravesado, disponiéndose a soportarlos, fueren como fueren, con toda entereza.

El caballo continuaba su carrera. De pronto Manuel divisó a la distancia dos enormes toros que obstruían el camino y peleaban desaforadamente, dándose de cornadas y echando fuego por hocico y narices.

'¡Caramba!', se dijo, 'el paso es difícil; pero el caballo sabrá evitar que los toros den cuenta de nosotros. En el nombre sea de Dios'. Y continuó con toda tranquilidad.

Al llegar el caballo cerca de los toros estos dejaron de acometerse, y nuestro joven pudo pasar tranquilamente.

El caballo seguía corriendo sin descanso, y mientras tanto Manuel pensaba cómo podía ser que él y el caballo, en tantos días de marcha, ni se sintieran fatigados ni experimentaran la necesidad de tomar alimentos. Pero se dijo: '¿Qué saco con quebrarme la cabeza pensando en estas cosas, cuando el hecho es que hasta aquí vamos muy bien sin comer y sin dormir?'.

Continuó Manuel su marcha por unos cuantos días, al menos así le parecía a él, hasta que se encontró cerca de dos cerros situados a ambos lados del camino, que chocaban fuertemente entre sí. Manuel dijo: 'En el nombre sea de Dios' y dejó que el caballo siguiera adelante. El caballo pasó a todo escape en el momento en que los cerros se abrían, sin que ni siquiera los tocasen.

Los días se sucedían unos tras otros y el caballo continuaba su carrera sin cesar. Atravesaron un inmenso potrero sembrado de grandes piedras y cascajo, y a pesar de no haber en él ninguna clase de pasto los numerosos animales que allí vagaban estaban lustrosos de gordos.

Más allá cruzaron otro gran potrero perfectamente sembrado del mejor forraje, que crecía tierno y lozano, y, no obstante, los animales que en él pacían eran todos tan flacos que los huesos no se les salían por respeto al cuero.

Después de marchar por un tiempo, que a Manuel le pareció corto, entró el caballo a un hermoso parque con grandes jardines y prados revestidos de menudo césped, en los cuales numerosas parejas de jóvenes y niñas cantaban y bailaban alegremente a la sombra que les brindaban frondosos árboles, y otras comían y bebían formando gran bulla y algazara. Al divisar a Manuel lo llamaron, invitándolo a que bajara a participar de sus placeres y alegría; pero él no solo no aceptó, sino que ni siquiera contestó a sus insinuaciones, y continuó su camino.

Poco después de salir de este parque penetró en un sendero estrecho y pedregoso, cubierto de abrojos y zarzales de larguísimas espinas, que a más de molestar al caballo en su marcha a él le desgarraban las carnes. Pero Manuel decía: 'En el nombre sea de Dios' y continuaba impertérrito. Las zarzas y los abrojos fueron disminuyendo poco a poco hasta desaparecer por completo y convertirse el camino en una alameda de grandes árboles, hermoseada de trecho en trecho con lindísimos jardines de perfumadas flores, en los cuales revoloteaban bandadas de bellísimas avecitas, que, con su lucido plumaje y melodioso canto, recreaban la vista y el oído. Al fin de la alameda, en medio de un huerto cuyos árboles estaban cuajados de flores y de frutas exquisitas, había un ranchito, muy limpio, muy bien barrido; una viejecita, rodeada de palomas y gallinas, estaba sentada a la puerta, en un banco de madera, leyendo atentamente en un librito. A ella estaba dirigida la carta y Manuel se la entregó respetuosamente, sin desmontarse del caballo, y diciéndole que esperaba la respuesta. La viejecita leyó la carta y dijo a Manuel:

"Es de mi hijo; mañana entregaré a usted la respuesta; mientras tanto, bájese del caballo para que tome algún alimento y descanse".

Obedeció Manuel y después de tomar un vaso de leche se acostó en una cama que le indicó la señora.

Al despedirse al día siguiente la viejecita le entregó la contestación para el rey, y le encargó que dejara al caballo marchar por sí solo, sin que por ningún motivo le tirara las riendas, pues por este solo hecho, aunque no le ocurriría ninguna desgracia, retardaría la llegada.

El viaje de vuelta lo hizo Manuel sin ningún peligro, sin siquiera pasar por los sitios que antes había atravesado, y llegó a los palacios del rey sin novedad. El rey lo recibió muy contento, le pidió la carta, que leyó con muestras de gran satisfacción y le preguntó cómo le había ido en su viaje. Manuel le contestó que muy bien. El rey le dijo:

"Cuéntame lo que viste. ¿Nada de extraordinario llamó tu atención?".

"Sí, señor, vi muchas cosas raras: primeramente atravesé un río de sangre, y quisiera saber qué significa esto".

"Esa sangre es la que derramó y sigue derramando Jesucristo por salvar a los hombres".

"¿Y la materia pútrida que atravesé después?".

"Son los pecados y maldades de los hombres".

"Más adelante vi dos toros que peleaban ferozmente, y un poco más lejos, dos cerros que chocaban entré sí".

"Los toros son tus hermanos y los cerros son tus padres, que han muerto hace muchos años y están allí purgando sus pecados; porque has de saber que hoy se cumplen cien años que saliste de tu casa".

Manuel se puso muy triste al recibir la noticia de la muerte de sus deudos, y se quedó pensativo. El rey volvió a preguntar:

"¿Qué más viste?".

"Un potrero, que, a pesar de ser completamente árido, contenía numerosos animales cuya gordura daba gusto ver".

"Esos son los pobres, que, no obstante las escaseces y necesidades que pasan, viven tranquilos y contentos".

"Después pasé por un potrero muy bien empastado, pero los animales que en él pacían eran sumamente flacos y parecían enfermos".

"Esos son los ricos, a quienes la envidia y las ambiciones; quitan la tranquilidad, el sueño y la salud".

"Más allá atravesé un parque en que se divertían alegres parejas de jóvenes y niñas, que me invitaron a participar de la fiesta, pero yo no les hice caso".

"En lo cual hiciste muy bien, porque ese era el infierno, y si te hubieras bajado del caballo te habrían llevado los diablos".

"Cuando salí de allí entré en un sendero estrecho e incómodo, cubierto de zarzales y abrojos que me destrozaron las piernas; pero afortunadamente luego llegué a un hermoso huerto, en dónde estaba la viejecita a quien debía entregar la carta".

"El sendero es el camino que conduce al cielo, y la viejecita es mi madre, la Virgen María".

Manuel, arrodillándose, exclamó:

"¡Entonces vos, señor, sois Jesucristo! Si es así, salvad a mis padres y a mis hermanos, porque no podré vivir tranquilo sabiendo que ellos sufren".

"Se salvarán una vez que tú mueras; pero aún puedes vivir cincuenta años más, rodeado de toda clase de comodidades, pues pienso darte este palacio con todas las riquezas que contiene".

"Señor, si los míos se han de salvar cuando yo muera, no quiero ni palacios ni riquezas; venga la muerte, para vivir con ellos en el cielo".

Entonces el Señor extendió sus manos sobre él, que cayó muerto. Su alma, en forma de paloma, emprendió el vuelo al paraíso, y en su camino se reunió con las almas de sus padres y de sus hermanos.

EL PRÍNCIPE LORO

*Para saber y contar y contar para aprender, aserrín, aserrán, los maderos de San Juan; los de roque alfandoque, los de rique alfeñique, triquitriqui triquitrán**. Este era un caballero viudo que tenía una hija muy hermosa llamada Mariquita, a quien quería extremadamente y mimaba y daba gusto en todo. Pero Mariquita se encontraba muy sola y quería que en su casa hubiera niñas con quienes jugar y divertirse mientras su padre salía a sus ocupaciones.

Pues bien, en la casa vecina había una viuda que tenía tres hijas jóvenes, mayores que Mariquita y bastante feas; y esta viuda, siempre que veía a Mariquita, la obsequiaba con dulces y toda clase de golosinas, y sus hijas también le hacían mucho cariño, y le decían: "Aconséjale a tu papá que se case con la mamá y entonces viviremos juntas y nos pasaremos jugando todo el día". Y tanto se lo dijeron y tanto la acariciaron, que Mariquita llegó a creer que sería la niña más feliz de la tierra si se efectuaba aquel matrimonio, y comenzó a majaderear a su padre pidiéndole a todas horas que se casara con la vecina; hasta que el padre se rindió a los ruegos de la niña, nada más que por darle gusto, y se llevó a cabo el casamiento:

Pero apenas celebrado el matrimonio, cambiaron por completo las cosas: en vez de caricias, dulces y golosinas, la pobre Mariquita no recibía de su madrastra e hijas sino malos modos, reprimendas y golpes.

La pobre tenía la culpa de lo que le pasaba, así es que todo lo soportaba en silencio y nada decía a su padre; y hubiera seguido callando sus sufrimientos quién sabe hasta cuándo, si no se hubiera colmado la medida. Una vez que el dueño de casa estaba ausente, las hijas de la viuda la arrastraron de las trenzas,

* Fórmula inicial de cuentos con un llamativo efecto rítmico (MD).

y como ella se quejara a su madrastra, esta mujer pícara, en vez de reprender a sus hijas por su mala acción, tomó un palo y le aplicó tres o cuatro fuertes golpes, diciéndole: "Ven a quejarte, sinvergüenza, ¡quizás qué maldades habrás hecho cuando mis niñitas te han castigado!". Pero lo cierto era que las tres muchachas odiaban a Mariquita, le tenían envidia porque era hermosa y ellas eran feas, porque era la única heredera de loa bienes de su padre y ellas eran pobres; y por eso mismo la vieja no podía verla.

Cuando llegó el caballero, Mariquita le contó lo que le había pasado y la vida de sufrimientos que hasta entonces había llevado; no le hizo cargos, pero le suplicó que la dejara irse a vivir sola a una casita que le había dejado su madre al morir, Y el caballero accedió, pues no veía otro modo de que volviera la tranquilidad a su familia.

Después de tantos días de padecimiento siguieron otros de bonanza para Mariquita. Su vida se deslizaba entre los quehaceres de la casa y el cuidado de un jardincito y de algunos árboles que con su sombra la convidaban a descansar.

Una tarde, mientras barría el patio, oyó que le decían:

"Mariquita, ¿te ayudo a barrer?". Asustada, miró a su alrededor, pero no vio a nadie. Nuevamente se oyó la voz: "No te asustes, Mariquita, soy yo quien te habla desde las ramas del *peumo**". Miró ella hacia arriba del árbol y vio un loro vestido de brillantes plumas de los más bellos colores.

"¡Ay, lorito lindo!", le dijo, "quién pudiera *merecerte***".

"¿Quieres que baje?", le contestó el loro.

"Sí, baja y quédate conmigo. Serás mi compañero ¡Estoy tan sola! ¡Cómo te cuidaré! ¡Qué cosas tan ricas te daré de comer!: nueces, chocolate, pan con vino, dulces...".

* Peumo, *Peumus boldus*, árbol autóctono de Chile (MD).

** Ser merecedora de ti (MD).

"Ahora no puedo", contestó el loro; "tengo que irme; pero volveré en la noche. Déjame en la ventana, abierta, una palangana con agua, un paño de manos, una peineta y un espejo". Y emprendió el vuelo.

En cuanto se obscureció Mariquita abrió la ventana y colocó en ella los objetos que el loro le había encargado, y llena de impaciencia se sentó a esperarlo. Cuando daban las 12 sintió el ruido que producían las alas del loro, que se acercaba; lo vio meterse en el agua y bañarse alegremente; después salir de la palangana y secarse; enseguida, peinarse las plumas, mirándose en el espejo; y por fin; dando un salto, caer arrodillado a sus pies, convertido en el más bello príncipe que hubiera podido soñar.

Nada diremos de lo que hablaron; pero sí que en la mañana, al despedirse, le prometió volver todas las noches y acompañarla hasta el amanecer. Y entregándole una gruesa suma de dinero, se zabulló en la palangana, y convertido nuevamente en loro dio un *volido** y se perdió en el espacio.

El loro cumplió su promesa y sus visitas se repitieron noche a noche.

Mariquita se sentía plenamente feliz; el príncipe la adoraba; costosos trajes de seda cubrían su cuerpo y valiosísimas alhajas adornaban sus orejas, su cuello y sus brazos.

Cierta ocasión en que una de sus hermanastras pasaba por su casa, la divisó en la ventana y fue a contar a su madre y hermanas cómo había visto a Mariquita tan lujosamente vestida y alhajada.

"Alguien le da dinero", dijo la vieja, "porque ella no tiene para comprar cosas de tanto valor, y es bueno que vayas tú a verla y te quedes a dormir allá", agregó dirigiéndose a la mayor de sus hijas, "y que observes lo que pasa y nos vengas a contar lo que veas".

* Vuelo (MD).

Y al otro día la mayor fue a visitar a Mariquita y contó mil mentiras: que sentían tanto que se hubiera ido de la casa; que la echaban tanto de menos; que no fuera ingrata; que su mamá y sus hermanas se morían de ganas de verla, y que ella venía a acompañarla todo el día y toda la noche. Mariquita, siempre bondadosa, le dio las gracias y le hizo mucho cariño; pero temiendo que en la noche sintiera llegar al príncipe y los oyera hablar, durante la comida le sirvió vino *a cada rato**, y la muchacha, que era aficionada al trago, se bebía los vasos uno tras otro; y tanto bebió, que antes de levantarse de la mesa tenía la cabeza completamente trastornada y habría podido pasar una carreta por encima de ella sin que la sintiera. Mariquita la acostó en una pieza contigua a la suya y esperó tranquila al príncipe...

La alojada se levantó al otro día no muy temprano, después de pasar la noche de un sueño, y sin que se hubiera dado cuenta de lo que ocurría tan cerca de ella. Cuando llegó a su casa le contó a su madre y hermanas cuán bien puesta tenía Mariquita la casa y cómo la había servido, con lo que más se encendió la envidia de aquella mala gente. La madre se enojó con la muchacha porque no había visto lo que importaba ver; y ordenó a la mediana que fuese, a su vez, a pasar con su hijastra, recomendándole que no se quedase dormida y se fijase en todo. Pero a esta le pasó lo que a la mayor, que se embriagó y volvió a su casa sabiendo de nuevo tanto como sabía antes de salir.

Pero la menor, que era la más fea, la más envidiosa y la que más odiaba a Mariquita, le dijo a su madre: "Yo iré ahora y lo averiguaré todo".

Y así fue, en efecto, porque, como solo fingió beber, no se durmió y pasó la noche en vela, y por el ojo de la cerradura de la puerta que comunicaba su dormitorio con el de Mariquita vio

* A cada instante (MD).

llegar al loro, le vio bañarse en la palangana y convertirse en hermosísimo príncipe y, por fin, sentarse al lado de Mariquita, hablarle cariñosamente y acariciarla. La rabia se la comía viva y no veía la hora de que amaneciese para regresar a su casa. La noche entera permaneció pegada al ojo deja cerradura, sin pestañear, sin moverse, a pesar de lo incómodo de la postura, así es que de todo se impuso hasta el momento en que, aclarando el día, el príncipe entregaba a su amada una bolsa de dinero, se despedía con un cariñoso beso y metiéndose en la palangana emprendía el vuelo transformado en loro.

Un rato después la envidiosa joven se despedía de su hermanastra asegurándole que había pasado un día y una noche excelentes, y que, si no le era pesada, repetiría la visita. Mariquita le dijo que, al contrario, le daría mucho gusto su compañía, que viniera siempre que quisiera, con la seguridad de que sería bien recibida. Salió la muchacha sonriente de la casa de Mariquita, pero apenas se apartó lo suficiente para no ser vista echó a correr hasta llegar a su casa, a la que entró a los pocos instantes convertida en una verdadera furia.

"¿No ve, mamá, cómo yo me impuse de todo? Estas tontas pasaban la noche durmiendo y no veían nada; ¡pero yo lo vi todo todo, todo!". Y hablando, precipitadamente, refirió cuanto había presenciado.

Una vez terminada la relación, dijo la madre

"¡Ah! ¿con que esas tenemos? Lo que es esta noche no hablará esa cochina con su famoso príncipe. Yo iré y va a saber lo que es bueno".

Efectivamente, poco antes de das 12 de la noche llegó la vieja, ocultándose en la sombra, a la ventana por donde entraba el príncipe, y sin hacer el menor ruido puso en la palangana tres navajas abiertas, muy afiladas, con el filo hacia arriba, y se quedó atisbando a la distancia

Dando las 12 llegó el loro, y, como de costumbre, se dejó caer en la palangana, pero esta vez se hirió el cuerpo con las navajas. El dolor que experimentó le hizo lanzar un agudo grito; y viendo a Mariquita, que había acudido presurosa a ver qué había sucedido, le dijo con tono dolorido:

"¿Qué te he hecho, ingrata, para que me trates así? ¿De esta manera pagas mi cariño? Hoy precisamente cesaba mi encantamiento, y con tu acción me has perdido, tal vez para siempre. Pero si alguna vez llegaras a arrepentirte de tu conducta y quisieras buscarme, zapatos de hierro tendrás que gastar para dar conmigo".

Y se lanzó volando al espacio, en medio de las lágrimas de la pobre niña, a quien no dejó tiempo de decir ni una palabra, y que solo cuando vio las navajas en el agua enrojecida con la sangre del príncipe, se dio cuenta de lo acaecido.

La vieja todo lo vio y todo lo oyó desde el escondite en que estaba en asecho, y radiante de gozo por el éxito que había alcanzado, se fue a su casa a referirlo a sus hijas

Las tres celebraron lo ocurrido; pero quien se sintió más feliz con la desgracia de Mariquita fue la menor.

Mariquita lloró un buen rato amargamente, pero pensó que mejor que llorar era salir a buscar a su príncipe. Mandó hacer inmediatamente un par de zapatos de hierro, que se calzó en cuanto se lo entregaron, y partió a la ventura sin más equipaje que un atado de ropa blanca para mudarse, hilo, aguja, unas buenas tijeras y una botella para el agua. Con su atado al hombro anduvo mucho tiempo, por llanos y cerros, sin descanso ni reposo, sufriendo mil quebrantos y miserias, hasta que un día en que ya no podía más de fatiga llegó a un monte, cerca de una laguna, y se tendió a descansar en la espesura. Y al estirar las piernas para estar más cómoda, ¡oh felicidad!, notó que sus zapatos de hierro tenían la planta completamente gastada y que por la punta de ambos asomaban los dedos de sus pies, señal evidente, pensó, de que pronto encontraría a su amado.

Comenzaba a anochecer. Mariquita, rendida de cansancio, dormitaba con los párpados cerrados; pero no alcanzó a dormir, porque el ruido de un fuerte aleteo que cesó muy cerca de ella la hizo abrir los ojos y prestar atención. Casi al mismo instante sintió un nuevo aleteo, y oyó esta conversación:

"Qué hay, comadre, ¿cómo está? y usted, ahijada, ¿está bien?".

"Estamos buenas, comadre. Aquí nos ve, que acabamos de llegar de nuestra casa, en donde dejamos durmiendo al viejo tonto de mi marido y a mis dos hijas mayores, que no valen más que él. Si la única digna de mí es su ahijada, comadrita, y por eso me hago acompañar de ella a todas partes, desde que es bruja como nosotras".

"¿Y qué noticias nos trae usted del príncipe loro? ¿Se morirá pronto?".

"Ya podía haber reventado", dijo la ahijada.

"No le quedarán, comadre, más de dos o tres días de vida. Se le han corrompido las heridas que se hizo en la palangana con las navajas que usted le puso, y los médicos no atinan con el remedio. ¿Y qué van a atinar? Pero hablemos más bajo, comadre, y ocultémonos bien, porque las paredes tienen oídos y los matorrales ojos: ¿Cómo van a adivinar, dijo, que el príncipe sanaría en tres días, si nos sacaran a cada una de nosotras una pluma del ala derecha y cada día le pasaran por las heridas una de estas plumas untada en nuestra sangre? Pero para esto tendrían que matarnos".

"¡Qué lo van a adivinar, comadrita de mi alma! ¡No lo permita el Diablo que lleguen a saber tal cosa!".

"Vámonos a dormir, comadre. Estoy que me caigo de sueño, porque me levanté muy temprano".

"Lo mismo nosotras, comadre. Vamos a acostarnos, y mañana seguiremos nuestra conversación".

Y *patojeando** se metieron por entre unas totoras que había a la orilla de la laguna.

Las que así hablaban eran tres brujas: la madrastra de Mariquita, su hija menor y la madrina de esta, que todos los sábados en la noche se reunían ahí, transformadas en patas, a contarse las novedades de la semana.

Mariquita esperó cerca de una hora, y saliendo de su escondite armada de sus tijeras, que eran grandes y muy afiladas, se dirigió al lugar en que estaban las patas. Las tres se habían situado a alguna distancia una de otra. A la primera que encontró Mariquita fue a su madrastra, y tomándola del cogote, se lo cortó de un solo tijeretazo. Recogió un poco de sangre en la botella que había llevado consigo, y arrancándole una pluma del ala derecha se fue en busca de otra pata, que encontró pronto y resultó ser su hermanastra, e hizo con ella lo mismo que había hecho con su madrastra; y por fin ejecutó igual operación con la comadre; después de lo cual se dirigió apresuradamente a la ciudad. Al llegar cambió sus vestidos de mujer por los de un hombre que encontró en su camino, a quien pagó el cambio con todo el dinero que llevaba, y así disfrazada entró a la ciudad.

A poco andar encontró a una viejecita que iba muy triste, y deteniéndola, le preguntó:

"¿Qué sucede, mamita, que va tan afligida?".

"¿Qué ha de suceder, pues, hijito?", contestó la anciana. "Que el príncipe, hijo del rey nuestro amo, está agonizando y los médicos dicen que difícilmente pasará de hoy".

"¡Ay, mamita! Yo soy médico, y si pudiese entrar al palacio sanaría al enfermo en tres días".

"¿De veras, hijito? Yo lo llevaré al palacio; yo crié a mis pechos al príncipe y puedo entrar a la hora que quiera".

* Andar como los patos, moviendo el cuerpo a uno y otro lado (RL).

Y se fueron las dos para el palacio.

La viejecita habló primero con el rey, y él ordenó que dejasen entrar al joven médico a la pieza del príncipe, exigiendo aquel que lo dejaran solo con el enfermo

Mariquita, cuando quedó sola, rompió a llorar amargamente: el príncipe tenía los ojos cerrados, estaba sin conocimiento y sus heridas despedían un olor sumamente desagradable. Y así, llorando, tomó una de las plumas arrancadas de las alas de las patas y untándola en la sangre que llevaba en la botella la pasó suavemente por las heridas del príncipe.

Al otro día temprano, fue el rey a ver a su hijo.

"¿Cómo lo encuentra?", preguntó al falso médico.

"Mucho mejor, señor. Acérquese y mire: los gusanos han desaparecido y las heridas han formado costra".

Y así era en efecto.

El médico pidió que lo dejasen solo hasta el día siguiente, y el rey se retiró contentísimo y con la esperanza de que su hijo viviría.

En cuanto salió el rey, Mariquita aplicó otra pluma con sangre de las brujas a las heridas del joven, que al punto recobró el conocimiento. Las costras se desprendieron y fueron cayendo poco a poco.

Al otro día fue nuevamente el rey y encontró a su hijo tan mejorado, que ya hablaba. Naturalmente salió aún más contento que de la visita anterior.

Inmediatamente después de retirarse el rey, Mariquita pasó por todo el cuerpo del príncipe la tercera pluma con el resto de sangre que quedaba en la botella, y al punto el enfermo quedó completamente sano y pidió su ropa para levantarse. Mariquita se dio a conocer y, en medio de la alegría del príncipe, le contó todo lo que había sucedido desde que se hirió, y cómo, por la conversación de las brujas, llegó a saber que su madrastra había sido quien había colocado las navajas en la palangana.

Cuando Mariquita concluía su relato entró el rey, y no es para contarla la alegría que experimentó al ver a su hijo completamente sano y en pie. El príncipe refirió a su padre cuanto acababa de saber de Mariquita y le rogó lo dejase casarse con ella, ya que ambos se amaban tiernamente y a ella le debía la vida. El rey consintió gustoso, y el matrimonio se celebró a los pocos días, en medio del mayor entusiasmo de todos los habitantes del reino.

Y de ello puedo yo dar fe, porque me encontré en el casamiento y comí y bebí tanto, que casi reventé.

Y con esto se acabó el cuento y se lo llevó el viento para el mar adentro.

LAS TRES TORONJAS DEL MUNDO

Para saber y contar, mentiras no han de faltar.

Este era un príncipe que deseaba casarse, pero ni en todo el reino, ni en los estados vecinos había encontrado una mujer que fuese de su agrado.

Montado en su caballo, regresaba a la capital, con el espíritu abatido y absorto en sus pensamientos, cuando una viejecita le salió al caminó y le pidió una limosna. El príncipe le dio una moneda de oro, y se disponía a continuar su viaje sin escuchar los agradecimientos de la mendiga; pero se detuvo al oír que la anciana le decía:

"Yo sé por qué mi príncipe está tan triste, y yo puedo volverle la alegría, porque conozco el remedio de su mal".

"A ver, buena anciana, ¿cuál es la causa de mi tristeza?".

"El príncipe está triste porque no encuentra ninguna mujer que le agrade para esposa".

"Esa es la verdad. ¿Y, cómo podría librarme de esta tristeza que me consume?".

"Yendo a buscar las tres toronjas del mundo".

Y al terminar la viejecita estas palabras el caballo emprendió una carrera tan desenfrenada, que el jinete, a pesar de sus esfuerzos, no pudo contenerlo, dejando al atribulado príncipe con las ganas de continuar la conversación con la viejecita limosnera y averiguarle dónde y cómo podría encontrar las tres toronjas del mundo.

Después de largo rato, caballo y caballero se encontraron a la entrada de la ciudad, y el caballo, deteniendo la carrera, siguió marchando a paso moderado.

El príncipe durmió intranquilo; despertaba a cada momento, pensando en las tres toronjas del mundo. Al otro día esta idea no se apartó de su imaginación; parecía que se le había clavado en la cabeza.

'Esto es para volverse loco', se dijo. 'Es preciso que salga a buscar cuanto antes esas tres famosas toronjas'. Y ordenó que le prepararan lo necesario para un largo viaje.

Al día siguiente salió muy temprano, montado en su caballo. No le acompañaba ningún servidor.

Marchó muchos días, a la ventura, por donde el caballo quería ir; atravesó campos y montañas, llanos y cordilleras, y nadie le daba noticias de lo que buscaba, hasta que por fin, cuando estaba por acabársele el dinero y se le habían agotado los víveres por completo, tropezó con una pobre vieja, que le pidió limosna.

"Tome, señora, todo el dinero que me queda, pero dígame antes dónde puedo encontrar las tres toronjas del mundo".

"Las tres toronjas del mundo cuelgan, señor, de un toronjo que hay en el medio de aquel bosque".

"Gracias, buena mujer".

Y el príncipe le entregó el dinero que le quedaba.

Pocos momentos después tenía en su poder las tres toronjas, y una gran alegría invadió todo su ser.

Pensando que el caballo volvería por el mismo camino que lo había llevado, le dejó las riendas sueltas, y abstraído en la felicidad que le producía el verse dueño de las tres toronjas, no se fijó que iba atravesando, quién sabe desde cuántas horas, un desierto inmenso, cuyo fin no se veía. Comenzó a sentir sed, pero no divisaba agua por ninguna parte. El calor y los deseos de beber acrecentaban su sed y ¿cómo saciarla? Tal vez comiéndose una toronja lo conseguiría; pero él no había pasado por tantas penalidades para comerse una toronja, y quería llegar con ellas enteras a su palacio.

Siguió su camino y la sed también siguió apretando, y tanto apretó que, muy a su pesar, partió una toronja. Pero él que la parte y que sale una princesa... ¡cielo santo!... ¡qué princesa!... Jamás él había visto nada más bello... ¡esta sí que podría ser su esposa! Y olvidando la sed, se disponía a declarar su amor a aquella hermosa aparición; pero ella, sin dejarlo hablar, le dijo:

"Príncipe, tengo sed, dame un poco de agua".

"Hermosa criatura", contestó el príncipe, "¿de dónde saco agua si no se encuentra aquí por ninguna parte?".

"Entonces me vuelvo a mi toronja", dijo ella.

Y se metió en la toronja, que se cerró tras la princesa, y desprendiéndose de las manos del príncipe se fue rodando, rodando, hasta perderse de vista.

Poco más allá había un arroyo y allí bebieron el príncipe y su caballo. El príncipe se tiraba los cabellos a dos manos y decía:

'¿Por qué no esperaría un momento más sin partir la toronja? y entonces la princesa y yo hubiéramos podido apagar nuestra sed. Pero si hubiera encontrado antes este arroyo ¿me habría visto en la necesidad de partir la toronja? Es claro que no, y en tal caso no habría conocido a la princesa: Me contentaré, ya que no hay otro remedio, con las dos toronjas que me quedan, y sigamos nuestro camino'.

Anduvo un día y otro día más, sin salir del desierto, y nuevamente comenzó a sentir ansias de beber. Hizo andar más ligero a su caballo para ver si encontraba algún otro arroyo, pero no halló nada y la sed iba en aumento.

'Si parto la segunda toronja', pensaba 'puede salir una princesa tan linda como la otra y, como ella, pedirme agua, ¿y qué agua le podré dar si no la hay por estos sitios? Y perderé la princesa y la toronja y seguiré con la misma sed. ¿Y si en esta toronja no hubiese, como en la primera, una princesa encantada, no podría apagar mi sed? Manos a la obra', dijo y partió la segunda toronja, y al punto salió de ella una segunda princesa, que, si la otra era hermosa; *esta decía fuera**; y sin darle tiempo para hablar le dijo:

"Príncipe, dame un poco de agua, que tengo mucha sed".

"Princesa ¿de dónde conseguiré agua, si no se encuentra ni una sola gota por aquí?".

"Pues entonces me vuelvo a mi toronja".

E inmediatamente se metió en la toronja, que se cerró herméticamente y desprendiéndose de las manos del príncipe se fue rodando, rodando, hasta perderse de vista.

'¡Caramba!', pensó el príncipe, 'por suerte me queda todavía otra toronja, que es como decir otra princesa. De esta no me desprendo por nada, aunque me muera de sed. Vamos andando y suceda lo que Dios quiera'.

Y apretó las espuelas al caballo, que partió a la carrera. Instantes después llegaron a un arroyo. Caballero y caballo apaciguaron su sed y continuaron su carrera toda la tarde y toda la noche, sin cesar. Cuando aclaró, se encontró el príncipe a orillas de una lagu-

* La superaba en belleza (MD).

na, que le era muy conocida porque estaba cerca de la ciudad. Ahí descendió del caballo y sentándose en un tronco que estaba tendido cerca del agua, se determinó a partir la tercera toronja. Apenas la abrió salió de ella una tercera princesa. Si las otras eran bellas, esta las superaba en todos sentidos: no cabía comparación entre ella y las otras dos. El príncipe se quedó alelado, contemplándola y sin poder hablar palabra, tanta era su emoción. Ella le dijo:

"Príncipe, dame un poco de agua, porque estoy muerta de sed".

El príncipe se inclinó al río y tomando agua en el hueco de sus manos se la dio a la princesa, que bebió con ansias. Inmediatamente la toronja, que había quedado en el suelo, se fue rodando hacia el agua, que la arrastró en su corriente.

"Príncipe", dijo la princesa, "esta agua que he bebido me ha desencantado y desde este momento soy tuya".

El príncipe se sintió el más feliz de los hombres; por fin había encontrado una mujer de su agrado para hacerla su esposa. Le rogó que lo esperara arriba de un coposo sauce que estaba ahí cerca, mientras iba en busca de una de las carrozas del rey, para que hiciera su entrada a la ciudad como correspondía a la que había de ser la compañera de su vida; y despidiéndose de ella con un beso, partió en su caballo a toda carrera.

Poco después, una negra que estaba acarreando agua del río para su casa llegó a llenar su cántaro a la laguna. Al inclinarse vio reflejada en el agua una cara hermosísima, y ella, que nunca se había mirado en un espejo, porque no los conocía, creyó que era su rostro y dijo:

"*¡Benaiga**, Dios! ¡Que yo sea tan bonita, y acarreando agua!".

E hizo pedazos el cántaro y se volvió a su casa. Allá pensó que por bonita que fuese, necesitaba agua para la comida y para lavar

* Bien haya (RL).

su ropa, y tomando un nuevo cántaro volvió a la laguna. Pero como la princesa seguía arriba, siempre su rostro se reflejaba en el agua, y la negra, creyendo que era el suyo, dijo nuevamente:

"¡*Benaiga*, Dios! ¡Que yo sea tan bonita, y acarriando agua!".

Y volvió a quebrar el cántaro. Pero, en la casa, se hizo la misma reflexión anterior y volvió con otro cántaro. Sin embargo, al contemplar el rostro que se reflejaba en la laguna, no pudo contenerse y quebró el tercer cántaro, al mismo tiempo que decía:

"¡*Benaiga*, Dios! ¡Que yo sea tan bonita y acarriando agua!".

La princesa, al ver los gestos y ademanes de la negra, no fue dueña de sí y se rio, y como la negra vio que el rostro reflejado en el agua se reía estando ella enojada, pensó que no podía ser el suyo, y mirando para arriba descubrió a la princesa, que lanzó una carcajada. Entonces se subió al sauce y le dijo a la princesa:

"Tan linda, mi señorita, lástima que le anden piojitos por la cabeza. ¿Quiere que la despulgue?".

Y se hizo que la despulgaba, y haciendo sonar las uñas, trataba de hacerla creer que mataba piojos. Pero de repente le clavó un alfiler en la cabeza y al punto la princesa se convirtió en *zurzulita**, y emprendió el vuelo, dejando la ropa entre las ramas del sauce. La negra inmediatamente se despojó de su vestimenta, que arrojó al río, y cubriéndose con las que había dejado la princesa, se quedó ocupando su lugar en el árbol.

Solo al otro día pudo volver el príncipe, y al ver a la negra le preguntó qué se había hecho la princesa. La negra le contestó:

"Si soy yo la princesa, que con la humedad de la laguna y el aire frío de la noche me he puesto así; pero esto pasará".

El príncipe creyó que era cierto y hasta llegó a pensar que no habría terminado aún completamente el encantamiento y que

* Tortolita cordillerana, *Columbina picui* (MD).

las cosas cambiarían más tarde, y se la llevó en la carroza; y a pesar de la protesta de sus padres, que no querían tener una nuera tan horrible, y de que le pedían esperase siquiera hasta que se acabara el encantamiento, se casó con ella.

El príncipe no era feliz, y más de una vez lo sorprendieron llorando.

Algunos días después de celebradas las bodas, estaba el jardinero del palacio regando el jardín, y al dar las 12 ve que una *zurzulita* se para en la rama de un árbol que quedaba frente a él, y después de llorar unos instantes, se puso a conversar con el jardinero:

"Jardinero que riegas tan a deshora:

¿Qué hace el príncipe con su negra mora?".

"A veces canta y a veces llora".

"¡Ay, triste de mí, por los campos sola!".

Y se fue volando.

Al otro día a las 12, la *zurzulita* volvió y posándose en la misma rama, lloró un momento y repitió el diálogo con el jardinero:

"Jardinero que riegas tan a deshora:

¿Qué hace el príncipe con su negra mora?".

"A veces canta y a veces llora".

"¡Ay, triste de mí, por los campos sola!".

Y se fue volando

El jardinero contó al príncipe lo que sucedía y el príncipe le recomendó que pusiera un poco de liga en la rama en que se paraba la *zurzulita*, y le agregó que él, a las 12, estaría oculto cerca del árbol.

Llegó el otro día, y cuando dieron las 12 la *zurzulita* llegó volando, se paró en la rama de costumbre y después de llorar, entabló con el jardinero el mismo diálogo de los días anteriores:

"Jardinero que riegas tan a deshora:

¿Qué hace el príncipe con su negra mora?".

"A veces canta y a veces llora".

"¡Ay, triste de mí, por los campos sola!".

Y al querer volar no pudo hacerlo, porque tenía las patitas pegadas a la rama.

El jardinero se subió al árbol y con sumo cuidado, para no maltratarla, despegó las patitas de la avecita, y se la entregó al príncipe. La *zurzulita* miraba cariñosamente al príncipe y gorjeaba tristes arrullos, mientras el príncipe la acariciaba.

Como era la hora del almuerzo, cuando el príncipe entró al comedor con la *zurzulita* estaban ya todos reunidos en la mesa. El rey, la reina y demás personas que comían con la familia real la encontraron preciosísima, y le echaban mil "Dios te guarde"; solo la negra pidió que la mataran y se la sirvieran asada, porque le habían venido antojos de comérsela; pero nadie le hizo caso, y dejaron que la avecita se paseara tranquilamente por la mesa, comiendo las miguitas que le echaban. En uno de sus paseos se acercó al príncipe y se metió debajo de su mano. El príncipe se puso a acariciarla, sin embargo de las protestas de la negra, que seguía pidiendo se la sirvieran asada, y al pasarle la mano por la cabeza, sintió una cosa dura.

"¿Qué será", dijo, "esto que tiene el pajarito? Parece la cabeza de un alfiler".

La negra que oye esto y se desmaya; pero nadie se preocupó de ella. El príncipe tira la dureza que había notado y saca un alfiler. Inmediatamente la *zurzulita* se convierte en la princesa que había salido de la tercera toronja, y, como estaba desnuda, la reina la cubrió al punto con su manto.

El príncipe dijo:

"Esta es la princesa que yo traía para casarme, y la única que será mi esposa, y que no sé por qué motivo andaba convertida en *zurzulita*".

La princesa contó, entonces, su aventura con la negra, y el rey, indignado de la maldad de esta pérfida mujer, ordenó que la atasen fuertemente a dos potros de los más chúcaros que encontrasen; de una pierna a cada uno, y que los potros partiesen violentamente en sentido contrario. Lo que se hizo en la forma ordenada.

Y el príncipe y la princesa se casaron, se celebraron grandes fiestas y fueron muy felices.

Y se acabó el cuento y se lo llevó el viento para las serranías de más adentro.

EL *MEDIO-OSITO*

Este era un rey que tenía una hija muy hermosa, recién casada con un príncipe. El rey la amaba mucho, y como no tenía otros herederos, ella debía sucederlo en el trono.

Un día salió el rey con su hija, su yerno y varios caballeros y damas de la corte a dar un paseo a caballo por los alrededores de la capital, y se dirigieron a una meseta desde la cual podía admirarse un precioso panorama.

En lo mejor del paseo la princesa se vio obligada a apartarse un momento del sitio en que se hallaban su padre y acompañantes, y se internó entre unas rocas situadas no muy distante. Mas, cuando se disponía a reunirse con la comitiva, se le presentó, de repente, un enorme oso que, levantándola como una pluma entre sus formidables patas delanteras, se la llevó a una caverna que estaba oculta entre unos grandes peñascos y allí la encerró, tapando la entrada con una gran piedra, tan bien, que nadie hubiera sospechado que existiese una cueva en ese sitio.

Los que estaban arriba no hallaban qué pensar de la demora de la princesa, hasta que el rey, lleno de inquietud y temeroso de que le hubiera ocurrido alguna desgracia, ordenó que todos bajasen a buscarla. Así se hizo, pero inútilmente, porque fue imposible dar con ella.

Los paseantes tornaron a la ciudad muy tristes, y el rey, cuando llegó a palacio, llorando contó a la reina lo sucedido.

La noticia corrió por el país, y todo el mundo se sintió afligido, porque la princesa era apreciada y querida de todos por su hermosura y sus bondades.

Mientras esto pasaba en las tierras del reino, la princesa sufría horriblemente en la cueva del oso. Verse transportada de improviso de en medio de las mayores comodidades y del cariño de los suyos a una caverna obscura, destituida de todo recurso, sin más compañía que el oso, y sin otra alimentación que las frutas y raíces que él le proporcionaba, no era, por cierto, una suerte muy envidiable.

La vida miserable que llevaba tornó su carácter suave y apacible en áspero y huraño, endureció su corazón y lo cerró a todo sentimiento generoso.

La terrible impresión que el oso produjo en su espíritu, al llevarla a la caverna, y su continua vista, influyeron de tal modo en ella, que el hijo que dio a luz algún tiempo después resultó un ser extraño, mitad hombre y mitad oso, el cual creció rápidamente.

Cuando el *Medio-Osito* cumplió quince años, le dijo la princesa:

"Hijo mío, odio con toda mi alma al viejo oso; llevo a su lado diez y seis años de continuo martirio; tú tienes obligación de vengar a tu madre que tanto ha sufrido. ¿Quieres que lo matemos?".

El *Medio-Osito*, que también aborrecía al viejo oso, porque su madre, desde que era pequeñito, trató siempre, por todos los medios, de infundirle odio hacia él, aceptó la proposición de la princesa, y convinieron en que cuando el oso llegara y fuese a entrar el *Medio-Osito*, que debía estar esperando a un lado de la abertura de la cueva, le dejase caer encimada la gran piedra que servía de puerta.

Así lo hizo el *Medio-Osito*, y tan acertadamente, que el viejo oso quedó convertido en una enorme tortilla. Inmediatamente abandonaron la cueva y, atravesando bosques y lugares desiertos, anduvieron muchos días por unos cerros, hasta que, al fin, entraron a un gran palacio en que no encontraron a nadie.

A media noche llegó un caballero y les dijo que él era el dueño del palacio. Entonces la princesa le contó su historia, y el caballero, compadecido, los invitó a permanecer ahí todo el tiempo que quisieran. Aceptaron la invitación, y fueron muy bien atendidos y servidos.

La princesa, a pesar de las privaciones y sufrimientos que había pasado, seguía tan hermosa como antes. El caballero, que aunque tal parecía, era, en realidad, jefe de una temible partida de bandidos, procedentes, como él, de la *Tierra de los Matones**, se enamoró de ella y le pidió lo aceptase como esposo. Ella accedió, porque así seguiría viviendo en el palacio y sería dueña de todas las riquezas que en él se encerraban.

Después de transcurrido algún tiempo, el caballero, así lo llamaremos, dijo a la princesa:

"Solo una cosa nos sobra para ser felices, y es tu hijo, el *Medio-Osito*. ¿Por qué no lo matamos?".

"Bueno, que desaparezca", contestó la princesa; "pero ni tú ni yo lo mataremos; acuérdate que es mi hijo".

"No lo mataremos ni tú ni yo", repuso el marido, "pero morirá. Mañana te harás la enferma y dirás al *Medio-Osito* que el médico te ha recetado qué tomes del agua misteriosa de un manantial que brota de la montaña situada más allá de mi país, que

* Valentones (RL).

es la *Tierra de los Matones*; le darás esta botellita y le pedirás que te la traiga llena de esa agua".

La princesa se fingió enferma, llamó al *Medio-Osito* y le dijo:

"Me siento mal, hijo mío, y el médico me ha dicho que no sanaré sino tomando del agua misteriosa que nace de la fuente que hay en tal y tal sitio; pero aseguran que ese es un lugar muy peligroso y que es difícil que vuelva con vida el que trate de llegar a él".

El *Medio-Osito* le contestó que él no le tenía miedo a nadie y que iría a buscar el agua misteriosa porque quería verla buena y sana.

Entonces el padrastro le dio un burro enfermo y cojo, que apenas andaba, para que fuese montado en él, recomendándole que volviera muy pronto. El *Medio-Osito* montó en el burro y se fue muy contento.

Anduvo muchos días, y al pasar frente a un hermoso palacio, que era de un rey sabio, este, que se hallaba en la puerta, lo llamó y le preguntó para dónde iba, y el *Medio-Osito* le contestó que su madre estaba enferma y que lo habían mandado buscar una agüita misteriosa que brota de una montaña situada más allá del país de los Matones, con la cual sanaría.

"Es cierto que existe esa agua, le dijo el rey; pero te mandan allá no porque tu madre esté enferma, sino porque tu padrastro quiere que te maten, y para eso te han dado ese burro enfermo y cojo, que apenas anda".

Llamó el rey a su mayordomo y le ordenó que hiciese traer el más grande y corredor de los caballos que encontrara en sus pesebreras; y poco después un criado traía un hermoso caballo enjaezado.

El rey dijo al *Medio-Osito*:

"Sube en este caballo y él te llevará a la Tierra de los Matones, y cuando vayas a entrar en aquel país, le clavas las espuelas a fin de que corra lo más velozmente posible y lo atravieses con toda rapidez, de una sola carrera. Lo mismo harás cuando vengas de vuelta. Si no cruzas el país con toda ligereza, los matones te prenderán y te matarán después de hacerte pasar por los más crueles suplicios".

Montó el *Medio-Osito* a caballo, y en cuanto llegó a la Tierra de los Matones clavó espuelas a su cabalgadura, y esta, como si comprendiera el peligro en que su caballero se hallaba, emprendió una carrera vertiginosa.

Apenas vieron los matones al *Medio-Osito*, lo acometieron, disparándole piedras y palos; pero todo inútilmente, porque el caballo corría como una exhalación y no les quedó otro recurso que dejarlo pasar.

Pronto llegó el *Medio-Osito* a la fuente en que estaba el agua misteriosa; llenó su botellita y deshizo su camino, pasando nuevamente por la Tierra de los Matones, quienes por segunda vez quisieron detenerlo, pero tampoco lo alcanzaron.

Después de unas cuantas horas llegó a casa del rey sabio, que ordenó al criado llevase el caballo para adentro y trajese el burro. El *Medio-Osito* se puso a descansar y se quedó profundamente dormido. Mientras roncaba, el rey le cambió el agua de virtud por *agua de la llave**.

Cuando el *Medio-Osito* despertó, se despidió del rey después de agradecerle sus servicios, y, montando en el burro enfermo y cojo, siguió su camino.

El padrastro se asombró profundamente al ver llegar al *Medio-Osito* sano y salvo, pues contaba con que sus paisanos, que no permitían que ningún extranjero pisara sus dominios, le habrían matado, y más, yendo, como iba, en un burro estropeado, que no podía correr.

* La que sale por una cañería al abrir una llave (RL).

En la noche el *matón* dijo a su mujer:

"Mañana no te levantarás y harás creer a tu hijo que sigues más enferma que antes; le dirás que el doctor te ha asegurado que no sanarás sino cuando te comas el corazón del rey que gobierna el país que está más allá de unos cerros que se abren y se cierran".

Al día siguiente amaneció la princesa quejándose tristemente, y habiéndole preguntado el *Medio-Osito* qué tenía, le contestó que con la agüita misteriosa había empeorado, que había pasado muy mala noche, que se sentía muy enferma y que el doctor le había dicho que no sanaría sino cuando le trajesen el corazón del rey que gobierna el país que está pasado unos cerros que se abren y se cierran; pero que no había quién se atreviese a ir a ese país.

"Yo iré, madre, al mismo infierno, si es preciso, con tal de que usted se mejore".

Montó el *Medio-Osito* en el mismo burro enfermo y cojo en que había hecho el viaje anterior, y llegó al palacio del rey sabio.

"¿A dónde vas, hijo mío?", le preguntó el rey.

"Voy, señor; a sacarle el corazón al rey que gobierna el país que está más allá de los cerros que se abren y se cierran, para que sane mi madre".

"Está bien que vayas; hijo mío, y que traigas el corazón de ese rey; pero no es eso lo que quieren ni tu padrastro ni tu, madre, sino que te maten, y para facilitar el fin que persiguen te han dado ese burro estropeado, que apenas anda. Además, tu madre ni ha estado ni está enferma; pero siempre es bueno que vayas".

Ordenó el rey que llevasen el burro a la pesebrera y trajesen el mismo caballo en que el *Medio-Osito* había hecho el viaje en busca del agua maravillosa, y dijo al *Medio-Osito*:

"Tienes que volver a atravesar la *Tierra de los Matones* y la pasarás a toda carrera, como la otra vez; continuarás tu camino, y después de algunos días de marcha llegarás a los cerros que se abren y se cierran, y de nuevo clavarás las espuelas al caballo de modo que atraviese como un rayo el paso que dejen los cerros en el instante de abrirse; y trata de que no te cojan cuando se cierren, porque de ti y del caballo harían una sola tortilla. Una vez al otro lado, sin perder momento, irás a buscar al rey y lo desafiarás a pelear contigo. Él es fuerte y valiente y te vencerá con seguridad, si no te defiendes con esta espada que te doy y con la cual procurarás pegarle en el cuello. En cuanto el arma toque aquella parte de su cuerpo caerá en tierra, y entonces con la misma espada le sacarás el corazón. A la vuelta tomarás iguales precauciones que a la ida. Mira la violeta que hay en este florero: mientras se conserve fresca será prueba de que te va bien; si se marchita, será señal de que estás en peligro".

"Yo la veré a cada momento para saber cómo te va y si es preciso que acuda en tu socorro. No olvides mi encargo: pegarle al rey con la espada en el cuello. Y adiós y hasta la vuelta".

Partió el *Medio-Osito* muy contento, y al pasar por el *País de los Matones* fue perseguido a pedradas, pero las piedras no lo alcanzaban. Continuó su marcha, y al llegar cerca de los cerros clavó espuelas al caballo, que cruzó velozmente el estrecho paso que dejaban en el momento de abrirse; pero no tanto que al cerrarse no alcanzaran a pescar la larga cola del caballo, que fue arrancada de raíz.

Libre de estos peligros, llegó feliz frente al palacio del rey, y sin siquiera bajarse del caballo desafió al monarca a singular combate. Salió, el rey en otro caballo y le dijo que aceptaba el desafío y que, si le parecía, comenzarían inmediatamente.

A pesar de la fatiga del viaje, el *Medio-Osito* convino en ello, y poniéndose uno frente al otro, comenzó la pelea.

El rey, como había dicho al *Medio-Osito* su protector, era fuerte y valiente, y tenía al pobre niño bastante mal parado;

pero este se acordó a tiempo de la espada que le había entregado el rey sabio y, desenvainándola, atacó denodadamente a su contrario. El rey también sacó la suya, y como era hombre acostumbrado a manejar esta arma, se defendía a las mil maravillas; pero el *Medio-Osito* no lo hacía muy mal tampoco. Era de ver cómo saltaban chispas al continuo choque de las dos espadas y el esforzado empuje con que se atacaban ambos combatientes. Ya habían transcurrido más de dos horas y todavía ninguno de los dos había conseguido herir a su enemigo. La pelea llevaba visos de no terminar, cuando un resbalón del caballo del rey, que lo obligó a sujetar las riendas con las dos manos para no caer, permitió al *Medio-Osito* tocarlo en el cuello.

Al momento el rey cayó al suelo como herido por un rayo, y el *Medio-Osito*, echando pie a tierra, con la misma espada con que había combatido le abrió el pecho y le arrancó el corazón, que envolvió en un pañuelo de seda y guardó con todo cuidado. Inmediatamente montó a caballo y, clavándole las espuelas, atravesó sin detenerse los cerros que se abren y se cierran y la Tierra de los Matones, sin que los cerros lo cogieran, ni los palos ni las piedras de los *matones* lo alcanzaran; y de una sola carrera llegó al palacio del rey sabio.

Mientras el *Medio-Osito* dormía un momento, el rey le cambió el corazón que había conquistado en la pelea, por el de un cordero que acababan de matar.

Al despertar se despidió de su protector, y después de agradecerle sus servicios montó en el burro y continuó su camino hasta llegar a casa de su madre, a la cual entregó el corazón.

El *matón*, cuando lo vio llegar, se quedó admirado: nunca creyó que el *Medio-Osito* saliera ileso de tantos peligros.

El odio que el *matón* tenía al *Medio-Osito* crecía a cada momento: su vista le era insoportable, y, de acuerdo con la princesa, decidió matarlo; y así lo hizo una noche, mientras el niño dormía. Después cortó su cuerpo en menudos pedazos y los echó en un saco que colgó del cuello del burro.

El animal, que fue despedido, a palos, salió a la calle, siguió el camino que ya dos veces había hecho con el *Medio-Osito* y llegó al palacio del rey sabio y entró al patio. El rey malició algo de lo que había pasado, e hizo poner el saco en una mesa.

Cuando lo abrió y vio lo que contenía, se le llenaron los ojos de lágrimas. Llamó al jefe de su guardia y le ordenó que con veinticinco hombres fuese a casa del *matón* y la princesa y a ambos los matara. Enseguida, tomando los trozos del cuerpo del pobre niño, lo armó sobre la mesa, le colocó en el lugar correspondiente el corazón del rey que el *Medio-Osito* había matado, lo roció con el agua que él mismo había traído en su primer viaje, y echando su aliento en la boca del muerto, lo animó y le dio nueva vida.

El *Medio-Osito* se levantó convertido en un joven hermosísimo, y restregándose los ojos como quien acaba de despertar, dijo:

"¡Qué sueño tan largo y tan pesado he tenido! Soñaba que mi madre y mi padrastro me habían asesinado y me habían arrojado al campo para que me devoraran los perros".

El rey dijo:

"No vuelvas más a casa de tu madre, porque es una casa maldita y allá no te esperan sino desgracias. Quédate conmigo, te casarás con mi hija y después de mis días reinarás sobre este país".

El *Medio-Osito* nunca supo la suerte que habían corrido su madre y su padrastro. Siguió viviendo al lado del rey sabio, con cuya hija, que era una lindísima y virtuosa princesa, se casó, siendo ambos muy felices en toda su larga vida.

LA MUÑEQUITA DE LOZA*

Para saber y contar y contar para aprender.

Esta era una viejecita que vivía en una casa de campo con su nietecita, una linda niñita de unos ocho años, que se-llamaba María; y eran tan pobres que a veces no tenían ni qué comer.

La niña, para instruirse, tenía que ir a la escuela de un pueblo cercano; y para que no hiciese viaje a almorzar, la abuela le daba algunas cosas de comer, que llevaba en una canastita.

Un día en que la escasez era grande en la casa de campo, la abuela no pudo dar a Mariquita sino unos cuantos pedazos de pan, y ese día, precisamente, en el camino, le salió al encuentro a la niña una anciana que le dijo que hacía dos días que no comía nada y le pidió que la convidara con algo de lo que llevaba para su almuerzo. Mariquita, que era de muy buen corazón, condolida de la necesidad de la pobre limosnera, que parecía desfallecida de hambre, le pasó su canastita:

"No llevo más que estos pedazos de pan para almorzar en el colegio; tómelos, aunque yo no coma nada hoy".

La pobre tomó los pedazos de pan y sacando de debajo del manto una preciosa muñequita de loza, muy bien vestida, se la entregó, diciéndole:

"Toma esta muñequita y cuídala mucho porque va a ser tu suerte. Llegando a tu casa le contarás a tu abuelita lo que te ha

* En Chile se venden dos clases de muñecas: la de loza (loza, porcelana, cartonpiedra, etc.), que son importadas de Francia y Alemania, y que, por su alto precio, solo pueden adquirir las niñitas ricas, y las de trapo, fabricadas en el país con lienzo usado, rellenas de trapos, y a las cuales, con hilo de color (rojo, negro, etc.), se les hacen ojos, nariz, boca y orejas, y son las que generalmente adquieren las niñitas más pobres, que con ellas se sienten tan felices como las ricas con las suyas de loza. Las que, por los cortos medios, no pueden comprar ni muñecas de trapo, se contentan con revestir cualquier pedazo de palo, o una *coronta*** de choclo, y tan felices como las otras (RL).

** Del quechua, mazorca de maíz sin sus granos (MD).

pasado conmigo y le dirás que te prepare una cama bien limpia para acostarte con la muñeca. A la hora de costumbre te acostarás con ella, y cuando den las 12, dirás a tu abuelita: 'Abuelita, tengo miedo ¿quiere que me pase a su cama?' y ella te contestará que bueno. Entonces dejas tu cama, pero antes abrigas bien a la muñequita. Al poco rato oirán que la muñequita dice: '¡Mariquita, quiero hacer caca! ¡Mariquita, que ya me hago caca!', y sentirán un ruido como si la muñeca hiciera lo que dice. Luego te levantas a ver lo que ha hecho la muñeca, y se lo avisas a tu abuelita". Y, dicho esto, la anciana se fue.

En la tarde, cuando llegó a su casa, Mariquita le contó a la abuelita su encuentro con la limosnera y le mostró el regalo que le había hecho. "Fíjese, *mamita**", le decía, "es de loza y bien fina".

Mariquita estaba muy contenta con su muñequita y no hallaba dónde ponerla: la sentaba, la acostaba, la hacía andar tomándola de las manitos, la mecía en sus brazos, cantándole *la rurrupata***; vamos, que no la dejaba quieta un momento.

En la noche Mariquita cambió por otras más limpias las sábanas y las fundas de las almohadas, y se acostó con su muñequita. El sueño se le había ido y no podía dormir, así es que en cuanto sintió que el reloj de la iglesia del pueblo daba las 12, despertó a su abuelita y le dijo:

"¡Abuelita, tengo miedo! ¿quiere que me pase a su cama?".

"Pásese, pues, hijita", le contestó la abuela, y la niña se pasó para la otra cama, dejando antes bien arropada a su muñeca.

Poco rato después oyeron que la muñequita decía:

* Nombre cariñoso de la madre, de la abuela, de la mujer que cuida a los niños, o de cualquier anciana (RL).

** Canción de cuna, esto es para hace dormir a los niños (MD).

"¡Mariquita, quiero hacer caca! ¡Mariquita, que ya me hago caca! ¡Mariquita, que no aguanto!".

E inmediatamente sintieron un ruido que correspondía perfectamente a las quejas de la muñequita. La abuela gritaba: "¿No ves?, ¡para eso le cambiaste ropa a la cama, para que la cochina de tu muñeca la dejara inservible!".

Mariquita se levantó sin decir ni una palabra, porque le encontraba razón a su abuelita; pero cuando echó atrás la ropa y quedó descubierta la muñeca, vio la cama llena de monedas de oro nuevecitas, que daba gusto verlas cómo relumbraban.

"¡Abuelita, abuelita!, levántese a ver esta riqueza que nos ha traído mi muñequita. ¡Por Dios, tanta *plata!* *".

La pobre vieja se levantó y no daba crédito a lo que veía; tomaba las monedas, las miraba y remiraba, las olía por si la vista la engañaba, las hacía sonar dejándolas caer en el suelo, y tuvo que rendirse ante tantas pruebas: ¡eran monedas, verdaderas monedas! La abuela lloraba de gusto, y agradecida de los beneficios que del cielo recibía, se arrodilló con su nietecita a dar gracias a Dios y a rezar ante una imagen de la Virgen del Carmen, de quien era muy devota.

La muñeca repitió la operación tres veces en la noche, así es que al otro día por la mañana se encontraron con una cantidad tan grande de monedas de oro que llenaron varios sacos con ellas, y los escondieron lo mejor que les fue posible.

Pasó algún tiempo, y la niñita, que crecía en edad, en bondad y en hermosura, seguía yendo a la escuela, pero vestida con mejores trajes; ya no llevaba pan seco, como antes, sino con mantequilla y dulce de membrillo, y en abundancia, para participar de su almuerzo a sus compañeras pobres, cuyas madres no tenían qué darles.

* Dinero (RL).

A los del pueblo comenzó a llamarles la atención el cambio de situación de la abuela y de la nieta, y no faltaban algunas envidiosas. A todas sobrepujaba una vieja fea y mala, hermana de la abuelita de María, que también tenía una nieta de la edad de Mariquita, más o menos, y que se llamaba *Peta**. Una vez que Mariquita iba al colegio le salió al encuentro esta vieja envidiosa y le preguntó de dónde habían sacado plata para vivir con tanta comodidad, y la niña le contó el encuentro que había tenido con la viejecita limosnera, de quien había recibido una muñequita de loza, que era la que les había proporcionado dinero; en fin, le refirió todo, sin omitir detalles. La vieja le pidió que le prestase la muñeca por algunos días para hacerle algunos trajecitos nuevos; pero era para que les diera plata.

Mariquita, de paso para el colegio, le llevó la muñeca al otro día, y, llegada la noche, la vieja la acostó con su nieta en una cama bien limpiecita, con sábanas recién mudadas. La *Peta*, que había sido aleccionada por la abuela cómo había de proceder, cuando dieron las 12 de la noche comenzó a decir:

"¡Mamita, tengo miedo! ¿me paso para su cama?".

"Pásese pues hijita", le contestó la abuela, y la *Peta* se pasó a la cama de la vieja, dejando bien arropada a la muñequita.

Al poco rato la muñeca se puso a hablar:

"¡*Peta*, que ya me hago caca! ¡*Peta*, sácame de la cama, porque si no te la ensucio!".

Y la vieja y la nieta estaban calladitas, que no cabían de gusto, esperando el ruido que la muñeca había de hacer, para levantarse e ir a recoger el oro. Vino luego el ruido, un ruido muy fuerte, como si estuvieran vaciando carretadas de piedras. La vieja dijo: "Esperemos, *Petita*, un rato todavía. ¡Vaya con la muñequita que nos está dejando harto oro en la cama! ¡Por Dios, que no se la

* Nombre coloquial de Petronila (MD).

devuelvo más a la María!". Y como la muñeca no siguiera haciendo ruido, se levantaron, por fin, y echaron a los pies la ropa de la cama; pero esta vez era cierto que la muñequita se había ensuciado y había dejado la cama hecha una compasión. La vieja, bufando de rabia, cogió la muñeca y la disparó por una ventana a un sitio vecino, que estaba desocupado, y de la ira que tenía no pudo dormir en toda la noche.

Al otro día la vieja se hizo la encontradiza con Mariquita, y le dijo:

"Bueno con tu muñeca cochina, que me dejó la cama toda sucia".

"Entréguemela, entonces, si es tan cochina".

"La agarró el gato y quién sabe en dónde la ha dejado, porque no la he podido encontrar".

Mariquita lloró todo el día la pérdida de su muñeca, pero como tanto ella como su abuelita eran poco aparatosas y enemigas del lujo, con lo que habían guardado tuvieron para vivir con comodidad.

Pasaron unos cuantos años; tal vez unos diez, porque Mariquita, que estaba muy linda, tendría unos diez y ocho años cumplidos; cuando al rey se le antojó ir a cazar por esos lugares, y hallándose aparte de los que lo acompañaban le bajaron ganas de zullarse*. Para que no lo vieran se metió a un sitio desocupado que había por ahí cerca, y cuando concluyó su diligencia, como no llevara papel, se puso a mirar si encontraba algo con qué limpiarse, y por suerte, entre un montón de basuras, vio que asomaba un trapo suave y muy limpio, que sacó: era una parte del vestido que cubría aún el cuerpo de la muñeca de Mariquita, y con muñeca y todo se lo pasó por el *traspontín***;

* De hacer su necesidad (MD).

** Nalgas, trasero (MD).

pero él que se lo pasa y que siente un dolor agudísimo, como si lo estuvieran mordiendo. Tiraba y tiraba de la muñeca para zafársela, pero inútilmente; mientras más tiraba, más se pegaba la muñeca y más grande era el dolor que experimentaba. Se puso a gritar a toda boca, porque ya no soportaba el dolor, y como en ese momento por casualidad fueran pasando por ahí algunos de sus servidores, les pidió que le sacasen la muñeca; trataron ellos de retirarla, siempre sin resultado, porque la muñeca no largaba su presa, y el rey tuvo que irse al palacio con la muñeca pegada al trasero. Nada pudieron los médicos ni los cirujanos para desprendérsela; al contrario, apenas la tocaban crecían los sufrimientos del monarca. El rey tentó un último recurso: hizo publicar un bando en todo el país ofreciendo al que lo librara de la muñeca, si era hombre, grandes honores y riquezas, y si era mujer, casarse con ella.

Acudieron como moscas de todas partes a tentar la operación, sin que nadie acertase a librar al rey del pegote que tenía; hasta que un día, como no se hablaba de otra cosa en el país, llegó el asunto a oídos de Mariquita, que dijo a su abuelita:

"¿Quiere que vamos, mamita, donde el rey?, ¡quién sabe si es mi muñequita, que me perdió mi tía, la que el rey tiene pegada!".

"Vamos, pues, hijita; bien pudiera ser que fuera tu muñequita".

Y se fueron al palacio y dijeron a lo que iban. Conducidas a la presencia del rey, este se bajó los pantalones, y Mariquita exclamó:

"¿No ve, abuelita, como es mi muñeca? Muñequita ¿qué te habías hecho? ¡Vente para acá conmigo!".

Y la muñequita, zafándose de donde estaba, se fue a los brazos de Mariquita, y se puso a gritar:

"¡Mariquita, Mariquita, que me hago caca! Mariquita, ¡Mariquita; que ya no aguanto!", y comenzó a caer de la muñequita una chorrera de monedas de oro, que daba gusto verlas.

El rey al punto se sintió aliviado y dispuso que inmediatamente se celebrara su matrimonio con Mariquita, cuya hermosura *le había llenado el ojo**. Vinieron obispos y arzobispos y se llevó a cabo el casamiento, que se celebró con grandes fiestas y mucha alegría de todo el pueblo, al que, cada media hora, se le arrojaban grandes puñados de monedas de oro que la muñequita no cesaba de proporcionar.

Después la muñequita contó al rey y a la reina que la Virgen, que era la anciana que había salido a pedir limosna a Mariquita, se la había dado en premio de su buen corazón.

Y aquí se acabó el cuento y se lo llevó el viento para las serranías de más adentro.

LOS TRES LIRIOS

Han de saber que este era un rey que tenía tres hijos: el mayor se llamaba Pedro, el del medio Carlos y el menor Juan. Tenía también un hijo de otra mujer, que se llamaba José.

Este rey, después de una larga y penosa enfermedad a la vista, había quedado casi completamente ciego, y esto lo hacía sufrir sobremanera, porque apenas divisaba los objetos.

Una noche soñó que si se pasaba por los ojos la flor del lirio blanco recobraría la vista y quedaría tan bueno como antes de enfermarse.

En aquellos tiempos no había lirios blancos, de modo que el rey pensó que sería imposible conseguir un ejemplar de aquella flor. Sin embargo hizo llamar a Pedro, su hijo mayor, y le dijo

* La había atraído por completo.

que si se la traía, abdicaba en él su corona. El príncipe aceptó, pidió un año de plazo, que le fue acordado, y partió llevando una carga de plata que el rey hizo entregarle.

Anduvo muchos días, más de un mes, y por fin llegó a una hermosa ciudad y fue a alojarse al mejor hotel que en ella había.

Frente al hotel se levantaba una gran casa, en uno de cuyos balcones estaban tres jóvenes y bellas damas, que cuando vieron llegar al príncipe dijeron:

Allí viene un *zorzalito** *bien emplumado***; *vamos a desplumarlo****.

Y se fueron para el hotel, en donde Pedro ya se había sentado a una de las mesas del comedor, que estaba a la entrada. Se sentaron a la misma mesa que el príncipe y le buscaron conversación.

Las jóvenes eran muy amables y alegres, y le cayeron muy en gracia al príncipe, que se singularizó especialmente con la mayor. Entonces las otras dos se retiraron, después de comer los cuatro, y el príncipe continuó conversando con la niña. Convinieron en que se casarían, pero antes la niña quería tratar al joven durante algún tiempo, para conocer bien su carácter y demás cualidades.

El príncipe se fue a vivir con ellas, y ellas se las arreglaron tan bien, que el príncipe corrió con todos los gastos de la casa; y como las jóvenes eran amigas del lujo y muy aficionadas a las joyas y él era galante, enamorado y generoso, sucedió lo que tenía que suceder: que la carga de plata fue mermando hasta que no quedó absolutamente nada, pues es sabido que donde se saca y no se echa poco rinde la cosecha.

En cuanto se produjo esta situación las damas arrojaron a Pedro de la casa. ¡Pobre Pedro, sin un centavo en el bolsillo, sin

* Zorzal, *Turdus falcklandii*, cándido (MD).

** Bien provisto (MD).

*** Vamos a despojarlo (MD).

saber trabajar y en país extraño, donde nadie le conocía! ¿Qué haría?, ¿qué sería de él? Se quedó con la peor ropa que tenía y vendió toda la demás, y así pudo reunir algunos pesos que le sirvieron para comer y pagar su albergue por unos cuantos días más. Pero esta plata también se le acabó, y para seguir viviendo tuvo que emplearse como mozo de unas caballerizas, donde le pagaban un sueldo miserable.

Pasó el año pedido de plazo, y viendo que Pedro tardaba, Carlos, el segundo de los hijos del rey, se presentó a su padre y le pidió permiso para salir a buscar el lirio blanco, prometiéndole volver con la flor dentro de un año. El rey le concedió el permiso solicitado y le hizo dar una carga de plata.

Salió Carlos, y después de andar muchos días, más de un mes, llegó a la misma ciudad que su hermano Pedro y se alojó en el mismo hotel.

Las tres hermanas, que estaban conversando en el balcón, lo divisaron cuando venía y dijeron:

"Allí viene un *zorzalito bien emplumado, vamos a desplumarlo"*.

Esperaron que entrara al hotel y un momento después estaban sentadas a su lado alrededor de la misma mesa que ocupaba el príncipe.

Carlos era más enamorado que Pedro, de suerte que con menos trabajo y en menos tiempo que su hermano, cayó en las redes que le tendió la segunda de las niñas, y en menos tiempo también vio desaparecer la plata que había llevado. Viose, entonces, como su hermano mayor, arrojado de la casa y, por último, reducido a alquilar sus servicios como mozo en la misma caballeriza en que Pedro trabajaba.

Se cumplió el año de plazo que el mismo Carlos se había impuesto, y pensó Juan, el menor de los tres: "Ya que no llega mi hermano, yo iré ahora" y se fue adonde su padre y le dijo:

"Ahora iré yo, papá; pero dele permiso a José para que vaya conmigo".

"Está bien", le contestó el rey, "lleva a José".

Y le hizo entregar una carga de plata y prometerle que no demoraría más de un año en su empresa.

Partió Juan con José, y después de muchos días, más de un mes, llegó a la misma ciudad en que estaban sus hermanos y entró con José en el mismo hotel en que aquellos habían alojado.

Las tres hermanas estaban conversando en el balcón y cuando vieron llegar a Juan, dijeron:

"Allí viene *un zorzalito bien emplumado; vamos las tres a desplumarlo*".

Y se metieron en el hotel detrás de Juan y se sentaron a la misma mesa.

Pero Juan *no les hizo juicio**, y pidiendo dos platos se puso a comer con José muy tranquilamente.

Después de terminada la comida el príncipe Juan increpó a las tres jóvenes la conducta que habían observado con sus hermanos y les ordenó que le dijesen en dónde estaban. Ellas negaron conocerlos; pero ante la actitud enérgica del príncipe, se vieron obligadas a confesarlo todo y a devolverle el dinero que les habían hecho gastar.

Juan fue en busca de sus hermanos y los encontró convertidos en dos miserables sirvientes, todos sucios y con las ropas despedazadas. A Juan se le llenaron los ojos de lágrimas. Se llevó a Pedro y a Carlos al hotel, los vistió con ropas suyas nuevas y enseguida les entregó la plata que las damas le habían devuelto.

Al día siguiente Juan dijo a sus hermanos: "Vamos en busca del lirio blanco".

Salieron con José de la ciudad y no muy distante de ella se detuvieron en un punto en que el camino se dividía en tres.

* No les hizo caso (RL).

"Yo", dijo, "tomaré este camino con José; escoja cada uno de ustedes el que mejor le parezca de los otros dos, y en este mismo sitio nos juntaremos dentro de diez meses".

"Yo tomo este", dijo Pedro,

"Y yo este otro", dijo Carlos.

Se abrazaron, y cada cual partió por el camino que había escogido. Pero Carlos y Pedro, a los pocos momentos, volvieron atrás y tornaron a la ciudad.

Siguió Juan su camino con José y a cada persona que encontraban Juan le preguntaba si sabía en dónde podría encontrar el lirio blanco. Nadie le daba razón, porque, en verdad, nadie lo sabía ni nadie había oído hablar de tan rara flor.

Llegaron por fin a la subida de un cerro en que había un camino que llegaba hasta la cumbre, y en cuya subida estaba un viejecito todo *chascón** y con las uñas muy largas, rezando el rosario.

"*Taitita***", le preguntó Juan, "¿sabe Ud. donde podré encontrar el lirio blanco?".

"Sí, mi hijito; pero te va a costar mucho trabajo encontrarlo. Córtame el pelo y las uñitas, que hace más de cien años que no conocen las tijeras, y te diré en dónde está".

Juan se apresuró no solo a cortarle el pelo y las uñas, sino que hizo traer agua a José y con una toalla le lavó el rostro y las manos.

"Gracias, hijito", dijo el viejo. "Mucha gente ha pasado por aquí y hasta ahora ninguno había querido hacerme este servicio. Tuyo será el lirio blanco. En lo alto del cerro, donde termina este camino, hay un álamo que tiene muchas hojas, te subes en él y José te *amarrará**** bien, y después que se haga a un lado; enton-

* De cabellera larga y desgreñada (RL).

** Diminutivo de taita, padre, abuelo, anciano (RL).

*** Atará (RL).

ces soplará un viento muy fuerte, que casi arrancará el árbol de raíces; no se te vayan a soltar las amarras, porque si te caes no encontrarás la flor del lirio blanco y serás perdido. Cuando el árbol deje de sacudirse y esté bien sosegado, que te desate José; bajarás, y verás que al pie del álamo se abre una puerta por la cual entrarás; en el primer departamento a que llegues habrá una mesa y sobre ella tres lirios: el lirio blanco, el lirio rosado y el lirio morado. Verás también en la misma mesa una botella con vino y un pan, y en uno de los ángulos de la pieza una espada en continuo movimiento. Tomarás las flores y estas tres cosas".

"La botella, aunque se lleven bebiendo del vino que con tiene, nunca se vacía; el pan, aunque se lleven sacando rebanadas de él todo el día, tampoco se acaba; y la espada que siempre se mueve, es de virtud: cuando te veas en peligro, acude a ella y te sacará de él; cuando desees algo, pídeselo y te lo dará".

Juan y José subieron el cerro y al llegar a la cumbre Juan se trepó a lo más alto del álamo y José siguió detrás de él. Una vez que Juan quedó sólidamente atado, José bajó y se ocultó entre unas peñas, desde las cuales podía ver todo lo que pasara.

Inmediatamente sopló un viento tan fuerte que la copa del árbol a que Juan estaba atado casi tocaba la tierra y parecía que Juan se iba a caer.

*Mucho rato** duró este viento, pero al fin cesó y el árbol dejó de moverse.

Desatado Juan, se bajó y al punto vio que una puerta, hasta entonces invisible, se abría al pie del álamo. Juan penetró por ella y José quedó esperando al lado de afuera.

La entrada era un poco obscura, pero a medida que Juan avanzaba la claridad lo iba inundando todo. Cruzó primeramente un largo pasadizo y por fin llegó a una pieza en cuyo centro

* Gran transcurso de tiempo (MD).

no había otro mueble que una mesa y sobre ella los tres lirios, que guardó en un bolsillo; en otro guardó el pan y la botella, y descolgando la espada que continuamente se movía, se la ciñó a la cintura.

Hecho lo cual siguió hacia el interior y llegó a una pieza en que había una niña acostada, durmiendo, con el rostro cubierto. Se acercó a la cama y descubrió el rostro de la niña; era muy hermoso, pero, después de contemplarlo un breve instante, volvió a cubrirlo y continuó su camino.

En la pieza que seguía había otra cama sobre la cual estaba otra niña dormida; le descubrió la cara; era más bella que la otra, pero, después de mirarla un momento, también le tapó el rostro y pasó a otra pieza.

En esta también había una niña dormida y, como las anteriores, tenía la cara cubierta. Avanzó Juan, la descubrió, y se quedó como alelado ante la hermosura incomparable de su rostro. Largo rato la contempló, reteniendo el aliento para no despertarla; pero había que salir. Se inclinó entonces hacia ella, estampó un beso en su boca y se retiró dejándole el rostro descubierto.

Juan salió contentísimo porque llevaba consigo la flor que había de volver la vista al rey, su padre, y no veía la hora de llegar a verlo para restituirle, con la salud, la felicidad.

Llegó con José, después de mucho andar, a una pequeña ciudad y pidieron albergue en la primera casa que encontraron. Con mucho gusto se lo dieron, pero en el momento de sentarse a la mesa el dueño de casa dijo:

"Siento no poderlos atender como quisiera y ustedes se lo merecen; este país abunda en todo menos en vino, que es muy escaso y hay que traerlo desde muy lejos. Ahora precisamente no hay una gota en toda la ciudad".

"No se apure por tan poco, señor", dijo el príncipe; "yo traigo vino aquí y creo que con esta botella habrá de más para todos".

Y sacó la botella, que colocó sobre la mesa.

Se sentaron a ella. La familia era muy numerosa. Después del primer plato el caballero pidió permiso y a todos les sirvió vino, pero con gran sorpresa vieron que la botella seguía llena. Después del segundo plato volvió a llenar las copas, y la botella, en el mismo estado, *como si tal cosa**. Entonces el caballero tomó la botella y salió al corredor, donde comían no menos de cincuenta trabajadores, y les dijo:

"Hoy es día de tomar vino; nadie tome agua", y les llenó los vasos.

Al día siguiente, al despedirse Juan de su huésped, este le pidió que le vendiese la botella. Juan le dijo:

"No puedo vendérsela, porque no es mía, pero puedo dejársela en depósito hasta que pase su dueño a reclamarla".

Y se la dejó.

Juan y José continuaron su marcha por varios días, hasta que llegaron a otra pequeña ciudad y en la primera casa que encontraron pidieron alojamiento.

"Alojamiento hay y buena voluntad", dijo el dueño de casa, "pero falta una cosa para la mesa".

"¿Y qué será?", preguntó Juan.

"Pan, señor, que se ha concluido en toda la ciudad".

"Si no es más que eso, no tenga Ud. cuidado, que yo traigo suficiente pan para todos".

Y sacando el que llevaba en el bolsillo, lo colocó sobre la mesa.

Se sentaron a ella, y la esposa del dueño de casa se puso inmediatamente a cortar tajadas, y, cosa admirable, que produjo la estupefacción de todos, la señora sacaba rebanadas unas tras otras, y el pan siempre entero, como si no lo hubiesen tocado.

* Como si nada hubiese pasado (RL).

El pan era exquisito, y la familia, por comer de él, ni siquiera probó los guisos que se sirvieron.

Una vez que se hartaron, el caballero tomó el pan y entró al interior de la casa, en donde, en un extenso corredor, estaban sentados alrededor de una larga mesa, no menos de cincuenta trabajadores que esperaban les trajesen su habitual ración de *porotos**.

"Nadie come *porotos* hoy", dijo el caballero a sus peones; "ahora es día de comer pan".

Y se puso a rebanar y a rebanar que parecía que nunca iba a concluir, y el pan siempre entero.

Los *rotos*** comían con ansia, y después confesaron que en su vida habían gustado nada más sabroso.

Al despedirse Juan al otro día por la mañana, el caballero le rogó que le vendiese el pan. Juan le dijo:

"No puedo vendérselo porque no es mío; pero puedo dejárselo en depósito hasta que su dueño pase a reclamarlo".

Y se lo dejó.

Juan y su compañero siguieron su marcha durante muchos días todavía hasta que llegaron a otra ciudad, donde se propusieron descansar. Al efecto, entraron en la primera casa que hallaron a mano, y los recibió un caballero muy atento.

Después de los saludos y frases de costumbre, Juan se desciñó la espada y la colgó de un clavo. La espada se movía continuamente, sin estar quieta ni un momento.

Comieron, se acostaron, y al otro día, temprano, se levantaron, y al despedirse del caballero este pidió a Juan que le vendiese la espada, porque tenía que ir a la guerra y se habían concluido en las armerías del país.

* Fréjoles (MD).

** Desastrados y de malos modales.

"No", le dijo Juan, "no se la venderé porque no es mía, pero podré dejársela en depósito hasta que su dueño pase a reclamarla".

Le dejó la espada y se pusieron en marcha, y después de mucho andar llegaron al crucero de los tres caminos en donde se había apartado meses atrás de sus dos hermanos y donde los encontró que estaban esperándolo.

Se abrazaron cariñosamente y después preguntaron a Juan si había encontrado el lirio blanco. Juan les contestó que sí, pero en vez de sacar el lirio blanco, les mostró el lirio morado diciéndoles que ese era.

Conversaron largo rato contándose sus aventuras, y enseguida se pusieron en camino.

Habían andado bastante y hacía mucho calor, así es que se sintieron fatigados y con sed; pero no había agua por ahí cerca y se pusieron a buscarla, quedando José al cuidado de los caballos.

Llegaron a una quebrada muy honda, cortada casi a pique, por la cual corría un arroyo cristalino.

Dijo Carlos a Pedro:

"Baja tú primero y después bajaremos nosotros".

Ataron a Pedro con un fuerte lazo y lo descendieron, apagó su sed e hizo señas para que lo subieran.

Bajó enseguida Carlos, y después de subirlo, ataron a Juan y lo bajaron. Cuando iba más o menos por la mitad, le cortaron el lazo y cayó rodando al fondo, quedando muerto.

Entonces Carlos bajó a Pedro y este registró los bolsillos a Juan y le sacó el lirio morado, creyendo que era el lirio blanco. Después Carlos lo subió y se fueron, dejando a José con los caballos.

Llegaron Pedro y Carlos donde el rey, y muy contentos porque se creían dueños del reino, le entregaron el lirio. El rey inmediatamente se lo pasó por la vista, pero sucedió que en vez de sanar de la ceguera, como todos esperaban, dejó de ver completamente.

El rey dijo:

"Este no es el lirio; he empeorado, he quedado ciego. Ya no me queda más esperanza que Juan. Faltan aún unos cuantos días para que se cumpla el año que me pidió de plazo. Él me traerá el lirio blanco y sanaré".

Pedro y Carlos no se atrevieron ni a mirarse; comenzaban a sentir el remordimiento del inútil crimen que habían cometido y cabizbajos se retiraron a sus piezas. Volvamos a Juan y a José.

Al día siguiente cuando Pedro y Carlos cometieron su fea acción, viendo José que sus hermanos no volvían, temió que les hubiese acaecido alguna desgracia.

Se fue entonces al barrancón a ver que les había pasado, y asomándose, alcanzó a ver a Juan que estaba tendido en el fondo, boca arriba.

'¡Oh!', dijo, '¡parece que está muerto! ¿Cómo bajaré a verlo y sacar su cuerpo?'.

El barranco, como hemos dicho, era casi cortado a pique, pero esto no intimidó a José, que tomándose aquí de una piedra saliente, allá de una planta muchas veces cubierta de espinas, sujetándose como podía para no despeñarse, llegó por fin abajo, manando sangre por manos y pies, y después de dos días de trabajos y martirios.

El cuerpo de Juan estaba materialmente cubierto de gusanos y despedía un olor insoportable. José no se arredró por eso. Se acercó al cadáver de su hermano, y registrándole los bolsillos le sacó el lirio blanco y lo pasó repetidas veces por las narices del muerto. A la primera pasada desaparecieron los gusanos y la hediondez; a la segunda, el cuerpo, que estaba comido, se llenó de carne; a la tercera, movió un brazo; a la cuarta, el otro; después una pierna; después la otra; enseguida todo el cuerpo; después suspiró y abrió los ojos, como si despertara de un sueño.

"¿Qué hay, José?, ¿y mis hermanos?".

"Se fueron".

"Déjalos que se vayan, nosotros iremos atrás; solos salimos y solos hemos de llegar. Vete tú adelante, y de mí les dices que nada sabes".

Se fue José y llegó a la corte.

"¿Qué es de Juan?", le preguntó el rey.

"Nada sé de él", contestó José; "hace tiempo que se apartó de mí y desde entonces no lo veo".

"Algún día llegará; el corazón me dice que él me traerá el lirio blanco".

Dejemos aquí el cuento y vamos a ver qué es de las niñas que Juan halló dormidas cuando encontró los tres lirios.

Primeramente despertó la primera que vio Juan; esta despertó a la segunda, y las dos fueron a *recordar** a la tercera, que era la menor de las tres.

"¿Por qué tengo?", dijo esta, "¿la cara descubierta? Estoy segura de habérmela tapado al acostarme, como de costumbre".

Una idea le vino de repente a la imaginación y fue corriendo a la primera pieza a ver sus cosas, y echándolas de menos, gritó:

"¡Ah!, ¿quién será el pícaro que ha venido aquí a robarme? Se ha llevado los tres lirios, la botella de vino, el pan y la espada!".

Y cayó desfallecida.

Pasó el tiempo y a los nueve meses salió la niña con el beso. Fue hombre.

Dejémosla con su guagua y veamos qué es de Juan.

Juan le pidió al lirio blanco que lo pusiese *leso*** por diez años, y se fue donde el rey a pedirle trabajo. El rey ordenó que lo pusiesen a cuidar los pavos.

* Despertar (MD).

** Tonto (RL).

Pedro y Carlos lo aborrecían por lo sucio que era; pero los cocineros lo querían porque les ahorraba mucho trabajo: les barría la cocina, les limpiaba los tiestos y de vez en cuando hacía la comida; tomaba un pavo vivo y lo metía adentro de una olla y resultaba después un guisado de lo más sabroso. La primera vez que el tonto, como todos lo llamaban, hizo esto, los cocineros quisieron arrojarlo a empellones, pero Juan, que tenía muchas fuerzas, cerró la cocina con llave, se defendió y se hizo respetar. Al poco rato salía de la olla un olorcito tan agradable que los cocineros sintieron alegrárseles el corazón, y cuando levantaron la tapa y probaron el guisado tuvieron que confesar que jamás habían comido nada tan exquisito. Desde entonces este plato fue el preferido por el rey y todos los que se sentaban a su mesa; pero solo los cocineros sabían que era obra de Juan.

Cumplidos los diez años Juan recuperó sus sentidos, pero siguió fingiéndose tonto.

Ahora vamos a ver qué es de la niña menor y de su hijo.

Este se crió al lado de las jóvenes. A las dos mayores les decía tías, y madrina a la menor, y cuando entró a los ocho años lo mandaron al colegio. Era muy inteligente y aprendía con facilidad todo lo que le enseñaban y sus maestros lo distinguían entre todos los alumnos por sus buenas prendas.

Los demás muchachos tuvieron envidia y comenzaron a molestar a Juanito. Ya Juanito tendría unos diez años.

"¡Ah *guacho*!*", le decían, "que no sabes quién es tu padre ni quién es tu madre".

El niño se fue llorando donde su madrina y le contó lo que le habían dicho. Esta le dijo:

"Yo soy tu madre, y mañana mismo saldremos a buscar a tu padre".

* Hijo de madre soltera, reconocido a no por el padre.

Al día siguiente ensillaron dos caballos y partieron.

Después de mucho andar llegaron a una pequeña ciudad y pidieron alojamiento en la primera casa que encontraron. Se lo dieron de muy buena voluntad.

Cuando estaban en la mesa, el dueño de casa les sirvió vino, y como ella viese que la botella permanecía siempre llena, le dijo a Juanito:

"Mira, Juanito, por aquí ha pasado tu padre; esa botella es tuya".

El caballero los miró no más, sin decir ni una palabra.

Al otro día subieron a caballo y la joven pidió al caballero que entregase la botella a Juanito.

"¿Y por qué se la he de entregar, cuando la botella es mía y me ha costado mi plata?".

"Está bien", dijo ella; y volviéndose a Juanito: "Dile a la botella que se vaya contigo".

"Botella, vente conmigo".

Y la botella, desprendiéndose de las manos del caballero, se fue a los brazos del niño.

Partieron y después de muchos días llegaron a otra pequeña ciudad y en la primera casa que encontraron pidieron alojamiento. Se lo dieron de muy buena voluntad.

Cuando pasaron a la mesa la dueña de casa se puso a rebanar pan, y la joven se fijó que, a pesar de las rebanadas que cortaban, el pan seguía entero.

"Juanito, por aquí ha pasado tu padre; ese pan es tuyo".

El caballero los miró y les dijo:

"Ese pan ha sido siempre mío".

La joven se quedó callada, pero al otro día, cuando ya se iban, ordenó al caballero:

"Entréguele el pan a mi niño".

"¿Por qué se lo he de entregar, si siempre ha sido mío?".

Subieron en sus caballos.

"¿Entrega el pan o no?".

"No lo entrego".

"Pan, ven para acá, vete a los brazos de tu dueño".

Y el pan se desprendió de las manos del caballero y fue a colocarse en los brazos de Juanito.

Emprendieron nuevamente su camino y después de varios días de marcha, llegaron al último pueblecito en que Juan había descendido y alojaron en la misma casa en que él, tantos años atrás, se había hospedado.

Cuando entraron al comedor, vio la joven, colgada de un clavo, la espada que se movía sin cesar, y dijo a su niño:

"Juanito, por aquí ha pasado tu padre; esa espada que se mueve es tuya".

El dueño de casa los miró y les dijo:

"Esa espada ha sido siempre mía".

Al día siguiente, cuando ya estaban a caballo, la joven dijo al caballero:

"¿Le va a entregar la espada a mi niño?".

"¿Por qué se la he de entregar, cuando hace tanto tiempo que es mía?".

"Si no se la entrega buenamente, yo la llamaré y ella sola se vendrá con nosotros".

"Si es así, llámela entonces".

"Espada, ven para acá; vete al lado de tu dueño".

Y la espada, desprendiéndose del clavo en que estaba colgada, fue a ceñirse a la cintura de Juanito

Prosiguieron su camino, y cuando les faltaba poco menos de media legua para llegar a la corte, la joven dijo a la espada:

"Espada de virtud, viste inmediatamente a mi hijo de príncipe, con los más hermosos y ricos trajes, y haz que se presenten quinientos soldados lujosamente equipados, y se pongan a sus órdenes".

Antes que la joven concluyera de hablar ya estaba Juanito convertido en un bello príncipe y con los quinientos soldados a su disposición.

Juanito se colocó al frente de 'ellos, montado en un hermoso caballo blanco; enseguida venía una banda de músicos que tocaba armoniosas piezas; después, en una valiosísima carroza, la madre de Juanito, ataviada como reina; y por fin, los quinientos hombres, con sus correspondientes jefes y oficiales.

Cuando Juan oyó la música salió de la ciudad por el lado opuesto al que venía su hijo, y sacando de su bolsillo el lirio blanco, le pidió:

"Lirio blanco, por la virtud que Dios te ha dado, vísteme inmediatamente de rey y haz que se presenten aquí y se pongan a mis órdenes quinientos soldados lujosamente vestidos, con sus jefes, oficiales y banda de músicos".

Los guardias que custodiaban las afueras de la ciudad corrieron donde el rey a avisarle que dos ejércitos numerosos venían por distintos caminos a invadirla.

El rey mandó parlamentarios con bandera blanca a los dos ejércitos, y tanto Juan como Juanito les dijeron que eran gente de paz, que se volvieran sin cuidado.

Uno y otro ejército siguieron avanzando hasta encontrarse, y Juan y Juanito se dieron a conocer y se abrazaron tiernamente.

Juan se adelantó hasta el palacio del rey y, llegando a su presencia, se prosternó respetuosamente y habló de esta manera:

"Padre, solo ahora, después de tantos años de ausencia, me es posible presentaros el lirio blanco: helo aquí".

Y levantándose, lo puso en sus manos.

El rey se pasó la flor por los ojos y en el mismo instante recobró la vista.

"¡Gracias a Dios!", exclamó, "¡que veo a mi hijo, que consideraba muerto; y que veo la luz del día!".

Y estrechó efusivamente a Juan entre sus brazos.

"Hijo mío", le dijo, "tuya es mi corona; tú gobernarás el reino en mi lugar".

"Padre", le contestó el príncipe, "después hablaremos de esto, que no me interesa. Antes quiero pediros una gracia que espero me concederéis".

"Pide lo que quieras, hijo mío, y te será acordado".

"Padre, deseo casarme con una bella joven que aguarda en la plaza del palacio. A ella debo el lirio blanco que os ha devuelto la facultad de ver, pues esa flor, y otras cosas maravillosas que están en mi poder, le pertenecían".

"Hijo, haz tu voluntad en esto y en todo lo que quieras. Estoy seguro de que tu elección es buena".

Salió el príncipe a buscar a la joven y la condujo a presencia de su padre, que quedó sorprendido de su hermosura. La reina la hizo sentar a su lado y la trató con mucho cariño.

En ese momento entraron Pedro y Carlos y, arrodillándose a los pies de su hermano, le pidieron perdón del crimen que con él habían cometido. Juan los levantó y los abrazó. Enseguida entró José, que se arrojó en brazos de Juan, que dijo:

"Padre, a José debo la vida; sin él no habría podido traeros el lirio blanco y habríais continuado ciego hasta morir".

Después entró Juanito, que fue muy agasajado por los viejos reyes.

Al día siguiente se celebró la boda con el brillo y fausto que son de imaginar: la espada y el lirio blanco se portaron a las mil maravillas; ellos, sin gastos ni molestias de ninguna especie, proporcionaron los manjares más sabrosos y los vinos y licores más exquisitos, no solo para la corte sino para todo el pueblo, que estuvo de jolgorio durante un mes entero, cumplido el cual, Juan y su esposa ciñeron a sus sienes la corona de sus padres y fueron aclamados reyes en medio de los más alegres vítores.

Y aquí se acabó el cuento y se fue por la mar adentro y pasó por un zapato roto, para después contar otro.

EL PÁJARO *MALVERDE*

Allá por los tiempos en que las culebras andaban paradas y los animales hablaban, había, muy distante de este país, una comarca extensa y fértil, gobernada por un rey prudente y sabio. La buena fortuna siempre había acompañado a este monarca, que vivía feliz, rodeado del cariño de su mujer y de tres hijos varones, que le amaban y respetaban. Pero de pronto una grave enfermedad de la vista, que le dejó completamente ciego, vino a interrumpir su felicidad. Hízose ver de los médicos más sabios del reino y del extranjero, y todos, uniformemente, declararon que la ceguera no tenía remedio.

Mas, he aquí que llega a las puertas del palacio una pobre anciana solicitando hablar con el rey, a quien le traía una noticia que sería muy de su agrado. Los guardias se oponían a dejarla pasar, pero al fin la porfía e insistencia de la vieja consiguieron ablandar al jefe de la guardia, que la condujo hasta el pie del trono de su soberano.

Una vez en presencia del rey, arrodillóse la vieja e inclinando su cabeza hasta tocar el suelo con el rostro, habló de esta manera:

"Ruego a su Sacra y Real Majestad que perdone mi osadía; pero me ha parecido que habría faltado a mi deber si no hubiese venido a postrarme a las plantas de mi rey, a contarle lo que me ha pasado. Ayer, en la tarde, después de terminar mi acostumbrada gira por la ciudad, en demanda de limosnas, me recogí a mi pobre choza, y habiéndome sentado en un piso, me quedé *traspuesta**, y vi claramente que se me ponía por delante una hermosa señora, que me decía: Ve a palacio y dile a tu soberano que no recobrará la vista hasta que le pasen por los ojos una pluma del pájaro *Malverde*. Y desapareció. Esta es la causa, soberano señor, por la que me he atrevido a llegar hasta vuestra presencia; y una vez cumplida la orden que en sueños recibí, ruego a su Sacra y Real Majestad me permita retirarme".

Ordenó el rey que entregaran a la anciana una bolsa con plata, y dándole las gracias, la hizo acompañar hasta la puerta por el mismo oficial que la había introducido.

Inmediatamente el mayor de los hijos del rey, el príncipe Alberto, se prosternó ante su padre y le dijo:

"Yo, como el primero de vuestros hijos, tengo la obligación de salir a buscar al pájaro *Malverde* para que recuperéis la vista, y os pido vuestra bendición para emprender el viaje".

"Yo alabo tu buena intención y tu amor filial; pero, precisamente, por ser tú el mayor de tus hermanos, menos que ninguno debes dejarme. Piensa que soy viejo, que de un momento a otro puedo morir y que, en un caso como ese, es preciso que tú estés aquí para que inmediatamente tomes posesión del trono".

"Vuestra Majestad me perdonará que insista en abandonar el país por un poco de tiempo"; yo espero que Dios ha de conservar la vida de Vuestra Majestad por muchos años todavía, y, por tanto, que a mi vuelta he de encontrarlo, por lo menos, en el mismo estado de salud en que lo dejé".

El rey hizo cuanto pudo por disuadir a su heredero, pero este porfió tanto, que el rey tuvo que rendirse; y dispuso que acompañaran a su hijo tres criados antiguos y fieles y le entregó tres cargas de plata para los gastos del viaje.

* Caer en somnolencia liviana, ligera (MD).

Terminados los preparativos dio su bendición al príncipe, que partió a la ventura, pues nadie conocía el sitio en que se ocultaba el pájaro *Malverde*.

El príncipe y sus criados anduvieron muchos días, hasta que por fin salieron del reino y una noche llegaron a una linda y pintoresca aldea. Allí hicieron alto y entraron en una buena posada donde fueron esmeradamente atendidos por el posadero y sus tres hijas, hermosas y atrayentes jóvenes.

Todos se sentaron en una mesa, y los viajeros, después de reponer sus fuerzas con una abundante y bien servida cena, siguieron en agradable y alegre charla, alternada con buena música y escogidos trozos de canto, en lo cual eran maestras las hijas del posadero.

Al acostarse el príncipe, se dijo: 'Mañana temprano me despediré de mis huéspedes y seguiré mi camino; debo encontrar cuanto antes al pájaro *Malverde*, cuyas plumas han de curar la dolencia de mi padre'.

Con esta intención se levantó de madrugada, pero al salir de su cuarto se encontró con los ojos de la mayor de las niñas y sus buenos deseos se desvanecieron.

Todas las noches, cuando iba a recogerse, el príncipe decía: 'Mañana sí que me voy'; y todas las mañanas se sentía sin fuerzas para abandonar la posada, porque estaba perdidamente enamorado.

Poco a poco fue el príncipe olvidando a su padre. El amor que le tenía cambió de dueño, y por fin, antes de un año, se casó y despachó a los criados. Cuando estos llegaron a palacio, Guillermo, el segundo de los hijos del rey, dijo a su padre:

"¡*Buen dar** con mi hermano, que se haya quedado por allá! Yo iré a buscar al pájaro *Malverde*, si Vuestra Majestad me lo permite y me da su bendición".

* Exclamación muy usada en Chile, que sirve para manifestar admiración, pena o desengaño (RL).

"Hijo mío", respondió el rey, "no te moverás de mi lado. ¿Cómo he de dejarte salir cuando ya he perdido a mi hijo mayor?".

"Señor, yo quiero que Vuestra Majestad recobre la vista y le ruego que no se oponga a mi partida. Yo le prometo no distraerme en mi camino y volver cuanto antes con el deseado remedio".

El rey insistía en que Guillermo no saliera de la corte; pero el príncipe era testarudo y, aunque con trabajo, venció la voluntad del soberano, quien le dio la bendición e hizo que su tesorero le entregara tres cargas de plata para los gastos que pudieran ofrecérsele.

Partió el príncipe montado en un hermoso caballo, acompañado de tres criados que conducían en otras tantas mulas las cargas de plata que el rey le había dado; y anduvieron muchos días, hasta que por fin pasaron a otro reino y llegaron a la misma aldea y descendieron a la puerta de la misma posada en que había alojado su hermano y en la que aún vivía con su mujer.

Cuando Guillermo atravesaba la puerta de la posada, lo divisó Alberto y corrió a abrazarlo. Los dos tuvieron mucho gusto de verse y conversaron largamente. Guillermo contó a su hermano que su padre estaba muy enojado con él y le pidió que volviese a palacio con su mujer; que estaba seguro que sería perdonado, como también que, si no se iba, lo desheredaría; que él seguiría en busca del pájaro *Malverde* y así nada se habría perdido. Alberto replicó que no se atrevía a presentarse ante su padre y que continuaría viviendo en el pueblo en compañía de la familia de su mujer.

Alberto no insistió y convidó a su hermano para la casa, en donde le presentó a su esposa, a su suegro y a sus cuñadas. Guillermo quedó sorprendido de la hermosura de la mayor de estas, una rubia hermosísima, de ojos azules.

Pasaron todos una tarde muy agradable y cuando se retiró a acostarse, Guillermo encargó a Alberto que lo hiciese despertar muy temprano, porque quería seguir su viaje en busca del pájaro Malverde.

Al día siguiente, de alba, sintió unos golpecitos en la puerta del dormitorio, y una voz que él ya conocía y que penetró dulcemente en su corazón, le preguntó si ya era tiempo de que le trajesen el desayuno. Un rato después se servía, en compañía de la amable rubia, una rica taza de café, y entre palabras y palabras se fueron pasando las horas, llegando la del almuerzo sin que se acordase del pájaro *Malverde*.

Para abreviar, todas las noches Guillermo se retiraba a su dormitorio con la intención de continuar su viaje al otro día; pero en la mañana la vista de su enamorada le hacía olvidar sus propósitos; y, por fin, le sucedió lo que a su hermano Alberto, que se casó y se quedó viviendo en la casa de la posada, y poco a poco se fue borrando de su memoria el recuerdo de su padre y el objeto con que había partido de su lado.

Y pasaron los meses y los meses, unos tras otros, hasta completar el año, y viendo que sus hermanos no volvían, el príncipe Óscar, el menor de los tres, dijo a su padre:

"Si Vuestra Majestad me diera permiso para salir, yo no sería tan ingrato como mis hermanos y volvería con el pájaro *Malverde* y Vuestra Majestad se vería libre de la enfermedad que lo aqueja".

El rey no quería dejarlo partir; pero Oscar, que no ignoraba que *quien porfía mucho alcanza, si antes no se cansa**, majadereó al rey hasta que obtuvo su consentimiento. El rey le dio seis cargas de plata e hizo que lo acompañaran veinte grandes de la corte y mucha servidumbre.

Después de haber andado unas cuantas leguas, el príncipe dijo a los caballeros que iban con él:

* Refrán muy común

"Aunque voy muy complacido de vosotros, yo no necesito de tanta compañía, ni veo para qué se han de sacrificar ustedes viajando por tierras desconocidas y por desiertos. Vuélvanse al lado de su familia y cuiden de mi padre".

Los nobles caballeros, que amaban al príncipe por sus buenas cualidades, no querían obedecerle, pero sus órdenes fueron terminantes y se vieron obligados a deshacer su camino.

Siguió avanzando el príncipe con sus criados hasta que llegó a la posada en que vivían sus hermanos. Estos le vieron inmediatamente y corrieron alborozados a abrazarle. Dioles noticia de sus padres y les rogó que volviesen al lado de ellos, asegurándoles que serían perdonados. Entraron a la casa y le presentaron a sus mujeres y a su cuñada, que era también una jovencita bellísima. Pasaron al comedor y después de comer y conversar un rato, el príncipe, pretextando cansancio, se retiró al dormitorio que le habían preparado. Al otro día se levantó muy de madrugada, despertó a sus criados, les ordenó que arreglasen los arreos y salieron sin despedirse de nadie.

Siguieron su camino sin rumbo fijo, confiando en Dios, y sin tomar más descanso que el indispensable para comer y dormir.

Viendo el príncipe que las cargas de plata que llevaba más le servían de estorbo que para satisfacer gastos que no tenía, pues él y sus acompañantes se alimentaban de las frutas que encontraban en los campos, de las aves que cazaban y de los peces que les suministraban los ríos, y dormían bajo las carpas que llevaban consigo, resolvió repartir el dinero en limosnas, socorriendo a personas verdaderamente necesitadas; y tan bien lo hizo, que al poco tiempo no le quedaban sino dos cargas.

Entonces dijo a sus criados: "Tomen para ustedes una de las cargas y vuélvanse al reino de mi padre; yo puedo continuar solo, sin molestarlos". Así lo hicieron, y él siguió en su mula con la otra carga de plata, andando y andando, sin rumbo fijo, día y noche, repartiendo limosnas por donde pasaba.

En una ocasión se le hizo tarde en medio de un bosque, en que no se veía ni camino ni senda, de modo que no sabía cómo salir de él ni dónde descansar. Subióse a un árbol y divisó a lo lejos unas luces, y creyendo que sería alguna choza, se dirigió allá para solicitar albergue. Cuando se acercaba, vio que las luces provenían de cuatro velas que alumbraban un cadáver completamente abandonado en medio de un camino.

'Pobre', dijo el príncipe, '¡que no tienes a nadie que encomiende tu alma a Dios ni que te cuide!'. Y quitándose respetuosamente el sombrero, murmuró unas oraciones y continuó su interrumpida marcha hasta llegar a una pequeña aldea situada a corta distancia. El príncipe detuvo a la primera persona que encontró en la calle y le preguntó por qué habían dejado solo a aquel muerto, abandonándolo tan despiadadamente, y le respondieron que la razón era porque había fallecido dejando una deuda cuantiosa, y, según las leyes del país, mientras alguien no la pagara, no podía ser sepultado. Aunque la hora era avanzada, el príncipe hizo buscar al acreedor, pagole hasta el último centavo y dispuso que el cadáver fuese trasladado a la iglesia, donde al otro día se celebraron solemnes exequias en su honor.

Tres días había andado después de esta aventura sin tropezar con nadie, cuando en un momento en que iba triste y pensativo, recordando a su anciano padre, se cruzó con un negro. El príncipe le dijo:

"Negrito, ¿qué haces por estos sitios tan solos?".

"Buscando trabajo, patroncito, y su merced, ¿qué hace por aquí?".

"Ando, desde hace mucho tiempo, tras el pájaro *Malverde*, sin encontrar, hasta ahora, la menor noticia de él".

"Yo sé dónde está ese famoso pájaro; ¿quiere que lo acompañe, mi amito?".

"¡Oh! ya lo creo, y te pagaré muy bien".

"No quiero paga, mi amito, solo deseo servirlo, sin ningún interés".

Pónense en marcha y, andando y andando, llegan a una gran ciudad.

"Mi amito, en aquel palacio es donde está el pájaro *Malverde*. Diez mil soldados lo rodean día y noche y mientras cinco mil duermen, cinco mil están despiertos. Pero no tenga cuidado: poniéndose este gorrito de virtud no será visto, mientras cumpla mis recomendaciones. Pase por entre los soldados hasta llegar a un salón en cuyo centro cuelga una jaula de oro con el pájaro *Malverde*; abre la puerta de la jaula y se viene donde su negro, dejando la jaula abierta en el mismo lugar en que la encuentre; no la tome por nada de este mundo, porque se perderá".

Siguió el príncipe estos consejos hasta llegar al salón, sin ser visto ni sentido; pero cuando vio la jaula con el pájaro *Malverde* sintió un gusto tan grande que se trastornó, y olvidando el encargo del negro, en vez de abrir la jaula, la tomó para salir con ella, pero no hizo más que descolgarla y el pájaro se puso a gritar con voz desaforada:

"¡Guardia! ¡Guardia!, ¡que me roban!, ¡que me llevan!".

El príncipe dejó de ser invisible, fue tomado preso y, con las manos atadas, conducido a la presencia del rey.

Interrogado por este, el príncipe contó su historia, y el rey le dijo:

"¡Oh, príncipe!, tu osadía merece la pena de muerte, pero te perdono la vida si me das palabra de ir al reino vecino y traerme el caballo de las campanillas; que allá me tienen prisionero; y si sales bien en tu empresa tuyo será el pájaro *Malverde*".

El príncipe empeñó su palabra y fue dejado en libertad. Al salir se encontró con el negro

"Amito, ¿por qué no hizo lo que le aconsejé?".

"Negrito, temí que el pájaro se fuera si le abría la puerta".

"Si usted no hace lo que yo le digo, se va a perder".

Siguieron andando y andando por muchos días, hasta que por fin entraron al reino vecino. Entonces el negro le dijo:

"El caballo de las campanillas está en una sala situada en el centro de aquel palacio, cuidado por diez mil soldados, de los cuales cinco mil velan mientras los otros cinco mil duermen; póngase el gorrito de virtud y pase, por entre los soldados, que no será visto por ellos mientras haga lo que yo le diga; llega al salón; le saca la brida al caballo y el caballo lo seguirá y podrán salir sin ser vistos ni sentidos. Yo los espero aquí".

Entró el príncipe sin ser notado y llegó al gran salón. Allí estaba el caballo, el animal más hermoso que darse pueda, saltando, relinchando, revolcándose sobre una riquísima alfombra. Al verlo, con el gusto se olvidó el príncipe de los consejos del negro, y tomando al caballo de las riendas lo arrastró tras de sí. Pero al primer paso que dio el príncipe para salir de la sala, el caballo se sacudió y se sintió un ruido infernal, como si pendieran cien mil campanillas de su cuerpo.

El príncipe dejó de ser invisible, y tomado preso y con las manos atadas fue llevado a la presencia del rey, al cual tuvo que contarle nuevamente su historia. Cuando terminó, el rey le dijo:

"¡Oh, príncipe!, tu atrevimiento merece la muerte; pero te perdono la vida si me das palabra de arrebatar al rey vecino una princesa que hace diez años me tomó prisionera, cuando apenas contaba cinco años de edad; ¡y si sales bien en esta empresa tuyo será el caballo de las campanillas!".

El príncipe comprometió su palabra y fue dejado en libertad. A la salida lo esperaba el negro.

"Mi amito, ¿por qué no sigue las recomendaciones que le hago?, ¿hasta cuándo sufre y me hace sufrir a mí?".

Emprendieron su camino y por fin llegaron a la capital del reino vecino. El negro dijo:

"En el centro de aquel palacio hay una gran sala custodiada por diez mil soldados, de los cuales cinco mil están siempre despiertos; pero no tenga miedo; póngase el gorrito de virtud y no lo verán ni lo sentirán mientras siga mis recomendaciones. En la sala hay tres filas de camas, en cada una de las cuales duerme una princesa prisionera. Fíjese bien en lo que le digo, porque si se equivoca perderá la vida. Entra por la puerta del fondo y se coloca frente a la segunda hilera de camas, y va tocando los pies a cada una de las princesas de esa fila, y cuando llegue a una que tenga los pies fríos, la saca de la cama como esté, se la echa al hombro y sale con ella a cuestas sin prestar atención a lo que le diga. No olvide ninguno de estos puntos", le repetía el negro con lágrimas en los ojos; "mire, amito, que el asunto es serio y en ello le va la vida".

Hizo el príncipe todo cuanto el negro le había dicho, y cuando llegó a la cama en que tocó unos pies fríos, sacó a la princesa que en ella dormía, se la echó al hombro y salió con ella a cuestas sin hacer caso de sus gritos: –"¡No me lleve así! ¡Déjeme vestirme antes, que me voy a resfriar!– Y así atravesó por entre los diez mil soldados, sin que estos vieran ni oyeran nada.

Llegó el príncipe con su preciosa carga afuera de la ciudad y allí lo esperaba el negro con riquísimas ropas para la princesa.

–"¡Por fin, mi amito, me obedeció! Ya llevamos andada la tercera parte del camino, la parte más difícil. Vamos ahora donde el rey padre de la princesa".

Fácilmente se inferirá cuán grande sería la dicha del monarca al volver a ver a su hija, que hacía tanto tiempo que había sido apartada de su lado. El rey decretó grandes fiestas públicas y en palacio hubo bailes y banquetes de que fue héroe nuestro príncipe.

Cuando terminaron las fiestas, el negro le dijo a su amo:

"Mañana va usted a despedirse del rey y el rey le dirá que le pida la gracia que quiera, que él se la concederá, y entonces usted le ruega que le permita dar tres vueltas en el caballo de las campanillas alrededor de la plaza del palacio, con la princesa a la grupa; el rey accederá al pedido; usted dará dos vueltas completas y así que vaya en la mitad de la tercera, le dice al caballo, en voz muy baja, a la oreja izquierda: 'Caballito, vuela más que el viento', y el caballo volará tan ligero que nadie lo verá, y vendrá a bajarse en un sitio en que yo los estaré esperando".

Al otro día el príncipe pidió permiso al rey para partir, y este en presencia de la corte, le dijo:

"¡Oh, príncipe, tú me has devuelto la felicidad trayéndome a mi hija! Justo es que premie tan grande servicio. Pide lo que quieras, que inmediatamente te será concedido".

El príncipe se prosternó ante el rey, y repuso:

"¡Oh, rey excelso y fuerte!, aunque quedo bien recompensado con la entrega del caballo de las campanillas, desearía, antes de partir, dar tres vueltas a la plaza montado en él, llevando a la grupa a la princesa que arrebaté de las manos del rey vuestro enemigo. Quiero llevar este recuerdo de vuestra augusta bondad".

El rey ordenó que sacasen el caballo a la plaza, y una vez que el príncipe lo montó, fue colocada la princesa a la grupa. Partió el caballo en presencia del rey, de la corte y de numeroso público, con paso majestuoso, y todos alababan el buen porte del príncipe y la hermosura de la princesa, y se decían unos a otros: "¡Que linda pareja! ¿por qué no se casarán?". Cuando ven que de repente el caballo con sus jinetes se eleva por los aires y en un instante se pierden de vista. La alegría que un momento antes se pintaba en todos los semblantes tornóse, en un segundo, en la más acerba tristeza. Ni el rey ni nadie sabían que el caballo de las campanillas tenía la virtud de volar.

Poco después descendió el caballo con sus jinetes cerca del palacio en que moraba el rey dueño del pájaro *Malverde*, y allí los esperaba el negro.

"Vamos", dijo el negro, "a entregar el caballo al rey", y se dirigieron al palacio.

El rey se manifestó muy contento y agradecido del príncipe por la devolución del noble animal, e hizo dar un suntuoso baile en honor de sus huéspedes. Terminada la fiesta, el negro dijo al príncipe:

"Mañana, cuando se despida del rey, el rey le rogará que solicite la gracia que quiera, y usted le suplicará que le permita dar tres vueltas alrededor de la plaza del palacio, montado en el caballo de las campanillas, con la princesa a la grupa y llevando la jaula con el pájaro *Malverde*. El rey accederá, y entonces, antes de terminar la tercera vuelta, le dice usted al caballo con voz muy queda: 'Vuela, caballito, como el viento', y, como la otra vez, el caballo se perderá en los aires a la vista de todos y bajará en un sitio en que los estaré esperando".

Al día siguiente fue el príncipe a despedirse del rey, y el rey le rogó que no se fuese tan pronto; pero el príncipe, prosternándose ante él, le habló de esta manera:

"¡Oh, monarca grande y poderoso!, bien quisiera gozar de vuestra amable hospitalidad por algunos días más, pero ansío ver a mi padre y curarle de su enfermedad; os ruego, pues, que me deis vuestro permiso para retirarme".

Respondió el rey:

"Razón os hallo, joven príncipe, para desear volver cuanto antes a vuestra patria y alabo vuestro amor filial; pero antes que partáis quiero concederos una gracia en premio del servicio que me habéis hecho; pedidme lo que queráis y os será otorgado".

Postróse nuevamente el príncipe y dijo:

"¡Oh, rey magnánimo!, desearía satisfacer un capricho de mi compañera. ¿Podría contar con el asentamiento de Vuestra Majestad?".

"Hablad, príncipe, sin temor".

"Pues bien, ella desea que antes de partir demos tres vueltas a la plaza del palacio, montados en el caballo de las campanillas, llevando la jaula de oro con el pájaro Malverde".

"Concedido".

Y sucedió lo que en la aventura anterior, que antes de terminar la tercera vuelta, el caballo con sus jinetes y el pájaro Malverde, ante los ojos atónitos del rey, de los grandes de la corte y de todo el pueblo, se elevó repentinamente por los aires y en un instante se perdió de vista. Ni el rey ni nadie sabían que el caballo tenía la virtud de volar.

Pasemos por alto los comentarios a que este hecho dio lugar, para seguir a nuestro héroe. Bajó el caballo a la entrada de la aldea en que vivían los hermanos del príncipe, en un sitio en que el negro lo esperaba. El rostro del negro acusaba suma tristeza.

"Mi amito", le dijo al príncipe, "ya hemos terminado la segunda jornada; la tercera le corresponde hacerla a usted solo; yo hasta aquí no más lo acompaño; regrese al palacio del rey su padre a darle vista, y a nadie le cuente nada de lo que ha pasado hasta que el rey esté completamente sano. Yo me voy; pero, si se viese en algún apuro, diga: 'Acuérdate de mí, negrito', y yo acudiré en su socorro".

El príncipe, muy afligido, le contestó: "No, negrito, no te vayas; ven conmigo al palacio de mi padre; allí vivirás rodeado del cariño de todos y serás mi compañero y amigo".

La princesa unió sus ruegos a los del príncipe, pero todo fue inútil; el negrito contestaba: "No, no puede ser, debo irme". Y se despidieron llorando.

Pocos momentos después llegaba el príncipe a casa de sus hermanos, que manifestaron grande alegría de verle salvo y sano acompañado de una princesa tan linda, tan bien montado y dueño del pájaro *Malverde*. Pero, en verdad, la alegría era fingida, porque se los comía la envidia.

Después de la comida le rogaron que les refiriese sus aventuras, pero el príncipe les pidió que lo disculparan, que había hecho la promesa de no contar nada hasta no estar en presencia de su padre y esté completamente curado de la vista.

El príncipe Oscar y la princesa se retiraron a los dormitorios que les habían preparado, y tan pronto como Alberto y Guillermo se aseguraron de que sus alojados se habían quedado dormidos, se pusieron de acuerdo para robar a Oscar el pájaro *Malverde*.

Al otro día el príncipe Oscar y la princesa fueron a despedirse, pero Alberto y Guillermo les dijeron que ellos los acompañarían, que querían gozar de su triunfo y ver a su padre sano de su enfermedad. Partieron los tres, acompañados de la princesa, que iba a la grupa del caballo maravilloso que montaba el príncipe Oscar, y llevando consigo, por supuesto, el pájaro *Malverde* en su jaula de oro.

Hacia el medio día entraron a un lugar desierto. Hacía un calor sofocante; la princesa se quejaba de sed y por el mismo motivo los caballos y el pájaro *Malverde* estaban tristes y no comían.

Llegaron casualmente cerca de una noria. El príncipe Alberto, que llevaba un lazo, propuso que lo bajaran amarrado de la cintura para sacar agua. Lo bajaron; pero apenas había descendido unos cuantos metros gritó que lo subieran, que sentía un calor insoportable. Subieron al príncipe Alberto y bajaron entonces al príncipe Guillermo; pero este halló que hacía mucho frío y tuvieron que sacarlo. Entonces bajaron al príncipe Oscar y este les mandó agua en un tiesto que había llevado con él. Apagaron todos su sed; y en vez de subir al príncipe, Alberto y Guillermo cortaron el lazo y dejaron a su hermano dentro del pozo.

Tres días después entraban los príncipes Alberto y Guillermo a la corte del rey, su padre, que dispuso grandes regocijos y fiestas para celebrar la llegada de sus hijos mayores; pero el anciano monarca, en medio de la alegría general, seguía triste porque no tenía noticias del príncipe Oscar, de quien dijeron sus hermanos que ni siquiera le habían visto. Temía el rey que al príncipe le hubiera ocurrido una desgracia y pensaba si quizás la muerte lo hubiera sorprendido en el camino después de haber despachado a sus servidores.

La reina, los caballeros, las damas, admiraban la hermosura de la princesa que, muda, enferma, dominada por el dolor que le había ocasionado el crimen cometido contra el príncipe Oscar, ni se percibía de la atención que atraía su persona. Y hasta el caballo, con la cabeza y las orejas gachas, y el pájaro *Malverde*, con los ojos cerrados, las alas caídas y las plumas descoloridas y sin brillo, parecían participar del mismo dolor.

En medio de la fiesta, el príncipe Alberto contó una historia inventada por él, en que él y su hermano Guillermo se atribuían la conquista del pájaro *Malverde*. Terminada la fábula, arrancó una pluma de pájaro y se la pasó por los ojos a su padre.

"¿Ve algo padre?", le preguntó.

"Nada, hijo, absolutamente nada; mis ojos siguen envueltos en la oscuridad".

Le arrancó otra pluma y volvió a pasarla por los ojos del viejo rey, que, a su contacto, lanzó un grito de dolor y pidió a su hijo que no repitiese la prueba para devolverle la vista, y ordenó que sacaran al pájaro de allí. Tomó la jaula la princesa y, sin que la notaran, se retiró con ella de la sala.

Dejemos al rey ensimismado en sus tristes pensamientos y a los príncipes, que no por su fracaso se desconcertaron, siguiendo en el baile; para volver donde el príncipe Oscar.

Tres días hacía que estaba en la noria agarrado a unas toscas, transido de frío y muriéndose de hambre, cuando de pronto le vino a la memoria la promesa que le hizo el negro al separarse y exclamó: "Acuérdate de mí, negrito". En el mismo instante oyó la voz del negro que desde la boca de la noria le decía: "¿Qué hace ahí, mi amito?; le pasó lo que tenía que pasarle; pero no tenga cuidado, que su negro lo sacará de apuros". Y le tiró una cuerda con que lo enlazó de la cintura, e izándola, en un momento lo tuvo a su lado.

Contóle al negro el príncipe todo lo que sus hermanos habían hecho, desde que lo dejaron abandonado, para que muriera dentro de la noria, y le agregó: "Yo lo llevaré hasta la puerta del rey su padre; entra usted y, después de saludar al rey y a la reina, pide que le traigan una palangana de oro con agua y al pájaro *Malverde* en su jaula; abre la puerta de la jaula y el pájaro saldrá al punto e irá a bañarse a la palangana, y mientras se baña se le caerá un plumoncito suave como la seda; lo tomará usted y lo pasa tres veces por los ojos del rey, que, a la primera vez, distinguirá una pequeña claridad; a la segunda divisará a la personas como bultos, y a la tercera verá tan bien como el hombre de mejor vista.

Dicho esto, tomó al príncipe sobre sus hombros y en un abrir y cerrar de ojos lo dejó en la puerta del palacio. El príncipe le dijo:

"¡Ay, negrito!, ¿cómo retribuiré tus grandes servicios? No aceptas ni siquiera el ofrecimiento de quedarte conmigo. ¿Seguiré siendo siempre tu deudor?".

"No, señor", le contestó el negro, que a medida que hablaba se iba transformando en un hermosísimo joven; "no, señor, el deudor he sido yo. Yo soy aquel muerto que encontró usted completamente abandonado velándose en el camino, a la salida del bosque, cuyas deudas pagó y cuyos funerales costeó, sin lo cual no habría podido entrar a los cielos. A ellos subo en este momento, pues solo me retenía en la tierra el deseo de librarle a usted de todos los peligros que habrían de presentársele hasta este instante, para lo cual había obtenido permiso a Dios. Sus sufrimientos ya han terminado. ¡Hasta que nos veamos en el cielo!".

Y dicho esto desapareció envuelto en un nimbo de gloria. El príncipe se prosternó en tierra, adoró a Dios y bendijo su infinita bondad.

Entró enseguida al palacio, en donde todavía duraban las fiestas, se inclinó ante sus padres y les habló en los siguientes términos:

"¡Oh, padres míos muy amados! Dios, en su gran misericordia, me ha conducido de la mano, y después de librarme de mil peligros, permitió que pudiese ampararme del pájaro *Malverde*, fin y único objeto de mi viaje. Heme aquí, contento y dichoso, dando por bien aprovechados los trabajos, fatigas y penurias que he sufrido, porque ahora podré curar a mi padre de su mortificante ceguera".

Todos los presentes se quedaron mudos y miraban a los príncipes Alberto y Guillermo, que, sobrecogidos de estupor ante la aparición de su hermano, a quien suponían muerto, no sabían cómo huir.

Se dirigió el príncipe Oscar a uno de los grandes de la corte que estaba cerca de él, y le pidió que le trajese una palangana de oro con agua y la jaula con el pájaro Malverde. Salió el noble para volver un rato después con la palangana de agua y con la noticia de que nadie sabía dónde estaba el pájaro *Malverde*; pero, en el mismo momento, se abrió una puerta y apareció la princesa, hermosa como nunca y alegre y risueña, llevando la jaula de oro con el pájaro Malverde, cuyas plumas, como por encanto, habían recobrado todo su brillo y esplendor.

Abrió el príncipe la puerta de la jaula y el pájaro salió cantando y se metió en la palangana, zambulléndose y sacudiendo sus alas. De debajo de una de ellas cayósele un plumoncito que tomó el príncipe, el cual, subiendo las gradas del trono, lo pasó sobre los ojos apagados de su padre.

"¿Ve algo, padre?", preguntó el príncipe.

"Sí, hijo querido, veo una pequeña claridad".

Pasóle el plumoncito por segunda vez.

"¿Ve más, padre?".

"Sí, hijo querido, distingo unos bultos que se mueven".

Volvió a pasarle el plumoncito por tercera vez, y el rey dio un grito de suprema alegría: sus ojos, abiertos y vivos como los de un joven sano, veían perfectamente todo lo que le rodeaba.

Se bajó el rey del trono y estrechó al príncipe entre sus brazos. La reina y todos los presentes lloraban de contento y de emoción.

"Tus hermanos me han engañado miserablemente", dijo el rey a Oscar. "Dios te premiará el bien que me has hecho, mientras yo, de algún modo, pago tus servicios. Pero antes cuéntanos, hijo, tus aventuras".

Y el príncipe, en medio del mayor silencio, refirió cuanto le había sucedido desde su salida del palacio, suprimiendo el acto criminal que con él habían cometido sus hermanos, atribuyendo su caída a la noria a una distracción de su parte. Pero el pájaro *Malverde* dijo toda la verdad.

El rey, irritado por la perversa conducta de sus hijos mayores, los hizo prender y ordenó que los encerraran para siempre en un calabozo: pero la reina, la princesa y el príncipe Oscar intercedieron por ellos y el rey los perdonó, con la condición de que salieran inmediatamente de sus Estados.

El rey dispuso que en el acto se casara el príncipe Oscar con la princesa. Terminada la ceremonia, los novios pidieron permiso para ausentarse por un día mientras iban a hacerle una visita al rey padre de la princesa.

Acordado el permiso, hizo llevar el príncipe el caballo maravilloso a la plaza de palacio y subiendo en él con la princesa a la grupa, se inclinó y le dijo a la oreja en voz muy baja. "Vuela caballito, como el viento", y el caballo se elevó majestuosamente por los aires ante las miradas estupefactas de los reyes, de los señores y damas de la corte y del pueblo todo.

Al día siguiente regresaron de su visita, dejando al padre de la princesa, que hasta poco antes lloraba la pérdida de su hija, lleno de alborozo de verla feliz y contenta.

El rey abdicó en favor del príncipe Oscar, que fue modelo de rey, de esposo y de padre, y vivió largos años, siempre amado y venerado de su pueblo.

Y el caballo y el pájaro *Malverde* siguieron siendo las delicias de todos.

EL *SOLDADILLO*

El *Soldadillo* se estaba aburriendo en su casa y se le puso en la cabeza salir a rodar tierras, por ser hombre y por saber.

Salió, pues, un día, llevando al hombro unas alforjas muy bien provistas y un buen cuchillo asegurado a la cintura.

Después de haber andado unas cuantas horas, en un camino apartado se encontró con un hermoso joven, elegantemente vestido. El *Soldadillo*, que era hombre bien hablado, se sacó su gorra y saludando con todo respeto, preguntó:

"¿A dónde va, mi señor? Si lo puedo servir en algo, estoy a sus órdenes".

El príncipe, porque el joven era hijo de rey, le contestó.

"Si quieres acompañarme te daré buen sueldo; el sirviente que traía se me perdió en el camino, y necesito de una persona que me ayude; pero esa ha de ser muy valiente, porque nos hemos de ver quizás en qué peligros".

"Su *mercé**", respondió el *Soldadillo*, "tal vez haya oído hablar de su servidor, porque yo he peleado en todas las batallas que ha dado *Su Sacarreal Majestad*** el rey, su padre, y siempre me porté con valor y nunca volví la espalda al enemigo. Juan me llamo, señor, y por sobrenombre me dicen el *Sordaíllo*".

"¡Con que tú eres, hombre, el mentado *Soldadillo*! No he podido encontrar mejor compañero; he andado con suerte; desde luego te tomo a mi servicio".

Siguieron andando los dos, más que como patrón y sirviente, conversando como amigos. El príncipe le contó cómo se había enamorado, por un retrato que había visto, de la más linda princesa del mundo, a quien andaba buscando: estaba encantada y nadie sabía en dónde se hallaba.

El Soldadillo le prometió ayudarlo en todo y no dejarlo mientras no dieran con la princesa, y hasta dejarse matar por él, "aunque", le dijo, "todavía no ha nacido quien se atreva a tocarme un pelo".

Siguieron andando y andando, y hacía ya muchos días que iban por el mismo camino, cuando encontraron a un hombre que se ejercitaba en dar saltos muy grandes. El *Soldadillo* le preguntó "¿Cómo te llamas, *ho****?".

"Yo me llamo", contestó el hombre, "*Saltín*, *Saltón*, hijo del buen Saltador".

"¿Y en qué te ocupas, *ho*?".

"En saltar, *pus, ñor*; y *pueo* dar saltos de más de dos *cuairas*, *pus, ñor*"****.

"Este hombre nos conviene", le dijo el príncipe al *Soldadillo*; "pregúntale si quiere entrar a mi servicio".

Entonces el *Soldadillo* le dijo al hombre:

* Merced, trato ceremonioso a una persona (MD).

** Su Sacra y Real Majestad, el rey, su padre.

*** Pues.

**** Señor.

"¿Por qué no te vienes con nosotros?".

"Si me dan buena paga, me voy con ustedes".

Y *Saltín, Saltón,* hijo del buen Saltador, se fue con ellos.

Siguieron andando y andando, y más adelante toparon con un hombre que se llevaba tranqueando de arriba para abajo, a grandes pasos, y que no descansaba ni un momento.

"¿Cómo te llamas, *ho*?", le preguntó el *Soldadillo*; y el otro le contestó:

"Yo me llamo *Andín, Andón,* hijo del buen *Andaor".*

"¿Y en qué trabajas, *vos**?".

"En andar, pues, señor; ese es mi oficio; porque yo soy lo mismito que el *Judío Errante***, que me canso cuando me siento; y además soy muy forzudo, y me los puedo echar a todos ustedes al hombro y llevarlos a donde ustedes me digan; porque han de saber que soy nieto de *Carguín, Cargón,* hijo del buen *Cargador,* y que he sacado las fuerzas de mi abuelo".

"Este hombre nos conviene", le dijo el príncipe al Soldadillo; "contrátalo a ver si quiere servirme".

Entonces el Soldadillo le dijo al hombre:

"¿Por qué no te vienes con nosotros? Te daremos buena paga".

*"Métale****, pues, señor", contestó *Andín, Andón,* hijo del buen *Andaor*; y para probarles que era cierto lo que les había dicho acerca de las fuerzas que tenía, agarró a los tres compañeros en sus brazos y siguió cargado con ellos como si tal cosa.

Bien les vino a los pobres, porque estaban muy cansados.

Así anduvieron por tres días, hasta que encontraron a un hombre sentado en la tierra, que con una mano rodeaba una de sus orejas, como para escuchar mejor. El *Soldadillo* le dijo:

* Tú (MD).

** Personaje histórico legendario, de incesante vagar (MD).

*** De acuerdo (MD).

"¿Qué hace ahí, mi amigo?, ¿se puede saber?".

"Cómo no", le contestó el hombre: "estoy oyendo a una niña que está encerrada siete estados bajo tierra llorando sin consuelo y quejándose de que la tienen encantada. En este momento, dice: '¿Qué será del rey, mi padre? ¡Cómo llorará mi madre! ¡Cuándo vendrá el príncipe que ha de libertarme!'".

El príncipe no dudó que la princesa encerrada era la que él buscaba, e inmediatamente preguntó al hombre:

"¿Cómo te llamas tú?".

"Yo me llamo, señor", le contestó, "*Oidín*, *Oidón*, hijo del buen *Oidor*".

"Vente conmigo y te pagaré bien", le dijo el príncipe.

"Eso quisiera yo", le dijo *Oidín* "porque estoy sin empleo".

Y *Oidín*, *Oidón*, hijo del buen *Oidor*, pasó a ocupar su lugar *al apa* de *Andín*, *Andón*, hijo del buen *Andador*.

Siguiendo las indicaciones de *Oidín*, que a cada rato hacía que *Andín* se parara, para escuchar mejor, se metió *Andín* con su carga por un bosque muy tupido, llegando una noche, al cabo de siete días de marcha, frente a un castillo. Dieron seis vueltas alrededor de él, sin encontrar puerta alguna; solo veían una fila de ventanas; todas alumbradas, pero muy altas y defendidas por gruesos barrotes de fierro. A la séptima vuelta vieron una puerta toda de fierro, hecha de una sola pieza y con un gran llamador. Golpearon y nadie contestó; golpearon dos veces más y tampoco nadie salió. Entonces el *Soldadillo* dijo:

"Que se queden todos aquí; a mí me agarra en peso *Saltín*, *Saltón*, hijo del buen *Saltador*, y de un salto nos ponemos dentro del castillo".

Así lo hicieron; pero todavía no ponían un pie en tierra cuando oyeron cerca de ellos una voz de trueno que decía:

"¡Carne humana huele aquí! ¡Carne humana huele aquí!".

Saltín, Saltón, hijo del buen *Saltador*, todo asustado, de un brinco volvió afuera, dejando solo al buen *Soldadillo* frente a frente de un gigante enorme.

"A pelear vengo con *vos**", le dijo el *Soldadillo*; "y no me grite tan fuerte, que no soy sordo y le *pueo* cortar la lengua con este cuchillito; ni me mire tan fiero, porque *tamién le pueo* sacar los ojos con estos cinco *deos*. Sepa el cara de *capacho*** viejo, que está hablando con el *Soldadillo* y quien se mete con él, sale *fregao****".

Esto que dice el *Soldadillo* y el gigante que se le va encima; pero el Soldadillo le saca el cuerpo con toda ligereza, y plantándose detrás, le da con su cuchillito un tajo tan bien refuerte, que me le corta al gigante los nervios de la corva de la pierna derecha, y de otro tajo me le rebana los nervios de la corva de la pierna izquierda, y mi buen gigante cae al suelo dando unos bramidos que hacían temblar toda la tierra.

Los de afuera oían los bramidos, todos asustados, y por más que el príncipe le decía a *Saltín, Saltón*, hijo del buen *Saltador*, que los trasladara a todos adentro para ayudar al Soldadillo, *Saltín* no quiso obedecerle, porque, como el miedo es cosa viva, todavía le temblaban las carnes y no se animaba a ponerse cerca del gigante.

De repente se dejan de oír bufidos y las puertas del castillo se abren de par en par. Mi buen Soldadillo, con el cuchillo en la mano, chorreando sangre, les dice que ha muerto al guardián del castillo y que ya pueden entrar sin cuidado. No sabía el pobre los peligros que todavía les esperaban.

Entraron, y al pasar por un gran comedor, todo lleno de manjares, *Andín, Saltín* y *Oidín*, quisieron sentarse a comer, pero el

* Contigo (MD).

** Bolsón de cuero (MD).

*** En malas condiciones (MD).

príncipe y el *Soldadillo* dijeron que era preciso sacar primero a la princesa; que después habría tiempo para comer y mucho más. Tuvieron que obedecer, porque donde manda capitán no manda marinero, y el que manda, manda, y mano a la *cartuchera**; y sirviéndoles de guía *Oidín*, *Oidón*, hijo del buen *Oidor*, llegaron hasta un pozo. El *Soldadillo* buscó una barra de fierro y la atravesó en la boca del pozo; buscó después unos cordeles y amarrando un extremo en la barra y el otro a su cintura, lo descolgaron:

Lo que sucedió después es digno de oírse.

Cuando llegó al primer estado bajo tierra, el *Soldadillo* que entra a una sala muy hermosa y que se le presenta un enorme *culebrón*** con siete cabezas (sic). El *Soldadillo*, que estaba *curado de espanto****, no se asustó, antes, echando pie atrás, alzó el cuchillo y de un fuerte golpe le cortó a la culebra una de sus cabezas. El culebrón dio un silbido que aturdió; y desapareció por un agujero; y el *Soldadillo* la siguió de atrás. Al llegar al segundo estado, nuevo combate; la culebra quería enroscar con su cola al *Soldadillo*, pero este, haciéndole un quite, logró ponérsele al frente y cortarle otra de las cabezas. El culebrón arrancó como un condenado por un portillo y el *Soldadillo* se *coló***** detrás de él por el mismo portillo. Llegaron al tercer estado, la culebra con cinco cabezas no más, y el *Soldadillo*, firme como un peral y con su cuchillo en la mano. Tercer combate; el culebrón quería enterrarle la lanceta de una de sus bocas, pero el *Soldadillo* en un dos por tres, ¡zas! le cortó otra cabeza. Ya no le quedaban al culebrón más que cuatro cabezas, las mismas cuatro que le cortó mi valiente *Soldadillo*, una en cada estado a que el culebrón bajaba,

* En el sentido genérico de recurrir al uso de un arma (MD).

** Serpiente de cuerpo muy grueso y largo común, a la cual se le atribuyen poderes míticos (MD).

*** Que había tenido experiencias muy fuertes (MD).

**** Entró ágilmente (MD).

hasta que llegaron al séptimo, en que le cortó la última y me lo dejó sin poder moverse más.

Ya tenemos al *Soldadillo* en el séptimo estado bajo tierra, libre del gigante y del culebrón y oyendo los quejidos de la princesa, que no sabía de qué parte salían.

Buscando y buscando, da con una puerta, que abre con mucho cuidado, y se encuentra dentro de una pieza tan grande y tan linda como no había visto otra en su vida; estaba toda cubierta de oro y plata y alumbrada con muchos *blandones**, candelabros y arañas, y en medio, tendida en el suelo, desmayada, la más hermosa princesa que hayan visto ojos humanos. La cargó en brazos y la llevó en ellos hasta que llegó al primer estado, y amarrándose allí nuevamente el cordel a la cintura, gritó que lo suspendieran. Cuando llegó arriba todos se quedaron con la boca abierta de ver tan hermosa princesa, y al príncipe casi se le salía el corazón por la boca, tan fuertemente le saltaba.

Cuando la princesa volvió en sí, contó que una vieja bruja la había hechizado y encerrado en ese castillo, del cual nadie tenía noticias, y que el encantamiento debía durar hasta que un príncipe viniera a librarla.

El príncipe estaba muy feliz, porque había encontrado a su princesa, y después de comer de los exquisitos manjares que habían encontrado preparados, el príncipe, no queriendo demorar su casamiento, ordenó a *Andín, Andón* hijo del buen *Andador*, que cargara con todos y los llevara a la Corte del rey, su padre.

¡Bueno en el hombre forzudo! A todos se los echó al hombro como si no pesaran más que una pluma, y en un par de días llegaron a la capital del reino, donde se celebró el matrimonio con grandes fiestas y banquetes, y vivieron muchos años muy felices y dichosos y rodeados de hermosos hijos que se parecían a ellos.

* Candelero en que se ponen velas (MD).

Después de la boda, el *Soldadillo* y sus demás compañeros pidieron licencia al príncipe para retirarse, y entonces este y la princesa les dieron a cada uno un gran talego de plata y al *Soldadillo* dos; y a los cuatro, trajes muy ricos, pues estaban muy agradecidos de ellos; porque sin *Andín, Andón*, hijo del buen *Andaor*, no habrían podido llegar al castillo; sin *Oidín, Oidón*, hijo del buen *Oidor*, no habrían sabido dónde se encontraba la princesa, y sin *Saltín, Saltón*, hijo del buen *Saltaor*, no habrían podido entrar al castillo; y sin el *Soldadillo*, la princesa habría seguido encantada hasta ahora. Bien dicen que Dios, sin ser vaquero, todo lo rodea.

Y aquí se acabó el cuento del *Periquito Sarmiento**, que estaba con la guatita al aire y el potito al viento; y pasó por una mata de *poroto*** para que fulano me cuente otro.

EL PESCADITO ENCANTADO

Este era un rey que no se alimentaba sino de pescados, y para que lo abasteciera de esta carne tenía a su servicio a un viejecito que todos los días iba a pescar al mar. Le pagaba bien por su trabajo; pero lo tenía amenazado con que le haría cortar la cabeza el día que no le llevara provisión fresca de ellos.

Este viejecito vivía en una pequeña casa cerca de la costa, en compañía de su mujer, de dos hijas a quienes quería entrañablemente, sobre todo a la menor, que era muy buena y cariñosa con él; y de una perrita, que todas las tardes, cuando volvía con la pesca, salía a recibirlo.

* Personaje ficticio y de animación que aparece al final de los cuentos (MD).

** Clase de frejol.

Un día el viejecito no sacó nada en la red, a pesar de haberla arrojado muchas veces al agua; y lamentándose de su mala suerte, se sentó en un peñasco a llorar su desgracia, porque veía que su fin iba a llegar.

Llorando estaba cuando entre las olas asomó la cabeza un *Pescadito* colorado y le preguntó: "¿Por qué llora el buen viejo?". El interpelado, entre sollozos, le contó lo que le pasaba; que por más que había echado las redes al mar, nada había sacado, y que si no le llevaba pescados al rey, este le haría cortar la cabeza.

El *Pescadito* le dijo entonces: "Yo te daré todos los pescados que tú quieras, mientras vivas, con la condición que me des a la que salga a recibirte cuando vuelvas a tu casa". El viejo le dijo que no tenía inconveniente en aceptar esta condición, porque el pobre se figuraba que, como de costumbre, saldría a recibirlo la perrita.

El *Pescadito* ordenó al anciano que echara la red; el viejo obedeció, y pocos momentos después la sacaba llena de congrios, corvinas, truchas y robalos, tan grandes, tan gordos y tan lindos como nunca los había visto.

Se fue muy contento a su casa, y cuando le faltaban unas dos cuadras para llegar a ella salió a encontrarlo su hija menor. Ya había olvidado su promesa.

Estaba la familia del pescador sentada a la mesa tomando la sopa, cuando se oyó un fuerte silbido que venía del lado del mar; y solo entonces se acordó el anciano que tenía que llevar a su hija menor para entregársela al *Pescadito*. Al punto se puso muy triste, lo cual todas notaron. Entonces le pidieron que les dijera por qué tan de repente se había puesto así, siendo que debía estar contento como nunca por haber traído tan buena pesca. Les contó él lo que le había pasado; y concluido su relato la hija menor le dijo: "Cumpla, padre, lo que ha prometido, porque si no, es seguro que mañana no pescará nada y el rey le mandará cortar la cabeza".

Llorando se fueron los dos para el mar; y cuando llegaron, el *Pescadito*, que estaba esperándolos, mandó al pescador que se subiese a una roca y dejara a su hija en la arena, porque las aguas iban a subir y se iban a tragar a la niña.

Así sucedió. Subió el mar y la niña desapareció.

En cuanto descendieron las aguas, bajó el pobre viejo y se volvió a su casa triste y lloroso.

Cuando la niña desapareció debajo del agua el *Pescadito* la llevó a un hermoso palacio que había en el fondo del mar y le dijo que cuanto veía todo era de ella; pero que si quería vivir feliz no encendiera ni fósforo ni vela en la noche, porque en el momento que alumbrara su dormitorio todo lo perdería.

El palacio era más grande y mejor que el del rey a quien servía su padre, y de nada faltaba en él. En el día estaba muy bien alumbrado, pero en la noche, en el instante mismo en que la niña se acostaba, quedaba sumido entre tinieblas

Estaba custodiado por un enorme perro que se llamaba Leofricome, al cual dijo el *Pescadito* que la niña debería pedir todo lo que necesitase, con la seguridad de que al punto se vería servida.

Todas las noches, en cuanto la niña se metía en la cama y el palacio se obscurecía, sentía que alguien se acostaba a su lado. Ardía ella en deseos de saber quién era la persona que dormía con ella.

Una tarde que la niña paseaba, acompañada de Leofricome, por el huerto que había en el fondo del palacio, vio que en una rama de un peral muy alto estaba una tenquita cantando que se volvía loca.

La niña preguntó a Leofricome: "¿Qué hace aquella *tenquita*[*] que está cantando allá arriba de aquel peral?". Leofricome le

* Mimus thenca (MD).

contestó que era su hermana, que al día siguiente se iba a casar y que venía a convidarla.

La niña le dijo: "¿Podré conseguir permiso para ir al casamiento?". Leofricome le contesto que sí, que hablara en la noche con el *Pescadito* cuando se acostara con ella.

La niña se quedó pensativa, porque creía que era un hombre el que dormía a su lado. Sin embargo, en la noche, completamente a obscuras, habló con el ser que la acompañaba, y este le dio el permiso que pedía para ir a casa de sus padres; pero hasta por dos días solamente y debiendo ir acompañada de Leofricome.

Cuando llegó a casa de sus padres, cargada de regalos para ellos, para su hermana, estaban en lo mejor de la fiesta.

Leofricome se quedó en la puerta cuidando que la niña no huyera, y ella se fue adentro con sus padres a contarles todo lo que le había pasado.

La madre le aconsejó que cuando se fuese llevara dos paquetes de velas y dos cajas de fósforos y que encendiese una vela cuando en la noche sintiera roncar al *Pescadito* o al hombre que se acostaba en su cama.

Pasaron los dos días que la niña tenía de permiso y volvió con Leofricome al fondo del mar; y en la misma noche, deseosa de conocer al que compartía el lecho con ella, en cuanto lo sintió roncar encendió una vela y vio que era un príncipe hermosísimo. Entusiasmada, para verlo mejor inclinó la luz; pero, para su desgracia, cayó una gota de esperma sobre la mano derecha que el príncipe tenía fuera de la cama.

Con la impresión de calor que la esperma produjo en la piel de su mano despertó el príncipe, la reprendió muy airado, le dijo que va no volvería a verlo más e inmediatamente se transformó en *Pescadito* colorado y se fue.

Desde aquella noche se vio en el palacio la luz de la luna y de las estrellas, lo mismo que en la tierra.

Después de algún tiempo la niña tuvo un hijo que nació con un candadito de oro en el estómago.

Cuando ya se sintió bien, fue donde Leofricome y le dijo que quería volver a casa de sus padres. Leofricome le contestó que no podía salir del mar sin permiso del *Pescadito*, a no ser que quisiera ver muerto a su padre. Entonces ella le preguntó que a dónde podría irse, porque no quería vivir más en el palacio, que a cada paso le recordaba su desgracia.

Leofricome tomó un ovillo de hilo y, cogiendo la punta, lo lanzó con todas sus tuerzas; enseguida dijo a la niña que siguiese el camino que el hilo le indicaba y que sería bien recibida en la casa en que había ido a dar la otra punta.

Después de andar muchos días, porque el extremo del ovillo había caído muy lejos, llegó con su niño a unos corrales que pertenecían al palacio de los padres del príncipe.

Cuando entraron, todos los animales se pusieron a bramar a la vez, y el rey, al sentir tanto ruido, dijo a la reina: "Algo extraordinario debe de pasar en los corrales, cuando los animales forman tanta bulla". Fue a los corrales, y encontró a la niña que estaba dándole de mamar a la guagua. Los recogió y los llevó al palacio.

Cuando el rey y la reina vieron que la guagua tenía en el estómago un candadito de oro, conocieron que era hijo del *Pescadito*, porque el *Pescadito* tenía la misma señal, y los recibieron como a hijos de ellos, a la madre y al niño, y todos comían en la misma mesa.

Pasado algún tiempo volvió una noche el *Pescadito* a su palacio para ver si la niña continuaba siempre allí, porque seguía amándola con mucho cariño y no podía olvidarla. Cuando vio que no estaba, escribió una carta a sus padres en que les preguntaba si habían visto por casualidad a una niña de las señas que les daba, y la mandó con Leofricome.

Los padres le contestaron que la niña por la cual les preguntaba debía de ser una que hacía tiempo había llegado a su palacio con una criaturita que tenía un candadito de oro en el estómago, y que ellos tenían a su lado como a hijos.

Supo la niña que el *Pescadito* iba a ir a buscarla y temiendo que fuera con intenciones de matarlos a ella y a su hijo, huyó, sin decir nada, para unas montañas y se ocultó en un bosque.

Llegó el *Pescadito* y se encontró con que la madre y el niño habían desaparecido. Salió inmediatamente a buscarlos, y después de mucho tiempo y de grandes trabajos, los encontró en el bosque.

En este mismo instante se acabó el encanto, y el *Pescadito*, convertido en el hermoso príncipe que la niña había visto a la luz de la vela, se arrodilló a sus plantas y le suplicó que lo perdonara; que lo hiciese por su hijo; que todo lo que había pasado había sido efecto del encanto que en ese momento se rompía.

La niña, feliz de volver a ver otra vez a su príncipe, lo perdonó de muy buena gana, y vueltos al palacio de los reyes, se casaron para siempre, vivieron muy dichosos y fueron reyes del mar; y Leofrocome, transformado en un gallardo mozo, fue mayordomo del palacio.

DELGADINA Y EL *CULEBRÓN*

Para saber y contar y contar para saber: que *estera** año Antequera, de media caña y de caña entera; no le echaré los combates porque voy a tomar mate; ni los dejaré de echar porque su poquito ha de llevar: San Juan recibe lo que te dan; sea harina o sea pan, lo echaremos al costal con sus patas de animal, con sus picos de zorzal que se enganchan, que se ensanchan por las *narices de...***.

* Este era.

** Aquí se nombra a cualquiera de las personas que escuchan el cuento, tratándose de una fórmula inicial de la narraciones (MD).

Este era un caballero muy rico casado con una señora muy hermosa. Ambos se amaban entrañablemente, y hacía más feliz esta unión una linda *guagüita** que Dios les había concedido y que era todo su encanto. La guagua se llamaba Delgadina. No había cumplido un año todavía, cuando murió la mamá. El caballero lloró su desgracia, y como era completamente solo, sin parientes, mandó criar afuera a su hijita.

El caballero se aburría en su soledad y no hallaba qué hacer. Para distraerse se entregó al juego y con tan mala suerte que perdió toda su fortuna, menos una cantidad que había apartado para atender a la crianza y educación de su hija.

Cuando entró Delgadina a los quince años, se la entregaron a su padre, grande, bonita e instruida en toda clase de conocimientos, porque había recibido una educación esmerada, pero al mismo tiempo era sumamente sencilla, inocente y sin malicia, porque había vivido encerrada y no conocía el mundo.

Ya se le había concluido al caballero la plata que había dejado de reserva, y ni siquiera tenía para hacer los gastos del día siguiente. Esto lo tenía muy afligido, pero tanto dio y cavó que al fin se acordó que en un rincón de la casa había un fusil viejo abandonado, y se decidió a salir a cazar para tener con qué alimentar a su hija. Tan pobre estaba que tuvo que pedir a una comadre que vivía cerca de su casa un poco de plata prestada para comprar fulminantes, pólvora y balas, y aceite para limpiar el cañón, que estaba sumamente mohoso.

Salió muy de madrugada y cazó un buen número de pajaritos que entregó a su hija para que los guisara, porque no tenían sirvienta. Delgadina los peló, los destripó y fue a lavarlos a un estero que corría a poca distancia de la casa.

* Niña, niño de corta edad.

Cuando venía de vuelta, vio al lado de una piedra una culebrita que estaba helada de frío. Delgadina tenía buen corazón y la tomó, y para calentarla se la echó al seno y se la llevó para la casa.

Todo el día anduvo con la culebrita en el seno; en la noche le arregló en una canastilla entre algodones y lana, y todos los días le daba de la misma comida que comía ella.

Mientras su padre andaba cazando, Delgadina se entretenía en los quehaceres de la casa, porque era muy hacendosa; enseguida arreglaba la comida que había sobrado el día anterior y se la daba a otras personas más pobres que ellos, porque era muy compasiva y sufría con la desgracia de los otros; y una vez terminadas estas tareas se ponía a jugar con la culebrita a las escondidas, al pillarse y a otros juegos en que se entretienen los niños. Las dos eran muy buenas amigas y se querían como si fuesen hermanas.

Con el cuidado de Delgadina creció rápidamente la culebrita, de tal modo que al poco tiempo no cabía en la canastilla. Hubo que ponerla en una gran canasta y poco después en una tina; tanto creció y engordó.

Ya la culebrita se había convertido en un gran Culebrón y fue preciso trasladarla a un tonel; pero el tonel también se hizo chico al fin, pues no tenía espacio para moverse ni podía salir de él.

Entonces el Culebrón le dijo a Delgadina que subiese sobre una silla y apoyase sus manos en el borde del tonel para lamérselas; que con esto cada vez que se las lavara y las sacudiese sin secárselas caerían onzas de oro de entre sus dedos.

Delgadina obedeció, y el *Culebrón* pasó repetidas veces su lengua por las manos de la niña. Enseguida le dijo que se iba porque ya no cabía en donde estaba. Delgadina lloró mucho, porque desde que llegó a casa de su padre la culebra había sido la única amiga que había tenido y estaba muy acostumbrada con su compañía.

El *Culebrón* la consoló y le dijo que no llorase, que él siempre la acompañaría; que estuviese tranquila que velaría por ella y la libraría de los peligros en que pudiera verse envuelta.

Terminadas estas palabras, el tonel estalló y el *Culebrón* desapareció. Delgadina se quedó muy triste con la ida de su compañera y esa noche apenas cerró los ojos. Al otro día se levantó muy de alba y fue al estero vecino a lavarse. Cuando concluyó de lavarse sacudió las manos y a cada movimiento que hacía caían de entre sus dedos multitud de onzas de oro. Ella no conocía el valor de estas monedas, no se le ocurrió que fuesen dinero; más bien pensó que eran botones.

En ese momento pasaba por ahí mismo un *falte** y le dijo a Delgadina que si le daba esos botones le traería zapatos, ropa blanca y vestidos muy elegantes. Delgadina le dio las onzas, que eran muchas, y al día siguiente, a la misma hora, el falte le trajo lo que le había prometido.

Delgadina se lavó y peinó con más cuidado que otras veces, se vistió la nueva ropa, con la cual se veía más hermosa aún, y se fue a su casa para que la viese su madre; pero este ya había salido a cazar.

Mientras regresaba el padre, Delgadina fue a casa de su madrina, que era una vieja bruja mala y envidiosa, que tenía una hija muy fea y tan mala y envidiosa como ella. Ambas se quedaron asustadas de ver a Delgadina tan bonita y elegante y le aconsejaron que se volviese a su casa a esperar la vuelta de su padre para que le diera una sorpresa.

Así lo hizo Delgadina. Mientras tanto la vieja y la hija se quedaron acechando al cazador y en cuanto lo divisaron salieron a su encuentro y lo convidaron a almorzar; le dijeron que tenían leche con arroz, postre que sabían le gustaba mucho.

* Comerciante que deambula vendiendo objetos de poco valor, como ropa y adornos.

Cuando el caballero estaba tomando el postre, la vieja, que hervía de envidia, le dijo que Delgadina tenía unos vestidos de mucho valor y que se los había regalado un hombre.

El caballero, inquieto, se levantó inmediatamente, cargó su fusil hasta la boca, y sin siquiera dar las gracias se fue precipitadamente para su casa.

Delgadina, que estaba en la puerta esperándolo, no hizo más que verlo y corrió hacia él con los brazos abiertos; pero él le apuntó con el fusil y disparó. El arma, desviada por una mano invisible, no dio en el blanco, y las balas se clavaron en la tierra.

Delgadina, asustada de la acción de su padre y maliciando cuál era la causa de su enojo, corrió al estero, se mojó las manos, y sacudiéndolas le decía al caballero, que la había seguido: "Estos botones me ha costado la ropa que tengo puesta"; y era de ver cómo caían las onzas, unas tras otras, brillantes como si acabasen de ser acuñadas.

Con esto el padre se tranquilizó, y muy contento se puso a recoger las monedas. Recogió una cantidad muy grande, porque Delgadina, cuando veía que sus manos se secaban, corría al estero a mojárselas de nuevo y sacudirlas, y esto lo repitió tantas veces que del cansancio no podía mover los brazos y tuvo que irse a acostar a la cama para descansar.

El padre de Delgadina pasó a ser uno de los hombres más ricos y poderosos de su país.

Sucedió que la fama de su riqueza y de cómo la había hecho corrió de boca en boca y llegó por fin a oídos del rey, que mandó buscar al caballero para conocerlo

Después de varios días de viaje por mar, porque la Corte estaba distante, llegó el caballero a presencia del rey y le contó su historia. El rey quiso conocer a Delgadina y ordenó al caballero que se la trajera, porque deseaba ver como caían las onzas de oro de sus manos. Le agregó que si no la traía la cabeza le costaba.

Llegó el padre a su casa llorando inconsolablemente y no se atrevía a decirle a su hija lo que le había pasado. Pero, en vista de la insistencia y ruegos de Delgadina, se lo contó todo. Ella le dijo: "Lléveme no más, padre ¿qué puede pasarnos?, nada tenemos que temer, pues nada malo hago".

La malvada vieja madrina de Delgadina, que estaba presente, se ofreció para acompañarla: "Compadre", le dijo al caballero "usted no soportará su dolor si el rey quiere dejarla; yo la llevaré". El caballero accedió porque verdaderamente ya sufría mucho.

Se embarcaron en un buque Delgadina, la vieja y la hija de esta.

Cuando ya habían navegado tres días y el buque estaba muy distante de la costa, la vieja dijo a su hija:

"Matemos a Delgadina y la echamos al mar, y yo haré que el rey se case contigo".

"No la matemos", le dijo la hija, "saquémosle los ojos no más y la echamos al agua".

Y así lo hicieron. Una noche esperaron que Delgadina estuviese bien dormida, le arrancaron los ojos y la arrojaron a las olas.

Pero aconteció que la niña, en vez de caer al agua cayó en el bote de un viejo pescador que en ese preciso momento pasaba al lado del buque, sin lo cual habría perecido seguramente.

Dejemos por un momento a Delgadina.

Llegó la vieja con su hija donde el rey, y postrándose a sus plantas, habló de esta manera. "Señor mi esposo, a quien Vuestra Majestad ordenó trajera a su presencia a nuestra hija Delgadina, muy a su pesar no ha podido concurrir, pero me encargó a mí que yo la trajera, y hela aquí, pero debo advertir a Vuestra Majestad que con la navegación ha perdido la virtud que tenía de que al mojar sus manos y sacudirlas le brotaban de ellas onzas de oro, y que no la recuperará hasta que se case y tenga un hijo".

El rey creyó lo que la vieja le dijo, y a pesar de que la muchacha le era muy antipática se casó con ella.

Ahora, volvamos a Delgadina.

El viejo pescador en cuya barca había caído Delgadina era muy pobre y con el producto de su trabajo ganaba apenas para sustentar a su mujer y a sus pequeños hijos; pero el hombre era bueno, tuvo lástima de la pobre ciega, y vistiéndola de hombre la llevó a su choza, donde fue recibida como miembro de la familia. Todos la querían por su buen carácter y procuraban con su cariño y atenciones hacerla olvidar su desgracia. En el pueblo no maliciaban que era mujer y la llamaban Delgadino.

Un día que estaban conversando sentados en la puerta del *ranchito**, pasó frente a ellos un leñador con su carreta cargada de leña.

"¿Qué lleva en esa carreta, *taitita***?" preguntó Delgadina al viejo.

"Leña, hijito", le contestó él.

"Y por qué no la compra".

"Porque no tengo plata, pues, hijito".

"*Taitita*, lléveme para adentro", le dijo Delgadina.

La llevó para adentro el viejo y cuando estuvieron junto al agua le pidió que la dejase sola por un instante. Cuando el pescador se fue, Delgadina metió las manos en el agua y sacándolas las sacudió repetidas veces, y de cada sacudida caían a chorro de entre sus dedos las onzas de oro.

Delgadina llamó al viejo "Tome esas monedas, *taitita*", le dijo, "y compre la leña y lo demás que necesite, porque toda esa plata es suya".

El viejo pescador compró con las onzas una gran casa y allí se instaló la familia con toda clase de comodidades. Ya bien dejado de ser pobres, no necesitaban trabajar, de nada les faltaba, vivían felices.

* Casa pequeña y modesta (MD).

** Abuelito, padre (MD).

Una mañana Delgadina fue sorprendida con el llanto y los gritos de angustia de su familia adoptiva. Quiso saber qué había ocurrido, y el viejo, entre sollozos, le dijo:

"¡Ay, Delgadina! Esta mañana mandé al mozo con mi hijito menor al campo y de repente salió de debajo de un gran peñasco que hay a la orilla del camino un enorme *Culebrón* que se llevó a mi hijito ¡Ya se lo habrá comido! ¡Ay, ay, ay, pobre hijito mío!, ¡ya no te veremos mas!".

Delgadina se entristeció mucho, porque el niño arrebatado por el *Culebrón* había sido siempre muy cariñoso con ella y era su regalón; pero pensaba entre sí que el *Culebrón* bien podía ser la culebrita que ella había criado, y le dijo al viejo que la llevara al lado del peñasco. El viejo no quería; sin embargo, después de mucho rogarlo Delgadina, consintió en ello y la condujo hasta el pie del peñasco.

Ellos que llegan y el *Culebrón* que aparece arrastrándose suavemente y llevando sobre sus espaldas al niño, que iba risueño, sano, sin el menor rasguño y cargado de regalos.

El *Culebrón* le dijo al viejo: "Te entrego a tu hijo vivo, pero con la condición de que le saques los ojos, y se los pongas a Delgadina, y si no lo haces yo lo mataré y yo mismo se los sacaré. Vestirás a Delgadino de mujer con los vestidos más ricos que encuentres; e irás a la ciudad gritando por las calles que el *Culebrón* va a salir y se va a comer a chicos y a grandes", y desapareció inmediatamente sin dar lugar a que Delgadina le pidiera, como era su intención, que no dejaran ciego al niño, que ella se había acostumbrado ya a no ver la luz y que vivía contenta como estaba.

El viejo no tuvo más remedio que hacer lo que el *Culebrón* le había mandado. Era preferible tener a su hijo ciego que muerto, y por otra parte Delgadina había sido tan buena con ellos.

Al día siguiente muy temprano se trasladó el viejo a la ciudad y con su voz más fuerte se fue gritando por las calles: "El *Culebrón* va a salir y se va a comer a chicos y a grandes".

El rey oyó los gritos y preguntó qué bulla era esa. Cuando le contaron de qué se trataba, ordenó que diesen al viejo cien azotes para que no anduviera atemorizando a la gente.

Ya le iban a dar al viejo los cien azotes cuando apareció Delgadina vestida con un traje riquísimo a interceder ante el rey para que no lo castigaran. El rey quedó deslumbrado con la hermosura de Delgadina, la riqueza de su traje y el brillo de las joyas que cargaba; hizo suspender el castigo y convidó a su mesa al viejo y a Delgadina.

La vieja y su hija conocieron inmediatamente a Delgadina, pero se desentendieron de ello y la agasajaron mucho. Cuando estuvieron solas dijo la madre: "¡No te decía yo que la matásemos!".

"Mamita aunque se parece mucho a Delgadina, no puede ser ella ¿no le arrancó usted misma los ojos?, y ella los tenía negros y los de esta son azules. Y fíjese que el viejo es el padre de ella y no se parece en nada a su compadre".

Con esto se tranquilizaron.

Muchas veces más convidó el rey a comer a Delgadina, y siempre tenía ella gran cuidado de no lavarse las manos en la mesa; pero en una ocasión que se las manchó con fruta hubo de lavárselas, y sucedió que sin querer las sacudió. Inmediatamente comenzaron a caer de entre sus dedos a puñados las onzas de oro, tan nuevecitas, tan amarillas como si estuvieran recién acuñadas. Todos se quedaron con la boca abierta y no podían salir de su asombro.

Entonces el rey conoció que había sido engañado por la vieja y que la verdadera Delgadina era la que hasta entonces había pasado por hija del antiguo pescador. El rey le pidió que le contase su historia y Delgadina accedió gustosa.

La vieja y su hija protestaron de que todo era mentira, y entonces el rey hizo venir al viejo y a su familia, que corroboraron lo que a ellos les constaba, y como si esto no fuese bastante apareció de súbito el *Culebrón*, que refirió todo lo sucedido sin omitir detalles.

Cuando hubo concluido el *Culebrón* su relato, se convirtió en un hermoso niño, y volviéndose a Delgadina le dijo: "Yo soy el ángel de tu guarda; he hecho esto contigo porque siempre fuiste buena hija y compasiva con los pobres; yo estaré continuamente a tu lado y velaré por ti".

Mientras hablaba el niño, vieron todos que le brotaban de sus espaldas dos brillantes alas, que desplegó suavemente cuando terminó, y emprendió el vuelo desapareciendo ante la vista atónita de los circunstantes.

El rey hizo quemar a la vieja y a su hija. Mandó buscar al padre de Delgadina y se casó con ella; y en el momento mismo en que le ponían la bendición, el hijo del viejo pescador recobró la vista.

Y así todos los buenos fueron felices y los malos castigados.

Y aquí se acabó el cuento y entró por la puerta del convento, nosotros nos quedamos afuera y los frailes se quedaron adentro.

LA *TORTILLA** O EL *CANARITO* ENCANTADO

Este era un rey que tenía una hija única, de una hermosura extraordinaria, virtuosa, caritativa y hacendosa. El rey la amaba entrañablemente y, como se dice, tenía puestos los ojos en ella.

La princesa acostumbraba subir todos los días a la terraza del palacio y allí pasaba las horas cosiendo o bordando y recreándose

* Pan de forma discoidal sin levadura, cocido en el rescoldo de la ceniza (MD).

con la vista de las plantas, árboles y flores que adornaban el parque real, que desde allí se dominaba.

Un día que estaba en su acostumbrado trabajo, un lindo *Canarito* se paró en la rama de un árbol que casi llegaba hasta donde ella estaba sentada, y entonó un canto tan melodioso que la princesa, a fin de oírle mejor, se levantó para acercarse a la avecita, pero apenas se movió de su asiento el *Canarito* se fue.

La princesa, pensando que el pajarito podía volver, hizo colocar una jaula con trampa en el mismo árbol, para cazarlo.

Efectivamente, el *Canarito* volvió al día siguiente, pero en vez de acercarse a la jaula se posó en el bastidor de la princesa y después de gorjear unos cuantos trinos, tomó con el pico una madeja de seda y emprendió el vuelo.

Al otro día estaba la princesa, como siempre, ocupada en sus labores, cuando de repente llega el *Canarito*, se para en el bastidor, canta dulcemente un instante, y tomando con el pico el dedal de oro que la princesa acababa de dejar en el costurero, abriendo las alas desapareció en el espacio.

La repetición de la aventura preocupó bastante a la princesa, que no pasó buena noche. Sin embargo se levantó temprano y volvió a la terraza a continuar su bordado, pensando en el *Canarito*, de quien a toda costa quería apoderarse.

En esto estaba cuando llega la linda avecita, cantando aún mejor que en los días anteriores, y sin siquiera detenerse un momento, se apodera de las tijeras de oro de la princesa, y elevándose por los aires se pierde de vista.

La princesa cayó gravemente enferma. Por llamado del rey, vinieron los médicos más prestigiosos y los adivinos de más fama, tanto del país como del extranjero, y ninguno pudo conocer la enfermedad.

Mientras tanto, la princesa languidecía, su mal se agravaba, y se iba consumiendo poco a poco. El rey, desesperado, hizo publicar un bando en que ofrecía grandes riquezas al que lograra sanar a su hija.

Muchos lo intentaron, pero ninguno lo consiguió, y la princesa seguía empeorando a ojos vistas.

En un pueblo algo alejado de la ciudad en que la Corte residía, vivía una viejecita que tenía un hijo vivo y despierto, llamado Juan.

Un día lo llamó y le dijo:

"Mira, Juanito, toma estas tres tortillas que acabo de hacer al rescoldo y se las llevas a la princesa, que ellas le darán salud. Que no te vayas a comer ninguna, ni se te pierdan, porque las tres han de llegar a poder de la princesa".

El muchacho tenía la costumbre de obedecer sin replicar. Subió en un burro; a un lado de las alforjas colocó las tortillas y al otro un pedazo de pan, harina y un poco de charqui y se puso en marcha.

La mitad del camino llevaría andado, cuando el burro se puso a corcovear y por más que Juanito le pegaba fuerte y feo con una varilla, el animal no avanzaba un paso.

Viendo la porfía de la bestia, Juanito sacó las tortillas de las alforjas y descendió del burro para seguir a pie; pero en cuanto bajó, se le cayó una de las tortillas y se le fue rodando por el camino.

Era de ver cómo Juanito corría detrás de la tortilla, que rodaba y rodaba, sin poderla alcanzar; y el pícaro burro, que antes no quería moverse, cómo seguía a Juanito, que casi le pisaba lo talones.

Por fin la tortilla se metió adentro de una cueva y Juanito se *coló* detrás de ella.

Cuando Juanito estuvo adentro se encontró, sin saber cómo, en un gran comedor regiamente amueblado. La mesa estaba cubierta de ricas viandas y manjares de toda especie que exhalaban un perfume delicioso, y como al muchacho, con la carrera, se le había abierto el apetito, tomó el cucharón para servirse un plato de cazuela, y ya iba a meterlo en la sopera, cuando el cucharón se le enderezó en la mano y pegándole fuertemente en la cara le dijo:

"¿Cómo te atreves a comer antes que tus amos?".

En esto se sintió un gran ruido, y entró rodando al comedor una gran bola de cobre. Juanito, lleno de miedo, apenas tuvo tiempo de esconderse detrás de la puerta, y desde allí pudo ver que la bola se abría en dos partes, como una concha, y de ella salía un lindo canario.

Con el mismo ruido y el mismo aparato entraron otras dos bolas más, una tras otra, y de cada una salió otro canario.

Las tres avecitas sacudieron sus plumas un momento, como si se desperezaran, y después, volando, se introdujeron a un elegante dormitorio situado al lado del comedor, en el que había tres lujosas camas.

Juanito continuaba observando desde su escondite, con la curiosidad que es de suponer, tan extraños acontecimientos. De pronto vio que tres negros atravesaban el patio y el comedor y entraban al dormitorio conduciendo sendos baños de plata, que colocaban al lado de las camas.

Inmediatamente los canaritos se zambulleron en el agua y un rato después salían de los baños transformados en hermosos príncipes. Los esclavos los perfumaron, los enjuagaron y ayudaron a vestirse, y enseguida se retiraron dejándolos recostados en sus camas, contándose lo que les había pasado en los últimos quince días, tiempo que no se veían.

Dos de los Príncipes nada importante tuvieron que referir; pero, en cambio, el tercero contó que en una de sus excursiones había divisado a una princesa tan hermosa como no había visto otra en su vida, que estaba perdidamente enamorado de ella y que, no hallando cómo llamar su atención, le había robado un día una madeja de seda con que bordaba, otro día su dedal y al siguiente unas tijera de oro, objetos que tenía al lado en su velador. Y tomándolos, los besaba tiernamente, diciéndoles las palabras más dulces y cariñosas.

Después de escuchar esto, Juanito logró escabullirse sin ser notado, y como el hambre le apretaba, se metió en la cocina, en la cual no encontró a nadie. Con temor probó de uno de los guisos, y viendo que nada le pasaba, se creyó autorizado para hartar su estómago.

Después de satisfacer su apetito salió, sin tropiezos, de aquel palacio encantado, y al lado afuera de la entrada de la cueva tropezó con su burro, que lo esperaba. Montó en él, y a las pocas horas se encontró frente al palacio del rey.

Pidió permiso al jefe de la guardia para pasar a ver a la princesa y entregarle las tortillas, con las cuales aseguraba él sanaría a la enferma. Al principio no querían dejarlo entrar, pero en vista de su insistencia, lo condujeron a presencia del rey, y como la petición de Juanito estaba de acuerdo con el bando que el mismo rey había mandado publicar, ordenó que se le llevase a las habitaciones de la princesa.

La princesa, cansada con las preguntas de tanto charlatán como había ido a visitarla, en cuanto entró Juanito se dio vuelta para la pared; pero este, sin inmutarse, le habló en los siguientes términos, de un resuello:

"Manda a decir mi mamita que su *mercé* es su señorita, que tenga muy buenos días y que cómo está y que aquí le manda estas tres tortillas, pero no le traigo más que dos, porque la otra se me fue rodando cuando salí de mi tierra, y yo, por seguirla, llegué hasta un palacio encantado, en donde vi y oí cosas tan maravillosas como tal vez no habrá visto ni oído alma viviente en este mundo. Figúrese usted, señorita que, escondido detrás de la puerta del comedor del palacio, vi que llegaban tres grandes bolas de cobre, que al rodar metían mucho ruido y que se abrían por la mitad y que de cada una de ellas salía un canarito".

Al llegar a este punto, la princesa se volvió para el lado de Juanito, e incorporándose en la cama, le preguntó con ansiedad: "¿Y qué hicieron esos pajaritos?".

"Sacudieron sus alitas y enseguida se fueron volando a un dormitorio situado al lado del comedor y en el cual había tres camas; y entonces llegaron tres negros, trayendo cada uno un baño que depositó al lado de las camas; en cada uno de ellos se metió un Canario y a los pocos instantes salieron convertidos en tres hermosos Príncipes, que se recostaron en sus camas y empezaron a contarse lo que les había ocurrido en los últimos días. Dos de ellos no tuvieron nada nuevo que contar, pero el otro, que era el más lindo de los tres, les dijo que un día que pasaba volando por el palacio de un rey, divisó a la princesa más hermosa que en su vida había visto, que se había enamorado perdidamente de ella y que, para llamar su atención, le había robado un día una madeja de seda, otra vez el dedal de oro y otro día sus tijeras. No oí más porque ya no aguantaba el hambre y me fui a la cocina a comer algo. Después que maté el hambre salí, y al lado afuera encontré a mi burro, monté en él y me vine a cumplir el encargo de mi mamita. Pero su *mercé* me perdonará que no le haya traído más que dos de las tres tortillas que mi mamita me entregó para su *mercé*, porque como habrá visto, no es mía la culpa de que se me haya perdido una".

La princesa, que había escuchado anhelante a Juanito, contestó:

"Está muy bien, Juanito ¿y serías capaz de llevarme a la cueva en que está el palacio encantado?".

"Cómo no pues, señorita, si el camino es bien refácil; no está más que a la vueltecita de la esquina".

La princesa hizo llamar al rey.

"Padre, todos los que hasta ahora han venido a verme no han sido sino charlatanes, con excepción de este niño, que es médico verdadero. Él me ha traído la salud, pero aunque me siento bien, para restablecerme por completo necesito hacer un viaje de unos cuantos días, y espero que Vuestra Majestad no me negará el permiso. Él solo me acompañará".

El rey se quedó admirado de ver el cambio tan radical que en un momento se había operado en la salud de su hija, y como la amaba tanto y nada se atrevía a negarle, le concedió el permiso que solicitaba. Quiso que llevara dinero, mucho dinero, para los gastos que pudieran ofrecérsele; pero ella lo rehusó, lo mismo que el séquito que se le ofrecía, y salió sin más compañía que Juanito, montados ambos en el burro que había traído al niño a palacio. El burro los condujo en pocas horas hasta la entrada de la cueva, en donde bajaron. La princesa le dio a Juanito una carta para el rey, en la que le decía que no pasase cuidados por ella, que estaba bien, que en pocos días más regresaría completamente restablecida, y que le entregara a Juanito el dinero que había ofrecido al que la sanase de su enfermedad.

Deshizo Juanito el camino y puso en manos del rey la carta de la princesa. El rey ordenó que se le diese una gran suma de dinero y con ella regresó Juanito a casa de su madre, y ambos, desde entonces, llevan una vida tranquila y holgada.

Volvamos a la princesa, que, una vez que quedó sola, entró al interior de la cueva y se encontró de repente en medio de un gran comedor regiamente amueblado. No sabía qué hacerse, cuando entró el *Canarito* revoloteando y cantando alegremente y después de hacerle mil gracias a su adorada, se detuvo y le habló de esta suerte:

"Hermosa princesa, ¿cómo te has atrevido a poner tus plantas en este sitio en que te esperan tantos peligros?".

"Linda avecita, por verte y tenerte a mi lado encontraré livianos todos los trabajos que se me presenten; no aspiro sino a estar en tu compañía y oír tu hermoso canto".

"Princesa, esta cueva encantada está al cuidado de una vieja hechicera; búscala y la encontrarás en la última pieza del interior y dile que deseas ocuparte y vienes a ofrecerle tus servicios; ella los aceptará y te encargará trabajos que te parecerán imposibles de ejecutar, pero no tengas cuidado que yo velaré siempre por ti y te ayudaré".

La princesa, después de recorrer muchos patios y galerías, llegó a una pieza a cuya puerta estaba sentada una vieja de aspecto repelente, con la cabellera desgreñada, el rostro sucio, las uñas larguísimas, los ojos encarnizados. En cuanto divisó a la princesa, con voz áspera le preguntó:

"¿Qué buscas aquí, vil gusanillo de la tierra?".

"Señora", le contestó, "necesito emplearme y andaba buscando dónde servir, cuando llegué a esta casa y como encontré la puerta franca y nadie acudió a mi llamado, entré hasta este sitio sin encontrar en mi camino a ninguna persona; ¿no querría Ud. tomarme a su servicio?".

"Está bien", dijo la vieja, "retírate a aquella pieza y mañana, de alba, vienes a recibir mis órdenes".

La princesa se retiró sumamente afligida; el rostro mal agestado de la bruja y su voz dura y antipática la atemorizaron y pasó la noche sin dormir.

Apenas amaneció se fue a la pieza de la vieja, que ya estaba en pie y que la esperaba con un gran frasco de vidrio.

"Toma este frasco, le dijo, y antes de las doce del día me lo traerás lleno de lágrimas de picaflores; si no consigues llenarlo, te costará la vida".

La princesa salió llorando sin saber a dónde dirigirse, pero a poco andar vio en un árbol al *Canarito*, que le dijo:

"Ve a aquel monte que se divisa allí cerca; antes de subir cortarás una varillita de la primera planta que encuentres a mano derecha del camino que conduce a la cima, subes y esperas arriba la salida del sol; colocas el frasco en el suelo e inmediatamente vendrá una multitud de picaflores y uno tras otro irá parándose en la boca del frasco".

"Entonces tú les vas dando un golpecito en la cabeza con la varilla y derramará cada uno tres lágrimas dentro del frasco. Serán tantos y se turnarán tan rápidamente que en menos de una hora lo llenarán".

Siguió la princesa el camino que le indicó el *Canarito* y al llegar al monte cortó una varilla del primer arbusto que halló a la derecha de la senda; enseguida continuó su marcha, y una vez que estuvo arriba dejó el frasco en el suelo, se sentó sobre una piedra y se quedó meditando sobre su triste suerte y las raras aventuras de su corta vida, hasta que el sol se levantó brillante y majestuoso en el horizonte.

Inmediatamente acudió de todas partes una multitud de picaflores, cuyas plumas tornasoladas lanzaban vívidos reflejos al ser heridas por los rayos solares. Las lindas avecitas revoloteaban en torno de la princesa, y saliendo del grupo, de a dos y de a tres se paraban en el borde de la boca del frasco y esperaban que la joven les diese un suave golpecito en la cabeza con la varilla, para retirarse y dejar el puesto a otras de sus compañeras. Esta escena se repitió con tal rapidez que, aunque solo eran tres las lágrimas que cada picaflor depositaba en el frasco, en media hora este se había llenado. Sin embargo de haber cumplido su tarea, la princesa no se movió de aquel sitio: el solo recuerdo de la bruja le imponía pavor y la hacía estremecerse, ¡y se sentía tan bien en medio de los árboles y de los pajaritos!

Cuando el sol llegó a lo más alto del cielo, la princesa se despidió cariñosamente de los picaflores, agradeciéndoles con frases llenas de dulzura el servicio que le habían hecho; y rodeada de ellos, que no la dejaron sino cuando llegó al plano, descendió del cerro con el frasco en sus brazos.

Pocos momentos después llegaba a la cueva y se encontraba en presencia de la aborrecible vieja, y entregándole el frasco le decía:

"Señora, estáis servida".

"Está bien", refunfuñó la bruja, "mañana temprano vendrás a recibir una nueva orden".

Y arrojándole un mendrugo de pan, le indicó con el dedo que se retirara a su cuarto.

La princesa pasó la noche sin dormir, así es que muy temprano, antes que amaneciese, ya estaba en presencia de la hechicera. La vieja, que la esperaba, le pasó un cofre de una hermosura imponderable, cubierto de incrustaciones de oro y de adornos de flores de diamantes, perlas y rubíes, y entregándole una llavecita, le ordenó que la llevase a casa de otra vieja, su amiga, porque era su cumpleaños. Esta amiga la abriría y sacaría su contenido y después debía regresar la princesa con la caja y estar de vuelta antes del mediodía.

Salió la princesa llorando y, sin saber cómo, se halló de pronto al pie del monte en que había estado la mañana anterior. Allí encontró al *Canarito*, que le dijo:

"Enjuga tu llanto, hermosa princesa, y quédate aquí hasta la hora conveniente. Lo que la vieja desea es que abras el cofre; pero no lo abrirás, ni tampoco lo llevarás a casa de la amiga de la bruja, porque ella te lo haría abrir. Poco antes de las doce te irás a la cueva y entregarás el cofre a la vieja diciéndole que su amiga lo había abierto y habían salido de adentro unos guerreros que la habían muerto". Y el *Canarito* se fue.

Mientras llegaba la hora la princesa se entretuvo con los picaflores que revoloteaban a su alrededor de la manera más graciosa, haciendo mil figuras y evoluciones, como si bailaran. Pero cuando el sol iba a llegar al mediodía bajó siempre rodeada de las avecitas, hasta que llegó a la cueva. La vieja la esperaba en el interior, en la puerta de su habitación, y le entregó el cofre diciéndole que apenas la amiga lo había abierto, habían salido de él una cantidad innumerable de guerreros armados que en un momento le dieron la muerte, desapareciendo enseguida.

"Pero ¿es cierto lo que me dices, muchacha?", contestó la vieja, "¡si no puede ser!".

"Pero así ha sido, señora".

"A ver, pásame la llave".

Y tomándola, abre el cofre y sale de él un verdadero ejército de jóvenes armados de espadas, lanzas y hachas con las cuales traspasan y destrozan a la infame vieja, que se revuelca en el suelo en medio de un mar de sangre.

Los jóvenes guerreros desaparecen dejándola por muerta; pero la bruja tenía la vida de los gatos, y, arrastrándose como pudo, se echó a la cama.

La princesa quedó anonadada con esta escena, y se habría quedado quién sabe hasta cuándo como enclavada en el suelo, si la voz de la vieja no la hubiese sacado de su abstracción.

"Hijita", le dijo la vieja con un tono que trataba de aparecer cariñoso, "vaya a la otra pieza, tome el primero de los frascos que hay en el armario y me lo trae; quiero tomar del licor que hay en él para morir y dejar de sufrir".

Pasó la princesa a la pieza contigua, y ahí encontró al *Canarito*, que le dijo muy quedo al oído:

"No le lleves el primero sino el último de los frascos del armario, para que muera de veras: cualquier otro que le lleves le dará la vida y no terminarán nunca nuestros sufrimientos".

Obedeció la princesa y le llevó el último frasco.

"¿Este es el primero, hijita?".

"Sí, señora, este es el primero".

"No vaya a haberse equivocado y haya tomado el segundo".

"No, señora, estoy completamente segura de que he traído el primero".

"Entonces deme una cucharada de él".

La princesa le pasó una cucharada del líquido que el frasco contenía y la vieja se lo bebió con ansia; pero apenas lo tragó comenzó la bruja a retorcerse, a despedazarse con las uñas, a morderse las manos y los brazos, dando unos gritos tan desaforados que parecía que el palacio se iba a venir al suelo.

Por suerte todo esto duró poco, porque la vieja, en medio de los mayores dolores, entregó pronto su alma al diablo, a quien con tanto empeño había servido durante su larga vida.

En cuanto cesaron los alaridos de la bruja sucedió una cosa inesperada. La cueva y el palacio se convirtieron en un bello y extenso país; los Canarios en tres hermosos príncipes; los negros que había visto Juanito, en grandes de la corte, y los picaflores en los habitantes del reino, todos los cuales vinieron a rendir homenaje a la princesa.

Acercóse a ella el más hermoso de los tres príncipes e hincando una rodilla en tierra, habló a la princesa de esta manera:

"Princesa, yo soy aquel Canario que os arrebató la madeja de seda, el dedal y las tijeras y que más tarde os aconsejó lo que debíais hacer para libraros y librarnos de la malvada hechicera que por satisfacer una ruin venganza mató a nuestros padres y nos tenía hechizados a mí, a mis hermanos, a nuestro pueblo. Bien sabéis que yo os amo y que no podré vivir sino en vuestra compañía. Se que vos me amáis también, pues por amor a mí habéis arrastrado tantos peligros. ¿Queréis que vayamos ahora mismo donde vuestro padre, que es nuestro vecino, para pedir vuestra mano?".

"Príncipe", contestó la joven, "mi anhelo es ser vuestra esposa; partamos cuanto antes".

El pueblo, entusiasmado, aclamó a la princesa llamándola su reina, su buena y querida reina, y jurando amarla y protegerla de todo peligro.

Grande fue el alborozo del rey, padre de la princesa, al verla llegar completamente sana de su enfermedad y en tan buena compañía. Las bodas se celebraron al día siguiente y hubo grandes fiestas y regocijos públicos en los dos reinos, cuyos pueblos confraternizaban como si fueran uno. Los novios fueron muy felices; gobernaron a su pueblo con bondad paternal y Dios los premió dándoles hijos bellos y virtuosos, que les hicieron agradable su peregrinación en esta vida.

LA HUACHITA CORDERA

Este era un hombre que vivía en el campo y había quedado viudo con dos hijos pequeños: un niñito y una niñita. El hombre era pobre y para alimentar a sus hijos tenía que salir a trabajar todos los días antes que apareciera el sol, y como los niños no eran capaces de hacer nada, se los dejaba encomendados a una vecina que los trataba con mucho cariño, les lavaba su ropita y les daba muy bien de comer.

Mejoró un poco la situación del hombre y se casó con la vecina; pero esta, apenas salía su marido de la casa, obligaba a los niños a hacer el fuego, a que le trajesen agua del río en baldes que eran muy pesados para ellos, a barrer y ejecutar otros trabajos superiores a sus escasas y débiles fuerzas; y si la leña no estaba bien encendida o los baldes no llegaban completamente llenos, o quedaba un poco de basura en el suelo, les pegaba cruelmente con lo primero que hallaba a mano.

Una vez el niño le dijo a la niña: "Vámonos de aquí, hermanita; ¿para qué estamos sufriendo tanto?" Y al otro día muy temprano dejaron su lecho, abandonaron la casa en que habían nacido y marcharon a la ventura, alimentándose de frutas y de hierbas y durmiendo en las cuevas de las montañas o en lo ranchos abandonados que encontraban en su camino.

Después de muchos días de marcha llegaron a una tierra desierta, sin casas ni árboles, en la que el calor del sol se hacía sentir con toda su fuerza. Los niños morían de sed y en ninguna parte hallaban agua para aplacarla. Por fin llegaron a la orilla de una laguna y cuando se disponían a beber oyeron una voz que decía:

"El que de esta agua bebiere, tiburón se ha de volver y devorará a su hermano".

"Hermanita, no tomemos de esta agua", dijo el niño, "aguantemos la sed y vámonos, puede ser que más allá encontremos agua buena".

Muy tristes se apartaron de la laguna y a cada instante estaban más sedientos; pero luego tropezaron con un pozo y el corazón se les alegró. Sirviéndose de una cuerda que estaba en el suelo al lado del brocal, echaron adentro un tiesto que estaba cerca, y cuando ya lo alzaban repleto de agua, salió del pozo una voz que decía:

"El que de esta agua bebiere, sierpe se ha de volver y devorará a su hermano".

"Hermanita, no tomemos de esta agua", dijo el niño, "aguantemos la sed y vámonos, pueda ser que más allá encontremos otra mejor".

La niña no soportaba la sed, y si no hubiera sido por la amenaza de que si bebía de esa agua devoraría a su hermano, habría bebido hasta saciarse.

Continuaron su camino muy tristes, desfallecidos, casi sin fuerzas para andar, pero a los pocos pasos tropezaron con un arroyo de agua fresca y cristalina. Echáronse de bruces para beber y cuando sus secas fauces estaban a punto de humedecerse, oyeron estas palabras que salían de la corriente:

"El que de esta agua beba, corderito se ha de volver".

"Hermanita no tomemos..." alcanzó apenas a decir el niño, cuando vio a su hermana convertida en corderita. La pobrecilla, no oyendo la amenaza de que si bebía devoraría a su hermano, se apresuró a apagar su sed y alcanzó a tragar unos cuantos sorbos de aquella agua maldita.

Es fácil suponer en qué estado dejaría esta desgracia a los pobres hermanos, que ya no tuvieron otro consuelo que conversar y comunicarse sus penas, porque, por suerte para ellos, al experimentar la niña su transformación no había perdido el uso de la palabra. Sin embargo el niño lloraba mucho; no podía acostumbrarse a ver a su hermana convertida en animal.

Un día le salió al paso una viejecita.

"¿Por qué llora tanto, hijito?", le preguntó.

"¿Cómo no he de llorar, mamita, con la desgracia que nos ha sucedido? ¡Qué no daría yo por ver a mi hermana convertida en mujer otra vez!".

"Hijito, eso no es posible por ahora; pero con esta varillita de virtud que voy a ocultar en las lanas de la corderita tendrá ella lo que quiera; podrá hasta volverse mujer por tres horas cada vez que lo desee, y para siempre cuando un príncipe quiera casarse con ella".

Y desapareció después de colocar una varita entre las lanas de la cordera.

Desde ese momento la corderita dejó de lamentarse y se la veía brincar y correr alrededor de su hermano y balar alegremente; porque ha de saberse que no hablaba con él sino cuando estaban solos.

Pasó algún tiempo, y el niño, que ya se había convertido en hombre, entró a servir como pastor de los rebaños del rey, el cual, como era muy bondadoso, le permitió conservar la corderita a su lado.

Sucedió que en la noche del primer día en que el pastor había entrado en funciones, el hijo del rey tuvo que pasar por el patio en que estaban las habitaciones de los sirvientes, y se extrañó de oír de la más alejada, que era la que ocupaba el pastor y la corderita, una voz femenina. Se detuvo a escuchar para referirle a la reina, su madre, lo que oyera, pues era prohibido que las sirvientas penetraran a las piezas de ese patio; pero no sintió sino murmullos y no alcanzó a entender ni una palabra. Al día siguiente el príncipe refirió a su madre lo sucedido, y en la tarde, cuando el pastor regresó después de guardar el ganado, fue conducido a presencia de la reina.

A la pregunta que le hizo la reina de quién era la mujer que en la noche anterior había estado en su aposento, contestó:

"No estaba, señora, con ninguna mujer, sino con una *Huachita* Cordera que el rey mi Señor me ha permitido guardar a mi lado y a la que he conseguido enseñar varias palabras" (no se atrevió a contarle la verdad).

"¿Y qué palabras sabe?", preguntó la reina admirada.

"Dice ya, papá, mamá, hermano y otras".

"Tráeme la corderita; quiero verla".

Fue el joven a su pieza contó a su hermana lo que había hablado con la reina y le aconsejó que mientras tanto no dijese más palabras que las que él había dicho a la reina que le había enseñado, y la condujo a la presencia de la soberana.

La corderita se bañaba todos los días en el río, de modo que siempre estaba muy limpia. La reina quedó encantada y le dijo al pastor que se la dejase, que ella la cuidaría muy bien.

La reina le tomó mucho cariño y a todas partes iba con ella. La corderita la llamaba mamá; al rey le decía papá, y al príncipe hermano.

La reina dijo un día: "Si un rústico pastor ha podido enseñar a este animalito a pronunciar unas cuantas palabras, ¿por qué no he de conseguir yo que aprenda a hablar como una persona?"

Desde ese día comenzó a enseñarle a hablar, y la *Huachita* se hacía la que no sabía y que poco a poco iba aprendiendo.

Pasó así algún tiempo, hasta que para celebrar una victoria obtenida por el rey, se organizaron grandes fiestas, entre ellas unas carreras de caballos a que debía concurrir toda la Corte.

Cuando llegó ese día la corderita, que hasta entonces no había hecho uso de la virtud que tenía, quiso ir a las carreras; y después que los reyes, el príncipe y demás potentados que vivían en palacio salieron, ella también salió sin que nadie la viera, y se fue al campo, y al lado de un espino que allí había, dijo:

"Varillita de virtud, por la virtud que Dios te ha dado, haz que me convierta en mujer, vestida con un traje de color de estrellas y que aparezca aquí para llevarme a las fiestas una carroza de plata arrastrada por dos parejas de caballos y servidas por tres pajes negros". E inmediatamente se encontró convertida en una hermosísima joven, vestida como había pedido y con el coche con los tres negritos. La piel de cordero estaba a su lado, y antes de subir a la carroza la dejó colgada de una rama del espino, y partió.

Cuando llegó a la plaza atrajo las miradas de todos por su hermosura y la riqueza y esplendor de su traje. Nadie la conocía y unos a otros se decían: "¿de dónde vendrá esta princesa?". "El príncipe, sobre todo, la atendió mucho y se enamoró perdidamente de ella. Cuando sonó la hora en que debía retirarse, el príncipe le preguntó si volvería al día siguiente y ella le contestó que sí".

En la Corte no se habló en el resto del día de otra cosa que de la fiesta; pero la preocupación de todos era la bellísima joven desconocida.

Llegó el día siguiente y todo el mundo se trasladó a las carreras.

Una vez que la corderita se encontró sola volvió al campo, y al pie del espino pidió a la varillita que la transformara en mujer, vestida con traje de color de la luna y las estrellas y la condujese a la fiesta en una carroza de oro arrastrada por tres parejas de caballos y servidas por seis pajes negros; y al punto todo se hizo como ella lo había pedido. Dejó la piel de oveja colgada de una rama del espino, subió al carruaje y se fue a las fiestas.

A su entrada la atención de la multitud se concentró en ella, y si hermosa la habían encontrado el día anterior, más hermosa aún la encontraron en este día. El príncipe, todavía más enamorado, fue a colocarse inmediatamente a su lado y allí estuvo conversando con ella hasta el momento que la joven se levantó para retirarse.

El otro día era el último de las carreras. La afluencia de gente fue mayor; puede decirse que toda la ciudad se había trasladado a presenciarlas.

A la misma hora que los días anteriores, llegó la joven en una carroza de diamantes arrastrada por cuatro parejas de caballos y servida por doce negros; su traje tenía los colores de la luna, de las estrellas y del sol naciente, y si linda la habían encontrado las otras dos veces, más linda la hallaron esta vez. Todos los ojos estaban clavados en ella y de los labios de la muchedumbre no salían sino alabanzas en su honor. Apenas la divisó el príncipe fue a sentarse a su lado a cortejarla. Cuando estaba hablándole con más entusiasmo, llegó un paje con un recado de la reina y el príncipe tuvo que abandonar su asiento por un momento; a su regreso se encontró con que estaba vacío el lugar que ocupaba la niña.

Se acabaron las fiestas y nadie volvió a ver a la joven. El príncipe se puso muy triste y languidecía rápidamente. Los médicos nada pudieron para curar su mal y los reyes lloraban la próxima muerte de su único hijo.

Un día, cuando ya se había perdido toda esperanza de salvación, dijo la corderita a la reina:

"Mamá, ¿quiere que vaya yo a cuidar al enfermo? ¡Quién sabe si pueda sanarlo!".

¡Qué se perdía con que fuese! La reina consintió y ella misma condujo a la corderita a las habitaciones del enfermo y la dejó allí.

Apenas se retiró la reina, la corderita pidió muy quedito a la varillita que la convirtiera en mujer, ataviada con el mismo traje con que se había presentado a las carreras, y una vez transformada se acercó a la cama del enfermo y lo llamó dulcemente. El príncipe abrió los ojos y a la vista de su amada sintió que le volvía la vida.

Tres horas conversaron alegremente y al terminar este tiempo la joven tornó a convertirse en la *Huachita* Cordera.

El príncipe hizo llamar a los reyes, y les dijo: "padres, la corderita me ha sanado; me siento perfectamente bien y es preciso que me dejen casarme con ella".

Apenas el príncipe dijo estas palabras, cumpliéndose el vaticinio de la viejecita que había dado a la corderita la virtud, se transformó esta para siempre en la bellísima niña que todos habían visto en las fiestas, y los reyes, henchidos de contento, consintieron en el matrimonio de su hijo con la joven.

Los novios fueron muy felices y vivieron en una perpetua luna de miel y tuvieron muchos hijos.

El hermano de la joven, que hasta el día antes del matrimonio había continuado como pastor, fue ennoblecido y siguió viviendo en la Corte, desempeñando empleos muy principales.

Y aquí se acabó el cuento y se lo llevó el viento.

LOS TRES CONSEJOS

Han de saber que vivía en un pueblo un matrimonio muy bien avenido y que habría sido completamente feliz si la fortuna le hubiese prestado alguna ayuda; pero parece que se complacía en volverles las espaldas. Era inútil cuanto había hecho el marido, hombre bueno a carta cabal, para encontrar trabajo, porque nadie se lo proporcionaba. La mujer, que era una perla, cosía y bordaba a la perfección; pero, por desgracia, tampoco nadie la ayudaba. Tenían un hijo de unos doce años, bueno como ellos, estudioso e inteligente, que era su único consuelo; y sin embargo su vista hacía sufrir al padre, porque pensaba en el triste porvenir que le aguardaba.

Un día Juan, así se llamaba nuestro hombre, tomó una determinación desesperada.

"Rosa", dijo a su mujer, "esta situación no puede continuar; si aquí no encuentro en qué ganar la vida, iré a buscarla fuera del pueblo; y como necesito llevar algún dinero para mis primeros gastos, venderemos los muebles que no te sean indispensables, y del producto tomaré yo una parte y te quedarás tú con la otra para subvenir a tus necesidades y a la de nuestro hijo, mientras encuentras costuras y yo vuelvo. Dios ha de permitir que nada les falte en mi ausencia y que esta sea corta".

La venta de los muebles produjo mil pesos. Él tomó seiscientos*, y con lágrimas en los ojos se despidió de su mujer y su hijo.

Al pasar por la casa de un compadre, excelente persona, pero un poco *alocado*** se dijo:

'Voy a despedirme de mi compadre y a recomendarle que cuide de su ahijado mientras yo regreso', y entró.

"A despedirme de Ud. vengo, compadrito".

* Suma que se indica en el original (MD).

** Desequilibrado (MD).

"¿A dónde va, compadre?".

A donde Dios quiera, pues. Voy a tentar suerte, a ver si encuentro trabajo en otra parte, ya que aquí no se gana ni para cigarros.

"Yo lo acompaño, compadre. ¿Cuánto lleva Ud. para el camino?".

"Trescientos pesos".

"¡Lo que son las casualidades!, yo también tengo aquí otros trescientos; me los echo al bolsillo y vamos andando".

De mucho consuelo sirvió a Juan la compañía de su compadre, que era hombre alegre y decidor. Sus chistes le hacían reír y distraerse de la pena que le ocasionaba la separación de su familia, y conversando y conversando, marchaban sin sentir el camino.

Después de andar una semana llegaron a la plaza de una ciudad, y en una de sus esquinas vieron una muchedumbre de gente reunida. La natural curiosidad hizo que se acercaran y vieron en medio del grupo a un anciano que pregonaba:

"¡Tres consejos, señores, por solo trescientos pesos; tres consejos que procurarán la fortuna y la felicidad a quien los conozca!. ¡Tres consejos, a cien pesos cada uno! ¿Nadie se interesa por ellos?".

Juan sintió como si una voz interior le ordenara comprarlos, y sin poder contenerse se acercó al anciano y le dijo:

"Yo los compro; aquí están los trescientos pesos".

El anciano recibió el dinero y acercando sus labios al oído de Juan, murmuró:

"Estos son los tres consejos, que te harán feliz si los sigues en todo momento: No dejes lo viejo por lo mozo; No preguntes lo que no te importe; y No te dejes llevar de la primera nueva".

Al apartarse Juan del anciano, todos lo miraban lastimosamente.

"Está loco", decían. "¡Pobrecito!".

Su compadre le preguntó:

"Pero, compadre, por Dios, ¿qué ha hecho? ¿Que ha perdido el juicio? ¿Que no ve que ese viejo es un miserable charlatán, que le ha robado?".

Juan callaba y se decía: 'Bien puede que así sea, pero también puede ser que todos se *equivoquen*', y se proponía seguir los consejos que había recibido, cada vez que se le presentara la ocasión".

Almorzaron y salieron de la ciudad, porque en ella había también escasez de trabajo; y poco después se encontraron con que el camino que seguían se dividía en dos, uno antiguo y otro recién construido. Preguntaron cuál de los dos era mejor y le contestaron que el viejo era muy largo e incómodo por eso nadie transitaba por él, y que todo el mundo prefería el nuevo por ser nuevo, más cómodo y más corto.

Juan, que se acordó del primer consejo que le había vendido el anciano, dijo a su compañero:

"Vámonos por el camino antiguo; acuérdese, compadre, del refrán que dice: No dejes lo viejo por lo mozo ni lo cierto por lo dudoso".

"No, compadre", dijo el otro, "mejor es que sigamos por el nuevo para llegar más pronto".

"Yo, compadre, me voy por el viejo".

"Y yo por el nuevo, y verá cuál de los dos entra primero a la ciudad. Lo esperaré en la plaza".

En verdad, el camino que tomó Juan, que había sido completamente abandonado hacía más de un año, era muy incómodo; estaba cubierto de matas de cardo y de toda clase de malezas, de charcos y de montones de piedras y de tierra, que dificultaban el paso; y solo después de cuatro horas de penoso marchar logró salir de él y llegar a otra ciudad.

Cuando Juan entró a la plaza se asombró grandemente de no encontrar a su compadre, el cual, según sus cálculos, debía haber llegado más de una hora antes que él. No sabiendo qué pensar ni qué hacer, se sentó en un escaño a esperar los acontecimientos. De pronto, el ruido que producían varias personas que se acercaban lo sacó de su meditación, y poniéndose se pie se dirigió al grupo. Cuál no sería el asombro del pobre Juan al ver que traían muerto a su compadre, que había sido acribillado a puñaladas en el camino nuevo para robarle la cartera. Juan lloró sinceramente a su amigo y no se separó de su cadáver hasta dejarlo sepultado.

Juan se encontraba sin recursos, pero, en fin, estaba vivo; y del cementerio salió pensando que el primer consejo bien valía los cien pesos que le había costado; pero esto no lo salvaba de la triste situación en que se veía. Por suerte, al día siguiente encontró ocupación, y aunque el trabajo era rudo y no muy bien remunerado, se propuso no salir de la ciudad. Como era económico y llevaba una vida tranquila y arreglada, logró reunir en los nueve años que vivió en ella algún dinero, y pensó entonces en volver a su pueblo a reunirse con su mujer y su hijo, de quienes en todo ese tiempo no había tenido noticias, a fin de establecerse y trabajar por su cuenta al lado de ellos.

Se despidió de su jefe y de sus compañeros de trabajo, que sintieron su ida muy de veras, pues todos lo apreciaban por sus buenas prendas, y partió contento y lleno de ilusiones en el porvenir. Pero tal vez el ensimismamiento en que iba lo hizo equivocar el camino y tomó otro diferente del que pensaba seguir y de repente se encontró en medio de un espeso bosque.

Era de noche y desesperaba ya de encontrar salida, cuando divisó una luz. Guiándose por ella llegó a un gran palacio, y dirigiéndose a un hombre que estaba allí cerca, le preguntó quién era el dueño.

"Nadie lo conoce; pero se sabe que el que entra a su casa nunca más sale de ella".

Juan dijo: "Yo entraré. Entre morir comido de las fieras si duermo a la intemperie y correr la aventura de salvar estando adentro, prefiero lo último" y llamó a la puerta.

Salió a abrir un criado muy bien vestido.

"¿Qué se le ofrece?", preguntó.

"Deseo que se me dé alojamiento por esta noche", respondió Juan.

"Aquí no se niega el alojamiento a nadie; pase a la sala mientras aviso al señor conde".

Poco después entró un caballero de aspecto simpático y le dio la bienvenida. Conversaron un rato y al cabo de un momento el dueño de casa lo invitó a cenar y pasaron al comedor, una hermosa sala, por cierto regiamente amueblada, como todo el palacio. Pero una cosa llamó particularmente la atención de Juan y fue que en un extremo de la bien presentada mesa había una calavera colocada entre dos velas encendidas. Cuando tal vio, un estremecimiento nervioso recorrió todo su cuerpo, porque se acordó de lo que le había dicho el hombre que estaba cerca del palacio: "El que entra a esta casa nunca más sale de ella". Pero también vino inmediatamente a su memoria el segundo consejo del anciano: "No preguntes lo que no te importe", y continuó la conversación, fingiendo toda indiferencia.

Se sirvió la cena, y aunque la vista de la calavera le había quitado el apetito, no lo quiso manifestar, y comió con la mayor tranquilidad.

Al fin de la comida dos sirvientes condujeron al medio del comedor a una hermosa dama cargada de cadenas, y a una seña del conde comenzaron a azotarla sin piedad, hasta que, una vez que le corrió la sangre por la espalda, dejaron de martirizarla y se la llevaron.

Juan miraba hacer y callaba.

El conde estaba sorprendido de ver que su huésped no le dirigiese ninguna pregunta sobre lo que veía, a pesar de que él se valía de todos los medios posibles para que se las hiciese; pero el recuerdo del segundo consejo sellaba los labios de Juan.

Terminada la cena el conde invitó a Juan a visitar las demás habitaciones del palacio, y después de recorrerlas, nuestro hombre se limitó a alabar el buen gusto con que estaban adornadas y la riqueza de los muebles, por todo lo cual felicitó al propietario. Este le dijo: "No acepto sus felicitaciones hasta que concluyamos, y aún nos queda por ver lo mejor". Y abriendo una puerta de bronce, se presentó a los ojos de Juan el espectáculo más horrible. No menos de cien esqueletos apoyados en las paredes rodeaban la enorme sala, y un sinnúmero de calaveras y de huesos sueltos cubrían todo el piso. Juan se estremeció por segunda vez, pero no habló ni media palabra.

"¿Que le parece esto?", le preguntó el conde.

"Que esta sala es posiblemente el cementerio de sus antepasados".

"No, señor mío. Todos los esqueletos y huesos que Ud. ve son de personas que fueron mis huéspedes, como Ud.; pero todas ellas me preguntaron qué significaba la calavera alumbrada por dos velas que tenía en la mesa del comedor; quién era la dama que azotaban mis criados y por qué la maltrataban; y yo, que había jurado matar a todo el que me dirigiera estas preguntas, en vez de contestárselas los hacía estrangular. La dama que mis sirvientes llevaron encadenada al comedor y azotaron tan cruelmente es mi mujer, y recibe ese castigo por haber faltado a la fe que me debía; y la calavera que está en la mesa es la de su cómplice, a quien maté con mis propias manos. Usted es un hombre extraordinario; es Ud. el único que, en diez años que pasaron estos acontecimientos, no me ha hecho ninguna pregunta; y como mi juramento agregaba que dejaría de heredero de todos mis bienes al primero que no me las hiciera, mañana entregaré a Ud. el testamento en que lo constituyo mi heredero universal".

Cuando Juan despertó al siguiente día, encontró el testamento ofrecido sobre el velador. Se levantó apresuradamente para agradecer al conde su generosa determinación, salió de su cuarto para preguntar si ya se había levantado y vio todo el palacio enlutado y a los criados vestidos de negro.

"¿Qué ocurre?", les preguntó.

"El señor ha amanecido muerto".

Muy afligido puso a Juan esta noticia, y lloró de corazón la muerte de su benefactor.

Al otro día, después de sepultar los restos del fallecido, Juan convocó a la servidumbre y les leyó el testamento. Todos le reconocieron inmediatamente por su patrón.

Juan dijo al mayordomo:

"Yo voy a partir en busca de mi mujer y de mi hijo para establecernos aquí; pero mientras tanto querría que no se martirizara más a la esposa del antiguo amo de este palacio; creo que ha purgado bien su falta y que, si su marido no la perdonó, ya Dios la habrá perdonado. Atiéndasela en mi ausencia de modo que nada le falte y que descanse en sus últimos días".

"Señor, la señora condesa amaneció muerta esta mañana".

Dispuso Juan que se la sepultase dignamente, y montando en un hermoso caballo y con la cartera repleta de buenos billetes partió a buscar a su esposa y a su hijo.

A pesar de las tétricas aventuras que le habían pasado, iba contento por el camino, y pensaba: '¡Qué bien hice en comprarle los tres consejos al anciano! ¡Bien vale el segundo los cien pesos que di por él!'.

Cuando llegó a su pueblo no lo conocieron. Preguntó por su mujer y le dijeron que se había ido con un hijo que tenía, un año después de haber sido abandonada por su marido, pero no sabían a dónde. Entonces picó espuelas a su caballo y después de algunos días de marcha llegó a una gran ciudad, en la que, a fuerza de preguntar, le dieron noticias de ella. Le dijeron dónde vivía y que aunque a nadie molestaba, también nadie la visitaba, con excepción de un clérigo que todos los días iba a verla. Y esto se lo dijeron con cierto *retintín** nada tranquilizador.

Pero Juan se acordó a tiempo del tercer consejo, y aquietado, fue a la casa y llamó. La sirvienta le dijo que la señora no recibía a nadie, pero él insistió en verla diciéndole que era muy amigo de su marido y que le traía muy buenas noticias de él. Con este recado, la señora lo recibió inmediatamente. Él, sin darse a conocer, estuvo conversando con Rosa un buen rato y le inventó una historia cualquiera de su marido. Contándosela estaba, cuando entró un joven clérigo. Rosa se lo presentó diciéndole que era su hijo, a quien había logrado educar a costa de grandes sacrificios, que por suerte estaban plenamente compensados, pues el joven era muy bueno con ella y era su único sostén. Y mientras decía esto lo acariciaba cariñosamente.

Juan, entonces, se dio a conocer, y es de imaginarse cuán grande sería la alegría de los tres.

Pasadas las primeras expansiones, Juan refirió su verdadera historia, y después de descansar tres días partieron los tres a instalarse en el palacio que el conde había dejado a Juan.

Nuestro héroe pensaba por el camino:

'¡Qué bien hice en seguir el tercer consejo del anciano! ¡Si no es que lo recuerdo a tiempo, mato a mi mujer, y yo y mi hijo habríamos sido desgraciados para siempre! ¡Feliz consejo! ¡Qué bien dados fueron los cien pesos que pagué por ti!'.

* Dejo (MD).

Juan y Rosa y su hijo vivieron muchos años en el palacio, siendo bendecidos de todos, pues la enorme fortuna que poseían les permita practicar grandes obras de caridad.

EL LORO ADIVINO

Para saber y contar, aprender y escuchar. Esta era una perrita muerta que me quería morder, y yo, como estaba vivo, me supe defender. Este era un hombre que tenía dos hijos, uno era más grande el otro era más chico, uno se llamaba Pancho y el otro Francisco, uno comía pan y el otro ballico. Fin del principio y principio del fin.

Han de saber que en una ciudad, capital de un reino, vivía una viuda pobre, pero hacendosa, que tenía tres hijas muy bellas, que se llamaban Flor Rosa, Flor Hortensia y Flor María; las había criado muy bien, y eran honestas, modestas y trabajadoras. Los vecinos apreciaban mucho a esta familia y se deshacían en alabanzas cuando hablaban de ella; que es cuanto puede decirse en su favor.

Sucedió que una noche en que las tres niñas cosían empeñosamente, porque al otro día temprano tenían que entregar un traje de novia, conversaban haciéndose bromas para acortar las horas. Las alegres carcajadas que provocaban sus dichos atrajeron la atención del rey, que casualmente pasaba en ese momento frente a la puerta de la casa de la viuda, y se detuvo a escuchar lo que decían. Hablaban de casamiento.

"A ver, Flor Rosa", decía una de ellas, "si pudieras escoger ¿con quién te casarías?".

"¡Vaya una pregunta!, pues con el pastelero del rey, para comer todos los días sabrosos pasteles. ¿Y tú, Flor Hortensia?".

"¿Yo? Yo me contentaría con el cocinero del rey, y entonces comería los mejores guisados que se hacen en el país. ¿Y tú, Flor-María?".

"Si en mí estuviese, yo me casaría con el rey y le daría dos hijos y una hija, que serían los más bellos de la tierra y tendrían el sol, el lucero y la luna en la frente".

El rey se retiró y al otro día se presentó en la casa de la viuda acompañado de sus Ministros, de su pastelero y de su cocinero.

"Vengo", dijo, "a cumplir los deseos de vuestras hijas. ¿Cuál es Flor-Rosa?".

Flor-Rosa se adelantó.

"Te casarás con mi pastelero y tendrás veinte mil pesos de dote. ¿Cuál de las dos que queda es Flor-Hortensia?".

Flor-Hortensia se presentó ante el rey.

"Te casarás con mi cocinero y también tendrás veinte mil pesos de dote. Y tú. Flor María, te casarás conmigo; pero tendrás que darme dos hijos y una hija que tengan el Sol, el Lucero y la Luna en su frente, como lo has prometido".

Se celebraron las bodas, y todo en apariencia marchó bien durante los primeros meses; pero la envidia se había apoderado del corazón de las dos hermanas mayores, que a toda costa querían la pérdida de la reina.

Poco antes de enterarse los nueve meses de matrimonio un rey vecino declaró la guerra al marido de Flor-María, que tuvo que salir apresuradamente con su ejército a defenderse del enemigo; pero antes de partir recomendó a sus cuñadas que cuidaran de su mujer.

Días después la reina tuvo dos hijos y una hija: los tres, que eran hermosísimos lucían en su frente, un sol el que primero había nacido; el segundo un lucero, y la niña, la luna llena.

Flor Rosa y Flor Hortensia, que asistían a su hermana, encontraron que no podía ser más propicia esta ocasión para saciar su envidia; y cambiaron los niños que acababan de nacer por tres perrillos que en la mañana había tenido una perra de Flor-Rosa. Cuando Flor-María pidió sus hijos para verlos, le pasaron los tres animalitos.

Las hermanas de la reina mandaron un propio al campamento a dar al rey la triste nueva, que ambas envidiosas habían cuidado de hacer pública y que ya todos conocían en el país. El rey mandó decir que emparedaran a la reina y no dejaran sino un pequeño ventanillo en la muralla, del tamaño indispensable para poderle pasar todos los días un pan y un vaso de agua, único alimento que tendría hasta que Dios se sirviese llevarla.

Mientras tanto Flor-Rosa había colocado a las criaturas en una artesa que depositó en un arroyo que corría a los pies del palacio.

Un hortelano que vivía más abajo del palacio sacaba agua del arroyo justamente en el momento que la artesa pasaba por ahí y metiéndose en el agua la sacó.

La mujer del hortelano, una robusta campesina que también había tenido una guagua en la noche anterior y se le había muerto recién nacida, en cuanto vio a los tres pequeñuelos que le presentaba su marido, tan bellos, tan risueños, dijo que los criaría y cuidaría como si fueran sus propios hijos.

Los niños recibieron los nombres de los astros que cada uno llevaba en su frente; de modo que el que había nacido primero se llamó Sol; el segundo Lucero; y la niña, Luna.

Los tres crecieron creyendo que eran hijos del honrado hortelano y de su mujer, y amándolos y respetándolos como si hubiesen sido sus padres verdaderos.

Trascurrieron algunos años y murió la excelente mujer que los había criado.

Los niños, a medida que crecían en edad, crecían en hermosura; pero desde pequeñitos los habían acostumbrado a llevar un pañuelo que les cubría la frente y la cabeza, así es que nadie sabía que cada uno de ellos tenía un astro en la frente.

A los doce años el hortelano se enfermó gravemente; llamó a los niños y les contó su historia. Poco después murió y los dejó de herederos.

Terminado el luto que guardaron por él, dijo Sol a sus hermanos:

"Voy a salir a buscar a nuestros padres; y mientras tanto ustedes se sostendrán con el producto de la huerta".

Lucero y Luna no querían que se fuese, pero él les dijo que era necesario, y partió apercibido de dinero y provisiones para un mes.

Anduvo Sol varios días sin tropezar con nadie, hasta que, por fin, al terminar la semana, se encontró con una viejecita muy simpática que le pidió una limosna. El niño le dio un pedacito de pan y otro de queso. La viejecita le dio las gracias y le preguntó:

"¿A dónde va, hijito?".

"A buscar a mis padres, a quienes no conozco ni sé dónde se encuentran", le contestó Sol, y le contó su historia.

La viejecita le dijo:

"Para encontrarlos necesita apoderarse del árbol que canta, del agua de la vida y del loro adivino; y yo lo ayudaré a dar con ellos".

Y entregándole tres gruesos ovillos de hilo, le agregó:

"Ande todo el largo del hilo que contienen estos ovillos y llegará al palacio de un rey ciego; él le dirá lo que tiene que hacer para encontrar lo que busca".

Ató el niño la punta de la hebra de uno de los ovillos al tronco de un árbol, y despidiéndose de la viejecita se fue, desenrollando el ovillo: concluido este, hizo lo mismo con el segundo, y después con el tercero, y por fin llegó donde el rey ciego.

El rey le preguntó:

"¿Qué desea, joven?".

"Vengo de parte de una viejecita que me entregó tres ovillos de hilo y me dijo que su Sacra y Real Majestad me diría cómo debía hacer para apoderarme del árbol que canta, del agua de la vida y del loro adivino, por medio de los cuales podría encontrar a mis padres".

"Para alcanzar todas estas cosas, monta en el caballo que luego van a traerte y lo dejas ir; él, por sí solo, te llevará hasta el árbol que canta, del cual tomarás nada más que el cogollo, que basta, pues, plantado, en tres días será tan corpulento como el árbol mismo y cantará como él. El árbol te dirá lo que debes hacer enseguida. Cuidado con incomodar al caballo en lo más mínimo, porque, en cuanto se sienta molestado, se deshará de ti y no conseguirás nada. Si logras salir bien en tu empresa, pasas a verme a la vuelta".

Sol prometió obedecer en todo, se despidió del rey ciego y montó en el caballo que le acababan de traer, que, en cuanto sintió el peso de su jinete, partió a toda velocidad.

Después de siete días de marcha llegaron caballo y caballero a una plazoleta cubierta de menudo césped y rodeada de hermosos árboles a cuya entrada había dos enormes montones de piedras. El caballo, que hasta entonces se había limitado a correr en línea recta, se puso a hacer cabriolas alrededor de la plazoleta; y Sol, entusiasmado con los movimientos elegantes del animal, le clavó las espuelas, en un momento en que se detuvo, para que continuara, pero el bruto, dando un salto, lo sacó de la silla y lo disparó lejos, convirtiéndose el niño en piedra al tocar el suelo.

Trascurrieron treinta días desde la partida de Sol, y Lucero y Luna perdieron la esperanza de que volviera. Entonces acordaron que Lucero saliese a buscarlo.

Tomó Lucero un poco de dinero y provisiones para un mes y con un abrazo se despidió de su hermana, prometiendo volver antes de los treinta días.

A los siete de marcha le salió al encuentro la misma viejecita que había hablado con Sol.

"¡Una limosnita!, mi caballerito".

Lucero le dio un pan y un buen pedazo de queso.

"Gracias, hijito ¿Y se puede saber a dónde va?".

"¡Cómo no! Voy en busca de mis padres, a quienes no conozco, ni sé siquiera dónde se encuentran, y de mi hermano mayor, que hace más de un mes salió de la casa en la misma diligencia que yo y aún no ha vuelto".

Lucero contó su historia a la viejecita, que la escuchó atentamente como si no la conociera, y una vez que terminó, le dio las mismas instrucciones que a su hermano y le entregó los tres ovillos.

Llegó Lucero al palacio del rey ciego, quien, con las correspondientes recomendaciones, le hizo entregar el caballo.

Cuando estuvieron en la plazoleta, el caballo se puso a bailar alrededor del árbol, pero Lucero permaneció tranquilo hasta que el bruto se detuvo. Se bajó entonces, y con algún trabajo pudo subir por el tronco hasta el cogollo, que cortó.

En cuanto Lucero estuvo en tierra, el árbol comenzó a cantar melodiosamente, y cantando dijo al niño:

"Sigue el camino que está al frente de ti, y donde termina encontrarás un pozo; toma una jarro que hallarás a su lado, y sentándote en el brocal, espera que las aguas suban hasta llegar al borde; entonces solamente llenarás el jarro. Enseguida viertes un poco del agua que saques sobre las piedras que encuentres alrededor del pozo y a la entrada de esta plazoleta, sin temor de que el agua se acabe, porque es inagotable, y verás que las piedras se convierten inmediatamente en hombres, pues lo son, y entre ellos está tu hermano, que se han convertido en guijarros por no seguir fielmente las instrucciones que recibieron del rey ciego, ni las que yo les di".

Llegó Lucero al pozo, tomó el jarro y se sentó en el brocal, esperando que las aguas, que subían con una lentitud desesperante, alcanzaran hasta arriba; pero transcurrían las horas, una tras otra, se acercaba la noche, y aún faltaba medio metro para que las aguas tocaran el borde del brocal. El niño era nervioso y no aguantó más; se inclinó hacia el interior, introdujo el jarro en el agua, pero apenas tocó el líquido una fuerza violenta lo arrojo hacia atrás y al caer en el suelo quedó, como su hermano, convertido en piedra.

Luna esperó pacientemente la vuelta de Lucero; pero transcurrió el mes y no apareció. Tomó entonces dinero y provisiones para un largo viaje y se puso en marcha, dispuesta a no regresar sin sus hermanos.

A los siete días de camino se encontró con la viejecita.

"¡Una limosnita, mi señorita, para esta pobre vieja!".

"¡Cómo no, mamita! ¡Con mucho gusto! Y dígame antes ¿vive usted sola?".

"No, mi hijita, me acompañan siete nietecitos, que no tienen padre ni madre y cuyo único sostén es esta pobre vieja desvalida".

La niña, que era muy bondadosa y compasiva, entregó a la anciana la mitad de las provisiones y del dinero que llevaba. La viejecita se deshizo en agradecimientos, y le preguntó:

"¿A dónde va, mi hijita?".

"En busca de mis padres a quienes no conozco ni sé dónde se encuentran, y de dos hermanos que salieron con el mismo objeto y que no han vuelto, a pesar de haber transcurrido de más el plazo que fijaron para su regreso".

Y le contó su historia.

"Yo, hijita, la ayudaré a encontrarlos, y créame que los encontrará. El bien que se hace, tiene que ser premiado. Tome estos tres ovillos de hilo y ande todo el largo de ellos. Al concluirlos, llegará al palacio de un rey ciego, quien le indicará lo que debe hacer enseguida".

Anduvo la hermosa niña hasta concluir los tres ovillos de hilo, en lo cual demoró siete días completos. Entró al palacio del rey ciego, que la recibió afablemente y le dio las mismas instrucciones que a sus hermanos. Cuando le trajeron el caballo, lo acarició pasándole la mano por la cabeza y por el cuello, y le decía:

"¡Qué pelo tan suave! Si parece que fuera de seda. ¡Qué caballo tiene vuestra Majestad, señor rey! ¡Yo nunca he visto otro de tan buen porte y tan proporcionado como este!".

El caballo, como si comprendiera las alabanzas de la niña, relinchaba alegremente.

Montó Luna en él, y despidiéndose del rey, partió a toda carrera.

Más o menos a medio día llegaron a un hermoso prado atravesado por un arroyuelo de limpidísimas aguas.

La niña invitó al caballo a que se detuviera para bajarse, y el animal se paró. Descendió la niña, le quitó el freno y le dijo, acariciándolo:

"Come, caballito lindo, y bebe y descansa que bastante falta te hace, pues has corrido tanto y debes sentirte fatigado".

Después de solazarse el caballo un par de horas, él mismo se acercó a Luna, que volvió a montar y continuó su marcha.

Todos los días, hasta completar el séptimo, que llegaron a la plazoleta, Luna dio dos horas de descanso a su cabalgadura, escogiendo siempre los sitios mejor empastados y con buena agua, para que el noble bruto pudiera reponerse.

El caballo dejó su preciosa carga cerca del árbol, el cual inmediatamente se puso a cantar las más armoniosas melodías, e inclinó su copa hacia la niña, como si la convidara a cortar el cogollo; lo cual, ejecutado por Luna, el árbol la invitó a que fueran a traer el agua de la vida.

Cuando la niña llegó al pozo el agua alcanzaba al borde del brocal, así es que inmediatamente llenó el jarro sin dificultad. En el mismo momento en que Luna introducía el jarro en el agua, un hermosísimo loro de brillantes y variadas plumas se posó en su hombro derecho y la saludó:

"Buenos días, bella Luna".

"Buenos los tengas tú, preciosa ave. ¿Eres tal vez el Loro adivino, que me ayudará a encontrar a mis padres?".

"Sí, yo soy. Apresúrate a verter agua de la vida sobre las piedras para que volvamos pronto al palacio del rey ciego e irnos, enseguida, a tu casa".

Comenzó la niña a echar agua sobre las piedras que rodeaban el brocal del pozo, y al mojar la primera se levantó Lucero, que abrazó cariñosamente a su hermana. Apenas el agua tocaba una piedra, se alzaba un hombre: un conde, un marqués, un príncipe. Continuó con las que estaban a la entrada de la plazoleta, y al caer el agua sobre la primera de estas apareció Sol. Los tres hermanos se estrecharon entre sus brazos, y Sol y Lucero agobiaban a Luna a preguntas, que ella contestaba risueña, sin dejar de echar agua sobre las piedras. Terminada esta tarea, montó a caballo y salió de la plazoleta seguida de una multitud de apuestos jóvenes, que lanzaban hurras y vivas a su libertadora: jamás rey ni reina llevó tan numeroso y escogido séquito ni fueron tan aclamados como lo fue Luna en esta ocasión.

A poca distancia de la plazoleta la avenida se dividía en tres caminos, y allí se despidieron todos de los tres hermanos, tomando cada cual el que le convenía. Sol, Lucero y Luna siguieron por el que conducía al palacio del rey ciego, al que llegaron en breve tiempo, porque parece que las distancias se habían acortado.

Se desmontó la niña del caballo y el Loro le dijo al oído:

"Humedece con el agua de la vida los ojos del rey y enseguida arroja un poco de la misma agua a la cabeza del caballo".

La niña obedeció, y el rey recobró la vista y el caballo se convirtió instantáneamente en el más hermoso y gallardo príncipe que haya pisado la tierra. El rey y el príncipe se abrazaron tiernamente.

"¡Por fin han terminado nuestras penas!", dijo el Rey, "¡gracias a esta heroica niña!".

Y refirió a los tres hermanos que hacía veintiún años que una bruja, su enemiga, lo había dejado ciego a él y había encantado a su hijo, situaciones que debían durar hasta que alguien se apoderara del árbol que canta, del agua de la vida y del Loro Adivino.

El príncipe, que se había enamorado de Luna, pidió a su padre que lo dejara casarse con ella, si ella lo aceptaba por esposo. Luna manifestó su alegría ante tal petición; pero el rey les observó que, aun cuando él aceptaba plenamente esta unión, era menester esperar que los niños encontraran a sus padres para pedirla en matrimonio. Se convino en que se haría así, y al otro día partieron nuestros pequeños héroes.

Cuando nuestros viajantes llegaron a su casa, Luna plantó la rama del árbol que canta en medio del jardín, y en tres días había crecido tanto y estaba tan corpulento como el árbol de que prevenía. El loro adivino vivía en sus ramas y solía acompañar en sus cantos al árbol, que era la delicia de todo el vecindario.

La fama de este árbol maravilloso se extendió por todo el país y bien pronto llegó a oídos del rey, que quiso conocerlo; y al efecto, acompañado de la Corte, de sus cuñadas y de muchas damas, se trasladó a la casa de los niños.

Lo primero que llamó la atención de todos fue la hermosura incomparable de los tres hermanos y la simpatía que despertaban.

Parecía que el árbol hubiese reservado sus mejores cantos para esta visita: las melodías que entonó eran tan dulces, tan suaves, tan armoniosas, que el rey y su comitiva se quedaron extasiados escuchándolo y las horas pasaron sin sentirlas.

De pronto el árbol calló y poco a poco el auditorio volvió en sí. El rey fue el primero en hablar:

"¡Qué cosa tan extraordinaria!", dijo, "¡que un árbol cante!".

El Loro habló entonces, con voz entera y clara, que todos oyeron perfectamente:

"Es verdad, su Majestad, que es muy extraordinario; pero no tanto como el que una mujer dé a luz tres perros, en vez de tres criaturas, cosa que tan fácilmente hicieron creer a vuestra Majestad sus cuñadas".

"¿Cómo? ¿Qué dice ese loro?".

"Yo contaré a vuestra Majestad cómo pasaron las cosas. Pero ante todo, haga vuestra Majestad que amarren bien a sus cuñadas a un árbol, porque al ver que se van a poner en descubierto sus picardías, tratarán de escabullirse y huir. Y ordene también que inmediatamente saquen a la reina de su encierro, porque si no sale luego de ahí, morirá; y que la traigan aquí, pues su presencia es necesaria".

El rey dispuso que, con fuertes correas, ataran a un árbol a las hermanas de su mujer, y que, sin demora, libraran a la reina del emparedamiento en que estaba y la trajeran.

Momentos después llegó la reina en silla de manos. Los doce años de encierro y la falta de alimentos la habían convertido en un esqueleto viviente; no podía andar, ni tenía fuerzas para hablar. Pero Luna, apenas la vio, como impulsada por un resorte, corrió a su habitación y volviendo con el jarro del agua de la vida le dio a beber un trago. Al punto la reina se levantó de la silla en que estaba sin ánimos y como muerta, revestida de su antigua juventud, belleza y esplendor; y al verla, los personajes de la Corte, sin poder contenerse, prorrumpieron en gritos de júbilo, aclamando a su soberana.

El loro pidió que le escucharan, y al instante se hizo el silencio más profundo. Entonces refirió cómo las hermanas de la reina, corroídas por la envidia, aprovecharon la ausencia del rey para sustituir por tres perrillos despreciables los hermosos hijos que Flor-María había tenido y que, como lo había prometido, nacieron el uno con el Sol en la frente, el otro con el Lucero y la niña con la Luna llena; cómo Flor-Rosa los había echado al arroyo en una artesa y habían sido salvados por el hortelano; cómo se habían criado y crecido ignorando su origen; y por fin, cómo Luna había logrado conquistar al árbol que canta, al agua de la vida y al Loro Adivino, que era él.

El rey preguntó:

"¿Y cómo podré encontrar a mis hijos?".

Ahí están, al lado de la reina; que les quiten las fajas que cubren su frente y vuestra Majestad los reconocerá.

La reina se apresuró a descubrir la frente de sus hijos; y si bellos los había encontrado el rey y los personajes de sus séquitos cuando entraron a la huerta, más hermosos aparecieron a su vista despojados del paño que les ocultaba la frente y la cabeza. La reina no se cansaba de acariciarlos, y ellos le pagaban su cariño cubriéndola de besos y llamándola "mamacita querida".

El rey pidió perdón a su esposa por los sufrimientos que tan injustamente le había infligido y la reina se lo acordó cumplidamente.

Cuando se disponían a regresar a palacio sintieron gran ruido, como si se acercara numerosa tropa de caballería, y luego se oyeron sones de trompetas y clarines.

Eran el rey que había recuperado la vista gracias a Luna, y el príncipe su hijo, que venían a pedir la mano de la princesa, y que, previo consentimiento de la interesada, que lo dio de muy buen grado, le fue concedida.

Las cuñadas del rey, Flor-Rosa y Flor-Hortensia, fueron atadas de manos y pies a cuatro caballos, los que, partiendo cada uno en apuesta dirección, las descuartizaron.

El matrimonio del príncipe con Luna se celebró siete días después. Las fiestas de palacio y las organizadas para solaz del pueblo fueron tan espléndidas que todavía se alude a ellas en el reino cuando se quiere ponderar la magnificencia de alguna solemnidad.

Los personajes de este cuento vivieron muchos años y todos fueron muy felices y venturosos.

Y con esto se acaba el cuento del Periquito Sarmiento, que estaba con la *guatita** al aire y el *potito*** al viento.

EL *MEDIO-POLLO*

Para saber y contar y contar para saber. *Est'era y esterita**** para secar peritas; *est'era* y esterones para secar *orejones*****.

Est'era una gallinita muy buena ponedora y muy buena sacadora; y una vez que puso veinte huevos, se echó y sacó diecinueve pollitos no más y se levantó muy *atingida****** porque había perdido un huevito.

Bueno, pues. Principió la gallinita a darle vueltas al huevito y conoció que estaba medio huero, y entonces pensó:

Si me echo otra vez, saldrá cuando menos un medio pollito. Y así fue que salió un medio pollito del cascaroncito.

Bueno, pues. La gallinita era muy *querendonaza* con sus hijitos; pero quería más que a ninguno al *Medio-Pollito*, porque

* Parte exterior del vientre (MD).

** Extremo del trasero (MD).

*** Estera y sus derivados, tela gruesa de diferentes materiales (MD).

**** Torrejas de durazno (melocotón) secadas al sol (MD).

***** Afligida.

le tenía un cariño con lástima, porque cada vez que lo veía le daba pena de verlo que no podía volar, porque no tenía más que una alita pues, y andaba a saltitos porque no tenía más que una patita.

Entonces el *Medio-Pollo* fue creciendo y la gallinita poniéndose viejancona, y no podía trabajar. Entonces el *Medio-Pollito* le dijo a su mamita:

"Viejecita, écheme la bendición porque me voy a rodar tierras y no volveré hasta que tenga qué darle para que descanse".

Bueno, pues, entonces la gallinita le echó la bendición al *Medio-Pollo* y se quedó llorando y el *Medio-Pollito* salió a rodar tierras y se fue a saltitos, porque no tenía más que una sola patita no más.

Entonces el *Medio-Pollo* anduvo muchos días sin encontrar trabajo; y un día que estaba escarbando con el pico en un montón de hojas, se encontró una naranjita de oro y casi se cagó del gusto y la escondió debajo de la alita y pensó: 'Si se la llevo al rey me dará gransitas para llevarle a mi mamita'.

Bueno pues. Se fue donde el rey y en el camino se encontró con un arriero que traía una recua muy grande de mulas y que venía de vuelta.

Entonces el *Medio-Pollo* le preguntó al arriero:

"¿De dónde viene, mi arrierito?".

"Me he vuelto", es que le dijo el arriero, "porque el río trae mucha agua y no me animo a pasarlo porque se pueden ahogar las mulitas".

"Donde usted me ve", es que le dijo el *Medio-Pollo*, "yo lo voy a pasar no más, porque tengo que ir donde el rey".

Entonces le dijo el arriero:

"¿Por qué no me lleváis con mis mulitas, *Medio-Pollo*?".

"Bueno" es que le dijo el *Medio-Pollo*.

Métete en mi *potito**
y tráncate con un palito.

Y entonces se metieron en el buche del *Medio-Pollo* arriero y todas sus mulitas.

Bueno. Entonces el *Medio-Pollo* llegó al río, que venía muy *anchazo* de tanta agua que traía y se paró a la orilla y se puso a pensar: 'Yo no puedo volar porque no tengo más que una alita. ¿Qué hago yo? Me voy a tomar toda la agüita para dejarlo seco y poder pasar'.

Y entonces el *Medio-Pollo* se tomó toda el agua del río y pasó para el otro lado, y siguió marchando un día entero hasta que topó con un Tigre que estaba descansando en una piedra. Entonces el *Medio-Pollo* es que le dijo:

"¿Qué hace ahí, compadrito Tigre?".

"Tengo que ir donde el rey", *es que* le dijo el Tigre, "y estoy muy cansado. ¿Por que no me lleváis vos, *Medio-Pollito*?".

"Bueno" *es que* le dijo el *Medio-Pollo.*

Métete en mi potito
y tráncate con un palito.

Y entonces es que el Tigre se metió en el buche del *Medio-Pollo*.

Bueno, pues. Entonces el *Medio-Pollo* la *endilgó*** por el camino otro día más, hasta que se encontró con un león que estaba echado en un ladito. Entonces el *Medio-Pollo* es que le dijo:

"¿Qué hace ahí, compadrito león?".

"¡Qué he de hacer *Medio-Pollito*!", es que le dijo el león. "Estoy medio despiado de tanto andar y tengo que ir a la casa

* Ano (MD).

** Se fue por un camino (MD).

del rey y no puedo más. ¿Por qué no me lleváis vos, *Medio-Pollito*?".

"Bueno", es que le dijo el *Medio-Pollo.*

Métete en mi potito
y tráncate con un palito.

Y al tirito se metió el León en el buche del *Medio-Pollo.*

Todavía tuvo que andar un día más el *Medio-Pollo,* hasta que tropezó con una zorra que se estaba haciendo la dormida debajo de unos árboles. Entonces el *Medio-Pollo* es que le dijo:

"¿Qué está haciendo ahí, mi comadrita zorra?".

Y es que la zorra le dijo:

"Aquí estoy, compadrito, medio muerta de hambre. Hace una pila de días que no como ni un racimito de uvas siquiera".

Entonces es que le dijo el *Medio-Pollo*:

"Yo la llevaré, comadrita, donde el rey; pueda ser que le tenga lástima y le dé alguna cosita que comer".

Métase en mi potito
y tránquese con un palito.

Bueno, pues. Se metió la zorra en el buche del *Medio-Pollo* y siguió andando hasta que topó con el palacio del rey. Y entonces el *Medio-Pollo*, cuando lo llevaron donde el rey, es que le dijo:

"Mi rey, mi soberano, aquí he venido desde muy *lejazo** para traerle a su *Sacarrial Majestad* esta naranjita de oro, que es regalo que yo le traigo".

Bueno. Entonces el rey agarró la naranjita y les dijo a sus pajes que llevaran al *Medio-Pollo* al gallinero para que estuviera con

* De mucha distancia (MD).

todos sus compañeros, y les dijo que le echaran harta gransita, y harto triguito y maicito *bastantazo**, para que se llenara.

Y entonces cuando dejaron al *Medio-Pollo* en el gallinero, todos los gallos, las gallinas y los pavos se le fueron encima a picotearlo y casi se lo comieron vivo. Y entonces el *Medio-Pollo*, cuando se vio acorralado y que me lo querían avasallar, se fue a un rinconcito, pujó un *poquichicho* y entonces salió la zorra y se comió todos los gallos y toditas las gallinas y toditos los pavos, y no dejó ni *unito*, y se arrancó para la cordillera; y entonces es que el *Medio-Pollo* se comió todas las gransitas.

Bueno, pues. Entonces al otro día fueron los pajes, *con las claras***, al gallinero para ver cómo había amanecido el *Medio-Pollo*, y se quedaron todos *patifríos**** cuando vieron que el *Medio-Pollo* se había comido todas las aves, porque no sabían que se las había comido la zorra; y entonces se fueron todos apurados donde el rey y es que le dijeron:

"Señor, el *Medio-Pollo* se ha comido todas las aves y no ha dejado una ni para un remedio".

Entonces es que dijo el rey:

"Bueno. ¿Qué hacemos entonces con el *Medio-Pollo*? Yo no lo puedo matar porque me ha traído este regalo".

Y es que un paje le dijo:

"Si a su *Sacarrial Majestad* le parece, lo echaremos al potrero donde están los caballos y los coches de su Majestad y pueda ser que los caballos lo maten a patadas".

"Bueno", es que les dijo el rey, "pero yo les prohibo que ustedes lo maten".

Y lo echaron al potrero.

* Gran cantidad (MD).

** Al amanecer (MD).

*** Asombrados (MD).

Y entonces, cuando el pobrecito *Medio-Pollo* se vio entre las patas de tantísima bestia, le dio miedo como un diablo, y arrimándose a un rinconcito, pujó un poquichicho y echó al León para afuera; y entonces el León se comió a todititos los caballos y no dejó ni unito ni para un remedio; y se arrancó para la cordillera.

Bueno, pues. Al otro día bien de albita, fueron los pajes a ver si los caballos habían matado al *Medio-Pollo*, y casi se fueron de espaldas cuando vieron al *Medio-Pollo* arriba de un árbol cantando a todo lo que le daba el pico, como haciéndoles burla porque se había comido todos los caballos. Así lo creían ellos, porque ellos no sabían que se los había comido el León. Y entonces se fueron corriendo donde el rey y se lo contaron todo.

Bueno. El rey se quedó todo admirado y es que les dijo:

"Yo no puedo matar a ese *Medio-Pollo* que me ha traído esta naranja de oro de regalo. Ustedes sabrán lo que con él hacen, pero les prohibo que lo maten".

Bueno. Entonces el paje principal es que le dijo:

"Si su *Sacarrial Majestad* quiere, lo echamos a este *Medio-Pollo* al potrero donde están las vacas y ahí lo matan con seguridad".

El rey no dijo nada; y entonces lo echaron al potrero de las vacas.

Bueno, pues. El pobre *Medio-Pollito* se vio todo afligido entremedio de las patas de tantísima vaca, y no hallaba qué hacerse, porque con el susto se le había olvidado que todavía tenía adentro del buche al Tigre; y entonces de puro miedo se le escapó un *pedito*, y donde se le abrió el pollito salió el Tigre hecho una fiera y se comió todititas las vacas, y arrancó después para la cordillera.

Al otro día bien tempranito, con las diucas, se fueron los pajes para el potrero de las vacas, y cuando vieron que no quedaba ni una ni para un remedio, casi se cayeron muertos, y en nada estuvo que no se quedaron muertos de la rabia cuando vieron al *Medio-Pollo* encaramado en una rama y que se reía de ellos y cantaba ¡cucurucú! ¡cucurucú!

Bueno, pues. Se fueron entonces todos furiosos donde el rey, y es que le dijeron:

"Señor, hay que matar a este *Medio-Pollo,* porque tiene al diablo metido adentro del cuerpo; se ha comido en la noche todas las vacas, y si lo dejamos con vida nos va a comer a todos nosotros".

Entonces el rey es que les dijo:

"¿Cómo voy a matara este *Medio-Pollo* que me ha traído un regalo tan bueno? Ya he prohibido que lo maten".

"Bueno, pues, señor", dijo el paje principal, "no lo mataremos; pero si su *Sacarrial Majestad* no se enoja, lo echaremos al horno del pan para que se ase al rescoldo, porque, *en la de no*, nos va a comer a todos".

Entonces esos brutos echaron al *Medio-Pollito* al horno, cuando estaba bien caldeado, y el pobrecito casi se cagó del susto. Se arrimó como pudo a la boca del horno y se puso a pensar: '¿Qué hago yo? Si me largo un pedito, con el vientecito que eche van a crecer las llamitas y me quemo más lueguito'.

Ya se le estaban chamuscando las plumitas al pobrecito.

Bueno, pues. El *Medio-Pollito* no se acordaba que tenía metido el río en el buche; pero con el calor de las llamitas principiaron a alborotarse las aguas y a sonarle las tripitas, y entonces, medio muerto de gusto, se acordó del río y pujó con todas sus fuerzas, y entonces es que salió toda el agua de un de repente y apagó el fuego. Y como era la hora en que venían los pajes, se ahogaron toditos y no quedo ni *unito.*

Entonces fue el *Medio-Pollo* donde el rey y es que le dijo:

"Ya están muertos todos esos condenados que me querían matar".

Entonces el rey, muy contento de ver vivo al *Medio-Pollito* es que le dijo:

"Yo les había prohibido a mis pajes que te mataran. Y ¿qué vas a hacer ahora, *Medio-Pollito*?".

"Si su *Sacarrial Majestad* me da permiso, yo me voy para mi tierra", es que le dijo el *Medio-Pollo*, "porque quiero ver a mi mamita, que estará con cuidado".

El rey mandó entonces al mayordomo que le diera al *Medio-Pollo* todo el trigo que había en la *troje**, que era una barbaridad; y entonces el *Medio-Pollo* volvió a pujar y salió el arriero con todas sus mulitas y cargaron todo el triguito.

Bueno. Entonces cuando llegaron a su tierra, el arriero y el *Medio-Pollito* se repartieron el trigo como hermanos, hicieron dos pilas igualitas y cada una agarró la suya.

Entonces la gallinita se puso muy contenta de volver a ver a su *Medio-Pollito*, y ya *nunquita* más tuvo que trabajar.

Y aquí se acabó el cuento y se lo llevó el viento.

EL BARCO DE LOS TRES HACHAZOS

Para saber y contar, etc. Han de saber que un rey tenía en medio del huerto de su palacio un árbol muy corpulento que nunca fue regado sino con aguas de su hija, y esta circunstancia, por disposición de una bruja que había criado a la princesa, había comunicado al árbol la virtud de que no pudiera ser tocado por ninguna herramienta, so pena de morir el que la manejara, salvo

* Especie de caja de madera, de poca altura, sobre la tierra, sin tapa, para guardar cosechas.

que la operación se hiciera en día que no hubiera sido regado directamente por quien tenía la obligación de hacerlo

Pues bien, el rey, que conocía esta virtud, hizo publicar por todas partes que no daría la mano de su hija sino a quien fuese capaz de hacer un barco con solo tres hachazos que diera al tronco de aquel árbol.

Muchos pretendientes se presentaron a tentar la prueba, pero todos, al descargar el primer golpe, caían muertos como si hubieran sido heridos por un rayo.

Entre los súbditos del rey había un joven pobre, excelente hijo, que un día amaneció con la idea de ir a conquistar la mano de la princesa, y provisto de la bendición de su madre, de un hacha, de un hierro para marcar y de una *tortilla** que su madre le dio, emprendió el camino, sin darse cuenta de la dificultad de la empresa que iba a acometer.

Al poco andar le salió al paso un viejecito que con voz compungida le pidió una limosna. El joven, compadecido, le entregó la *tortilla* que llevaba, y el viejecito, en pago de su buena obra, le dio un pito diciéndole que podría servirle cada vez que se encontrara en apuros. Antes de retirarse le aconsejó que tomara a su servicio a las cuatro primeras personas que encontrara en su camino; y despidiéndose de él le indicó por dónde debía seguir.

Nuevamente púsose en marcha el joven y después de tres días de camino se encontró con un hombre que estaba tendido de bruces en el suelo, bebiéndose el agua de un río.

"¿Qué estás haciendo?", preguntó Antonio, que así se llamaba el joven.

"¿Qué quiere que haga?", contestó el interpelado, "tomándome el agua, de este río, hasta dejarlo seco, porque hoy he amanecido con una sed muy grande".

*. Pan de forma discoidal sin levadura, cocido en el rescoldo de la ceniza (MD).

"¿Y serás capaz de bebértela toda?".

"¡Ya lo creo, pues; si para mí el agua que arrastra un río es como un vaso de agua para otros! Y si en vez de agua arrastrara vino, mejor que mejor; más luego lo secaría".

"¿Por qué no te vienes conmigo? Tú puedes servirme y cuando termine la empresa en que me he metido, te pagaré bien".

"Perfectamente, me voy con Ud., señor".

Y siguieron muy tranquilamente por el mismo camino. No habían andado todavía media hora, cuando tropezaron con un cazador, que con un fusil de caza hacía la puntería a un objeto que ninguno de los dos alcanzaba a divisar.

"¿A quién le apuntas?", preguntó Antonio.

"A un mosco que veo volando como a una legua de altura", respondió el cazador.

"¿Y crees que podrás matarlo?".

"¡Que si lo creo! ¡Estoy seguro de que lo mataré! y si no, esperen un momento".

Dicho esto, disparó.

Un buen rato después cayó a los pies de ellos el mosco con el cuerpo atravesado de un balín. Antonio y su compañero quedaron admirados, tanto de la buena vista del cazador como de su admirable puntería.

"¿Quieres venirte conmigo?", le dijo Antonio. "Posiblemente tenga que servirme de ti en una empresa en que me he metido, y una vez que le dé buen fin, me encontraré en situación de pagarte como sea debido".

"Pues, señor, me voy con usted".

Y los tres continuaron la interrumpida marcha; y después de haber andado una media hora, toparon con un hombre muy alto y muy flaco que estaba fuertemente abrazado al tronco de un grueso árbol.

“¡Qué hombre más raro!”, dijo Antonio, “¿por qué estará abrazado al árbol?”.

“Señor”, le contestó el hombre, “mi oficio es correr y más correr, y si no me ataran o me sujetara como ahora lo estoy, tendría que seguir corriendo”.

“¿No sería bueno?”, dijo Antonio a sus compañeros, “¿que llevásemos a este hombre con nosotros? ¡Quién sabe si necesitemos de la virtud que tiene!”.

“Bueno sería que viniese con nosotros”, contestaron los interpelados.

“Me gustaría irme con ustedes”, dijo el hombre corredor, “pero sería necesario, para no seguir corriendo, que me llevasen amarrado”.

Entonces uno de los acompañantes de Antonio se sacó de la cintura una fuerte correa y con ella ató las piernas del corredor, que fue llevado en hombros de uno y otro alternativamente; así continuaron su camino hasta que encontraron a otro hombre que estaba tendido en tierra con una oreja pegada al suelo.

“¡Qué curioso lo que oigo!”, decía el hombre, “¡qué curioso!”.

“¿Y qué es lo que oyes?”, interrogó Antonio.

“Oigo que una señora aconseja a su hija que no deje de regar temprano con sus aguas cierto árbol, cada vez que se presente algún pretendiente de su mano para hacer un barco de tres hachazos, porque regado el árbol, nadie podrá hacer el barco en el mismo día”.

“Pues es preciso que tú nos acompañes”, dijo Antonio, “y no tengas cuidado, que se te pagará bien”.

“Bueno, pues, señor, me iré con usted”.

Y los cinco siguieron camino hasta llegar al palacio del rey, en el cual se les dio alojamiento, como se acostumbraba con todos los que pretendían hacer el barco.

Fijado el día de la prueba, Antonio se puso en acecho desde antes que amaneciera, y cuando el sol despuntaba sus rayos, como viera que la princesa llegaba al pie del árbol y, encuclillándose, se preparaba para regarlo, sacó el pito que le había obsequiado el anciano y llevándoselo a los labios sopló, y se produjo ¡Dios mío! un sonido tan espantoso que la princesa, toda asustada, huyó a refugiarse a su aposento, sin conseguir regar el árbol.

La prueba debía tener lugar a las 12, y desde mucho antes los corredores del patio en que estaba el árbol se hallaban repletos de nobles y grandes de la Corte que, presididos por los reyes y la princesa, querían presenciarla. Al dar el reloj el primer campanazo, salió Antonio con su hacha al hombro, y sonando el duodécimo, pegó, uno en pos de otro, ni uno más ni uno menos, los tres golpes que tenía derecho a dar, y lo que hasta entonces ninguno de los numerosos candidatos que habían tentado la empresa había podido hacer, resultó ahora de la manera más sorprendente: como por encanto surgió del lugar que hasta un momento antes ocupaba el árbol, un buque maravilloso, con toda la armazón de oro y las vetas de plata, que se movía majestuosamente en un hermoso estanque, entre cisnes y pececitos dorados. Un hurra estruendoso salió de la boca de todos y los mismos reyes y la princesa, muy a su pesar, no pudieron contener sus aplausos.

Los reyes, no obstante el buen éxito de la prueba, no quisieron conceder a Antonio la mano de su hija, aunque ella en vista del espléndido resultado obtenido por el joven y su gallarda figura, se inclinaba a aceptarlo por marido, y le impusieron, para conseguirla, la ejecución de nuevos trabajos, que Antonio aceptó de lleno, decidido como estaba a casarse con la princesa, de quien se había enamorado profundamente desde que la vio.

Aceptadas las nuevas exigencias de los padres de la princesa, el rey condujo a Antonio a una inmensa bodega toda llena de enormes toneles de vino, y le dijo:

"Tienes que beberte todo este vino antes que den las 12 del día de mañana, so pena de la vida, y le entregó las llaves y se fue".

Esperó Antonio que el rey se alejase, y cuando calculó que ya estaría en palacio, fue en busca del *bebedor* e introduciéndole en la bodega, le preguntó si se encontraba capaz de ingerir antes del mediodía todo el vino y licor que allí se guardaba. El *Bebedor* le contestó que tan capaz se sentía de bebérselo que no le pedía sino dos horas para dejar completamente secos los toneles. Y así fue, en efecto, porque dos horas más tarde volvió Antonio a la bodega y no halló ni rastros de líquido; solo vio al *Bebedor* que, sentado en un poyo, fumaba tranquilamente un cigarro.

"Aquí estamos, señor", le dijo, "descansando un poco, porque después de beber, mejor que andar es sentarse un ratito y pitar un cigarro".

Al otro día el rey pidió a Antonio las llaves de la bodega, y se quedó mudo de espanto al ver que aquella grandísima cantidad de toneles poco antes repletos de vino y licores, estaba completamente vacía. Atontado se fue a sus habitaciones, pero antes dijo a Antonio:

"En un momento más te llamaré".

El rey tenía un hechicero a su servicio y a él le pidió consejo acerca de qué trabajo debería proponerle a Antonio que este no fuera capaz de ejecutarlo.

El hechicero le dijo:

"Escriba V. M. dos cartas para el rey su vecino, una me entrega a mí, que me transformaré en *jote** y la llevaré en un santiamén; la otra se la entrega al pretendiente de la princesa para que él le dé curso, y veremos cuál de los dos trae primero la contestación".

* *Coragyps atratus*. Ave de rapiña (MD).

"Me parece bien", murmuró el rey, y ordenó a su secretario que inmediatamente escribiese las dos cartas y que estuvieran listas en un momento. Con esto, mandó el monarca que llamasen a Antonio, quien, de pie ante el trono, oyó respetuosamente la orden que se le daba, y que, como la anterior, se sancionaba con pena de la vida. Antonio prometió entregar al rey la contestación antes que el jote, y salió.

Inmediatamente reunió a sus compañeros y les contó el apuro en que se encontraba.

"No tenga cuidado, señor dijo el *Hombre Largo* yo me encargaré de llevar la carta y traer la contestación, y por muy ligero que vuele el jote yo correré más rápidamente que lo que él vuela".

"Y nosotros velaremos por lo que pueda suceder", agregó el cazador.

Y al punto el *Hombre Largo* tomó la carta y zancajeando con velocidad pasmosa, se perdió de vista en un momento. Y tan ligero anduvo que cuando el jote iba aún con la carta, el *Hombre Largo* volvía ya con la respuesta. Se cruzaron en lo alto de un cerro, el corredor corriendo y el jote volando, y cuando este, que, como se ha dicho, era el hechicero, lo divisó, dejó caer desde lo alto un anillo. El *Hombre Largo,* a pesar de la rapidez de su carrera, vio brillar el anillo en el suelo y se detuvo a recogerlo; encontrólo hermoso y pareciéndole que no le quedaría mal, se lo puso; pero apenas introdujo el dedo en el anillo cayó en tierra dominado de un violento sueño. Con su vista perspicaz el cazador vio todo lo ocurrido desde el lugar en que se hallaba, y comprendiendo que era el anillo el que había dejado como muerto a su compañero, le hizo los puntos con su fusil y disparó con tanto acierto que la bala rompió el anillo y cayó destrozado al suelo. Roto el encanto, el *Hombre Largo* continuó su carrera y en un momento llegó donde Antonio y le entregó la respuesta, que Antonio llevó inmediatamente al rey. El jote se demoró más de un día aún en llegar con la contestación, y el rey, despechado, lo hizo matar.

Al otro día, bien temprano, el rey, aconsejado por la reina, hizo entregar a Antonio veinte conejos que debía soltar en la montaña para que anduviesen libremente y traerlos todos en la tarde; si no los traía su cuello recibiría las caricias de la cuchilla del verdugo. Antonio ofreció volver con los veinte conejos; y preguntó si esa sería la última prueba a que se le sometía. El rey le prometió que si salía bien en esta, no le impondría sino otra más.

Partió Antonio llevando los conejos y acompañado del mayordomo de palacio, que iba para comprobar si Antonio soltaba los animalitos; y como viera que en cuanto llegaron a la montaña les daba completa libertad y que desaparecieron en un abrir y cerrar de ojos, se volvió y contó a los reyes cómo los conejos habían huido más que ligero y que sería muy difícil que Antonio pudiera cogerlos. El rey, que recordaba cómo Antonio había salido tan bien de las empresas anteriores, pidió a la reina que se disfrazase y fuese a comprarle un par de conejos y le diese por ellos el dinero que le pidiese. Hízolo así la reina; se vistió con los vestidos de su doncella, se peinó de distinta manera que como Antonio la había visto y, arreglada, en fin, de modo que no la conociese, partió para la montaña. Antonio la divisó desde lejos y la conoció perfectamente, y sacando el pito, lo hizo sonar. Como por encanto los conejos, saliendo de todas partes, se reunieron en un momento frente a Antonio, retozando graciosamente.

Poco después llegó la reina, se sentó al lado de Antonio y entabló conversación con él. Primero le habló de otras cosas y después de los conejos. "Qué hermosos los conejitos", le dijo, "¿por qué no me vende un par para hacer cría?". Antonio le contestó que no podía, que tenía que entregar los veinte, completos, en la tarde, so pena de vida. Ella le ofrecía lo que quisiera, este mundo y el otro; pero inútilmente, porque Antonio no cedía ni aflojaba un pelo. Sin embargo, como la reina continuara con sus exigencias, Antonio le dijo que solo de una manera le entregaría el par de conejos, y hasta media docena si le parecía, y era dejándose aplicar una marca en las posaderas. La reina, que no quería que Antonio se casara con su hija, viendo que no había otro medio de concluir con él, aceptó la proposición, y Antonio, para no hacerla sufrir, ya que con su sufrimiento nada ganaba, en vez de calentar el hierro lo impregnó de tinta indeleble y lo estampó en las partes convenidas después de lo cual la falsa doncella recibió los dos conejos y envolviéndolos en el delantal se fue contentísima a paso ligero. ¿Qué le importaba a ella la marca? Antonio, que no podía entregar sino dieciocho conejos, moriría a manos del verdugo y nadie sabría lo que a ella le había pasado. Pero la reina no contaba con el pito de Antonio, quien una vez que calculó que la reina estaba próxima a llegar a palacio, sacó el silbato y lo hizo sonar: un minuto después el par de conejos estaba con sus compañeros frente a Antonio. La reina no se dio cuenta de la huida de los animalitos, así fue que casi se cayó muerta de rabia cuando al querer mostrarlos al rey se encontró con que no traía ninguno. Contó al rey lo que le había sucedido y solo pudo consolarse con la esperanza de que los conejos no se hubieran ido a reunir con los otros que tenía Antonio, esperanza que le salió fallida, pues poco después entró el joven y entregó al rey los veinte conejos.

"Señor", le dijo, "me parece que he cumplido. Ojalá, para salir luego de cuidados, me diga cuál es el trabajo que me falta ejecutar".

"Es este", le contestó el rey, "toma ese saco; a las 12 me lo traes lleno de *nada, nonada, tres ayes y una verdad*; y ya sabes, si falta alguna de estas tres cosas ¡fuera cabeza!"

"No tenga cuidado S. M., que será complacido".

Al día siguiente salió Antonio provisto de su saco, y después de echar en él, alternativamente, el hierro para marcar, un gran manojo de ortiga *caballuna**, una piedra y un trozo de madera, ató la boca del saco, se fue al palacio y colocándose al lado del estanque en que estaba el buque de los tres hachazos, esperó que bajaran el rey, la reina, la princesa y los nobles, como en todas las pruebas anteriores. Poco antes de las 12 ya estaba reunida toda la concurrencia, y sonando la duodécima campanada del reloj, dijo el rey:

"Supongo que habrás traído *nada* en el saco".

"Sí, Majestad, y aquí está", contestó Antonio, "sacando el pedazo de madera, que arrojó al estanque; ya ve V. M. que *nada*".

"Es verdad" dijo el rey "¿y la *no nada*?".

"Aquí la tiene V. M." respondió el joven, mostrando la piedra que sacó del saco, "pues si la arrojo al agua, *no nada*".

El rey no tuvo más remedio que asentir, y con voz alterada por la cólera al verse vencido, preguntó:

"¿Y los tres *ayes*?".

"Para eso será preciso que V. M. comisione a alguno de los suyos, para que no se crea que los falsifico".

Ordenó el rey a la doncella de la princesa que fuese a sacar los *ayes*, y al acercarse al joven para cumplir el mandato, este le dijo:

"Es preciso meter al saco las dos manos y buscar con cuidado entre unas yerbas que hay en el fondo, para que no se escapen".

La niña creyó que si buscaba rápidamente los *ayes* podrían escaparse y el joven perder la partida, y para conseguirlo, metió las manos precipitadamente entre las ortigas, que juntaba y apartaba para facilitar la salida de los ayes, pero no duró sino un instante, porque las manos se le irritaron de tal manera y era tan grande el dolor que sentía que tuvo que sacarlas casi al momento, gritando "¡ay, ay, ay!". Antonio dijo entonces al rey:

* Que produce mucha picazón.

"Ahí tiene V.M. los tres *ayes* que me había exigido".

"Ahora veamos esa verdad", dijo el rey con voz alterada.

Y sacando Antonio del saco el hierro de marcar, dijo:

"Ha de saber V. M. que ayer, mientras cuidaba los conejos en la montaña, vino la reina, a quién conocí perfectamente, a pesar del disfraz, y me pidió que le vendiera dos de esos animalitos, y yo, después de discutir un poco, consentí en dárselos con la condición...".

"De que se le diera la mano de nuestra hija", exclamó la reina, dirigiéndose al rey, pero de modo que todos oyeran lo que decía.

"Eso es", confirmó Antonio, "y espero que después de lo sucedido, V. M. no se negará a permitir mi matrimonio con su hija".

"Lo permito gustoso", contestó el monarca, "tanto más cuando veo que eres una persona de tal mérito que no hay empresa que se te encomiende, por difícil que sea, que no la ejecutes de la manera más cumplida".

Y así fue como Antonio, mozo pobre, pero bueno, se casó con la hija del rey y llegó más tarde a sentarse en el trono, siendo feliz hasta donde se puede serlo en esta tierra de desgracias, con su mujer y los numerosos hijos que tuvo.

HERMOSURA DEL MUNDO, O EL CASTILLO DE LOS TRES *AZUELAZOS**

Vivían en un pueblo dos viejitos casados desde hacia muchos años; pero Dios no los había favorecido dándoles un hijo siquiera. Tenían numeroso ganado y algún dinero, y temiendo morirse

* Uso de la azuela, herramienta de fierro de forma rectangular con mango de madera, para desbastar este mismo material (MD).

pronto y no sabiendo a quién dejarle sus bienes, adoptaron a un huerfanito que recién nacido había perdido a sus padres, y lo criaron con grande esmero y cariño. El chiquitín se llamaba Nicomedes, pero el nombre no le venía, porque era un comedor terrible: cuando era *guagua** no le aguantó ninguna ama, porque, a las que le llevaban, les secaba los pechos de dos o tres chupetadas y tuvieron que criarlo con leche de vaca, y apenas le bastaba la de dos. Cuando le salieron dientes comenzó por comerse un conejo y una gallina al día, después siguió con un cabrito, después con una oveja o un cordero, y cuando tenía doce años se comía un buey descansadamente. Por causa de su voraz apetito nadie lo llamaba por su nombre y todos le decían *Comín, Comón,* hijo del buen *Comedor.*

Llegó el caso de que de tanto comer el niño, el ganado se les iba concluyendo a los viejos, quienes, por otra parte, gozaban de muy buena salud y parecía que cada día estaban mejor y que nunca se iban a morir. Temieron, entonces, quedar en la miseria, y para evitarlo le dijeron a *Comín* que saliera a buscar a dónde ganarse la vida, que ya no podían tenerlo a su lado por más tiempo.

Se despidió *Comín* de sus padres adoptivos, y llegó a una hacienda cuyo dueño lo tomó a su servicio para que le cuidara un enorme ganado de ovejas que tenía, y, como era muy friolento, para que en la noche le tuviera fuego encendido a la hora que se lo pidiera. El sueldo que pagaba era bueno; pero había una condición bastante dura, y era que si alguna vez no le tenía fuego encendido, o le faltaba alguna oveja, que las contaba una vez por semana, lo mandaba degollar. *Comín* aceptó el contrato, pero tenía la intención de comer a su gusto todas las ovejas que su hambre insaciable le pidiese, siquiera por siete días, y mandarse cambiar antes que contasen el ganado.

* Del quechua, niña o niña de corta edad (MD).

El hacendado le pedía fuego todas las noches a distintas horas y *Comín* siempre se lo proporcionaba, de modo que nunca lo pudo pillar, y como las ovejas las contaban sólo una vez por semana, tampoco pudieron notar que se comía cuatro o cinco cada día.

Seis días hacía ya que estaba en la hacienda, cuando en la cocina, en la hora de la comida, oyó contar que el rey de las Tres Puntas del Aromo ofrecía dar en matrimonio a su hija Hermosura del Mundo y un millón de pesos a aquel que frente a su castillo, de tres azuelazos, construyera en tres días otro castillo tan lindo o mejor que el del rey y en el cual debían lucir el Sol y la Luna, y el que se presentara a hacerlo y no lo hiciera, tenía pena de la vida. *Comín* se dijo: 'Yo voy a tentar la aventura: entre que mañana me degüellen cuando vean que faltan tantísimas ovejas y correr la suerte de poder levantar el castillo de tres azuelados, lo haga o no, prefiero esto último'. Y al otro día por la mañana, después de salir con el ganado y dejarlo abandonado en el campo, se mandó cambiar, llevando por todo bastimento sino un pan que había guardado en la hora del desayuno.

Unas cuantas horas había andado cuando le salió al encuentro un viejito y con voz temblorosa le pidió algo que comer, si llevaba.

"Sí, llevo un pan, buen anciano", le dijo *Comín,* "y tómelo todo para usted".

"Y tú ¿que vas a comer, hijito?".

"Lo que Dios quiera, *taitita*; lo que es con un pan no tengo ni para comenzar, y lo mismo me da comerlo que no comerlo".

"Está bien, hijito, ¿y a dónde vas?".

"Voy a conquistar la mano de Hermosura del Mundo, hija del rey de las Tres Puntas del Aromo y a ganar un millón de pasos".

"¿Y lo conseguirás?".

"No lo sé, pero a eso voy. Me dicen que el rey la dará en matrimonio al que de tres golpes de *azuela* le haga, en tres días, frente al suyo, un castillo tan lindo o mejor que el de él, en el que, además, se vean el Sol y la Luna; y el que se presente y no lo haga, tiene pena de la vida".

"¿Y con qué cuentas para hacerlo?".

"Con la ayuda de Dios solamente, porque ni siquiera tengo la azuela".

"Quiero premiar tu buen corazón: toma esta azuelitale", le dijo el viejo pasándole una nuevecita que sacó de debajo del poncho, "con ella, en el primer día darás un solo golpe en el suelo en el lugar que te indiquen, e inmediatamente aparecerán los cimientos, en el segundo día darás también con la azuelita un golpe en los cimientos y aparecerán las murallas, en el tercer día darás otro golpe con la misma azuelita en las, murallas, y entonces quedará completamente terminado el castillo, que será más hermoso y estará mejor amueblado que el del rey. Toma, además, este pitito; haciéndolo sonar cuando te encuentres en apuros, te verás libre de todo mal".

Y despidiéndose de *Comín*, se fue el viejito por un lado y *Comín* por otro.

A poco andar *Comín*, encontró a un hombre que estaba tendido en el suelo y con una oreja pegada a tierra

"¿Que hace amigo?", preguntó *Comín.*

"Estoy oyendo a unos *pimeos* que discuten acaloradamente sobre una carrera, y estoy muy entretenido con la disputa que tienen acerca de si ganó este caballo o ganó a el otro".

"¿Y cómo se llama usted?".

"Escuchín, Escuchón, hijo del buen *Escuchador"*.

"¿Quieres que vamos juntos a rodar tierras?".

"No, señor, déjeme aquí, que estoy muy divertido con la carrera de los pigmeos".

"Vamos mejor a las Tres Puntas del Aromo, donde hay un rey que tiene una hija muy linda que se llama Hermosura del Mundo y la da para casarse al que levante en tres días, frente al suyo de tres azuelazos, un castillo en que se vean el Sol y la Luna, y yo voy con la intención de levantar ese castillo y casarme con la princesa. ¿Por qué no me acompaña usted y me ayuda? Habrá además un premio de un millón de pesos".

"Si es así, lo acompañaré, por tratarse de una aventura que no se ve todos los días, y yo me muero por las aventuras raras".

Siguieron andando los tres, departiendo amigablemente, hasta que llegaron a la orilla de un gran río, muy ancho y muy correntoso, y en la orilla opuesta vieron a un hombre que con pies de cabra formaba una represa.

"¿Qué hace ahí, mi amigo?".

"Juntando un poquito de agua; señor, para tomármela y apagar mi sed".

"¿Y cómo se llama usted?".

"Tomín, Tomón hijo del buen *Tomador"*.

"¿Por qué no se viene con nosotros a rodar tierras?".

"No señor, déjeme por ahí, que hay tantos ríos; mire que yo ando siempre sediento y me hace mucha falta el agua".

Vamos mejor a las Tres Puntas del Aromo, donde hay un rey que tiene una hija muy linda que se llama Hermosura del Mundo, y la da para casarse al que levante en tres días, frente al suyo, de tres azuelazos, un castillo en que se vean el Sol y la Luna, y yo voy con la intención de levantar ese castillo y casarme con la princesa. ¿Por qué no me acompaña usted y me ayuda? Habrá además, un premio de un millón de pesos".

"Por tratarse de casamiento, en donde habrá harto que tomar, lo acompañaré, pues; pero si van a las Tres Puntas del Aromo tienen que pasar para este lado".

"Díganos si sabe, donde está el puente para atravesarlo".

"Qué puente *ni qué niño muerto**, señor; si para atravesarlo no hay más puente que mi estómago, como ustedes van a verlo", y tendiéndose de guatita, dio dos o tres sorbidos, ¡qué sorbidos, Dios Santo! y dejó el río completamente seco y *Comín* y sus compañeros pudieron pasar a pie enjuto al otro lado, y acompañados de Tomín siguieron su camino.

Poco después llegaron a un llano y vieron a un hombre que corría con una rapidez extraordinaria.

"¿Qué hace, amigo?", le preguntó *Comín*.

"Aquí me tiene señor, apostando carreras con el viento".

"¿Y cómo le va en las carreras?".

"No muy mal, señor: cuando corremos cuesta arriba, salimos iguales, pero cuando corremos cuesta abajo, yo se la gano al Viento".

"¿Y cómo se llama usted?".

"Corrín, Corrón hijo del buen *Corredor"*.

"¿Por qué no se viene con nosotros? No le faltará trabajo: vamos a las Tres Puntas del Aromo, donde hay un rey que tiene una hija muy linda, que se llama Hermosura del Mundo y la da para casarse al que de tres azuelazos levante frente al suyo, en tres días, un castillo en que se vean el Sol y la Luna, y yo voy con la intención de levantar ese castillo y casarme con la princesa. ¿Por qué no me acompaña usted y me ayuda? Habrá, además, un premio de un millón de pesos".

"Vaya, pues, lo acompañaré, porque yo supongo que me pagará bien".

"Como no, pues, hoy una vez que me case con la princesa le daré harta plata. El millón de pesos que me entregue el rey será para ustedes".

* Ni nada que valga (MD).

Y los cinco continuaron andando hasta que dieron con uno que estaba con los calzones abajo aspirando aire a dos carrillos.

"¿Qué está haciendo amigo?".

"Preparándome para *rozar** esa montaña y esa risquería que ahí se divisan, para sembrar en ellas".

"¿Pero cuánto tiempo se va a demorar en rozarla, cercarlas y sembrarlas?".

"Un *ratito*** no más, pues; va usted a ver con qué facilidad lo hago".

Los hizo retirarse a un lado, y después de aspirar más aire comenzó a lanzarlos por el trasero con tanto tino que los troncos de los árboles y los riscos volaban en todas direcciones. Al caer iban formando una cerca perfectamente hecha y el terreno quedó completamente limpio, en punto de ararlo.

"¿Y cómo se llama usted?".

"Peín, Peón, hijo del buen *Peorrón".*

"¿Por qué no se viene con nosotros? Le pagaremos bien. Vamos a las Tres Puntas del Aromo, donde hay un rey que tiene una hija muy linda que se llama Hermosura del Mundo y la da para casarse al que de tres azuelazos levante frente al suyo, en tres días, un castillo en que se vean el Sol y la Luna, y yo voy con la intención de levantar ese castillo y casarme con la princesa. Habrá, además, un premio de un millón de pesos, que se repartirá entre ustedes".

"Si es así, dejaré este trabajo para otra vez y me iré con ustedes".

Y los seis siguieron la interrumpida marcha y por fin llegaron al castillo del rey, que los recibió en presencia de la reina, de la princesa y de toda la Corte.

* Quemar distintas especies vegetales para aprovechar el terreno que queda libre (MD).

** Momentito (MD).

Se adelantó *Comín*, que hacía de jefe de los recién llegados, y respetuosamente habló así al rey:

"Después de muchos días de penoso viaje llego a presencia de Su *Sacarrial Majestad* pretender la mano de vuestra hija Hermosura del Mundo, para lo cual me comprometo a hacer en tres días como Su *Sacarrial Majestad* lo exige, un castillo tan lindo o mejor que el de Su *Sacarrial Majestad*, de solo tres azuelazos, y no espero para levantarlo sino saber si siempre Su *Sacarrial Majestad* mantiene su promesa, y en caso de que sí, que se me indique el sitio en que debo construirlo".

La princesa, que estaba sentada a la izquierda del rey (la reina estaba a la derecha), le pegó en el codo y le dijo al oído:

"Papá, no quiero casarme con él, aunque haga el castillo de tres azuelazos; es muy gordo y muy ordinario; impóngale otras obligaciones".

La verdad es que hasta entonces no se habían presentado otros pretendientes que reyes y príncipes y que *Comín*, ante ellos, tenia que parecer a Hermosura del Mundo un ser despreciable; así es que el rey encontró razón a su hija, y en consecuencia de lo que ella pedía, contestó a *Comín:*

"Encuentro que es corta mi exigencia de hacer solamente un castillo en cambio de la mano de mi hija, así es que últimamente he decidido que a esa prueba se agreguen otros seis trabajos más, de modo que por todos sean siete".

"¿Y se podría saber de antemano cuáles son esos seis trabajos?".

"Los iré diciendo uno a uno a medida que se ejecuten los anteriores".

"Está bien, señor, me someto a todas las exigencias de Su *Sacarrial Majestad*".

"Piénsalo bien, antes, mira que cualquiera de las pruebas que no lleves a buen fin les costará la vida a ti y tus compañeros, porque supongo cuentas con la ayuda de ellos para ejecutarlas".

"Así es, efectivamente, señor".

"Pero cada prueba no puede ser llevada a cabo sino por uno solo y todos seis solidarios del desempeño de cada uno".

Como he dicho me someto respetuosamente a todas las condiciones de Su *Sacarrial Majestad.*

"Si es así, puedes comenzar; el castillo debe levantarse en esa plaza que está frente a mi palacio: tienes tres días de plazo para hacerlo y en cada día no puedes dar más de un azuelazo".

Comín se dirigió al sitio que se le indicaba y levantando la azuelita que le había dado el viejito, dio el primer azuelazo; y los Reyes, Hermosura del Mundo y la Corte vieron asombrados lo que hasta entonces no habían conseguido ver: la azuela que toca la tierra y los cimientos que quedan hechos instantáneamente.

"Papá, este *roto** va a salir con la suya, yo no me caso con él".

"No tenga cuidado, hijita, que si logra hacer el castillo, todavía tendrá que hacer seis trabajos más, a cual más difícil, para lo cual nos aconsejaremos de su madrina, a quien, como bruja que es, se le ocurrirán cosas que será imposible hacer".

"Ojalá sea así, papá, porque yo no me caso con este *guatón* indecente".

Transcurrieron una tras otra las 24 horas que tiene el día, el sol salió por donde siempre sale y llegó el momento en que *Comín* debía dar el segundo azuelazo, y lo dio ante la familia real y la Corte con el mismo éxito que el primero, pues tocar la tierra con la azuela y alzarse las murallas del castillo fueron cosas simultáneas.

Todos se quedaron con la boca abierta.

Cuando volvieron en sí, Hermosura del Mundo dijo al rey:

* De mala apariencia y de muy escasos recursos materiales (MD).

"Papá, ya le he dicho, por nada del mundo me caso con ese hombre".

"Sí, ya lo sé, hijita; no tenga cuidado, confíe en su padre".

Pero al otro día crecieron les temores de la princesa: tercer azuelazo dado por *Comín* y el castillo que queda terminado. Pero ¡qué castillo, señores! ¡Había que verlo! Ante él el del rey parecía un mamarracho. Amigos, todos, todos sin excepción, al ver aquella maravilla, se cayeron de espaldas.

Cuando volvieron de su estupor, dijo *Comín*:

"¿Por qué no pasamos a visitarlo?".

Y se dirigieron al castillo presididos por el rey.

¡Qué les diré de la admiración que produjeron los decorados, los tapices, los muebles! No salían sino voces de alabanza de todos los labios y el rey, enamorado del hermoso alcázar, resolvió quedarse viviendo ahí y dejar el otro palacio para la servidumbre. Pero a pesar de todo, la princesa no se resolvía a dar su mano al gordo *Comín*.

"Señor", dijo este, "una vez que el rey y acompañantes recorrieron el palacio ¿cuál será la prueba a que vuestra Majestad me va a someter mañana?".

"Esta tarde te la daré a conocer", contestó el monarca (El rey quería darse tiempo para consultar a su comadre bruja, y fue lo que hizo cuando *Comín* y sus compañeros se retiraron).

"Comadre, ¿qué hacemos para que el castillo nos salga de balde y *Comín* no se case con Hermosura del Mundo?".

"Pídale que en tres días le haga otro castillo igual o mejor en el aire".

"De veras, comadre, que esto no lo podrá hacer".

Mientras tanto, *Escuchín* oía lo que el rey y la bruja conversaban y dijo a *Comín* y compañeros:

"En la mala estamos, amigos. Por consejo de la bruja, el rey va a mandar hacer a *Comín* un castillo en el aire igual o mejor que el de los tres azuelazos. Pero se me ocurre una idea que puede salvarnos: *Comín* ofrece hacer el castillo diciéndole al rey que nosotros pondremos los maestros, pero que él proporcione los trabajadores y los materiales; los maestros serán tres loros que oigo hablar a siete leguas de aquí, como si fueran cristianos. Hay que irlos a buscar, enseñarles lo que deben decir y los ponemos en el aire, muy alto para que no los vean y desde ahí pidan los materiales".

"Pero ¿quién los va a buscar?".

"*Corrín* puede ir por ellos".

Fue *Corrín* y en un cuarto de hora estaba de vuelta con los tres loros.

Les enseñaron a las avecitas lo que tenían que hacer, y como eran muy inteligentes, en poco rato aprendieron la lección.

Al otro día muy temprano estaban los loros en el aire, colocados a cierta distancia uno de otro; y la cosa resultó a maravilla, porque el día amaneció con una neblina tan espesa que ni con anteojos de larga vista los habrían visto.

Llegó la hora de la prueba y estaba todo preparado: los canteros con la piedra labrada para los cimientos y para las murallas; los albañiles, con la mezcla en punto; los carpinteros, con las puertas y ventanas: y así los demás.

Cuando ya estaban todos reunidos, se oye la voz de los maestros que desde el aire piden los materiales:

"¡Ya están hechos los heridos! ¡Suban luego las piedras para los cimientos! ¿Qué hacen que no suben la mezcla?".

"¡Pronto, porque no es cosa para demorarse!".

Y gritaban de todos lados que se apuraran, que estaban perdiendo tiempo. Pero los trabajadores no hacían más que mirar para arriba y no hallaban por dónde subir; hasta que una comisión de ellos se presentó al rey y le dijo que no sabían cómo pasar los materiales que desde tan alto les pedían los maestros; que aunque hubiera escaleras que alcanzaran a llegar hasta ellos nadie se atrevería a subir tan arriba, pues todos temerían caer con el peso de los materiales, o que les diera un vahído y se les fuera la cabeza. El rey les encontró razón sobrada, y dispuso que no se siguiera el trabajo, y a *Comín* le dijo que en la tarde le diría cuál sería el que tendría que ejecutar al día siguiente.

Cuando quedaron solos, el rey preguntó a la bruja:

"Comadre, ¿qué trabajo daremos mañana a *Comín*?".

"Haga que le pongan cuarenta *fondos** de comida, de los más grandes que se encuentren, y ordénele que él o uno de sus compañeros se lo coma en un solo día, y si no se lo come, los manda fusilar y el castillo le sale de balde y la princesa no se casa con el gordo".

Escuchín, que todo lo oía, dijo a sus compañeros:

"Perdidos somos, amigos; la maldita bruja aconseja al rey que mañana haga poner cuarenta fondos de comida para que uno solo de nosotros se lo coma en un día, y si no, nos manda fusilar a todos".

Y entonces dijo *Comín*, cuya gracia no conocían sus amigos:

"Compañeros, ¿para qué estoy yo aquí? Hace un montón de días que no como casi nada, así es que los cuarenta fondos puedo despacharlos en un suspiro; tengo apetito como un diablo".

Desde antes que aclarara los cocineros del rey se pusieron a preparar los cuarenta fondos de comida. *¡Puchas*** que echaban carne! Veinte terneros y veinte corderos tuvieron que descuerar y destripar. ¡Y papas y porotos, choclos, cebollas; un saco de cada cosa vaciaron en cada fondo, fuera del arroz, del *cilantro*, *yerbabuena y comino****! Y como si todo eso fuera poco, al lado de cada

* Recipiente grande para cocinar (MD).

** Interjección admirativa (MD).

*** Productos vegetales para sazonar la comida (MD).

fondo vaciaron una gran canastada de pan. ¡Había para dar de comer a un ejército entero!

Comín, que veía los preparativos, se refregaba las manos de gusto. ¡Hacía tiempo que no comía hasta quedar satisfecho!

Dando las 12 el reloj del castillo, anunció el cocinero mayor que la comida estaba en punto y pidió que se adelantara el que debía comérsela. *Comín* se presentó y preguntó si ya podía comenzar.

"A la hora que quiera", contestó el cocinero mayor, "pero no tiene de plazo sino hasta las 5 de la tarde para comérselo todo".

"¿Hasta las 5?" dijo *Comín:* "va a ver que antes de las 2 van a quedar los fondos pelados".

Y así fue, en efecto; porque aquel hombre no puede decirse que comía, ni que tragaba, ni que engullía, sino que devoraba todo los que estaba a su alcance y las enormes presas de carne y las cucharonadas de papas, porotos y cebollas y los panes desaparecían como por encanto al llegar a su boca, y llegaban incesantemente.

A las 2 de la tarde no quedaban ni rastros de aquel inmenso guisado, y el maestro de cocina y sus ayudantes vieron con asombro que no había necesidad de limpiar los fondos, porque tan limpios los dejó *Comín* que brillaban como patenas.

Comín dijo al cocinero mayor:

"Señor cocinero mayor, ¿no prepararon un fondito de dulce de alcayota o de manjar blanco?, mire que estoy acostumbrado a tomar *desengraso**. Y también me hace falta un barril de café, bien cargadito, para asentar el estómago".

El cocinero mayor se fue con *Comín* a donde el rey.

"Señor", dijo el cocinero "ya se comió este bárbaro los cuarenta fondos de comida, y todavía pide un fondo de postre y un barril de café".

* Digestivo para después de comer (MD).

El rey, admirado, preguntó a *Comín*:

"¿Y cómo pudiste pasar tanta comida?".

"A fuerza de pan, pues, señor", contestó *Comín*.

"¿Y todavía persistes en tomar postre y café?".

"Si su *Sacarrial Majestad* se digna ordenar que me lo den, me lo tomaré, señor".

El rey ordenó que complacieran a *Comín* y a este le dijo que al otro día temprano le daría un nuevo trabajo.

El rey mandó llamar a la bruja.

"Comadre, ¿qué trabajo le daremos mañana a estos bárbaros, que no lo puedan hacer para que el castillo me salga de balde y Hermosura del Mundo no se case con *Comín*?".

"Disponga Su Majestad que uno de ellos se tome en un solo día cuarenta toneles de aguardiente y de vino, veinte de cada cosa, y si no lo hace, que no lo hará, los manda fusilar a todos y así le sale de balde el castillo y la princesa seguirá soltera".

"Me parece bien el consejo, comadre".

Escuchin, que todo lo oía, dijo a sus amitos:

"Perdidos somos, compañeros; la maldita bruja aconseja al rey que mañana haga tomar a uno de nosotros 40 toneles de aguardiente y de vino, veinte de cada cosa, en un solo día, y si no se lo toma nos hace fusilar a todos".

"¿Y para qué he venido yo?", dijo *Tomín*.

"Pero, compañero, se le van a quemar las tripas con tanto aguardiente".

"No se apure por eso, amigo, que mis tripas están blindadas".

Al día siguiente dijo el rey a *Comín*.

"Voy a encerrar a uno de ustedes en la bodega y antes de las cinco de la tarde debe beberse los veinticinco toneles de aguardiente y los veinticinco de vino que hay en ella, y si no, ya saben lo que les pasa". (El rey agregó diez toneles más, por lo que pudiera suceder).

Se adelantó *Tomín*:

"A mí me toca, *Sacarrial Majestad*, desempeñar esa prueba. Puede Su *Sacarrial Majestad* encerrarme en la bodega a la hora que quiera, con la seguridad de que sus deseos serán cumplidos".

Y efectivamente, cuando el rey abrió la bodega a las 5, vio con asombro que los toneles estaban completamente secos.

"Pero, hombre, por Dios ¿cómo has podido beber tanto?".

"Señor, es que yo no tomo sino en dos ocasiones: cuando tengo sed y cuando no la tengo".

"Se comprende, entonces; aunque no lo encuentro muy claro".

"Comadre", le dijo a la bruja una vez que quedaron solos, "voy saliendo mal con sus consejos; si siguen así las cosas, tengo que largar el millón de pesos y dejar que *Comín* se case con Hermosura del Mundo; es preciso que se le ocurra algo más difícil, algo que ninguno de estos bárbaros pueda hacer".

"Mire, compadre, esta vez sí que la sacamos bien con seguridad: dígale que uno de ellos tiene que apostar conmigo a cuál llega primero a Roma con una carta que su Majestad nos entregará, y si yo llego primero con la contestación, ellos perderán, vuestra Majestad los manda fusilar y el Castillo le sale gratis y Hermosura del Mundo no se casa con *Comín*".

"Compañeros", dijo *Escuchín* a sus amigos perdidos somos; el rey, por consejo de la maldita bruja, va a hacer que uno de nosotros apueste con la bruja a cuál vuelve primero con la contestación de una carta que han de llevar a Roma, y si gana la bruja nos fusilan a todos.

"¿Y para qué estoy yo aquí", dijo *Corrín,* "sino para correr con quien quiera?".

Tempranito, al otro día, hizo llamar el rey a *Corrín* y a sus compañeros.

"Uno de ustedes y mi comadre van a llevarme cada uno una carta a Roma y si mi comadre vuelve primero con la contesta, los seis serán fusilados sin remisión. ¿Cuál es el que va a ir?".

"Yo, señor", dijo *Corrín*.

Y el rey entregándoles una carta a *Corrín* y otra a la bruja, los hizo colocarse uno al lado del otro, como cuando se colocan los caballos para correr, y diciéndoles "una, dos, tres", salieron disparados como flechas. Pero todavía no salían de la ciudad y ya *Corrín* se les perdió de vista y no había ni luces de él. Cuando *Corrín* venía de vuelta con la contesta, la bruja no llevaba andado ni la mitad del camino de ida; la bruja lo divisó desde lejos y viéndose perdida, se transformó en una linda jovencita y lo esperó sentada en una piedra, a la sombra de un árbol.

"¿A dónde va tan ligero, señor, con tanto calor como hace? Siéntese un ratito a descansar y sírvase estos membrillitos para que se refresque", y le mostraba dos hermosos membrillos, que llegaban a estar fragantes.

Corrín no resistió la tentación y se sentó al lado de la joven. Conversaron un rato y después dijo él:

"Voy a dormir una siestecita, tengo tiempo de más para cumplir mi encargo"; y se recostó en la falda de la bruja, la cual, en cuarto *Corrín* se quedó dormido, le puso adormideras en la cabeza para que no despertara tan luego, le sacó del bolsillo la carta que traía de Roma y partió con ella de regreso, dejando a *Corrín* con la cabeza apoyada en la piedra en que acababa de estar sentada.

Pero todo lo que hablaron *Corrín* y la bruja transformada en niña lo oyó *Escuchín* y les dijo a sus compañeros:

"Perdidos somos; la bruja ha hecho tal y cual cosa, le ha robado la contesta a *Corrín*, a quien ha puesto adormideras en la cabeza y lo ha dejado durmiendo y la maldita vieja estará de vuelta, con la carta, en un par de horas".

"No hay cuidado", dijo *Aguaitín*; "desde aquí veo durmiendo a *Corrín* y lo voy a despertar, y al mismo tiempo castigaré a la bruja".

Y haciendo la puntería con su carabina primero a la bruja, le quebró una pata y la dejó coja que no podía ni mover el pie; y de otro disparo atravesó una oreja a *Corrín* que despertó y salió corriendo a todo escape, hasta que encontró a la vieja y quitándole la carta, en dos zancajos llegó al palacio y se la entregó al rey.

Corrín preguntó al rey cuál sería la otra prueba; y el rey, esperando que llegara la bruja, le contestó que les daba una semana de descanso.

Transcurridos siete días, llegó la bruja cojeando, y como estaba picada con *Corrín* y sus compañeros, para embromarlos de una vez a todos, le aconsejó al rey que mandara a los seis amigos solos a pelear contra el numeroso ejército de los moros que le había declarado la guerra, y siendo ellos tan pocos contra tantos, con seguridad los matarían, o cuando menos los tomarían prisioneros, y entonces el rey se quedaría de balde con el castillo y la princesa seguiría tan soltera como hasta entonces. Al rey le pareció que este consejo era el mejor que había recibido de la bruja y ya le parecía verse libre de *Comín* y de sus compañeros; pero *Escuchín*, que no se descuidaba, lo oyó todo y se lo comunicó a sus amigos:

"Perdidos somos", les dijo, "la bruja aconseja al rey que nos mande a nosotros solos a combatir con el numeroso ejército moro que le ha declarado la guerra; ¿qué va a ser de nosotros?".

"En la buena estamos, compañeros", dijo *Comín*. "Cuando nos coloquen frente a los moros y cuando estén todavía lejos, *Aguaitín* les disparará con su carabina, y cuando el ejército enemigo esté más cerca, *Peín* les disparará con su transpontín y con esto quedamos vencedores".

Así quedó convenido y el plan se ejecutó al día siguiente en todas sus partes tal como se había establecido. Primeramente *Aguaitín* dio buena cuenta de gran número de moros, pero esto se hacía solo con el objeto de dar tiempo a *Peín* para prepararse, y tan bien se preparó, tanto aire aspiró, que cuando los moros habían avanzado hasta llegar a una legua de distancia, bajándose los calzones volvió el trasero hacia ellos y lanzando una terrible andanada de ventosidades los elevó a todos a grande altura, yendo a caer muertos a enorme distancia. Esta fue la primera batalla en que se usaron los gases asfixiantes.

A pesar del beneficio que para el reino significaba tan espléndida victoria, Hermosura del Mundo no cedía, y pidió al rey que le exigiera el trabajo que faltaba para completar los siete. Y he aquí cuál, fue el séptimo trabajo, siempre aconsejado por la bruja.

Tenía el rey una hermosa conejera poblada de cincuenta lindísimos conejos de raza fina. Díjole la bruja:

"Entregue a *Comín* los cincuenta conejos y le ordena que los lleve a la montaña durante tres días y los suelte en ella, y que en la tarde los traiga arriándolos como si fuesen un rebaño de corderos, y si no vuelve con los cincuenta, sin que le falte ninguno, los hace fusilar a todos".

Y así se hizo.

Llevó *Comín* los conejos en dos sacos y los soltó en la montaña, y los animalitos, apenas se vieron libres, huyeron en todas direcciones. *Comín* pensaba:

'Ahora sí que es cierto que el rey nos hace *sacar el orujo** a mí y a mis compañeros, porque ¿cómo voy a juntar estos conejos de *miéchica* cuando llegue la hora de volverme con ellos, sueltos, como si fuesen un rebaño de corderos? Seguramente llegaré sin ninguno'.

Comín se quedó triste y pensativo por un momento y se recostó en el musgo, sobre el costado izquierdo; después de un rato, sintiéndose cansado, se dio vuelta al otro lado y sintió que algo duro le molestaba; creyó que sería una piedra y se incorporó para quitarla, pero no halló nada en el suelo; entonces se registró para ver qué

* Enfrentarse a una exigencia extrema.

podía ser lo que le incomodaba y encontró en un bolsillo de sus pantalones el pito que le había dado el viejito, y se dijo, acordándose de un verso que había oído cantar antes de salir de su tierra:

'Quien canta su mal espanta, quien llora, su mal aumenta; no estoy yo para dejarme morir; pasemos este mal rato tocando el pito y esto algo disipará mis penas' y se llevó el pito a la boca y no hizo más que hacerlo sonar y principian a llegar de carrerita todos los conejos, unos de un lado, otros de otro y se pusieron a bailar delante de él al compás de lo que tocaba. Imagínense cuánto sería el gusto del atribulado *Comín*, porque, por más que él tratara de engañarse, el susto se lo comía vivo; tanta fue la alegría de que se vio inundado todo su ser que no pudo contenerse y se puso a bailar con los conejos, hasta que se sintió fatigado. Díjoles entonces a los conejitos:

"Váyanse a corretear y a comer no más, mientras yo duermo una siestecita, que cuando sea tiempo los llamaré".

Y con esto los animalitos se fueron y se perdieron de vista en un abrir y cerrar de ojos.

Mientras *Comín* dormía, el rey le dijo a la bruja:

"Comadre, no sé por qué me tinca que este diablo de *Comin* va a volver con los cincuenta conejos, ¿por qué no va a ver si los ha soltado y le compra uno, aunque le pida lo que le pida?".

"Voy, compadre, y haré lo posible por quitarle uno siquiera".

Y se fue la vieja para donde estaba *Comín*, pero en la mitad del camino se transformó en la misma hermosa niña que robó la carta a *Comín*. Pero *Comín*, que la había divisado desde lejos, antes que se transformara, se preparó para el ataque y poco antes que la bruja llegase tocó el pito, y los conejos, apareciendo por todos lados, se formaron en círculo delante de *Comín*, como esperando sus órdenes. Llegó la bruja transformada en niña y en verdad que venía hecha una tentación, pero *Comín*, que no olvidaba lo que había pasado a su compañero pocos días antes, cuando volvía con la contestación de la carta que había llevado a Roma, apenas la falsa joven se le sentó al lado y con palabras halagüeñas le pidió que le vendiera un par de esos lindos conejitos, que los quería para cría, y que estaba dispuesta a darle lo que por ellos pidiera, fuese lo que fuese, *Comín* le dijo:

"Señorita, aquí está muy fresco, así es que no se imagine que tengo calor y no me venga a ofrecer membrillos para refrescarme, porque no seré tan leso como lo fue *Corrín* en días pasados, que se dejó embaucar tan fácilmente por usted. A otro perro con ese hueso".

"¿De qué cosas me habla usted, que no le entiendo? ¿Quién es ese *Corrín* y qué membrillos son esos?".

"¡Mira, bruja de moledera, no te *hagáis la lesa**! Más bien ándate donde tu compadre, el rey, para que vea que no *sacáis* nada conmigo, y ándate luego, porque si no, la *sacáis chueca***.

'Este hombre debe estar loco' se dijo la bruja, 'mejor será que me vaya'.

Y se fue donde el rey.

"Señor", le dijo, "este pícaro de *Comín* tiene a los conejos mansitos, como si los hubiera criado guachitos. Y lo peor es que me conoció y no pude sacarle ninguno".

"¿Y qué hacemos, comadre? Fíjese que su ahijada no quiere casarse con él y va a salir triunfante de todas las pruebas".

"Compadre, haga que mañana vaya mi comadre la reina, pueda ser que ella consiga comprarle un conejito siquiera".

"Eso haremos, comadre; ella es muy habilosa y pueda ser que con su talento lo consiga: aunque lo dudo".

Cuando el sol se puso, llegó *Comín* con los cincuenta conejos que le habían entregado, ni uno más ni uno menos; y al día

* No finjas desconocimiento (MD).

** Vas a fracasar (MD).

siguiese volvió a salir con ellos y los dejó que se fueran a retozar con toda tranquilidad. Poco después llegó la reina disfrazada, muy empolvada y con mucho colorete, pero a pesar de todo *Comín* la conoció, tocó el pito y los animalitos llegaron corriendo y se congregaron a su rededor.

"¡Qué lindos los conejitos! ¿son para venderlos?".

"No se venden, señorita: son del rey y tengo que entregar en la tarde los cincuenta que son, porque si falta alguno nos fusilan a mí y a mis compañeros; con que usted verá si puedo vender uno solo que sea".

"Pero uno siquiera".

"¿Pero que no ha entendido lo que acabo de decirle? Si falta uno solo de los cincuenta conejos que me han entregado, nos despachan a mí y a mis cinco compañeros para el otro mundo".

"¿Y si le diera 5.000 pesos por uno?".

"Ni aunque me dé 10.000".

"¿Ni por 20.000 pesos?".

"Ni por 50.000; valen más mi vida y la de mis cinco amigos".

"Mire, le daré 100.000 pesos".

"Sea por 100.000 pesos, y además un abrazo y un beso y un mordisco en el pescuezo".

"Todo lo que me pide, menos el mordisco".

"Sin mordisco, no hay venta".

"Si es así, venga también el mordisco, pero que no sea muy fuerte".

Entregó la reina los 100.000 pesos, se dejó besar y abrazar y tuvo que aguantar un mordisco formidable de aquel gran comedor, que le arrancó medio cogote con sus dientes; pero la reina, a pesar del intenso dolor que le produjo la herida, que casi se desmayó, se dio por feliz y satisfecha cuando *Comín* le entregó un conejo, que se llevó muy bien envuelto en la falda de su rico vestido. *Comín* se quedó aguaitándola, y cuando vio que iba a llegar al palacio, tocó el pito y al oírlo el conejo abrió un agujero en la tela en que iba envuelto y partió a todo escape a reunirse con sus compañeros, que lo esperaban delante de *Comín*. La reina no se dio cuenta de la huida del animalito y solo cuando extendió su vestido ante su marido para mostrárselo, vino a conocer su desgracia. Por cierto que al rey solo le contó lo de los 100.000, y por lo que hacia a la herida del cuello, que no podía moverlo, lo atribuyó a que se le había producido al pasar por debajo de una rama quebrada.

Al otro día, también por consejo de la bruja, fue Hermosura del Mundo, muy bien disfrazada, a comprar un conejo y *Comín,* que la conoció muy bien, se lo vendió por otros 100.000, un beso, un abrazo y qué sé yo qué otros cariños más, porque la princesa a todo estaba dispuesta, menos a casarse con *Comín*. Pero a Hermosura del Mundo le pasó lo que a su madre, que, a pesar de haber envuelto el conejito con toda prolijidad, asegurándolo con alfileres de gancho, el animalito, obedeciendo al llamado del pito, logró desprenderse de su encierro sin que Hermosura del Mundo lo notara, y llegó muy sí señor a reunirse con los otros conejos.

Comín dijo al rey:

"Supongo que Su *Sacarrial Majestad* no nos va a tener toda la vida a mí y a mis compañeros exigiéndonos pruebas casi imposibles de ejecutar y que algún día esto ha de tener fin. Creo haber ganado sobradamente la mano de vuestra hija llevando a cabo los siete trabajos que se nos han impuesto, y espero que vuestra Majestad me la concederá hoy mismo".

Pero el rey, que ya había sido aconsejado por la bruja, le contestó:

"Es cierto *Comín* que tú y tus compañeros habéis ejecutado las siete pruebas que os he exigido, aunque una no se terminó, pero todavía voy a imponeros una más, y será la última: esto y mucho más vale Hermosura del Mundo".

"¿Y cuál será esa última prueba, señor?".

"Coge ese saco y llénamelo de verdades".

"Perfectamente, señor, y si quiere le lleno dos. ¿Puedo comenzar luego?".

"Puedes comenzar".

La Corte estaba reunida, el rey sentado en su trono; la reina, con su cogote entrapajado, a la derecha del rey; Hermosura del Mundo, a la izquierda; la bruja al lado de la princesa; y a uno y otro lado de la gran sala, los grandes de la Corte y principales dignatarios y funcionarios.

Se adelantó *Comín* tomó el saco que se le había indicado y principió:

"¿Es verdad, señor, que para conceder la mano de Hermosura del Mundo vuestra Majestad antes no pedía sino que se le construyera en tres días y de tres azuelazos un castillo igual o mejor que el de Su *Sacarrial Majestad* y en el cual se vieran el sol y la luna, y que en esta vez, a exigencias de vuestra hija la princesa Hermosura del Mundo, que me encuentra muy guatón y ordinario, me ha obligado vuestra Majestad a ejecutar muchos otros trabajos, a cual de ellos más difícil?".

"Sí, es verdad".

"Y muy grande. Entra verdad al saco". Y se hacía como que echaba algo al saco, y continuó:

"¿Es verdad, señor, que ejecutados todos los trabajos a entera satisfacción de su Majestad, vuestra Majestad, por consejos de esa bruja infernal dispuso se me entregaran cincuenta conejos que debía soltar en la montaña y traerlos en la tarde, durante tres días, sin que faltara uno solo, so pena de la vida de seis personas, y que la misma bruja, transformada en una hermosa niña, trató de quitarme uno de los conejos para que vuestra Majestad nos mandara fusilar a mí y a mis cinco compañeros; pero yo la conocí y no bastaron ni sus ofertas, ni sus tentaciones y demás argucias de que se valió para que yo le entregara uno?".

"También es verdad".

"Otra verdad al saco, y van dos. Las que voy a decir enseguida son tan gordas que cada una es bastante para llenar un saco".

Y dirigiéndose a la reina preguntó:

"No es verdad señora, que vuestra Majestad, disfrazada de dama de la Corte fue el segundo día a comprarme un conejo con el mismo fin que su comadre la maldita bruja, y que después de muchas ofertas consentí en entregarle uno en cambio de 100.000 pesos, un beso...".

"Mira, hijo", le dijo la reina al rey; "estamos tonteando; es mejor que se casen luego; ¿no ves que es inútil batallar con él y que siempre saldremos perdiendo?".

Todavía hablaba la reina cuando apareció al lado de *Comín*, sin que nadie supiera de donde salía, el mismo anciano que le había dado el pito, y dirigiéndose a la princesa le dijo:

"Hermosura del Mundo, cásate con él y serás feliz".

Y tocando a *Comín* con el palo que le servía de bastón, quedó *Comín* transformado en un gallardo joven y cambió no solo de figura sino que hasta del modo de hablar.

Se casaron, y *Comín* dejó de ser el gran comedor de antes; pero sus compañeros, que siguieron a su servicio, conservaron las virtudes de que gozaban y fueron poderosos defensores del reino. Hermosura del Mundo fue, como se lo pronosticó el viejito, muy feliz con su marido y jamás se acordó de que hubiera sido *guatón* y de modales ordinarios. Tuvieron un semillero de niños, todos buenos e inteligentes, y fueron para ellos una verdadera corona, más valiosa que la que ciñeron en su frente a la muerte del rey.

Y aquí se acabó el cuento, y se lo llevó el viento y *pasó por un zapatito roto** para que alguno de los que me oyen cuente otro.

* En las fórmulas finales de los cuentos chilenos llamados maravillosos surge con frecuencia el componente "Pasó por un zapatito roto...", que bien podría entenderse con el sentido de corroborar la conclusión de un relato y dar paso a otros en una continuidad narrativa (MD).

EL ÁRBOL DE LAS TRES MANZANAS DE ORO

Este era un viejo rey, muy rico y poderoso, que gobernaba un extenso país, lleno de recursos y muy poblado.

Este rey tenía tres hijos, hermosos, fuertes y valientes, queridos de todo el pueblo, y mucho más de sus padres, a quienes respetaban y amaban con idolatría.

El rey y su familia moraban en un suntuoso palacio, a cuyos pies se extendía un huerto plantado de toda clase de árboles frutales de las especies más escogidas y variadas; pero su principal ornamento era un enorme y bellísimo manzano, cuya copa descollaba sobre todos y se divisaba desde muy lejos. Su tronco de plata y sus hojas de bronce eran la admiración de cuantos lo veían.

Una antigua leyenda ligaba su existencia a la suerte del reino.

Este árbol prodigioso daba todos los años tres manzanas de oro, que maduraban sucesivamente en las tres primeras noches del mes de enero; pero desde hacía tres años alguien se introducía en el huerto y se las robaba en el momento preciso en que entraban en sazón sin que hubiese sido posible atrapar, y ni siquiera ver, al miserable que las substraía, a pesar de las infinitas precauciones que se tomaban para impedir su entrada, y de que una numerosa guardia, armada hasta los dientes, se establecía aquellas tres noches alrededor del árbol. Poco antes de las doce un sueño irresistible se apoderaba de todos, y no despertaban hasta el día siguiente, cuando ya la fruta había desaparecido.

El rey se sentía sumamente afligido con esta desgracia, que lo era, y muy grande, pues, como se ha dicho, la suerte del reino dependía del manzano maravilloso.

Una vez, en el último día del año, que el rey se hallaba rodeado de sus hijos y de todos los grandes de la Corte, dijo:

"Mañana a media noche madurará la primera manzana de oro, y por cuarta vez vendrá el misterioso ladrón y se la robará. ¿No hay entre todos ustedes un valiente que estorbe su entrada?".

Se acercó al trono el hijo mayor del rey e hincando una rodilla ante su anciano padre, habló de esta manera:

"Mi señor y padre, yo me propongo esperar a nuestro enemigo y no dejarme dominar por el sueño, y por fuerte que sea, vencerlo y arrastrarlo encadenado a vuestras plantas".

"Anda, hijo", contestó el rey, "quiera Dios que te vaya bien en la empresa".

Se retiró el príncipe a sus habitaciones, y aunque no eran más de las 2 de la tarde, se echó a dormir, a fin de no tener sueño en la noche. Como a las 11 despertó, y armándose de poderosas armas se dirigió al huerto y se sentó al pie del manzano a esperar la llegada del ladrón.

Al dar la campana del reloj del palacio el primer golpe de las 12, se iluminó el huerto con una luz tan viva que el príncipe, como herido por un rayo, perdió la vista y cayó desvanecido en tierra.

Al día siguiente lo encontraron tendido, como muerto, y en el árbol solo vieron dos manzanas de oro: una había sido robada.

En el Consejo que se celebró ese día se comentó el hecho en medio de gritos de venganza; pero nadie, sino el segundo de los hijos del rey, se ofreció para velar esa noche y hacer un escarmiento en el desconocido personaje que se había propuesto acabar con la tranquilidad del reino.

Pero el hombre propone y Dios dispone, y las cosas no resultaron según los deseos del príncipe. Los hechos se repitieron en igual forma que en la noche anterior, y en la mañana siguiente encontraron al príncipe tendido en el suelo, sin conocimiento y sin vista. En el árbol no quedaba sino una manzana.

La consternación más profunda se pintaba en todos los rostros. En el Consejo nadie se atrevía a hablar; parecía que todos habían perdido el uso de la palabra.

Pero he aquí que el tercero de los príncipes, jovencito imberbe de unos 18 años, se adelantó hasta el trono, y prosternándose ante su padre, se expresó del siguiente modo:

"Señor y padre amado, me aflige veros triste y contemplar a mis hermanos en el miserable estado en que han quedado; me aflige ver al pueblo sobrecogido de espanto y a todos sin ánimo ni valor para nada. Yo deseo acabar con este estado de cosas: quiero que la paz vuelva a todos, y espero que Dios dará fuerzas suficientes a mi brazo para vencer al enemigo común y de volver a todos la tranquilidad. Dadme vuestra bendición, bendecid también mis armas, y que Dios me ayude".

Con los ojos inundados de lágrimas bendijo el rey al príncipe y bendijo asimismo las armas que este depositó a sus pies. Enseguida el príncipe, pidiendo permiso al rey para retirarse, salió de la sala con paso tranquilo y se dirigió a sus habitaciones, en donde estuvo orando hasta cerca de las 12 hora en que, armado nada más que de su arco y de una flecha (las armas que su padre había bendecido), se dirigió al huerto con la confianza de que había de vencer.

Poco después sintió un ruido, como el de una gran ave que volara a corta distancia, y al dar el reloj la primera campanada de las 12 el huerto se iluminó con una luz vivísima. Pero el príncipe en vez de mirar inmediatamente hacia el árbol de las manzanas de oro, como lo habían hecho sus hermanos, se prosternó humildemente y solo después de invocar el nombre de Dios y pedirle su ayuda, tomó el arco y colocó la flecha en la cuerda. Al resplandor de la luz, que se había dulcificado notablemente, pudo ver el príncipe un águila enorme, con las plumas de oro, que tenía sobre sus hombros a una hermosísima princesa sujeta de la cintura con una cadena de oro, cuyo extremo apretaba el águila fuertemente con una de sus patas, mientras con la otra trataba de agarrar la única manzana que quedaba. En el preciso momento que el ave la cogía el príncipe lanzó la flecha e hirió la pata con que el ave acababa de tomar la manzana. El águila lanzó un grito de dolor, soltó la manzana, que el príncipe se apresuró a levantar, y huyó. Pero antes la princesa arrancó al ave una pluma de oro y lanzándosela al joven, le grito:

"Guárdala, que ella te servirá para encontrarme".

Cuando el príncipe volvió al palacio con sus trofeos, fue recibido con los mayores transportes de alegría. El rey no cabía en sí de gozo, pues, como todos los demás, temía que al príncipe le hubiese sucedido la misma desgracia que tan cruelmente había herido a sus hermanos.

Una vez que el joven terminó de referir la aventura, manifestó a sus padres que tenía deseos de ir a la conquista de la hermosa princesa, y de matar al águila para librar al reino de las desgracias que este monstruo pudiera causarle.

El rey le dio permiso para tentar esta nueva empresa; y el joven, que tenía prisa, pues el recuerdo de la princesa le había medio trastornado, arregló en un momento sus *prevenciones** de viaje, y sin acompañarse de nadie, se lanzó por el primer camino que halló a su paso.

Así marchó al azar días y días, preguntando en todas partes si sabían en dónde se encontraría el águila de las plumas de oro; pero nadie le daba noticias.

Un día que iba muy triste y pensativo porque el tiempo pasaba y pasaba sir adelantar en sus diligencias, fue de pronto sacado de su meditación por la algazara que formaban unos cuantos niños dentro de una zanja abierta a orillas del camino. Se acercó

* Alforjas para llevar alimentos en un viaje, previniéndose de la falta de ellos (MD).

a ver qué motivaba la bulla y vio que los chicos hostigaban a una rana que tenían en el suelo tendida de espaldas. El príncipe les increpó su crueldad, los castigó suavemente y los obligó a retirarse. Enseguida tomó la rana y la ocultó a alguna distancia entre la yerba a fin de que, si los niños volvían, no la encontraran.

Anduvo todavía varios días, siguiendo caminos y cruzando bosques en que no encontraba a nadie, hasta que por fin llegó a una choza que se levantaba a orillas de un arrollo. En la puerta estaba sentada una viejecita de aspecto agradable, que tomaba tranquilamente su mate, que ella misma se cebaba. El príncipe la saludó afablemente y le preguntó si podría decirle en dónde encontraría al águila de las plumas de oro y a la princesa que tenía prisionera.

La viejecita le contestó que seguramente podría darle algunas noticias que le interesarían, pero que era bueno que bajase del caballo para que se sirviera un matecito y descansara. El príncipe accedió a los deseos de la anciana, quien le cebó su buen mate con hojas de *cedrón*[*] y cáscara de naranjas; después lo condujo a una pieza en que había una excelente cama, que el príncipe, que no había reposado en lecho desde que había salido de palacio, encontró más blanda y agradable que la que tenía en sus habitaciones.

Durmió el príncipe como un ángel de Dios, y al día siguiente se levanto reconfortado y alegre y con mayores deseos de continuar la aventura. Agradeciendo a la viejecita sus servicios, la obsequió con algunas de las provisiones que llevaba y le rogó que le diese las noticias que le había ofrecido. La anciana le dijo:

"Joven príncipe, tú has sido bueno conmigo, tienes un corazón bondadoso, pues te apiadas de la desgracia ajena, y yo quiero

* Planta aromática cuya infusión es común en Chile (MD).

pagar la deuda que contigo tengo contraída, en cuanto mi poder alcance, y premiar tu virtud".

El príncipe no comprendió lo que la buena mujer le decía, y pensando que tal vez se referiría a las provisiones que le había obsequiado, le dijo:

"¡Señora, si el alojamiento que usted me ha ofrecido y la buena noche que he pasado en su casa valen cien veces más que los pobres víveres que le he dejado; de manera que yo soy siempre su deudor!".

"No es esa mi deuda. ¿Te acuerdas, príncipe, de aquella rana que hostigaban unos niños dentro de una zanja y a quien tú salvaste? Pues aquella rana soy yo, que a estas horas habría perecido a manos de aquellos malvados muchachos si tú no me quitas de su poder. Yo soy agradecida, y pagaré mi deuda de la mejor manera posible".

"En un palacio muy distante de aquí vive un gigante hechicero, muy malvado, y mi enemigo. Él es quien tiene prisionera a la princesa que buscas y él también el que, convertido en águila con las plumas de oro, va todos los años a robar al huerto de tu padre las manzanas del árbol maravilloso. Esas manzanas son las que mantienen su poder, y como en su última correría solo alcanzó a robar dos, su poder no durará sino los ocho primeros meses de este año; además, la pluma que le arrancó la princesa ha disminuido su fuerza, que también se ha aminorado un poco con la herida que tú le causaste en una pata, y que lo ha dejado cojo. Si tú quieres esperar que se cumplan los ocho meses, no te costará más trabajo conquistar a la princesa que vencer al gigante en lucha ordinaria, de hombre a hombre, con la seguridad de que, con los medios que yo te proporcione, saldrás vencedor; pero si desde luego quieres rescatar a la prisionera y matar al enemigo de tu patria, tendrás que correr muchos y grandes peligros, a pesar de las fuerzas que ha perdido el gigante, pues su poder siempre es mucho y está rodeado de feroces auxiliares".

"Prefiero correr los peligros", dijo el príncipe, "y dar fin de una vez a esta empresa, aunque perezca en la contienda".

"No perecerás, pero tendrás que pasar grandes fatigas. Sigue el camino que principia aquí al frente de mi choza, y después de tres días de marcha llegarás a casa de una bruja tuerta, más mala que la hiel y madre muy querida del gigante: esta es la primera avanzada que tienes que vencer. Cuando llegues, la encontrarás sentada a la puerta, con la espalda vuelta al camino; te acercarás a ella, procurando que no te sienta, y cuando llegues a donde está, trata de meterle en el ojo derecho la pluma de oro que te lanzó la princesa, y quedará ciega: entonces te apoderas de un hacha que guarda detrás de la puerta y que te servirá para vencer a las fieras que custodian el palacio del gigante, para pelear con este mismo y derrotarlo y para cortar las cadenas con que está aprisionada la princesa. Tomarás también una redoma que la bruja tiene en una mesa de arrimo que hay en la primera pieza de la derecha; el agua que contiene es de virtud, y para aprovecharla introducirás en ella la pluma de oro y te lavarás las quemaduras y heridas que te produzcan los monstruos guardianes del palacio. De la misma manera curarás, cuando vuelvas a palacio, la ceguera de tus hermanos. Si alguna desgracia imprevista te sucede, acuérdate de mí, y correré en tu auxilio. Ahora anda, y que Dios te ayude".

Partió el príncipe todo alborozado, y a los tres días de casi un continuo andar, el caballo se detuvo a corta distancia de la puerta de una modesta casa, en la cual había una mujer sentada en un piso, con la espalda vuelta al camino. Se bajó el príncipe de su caballo y andando muy quedito, en la punta de los pies, se acercó a la mujer, le metió la pluma de oro en uno de sus ojos; pero por desgracia se equivocó, pues en vez de introducirla en el derecho, que era el sano, se la metió en el izquierdo, que era el tuerto. La mujer, al sentirse herida, entró a la casa y volvió rápidamente trayendo un poco de agua de la redoma, con la que roció al príncipe, diciendo al mismo tiempo: "Vuélvete *quiltro**". Y el príncipe se convirtió al punto en un perrillo sucio y despreciable. La mujer tomó incontinenti un garrote y le propinó una de las palizas más famosas de que haya memoria.

El príncipe huyó al interior de la casa con la cola entre las piernas, aullando lastimosamente.

¡Cómo se lamentaba el pobre de su error! ¡Ya todo estaba perdido! ¡Adiós princesa, y padres y hermanos!

Pero de repente se acordó de la última recomendación de la viejecita y se puso a decir muy bajito, para que no lo oyeran: "¡Ranita, Ranita acuérdate de este pobre príncipe!". Y casi al mismo instante que terminaba estas palabras, vio a su lado a la rana.

Dio la rana un salto y díjole al oído: "No tengas cuidado, esperemos que la bruja duerma y entonces pagará las hechas y por hacer".

Pasadas unas dos o tres horas se acercaron a la puerta de la pieza en que la bruja dormía y sintieron que roncaba ruidosamente. Entonces la rana se convirtió en la viejecita que había conocido el príncipe tres días antes y diciendo unas palabras ininteligibles, el príncipe dejó de ser perro y tomó su forma natural. La pluma de oro sirvió para abrir la puerta del dormitorio de la bruja, sin que hiciera ruido: y entonces tomando el príncipe el hacha que estaba tras de la puerta, asestó a la bruja tal golpe en el cuello que le separó la cabeza de los hombros.

La viejecita tomó la redoma y le dijo al príncipe que ella lo acompañaría para que no le sucediera otra nueva desgracia. Abandonaron la casa, a la luz de la Luna vio el príncipe dos caballos, el de él, en que montó, y otro más, en que subió la viejecita.

* Voz mapuche que significa perro (MD).

Emprendieron la marcha, y cuando ya era de día divisó el príncipe, muy lejos, muy lejos, en la cumbre de una alta montaña, una especie de castillo. La viejecita le dijo: "Este es el palacio del gigante, a quien venceremos con la ayuda de Dios".

Siguieron avanzando, y cuando ya estaban como a una legua de distancia del palacio, llegó hasta ellos un ruido ensordecedor de maullidos, ladridos y rugidos espantosos, como si miles de fieras lanzaran a un tiempo sus gritos amenazadores. Cualquiera habría retrocedido lleno de pavor, pero nuestros viajeros siguieron impertérritos su camino.

Media legua más habrían andado los caballos cuando un impedimento bastante serio los detuvo por un instante: las fieras no se contentaban ya con sus gritos sino que al mismo tiempo lanzaban por hocico y narices gruesos chorros de fuego líquido que llegaban hasta nuestros caminantes y casi los abrasaban. Pero la pluma de oro empapada en el agua de la redoma se portó a las mil maravillas, pues no solo les curó como por ensalmo las llagas que el fuego les había producido, sino que además los inmunizó para recibir nuevas quemaduras.

Entonces pudieron avanzar sin cuidado; pero antes de llegar hasta la puerta del palacio tenían que atravesar una larga extensión de terreno ocupada por una multitud de leones, tigres, serpientes, demonios y otras fieras y monstruos servidores del gigante, que estaban dispuestos a despedazar a los dos intrusos o dejarse destrozar por ellos antes que permitir llegaran hasta su amo.

Pero el príncipe, armado del hacha encontrada en la pieza de la bruja, y la viejecita blandiendo la pluma de oro impregnada con agua de la redoma, pudieron derrotar, aunque con algún trabajo y sacando algunas heridas, a sus poderosos enemigos, que quedaron tendidos en el campo, sin vida.

Helos ahora en presencia del gigante, el cual, al verlos acercarse, levanto su pesada muleta de hierro, capaz, no de matar a un solo cristiano sino de concluir con un numeroso ejército.

El príncipe se adelantaba hacia él sin temor, y una vez que el gigante lo tuvo a su alcance, dejó caer la muleta con tal fuerza que más de la mitad de ella penetró en la tierra. El príncipe, en cuanto notó el movimiento del gigante, esquivó el cuerpo, y alzando su hacha la descargó sobre la pierna sana de su enemigo, que la cortó como si fuera de queso. El monstruo, no pudiendo mantenerse en pie, cayó cuan largo era, y el príncipe, corriendo apresuradamente, de un hachazo le cortó la cabeza a cercén.

La liberación de la princesa fue cosa de un momento; con un suave golpe del hacha se cortó la cadena de oro que la aprisionaba, y pudo arrojarse en los brazos de su liberador.

En carros y caballos que había en el mismo palacio cargó el príncipe todas las riquezas que encontró, e inmediatamente se pusieron todos en camino para el reino de su padre. Por medio del arte de la viejecita, que tan buenos servicios le había prestado, en pocas horas llegaron a la entrada de la capital. Allí la viejecita se despidió del príncipe y de la princesa y después de aconsejarles que fueran siempre buenos y virtuosos, único modo de obtener la felicidad, desapareció de su vista. La viejecita era la Virgen.

El príncipe fue acogido por todos en medio de la mayor alegría y proclamado salvador de la patria. Sus hermanos recobraron la vista sirviéndose de la pluma de oro y del agua de la redoma.

El matrimonio del joven príncipe y de la princesa fue uno de los acontecimientos más celebrados. Se hicieron grandes fiestas para el pueblo, que se divirtió alegremente, y yo me encontré en ellas y bebí mucho y *comí más que sabañón**.

* Comer en gran abundancia (MD).

LOS HIJOS DEL PESCADOR, O EL CASTILLO DE LAS TORDERAS*, IRÁS Y NO VOLVERÁS

Para saber y contar, escuchar y aprender. Esteras y esteritas, para sacar peritas; esteras y esterones, para sacar orejones. No le eche tantas *chacharachas***, porque la vieja es muy *lacha****, ni se las deje de echar, porque de todo ha de llevar: pan y pan para las monjas de San Juan; pan y harina para las monjas Capuchinas; pan y queso, para los tontos lesos. Fin del principio y principio del fin. ¡Atención!****

Han de saber que hace muchos años vivían en un pueblecito de la costa dos pobres viejos, marido y mujer, muy apreciados de los vecinos por su bondad y por lo serviciales que eran con todo el mundo.

El marido era pescador y la mujer se ocupaba de los quehaceres de la casa, que, aunque no eran muchos, no dejaban de ser bastantes para sus años. Sus bienes se reducían a la choza que habitaban, a la red, una yegua, una perra y unos cuantos pesos, muy pocos, por cierto, que habían logrado reunir a fuerza de privaciones y que guardaban cuidadosamente para atender a las enfermedades que pudieran sobrevenirles o a cualesquiera otras necesidades imprevistas.

Sucedió una vez que durante varios días le fue muy mal al viejito en la pesca. Echaba la red y no sacaba nada; sin embargo, los otros pescadores retiraban sus redes llenas.

"¿Qué diantres habré hecho yo para que el cielo me castigue así?", decía desesperado el anciano; y volvía a echar la red, y nada, siempre vacía.

* Según los dos narradores que me han dado este cuento, "torderas" o "torderás" sería el nombre de una localidad.

** Seguidilla de palabras con escasa o ninguna coherencia entre ellas (RL).

*** Con inclinación de conquista sexual (MD).

**** Fórmula inicial de narración de cuentos (MD).

En las tardes se iba triste a su casa, y a pesar de que su mujer trataba de consolarlo y le contaba chascarros para hacerlo reír, no lo conseguía.

Se comieron las pocas economías que tenían, y cuando no les quedaba ya ni un chico, el pobre viejo, llorando, se fue a la playa, montado en su yegua como acostumbraba hacerlo, y tirando la red al mar, dijo: "En nombre sea de Dios y que se haga su voluntad"; y después de un rato, al retirarla, la encontró tan pesada, que para sacarla tuvo que amarrarla a la cincha de la yegua.

Mientras la yegua tiraba la red, el viejo se refregaba las manos de gusto, y riéndose decía: "En fin, la suerte cambia; tendremos para comer algunos días y aún podremos vender algo". ¡Pero cuál no sería su asombro cuando al examinar la red encontró que lo único que había pescado era un pececillo ¡que no medía más de una cuarta!

Y ese ser tan pequeño, ¿cómo pesaba tanto, que él, que era tan forzudo, no había podido arrastrar la red y había tenido que auxiliarse de la yegua para sacarla? Tomó su cuchillo e iba abrir el pescadito para ver lo que lo hacía tan pesado, y cuando estaba a punto de hacer esta operación, oyó que el pez le decía: "No me mates aquí. Llévame para tu casa y allá me partes en cinco trozos: la cabeza, que te comerás tú; la cola, que se comerá tu mujer; los dos costados, que darás uno a la yegua y el otro a la perra; y por último, el lomo, que plantarás en el jardín. Si haces lo que te digo, no tendrás de qué quejarte, y además, en adelante, siempre cogerás pesca en abundancia".

Se fue el pescador a su choza e hizo lo que le había ordenado el pececito; y ¡oh maravilla!, al otro día tuvo la viejecita dos niños muy hermosos y tan parecidos el uno al otro, que era de confundirlos; asimismo, la yegua tuvo dos potrillos del mismo pelo y del mismo tamaño; la perra dos perritos casi iguales, y en el jardín nacieron dos naranjos.

Desde ese mismo día el viejecito pescó como ningún otro; de manera que tuvo alimento suficiente para toda la familia y pescado para vender en la ciudad vecina. La fortuna le sonreía de todas maneras, pues lo niños crecían sanos y robustos y eran excelentes personas.

Pasaron los años unos tras otros y los niños, transformados ya en hombres, cumplieron los veinte. Entonces el mayor, que se llamaba Francisco, quiso salir a rodar tierras para probar fortuna, y les pidió la bendición a sus padres. Inmediatamente después de abrazarlos, armose de una espada, montó en su caballo y, seguido de su perro, partió al galope.

Después de algunos días de marcha, llegó a una ciudad y notó que la poca gente que andaba por las calles parecía consternada por una gran desgracia. Al mismo tiempo se oían lamentos, llantos y alaridos por todas partes.

Detuvo Francisco a una viejecita que iba toda llorosa y le preguntó por qué los habitantes de la ciudad andaban tan tristes.

"¡Cómo no hemos de estar afligidos, patroncito, cuando hoy debe comerse el culebrón a la única hija de nuestro rey, la princesa más bella y más bondadosa que se conoce, tan querida de los pobres, pues a todos nos auxilia y nos consuela!, ¡Ah!, esta es la peor desgracia que podía sucedernos".

Y la anciana lloraba sin consuelo.

"Pero, cuénteme que es eso del culebrón y por qué se va a comer a la princesa".

"Ha de saber, señor, que en la montaña vecina se ha establecido desde hace años un culebrón enorme, que tiene siete cabezas y al cual nadie ha podido matar, por valiente que haya sido, pues en cuanto le cortan una, al momento renace, y para concluir con él habría que cortarle las siete de una vez; pero hasta ahora, señor, ninguno lo ha conseguido, a pesar de que el rey ha ofrecido como premio la mano de su hija, y lo único que se ha sacado es que hayamos tenido que lamentar el desaparecimiento de los más nobles caballeros, de los mejores soldados del ejército que tentaron la aventura. Pero esto, mi caballerito, nada sería; lo peor es que la fiera, para no en envenenar el agua, lo cual acabaría con la población del reino, exige que cada año se le entregue una princesa de sangre real; ya se le han entregado las primas y sobrinas del rey y no queda sino la única hija que nuestro monarca tiene, a quien tanto quiere, que se mira en ella, y lo mismo el pueblo entero, que la adora; y hoy a las 12 del día se vence el plazo en que el culebrón vendrá a buscarla. La princesa se dirigió temprano a la montaña, para que la fiera dé hoy también cuenta de ella".

"Pues, por esta vez, buena anciana, el culebrón no se saldrá con la suya, que para algo Dios ha dado fuerza a mi brazo y ha infundido valor en mi espíritu".

Pidió el hijo del pescador las señas del lugar en que estaba la princesa y dadas por la viejecita clavó espuelas al caballo y partió a toda carrera.

Halló Francisco a la princesa sentada en una piedra, llorando amargamente y enjugándose las lágrimas con su larga y brillante cabellera rubia, cuyas crenchas, sueltas, pendían a uno y otro lado del cuello. El joven trató de consolarla y le prometió que mataría al monstruo antes que tocara uno solo de sus cabellos: y con tanta seguridad hablaba, que logró infundir confianza en la princesa. Conversaron un rato, y Francisco, que se sentía fatigado, quiso descansar mientras llegaba la hora de combate, y tendiéndose en tierra y apoyando la cabeza en las faldas de la princesa, se quedó dormido. Momentos antes, mientras hablaban, la princesa había dado al joven un pañuelo, con su cifra, y un valioso anillo, diciéndole que tal vez podría servirle de algo más tarde.

Junto con sentirse la primera campanada de las 12 en los relojes de la ciudad, se oyó un rugido formidable que conmovió toda la montaña y, naturalmente, despertó al joven.

Monta este apresuradamente en su caballo empuñando la espada, llama a su perro y se apercibe para la pelea. Fue esta un espectáculo digno de verse. El culebrón adelantaba las siete cabezas hacia su enemigo y trataba ya de morderlo con sus afilados colmillos, ya de estrecharlo entre sus cuellos; pero, por un lado el caballo, que esquivaba los ataques con toda rapidez, y el perro, por otro, que acosaba a la fiera con sus dentelladas, le impedían dañar al hijo del pescador.

De vez en cuando nuestro combatiente lograba asestar con su espada un terrible golpe en algunos de los cuellos de la bestia y una de las cabezas rodaba por el suelo; pero era inútil, porque en el mismo instante de ser cortada aparecía otra nueva.

Largas horas habían transcurrido desde el comienzo del combate y ninguno de los dos enemigos había conseguido ventaja sensible sobre el otro: pero sucedió que el culebrón, por defenderse del perro que acababa de abrirle ancha herida cerca de la cola y de la cual manaban sangre en abundancia, dirigió las siete cabezas hacia atrás, y entonces el hijo del pescador, aprovechando la circunstancia de que el monstruo no podía atacarlo, levantó la espada con las dos manos y, con robusta fuerza, la dejó caer un poco más abajo de donde el cuello se dividía en siete. El rugido que lanzó el animal al sentirse mortalmente herido fue tremendo, se oyó a muchas leguas de distancia; pero inmediatamente se produjo el silencio más completo. El culebrón no volvería ya a molestar a nadie y el reino se vería libre, en adelante, de tan cruel enemigo.

Francisco bajó de su caballo y, cortando una por una las siete lenguas de la bestia, las envolvió en el pañuelo de la princesa y las guardó en su pecho.

Mientras tanto la princesa, que había presenciado el terrible combate y que a cada momento le parecía ver a su defensor triturado en las fauces del fiero monstruo, presa del mayor terror, enmudeció y cuando el joven, ya vencedor, corrió hacia ella para subirla a su caballo y conducirla a la ciudad no pudo articular ni una palabra y hubo de limitarse a manifestarles gratitud por medio de señas.

El joven dejó a la princesa en las puertas de la capital y, prometiéndole que volvería en tiempo oportuno, se despidió y fue a alojarse en una choza abandonada que se levantaba no muy lejos y cerca de la cual había agua y pasto en abundancia para su caballo y pesca y caza para él y su perro.

En el mismo día en que se efectuó el combate, un negro, que el cocinero del rey ocupaba en acarrear leña de la montaña, tropezó con el culebrón, que yacía en tierra todavía caliente, pues no hacía mucho que había sido matado. El enorme peso del animal impidió al negro cargarlo, a pesar de sus fuerzas, y entonces a hachazos lo corto en varios trozos, que arrojó en el carro de que se servía para conducir la leña, y llevándolo a palacio se presentó al rey, diciéndole que acababa de matarlo y exigiéndole el cumplimiento de la promesa de que casaría a su hija con el vencedor del monstruo. La princesa había llegado pocos momentos antes; pero como había quedado muda y estaba como atontada de miedo, no se hallaba en situación de desmentir al miserable negro.

Como parecía evidente que el negro había sido el matador del culebrón, y la palabra del rey no puede faltar, concedió el rey al negro la mano de la princesa y se convino en que, en unos quince días más, cuando la princesa hubiera salido del estado de inconsciencia en que se encontraba, se celebraría la boda.

Pasaron los días y aunque la princesa no recobró la palabra, se prepararon los festejos para la celebración del matrimonio. Las fiestas deberían comenzar con una gran comida, a que asistiría toda la corte. La princesa estaba desesperada, pero como no podía hablar, a pesar de los esfuerzos que hacía para explicar por medio de gestos la impostura del negro, no pudo darse a entender.

Llego el día del banquete, y el hijo del pescador, que estaba en autos de todo por lo que se decía en la ciudad, cuando fue la hora de la comida ordenó a su perro que, sin que nadie lo viera, arrebatara al negro su plato. El perro ejecutó la orden por dos veces seguidas, sin ser visto; el negro, creyendo que algunos de los servidores adrede le sacaba los platos ante de tocarlos, formó grande alharaca y se armó el alboroto consiguiente. La tercera vez Francisco mandó al perro que se dejara ver; y al ser sorprendido en el acto de robar el plato al negro, el rey ordenó a sus guardias que lo siguieran y trajeran a su presencia al amo del perro.

Cuando llegaron a la choza en que el joven se hospedaba, el capitán de la guardia le intimó orden de seguirlo, pero Francisco dijo que solo iría si lo iban a buscar en coche, porque él era quien debía estar en la mesa sentado al lado de la princesa en lugar del horrible negro, que no pasaba de ser un impostor; que se le llevara ante el rey no en calidad de preso, sino en la forma que indicaba y probaría palmariamente lo que acababa de decir.

Volvió el capitán con el mensaje ante el monarca, y a pesar de las protestas del negro, con gran contento de la princesa y de las damas y señoras de la corte dispuso el rey que trajeran al joven en coche, como él lo pedía, para oír sus alegaciones.

Al entrar Francisco en la sala del convite llamó la atención de los circunstantes por su varonil hermosura y por su cortesanía. Pidió permiso al rey para hablar y, concedido que le fue, preguntó al negro si las cabezas del culebrón que aún se conservaban como recuerdo y permanecían expuestas a la admiración del público, estaban completas cuando las había traído a la ciudad. El negro contestó que estaban completas, pues él nada les había sacado ni notó que nada les faltara; que después de terminado el combate que había sostenido con la fiera, se había limitado a cortar con su hacha el cuello principal del animal. Francisco pidió entonces al rey y a todos los presentes que tomaran nota de lo que acababan de oír, y tornó a preguntar al negro:

"¿Estás seguro de que nada les faltaba? ¿Todas tenían sus dos ojos, sus dos orejas, su lengua?".

"Supongo que todas las tendrían, porque, como he dicho, yo nada les saqué".

"De manera", repuso el joven, dirigiéndose al rey, "que si yo tuviera en mi poder o los ojos, o las orejas, o las lenguas del culebrón, ¿sería yo el matador del monstruo? Ya que después que le trajeron a palacio yo no habría podido sacárselos, pues si lo hubiese intentado, me lo habrían impedido los guardias que, según he oído, lo han custodiado día y noche".

"Así es", contestó el rey.

"Así es", murmuraron los que estaban en la mesa.

"Pues bien, aquí están las siete lenguas del monstruo, que yo corté después de matarlo, y envolví en este pañuelo con la cifra de la princesa, que ella misma me entregó antes del combate. Con esto queda comprobado que el negro es un miserable embustero que no hizo otra cosa que dividir el cadáver del monstruo que yo había dejado abandonado mientras conducía a la princesa a la ciudad; y a mayor abundamiento, he aquí un anillo que también ella me obsequió y que, si su Majestad me permite, colocaré en la mano de su antigua dueña".

A una señal de asentimiento que el rey hizo, Francisco se acercó a la princesa, y en cuanto el joven colocó el anillo en su mano, la gentil niña recobró el habla y exclamó:

"¡Padre, este es mi salvador; él es el verdadero matador del culebrón!".

El rey ordenó a la guardia que en el acto sacaran al negro de la sala y lo despeñaran desde la cumbre de un cerro muy alto, que servía para ajusticiar a los criminales; y a Francisco que se sentara al lado de la princesa, que desde ese momento pasaba a ser su prometida.

La fiesta, que había comenzado en medio de la mayor tristeza, pues la vista del negro los tenía a todos desazonados, se tornó en francamente alegre y terminó con la celebración del matrimonio del hijo del pescador con la princesa.

Cuando los novios estuvieron en sus habitaciones, el joven se asomó casualmente a una ventana y vio que a la distancia se elevaba una gruesa columna de humo rojizo.

"Parece que hay un incendio", dijo Francisco a la princesa.

"No es un incendio", le contestó ella; "es el humo de la fogata que todas las noches encienden en el castillo de la 'Torderás, irás y no volverás' ¡Qué nombre más raro tiene ese castillo!".

"Se llama así porque el que a él va, no vuelve".

"Pues no le valdrá a ese castillo el nombre de la 'Torderás, irás y no volverás', porque yo iré y volveré".

La princesa rogó con insistencia a su marido que no fuese, que no se expusiera al peligro, pero Francisco le contestó:

"Si triunfé del culebrón que tanto daño causaba al reino, ¿por qué no venceré los peligros que en el castillo puedan presentárseme?".

Y saliendo de las habitaciones se fue a la caballeriza y sin más compañía que su fiel perro partió a la luz de la luna.

Aquel humo rojizo que aparentaba estar no muy distante del palacio, parecía alejarse a medida que el joven avanzaba hacia él; y solo en la mañana, después de una marcha continua de la noche entera, logró él acercarse al castillo. Pero ojalá nunca hubiera llegado hasta ahí, porque no bien se encontró en ese sitio, comenzó a salir como si del suelo brotara una muchedumbre de viejas horribles, que lo rodearon y que dándose fuertes tirones de la cabellera, se arrancaban pelos que arrojaban al intruso que iba a turbarlas en su reposo. Al principio nada ocurrió, pero en el mismo instante que uno de los muchos pelos de las viejas, que flotaban en el aire, tocó a Francisco, tanto este como su caballo y su perro se convirtieron en piedras.

Volvamos ahora a casa del pescador, que ya es tiempo.

Desde que Francisco salió de casa de sus padres, ni estos ni el hermano que quedó con ellos había tenido noticias suyas. Se consolaban de la ausencia del deudo querido visitando diariamente el naranjo que había nacido al mismo tiempo que él, de uno de los costados del pescado y que a él le había correspondido. Viéndolo y cuidándolo, les parecía estar con Francisco.

Un día el árbol que hasta entonces había crecido esbelto y lozano, amaneció mustio, con las hojas amarillas, como si estuviera a punto de secarse. Al verlo en este estado, Domingo, gemelo de Francisco, dijo a sus padres:

"A Francisco debe haberle ocurrido alguna desgracia, porque su naranjo ha amanecido enfermo. Si me dan permiso, salgo inmediatamente en su socorro".

Bendijéronle sus padres; y ciñéndose la espada, montó en su caballo y partió a la carrera, acompañado de su perro, hasta llegar a la misma ciudad a que había arribado su hermano.

La primera persona a quien encontró fue aquella viejecita que contó a Francisco la historia del culebrón. Domingo la saludó cariñosamente y le preguntó por las últimas noticias que circulaban en la ciudad. La viejecita le refirió cómo un joven muy parecido a él, casi igual, que había llegado días antes había librado a la princesa y al reino del culebrón; el matrimonio del joven con la princesa y la desaparición del novio; todo sin omitir detalle ni circunstancia de interés.

Por los datos de la anciana, no dudó Domingo que el desaparecido era su hermano, y para averiguar mejor las cosas, se dirigió al palacio. Los guardias creyeron que era el esposo de la princesa y lo dejaron pasar. La princesa también creyó que era su marido y lo recibió con mucha alegría.

"¿Qué te habías hecho en estos tres días?", le dijo, "Creía que te había acaecido alguna desgracia: que el caballo te hubiera arrojado, que te hubieran asesinado...".

"Por suerte, hija, no me ha pasado nada serio; me extravié y me costó mucho dar con el camino; pero, dime: ¿qué es ese humo rojizo que se divisa a lo lejos?".

"Pero, hijo, ¿qué se te ha hecho la memoria? ¿No te acuerdas que te dije la otra vez, en la noche de nuestro casamiento, que ese humo salía de la 'Torderás, irás y no volverás'? ¿Y que, efectivamente, el que iba a él iba pero no volvía, y que, a pesar de mis súplicas, montaste en tu caballo y te fuiste?".

"Ciertamente, ahora me acuerdo; pero, como acabo de decirte, me extravié. Sin embargo, iré de nuevo y volveré".

Domingo comprendió, por la conversación anterior, que a su hermano le había sucedido algo grave en su expedición al castillo, y se propuso salvarlo. Se despidió de la princesa con un "hasta luego", y, montando en su caballo, partió en dirección al castillo seguido de su perro.

Al amanecer llegó a inmediaciones del castillo, y vio cómo salían las horribles viejas a estorbarle el paso, y como le tiraban los cabellos que se arrancaban de la cabeza; y adivinando con qué fin lo hacían, desenvainó la espada, clavó espuelas al caballo y arremetió contra las brujas. Tanto menudeó los golpes y con tanto acierto, que en pocos minutos no quedó en pie sino una de las arpías.

Iba Domingo a matarla, pero ella se arrodilló suplicante, y le dijo:

"¡Perdóname la vida, señor, y te devolveré a tu hermano, que está encantado!".

"Está bien", le dijo Domingo, "no te mataré, pero desencantarás no solo a mi hermano, sino a todos los demás que estén encantados en este castillo maldito y en sus dependencias; e inmediatamente después saldrás de este país para no volver más a él, so pena de la vida".

La vieja cortó una varita de un árbol que estaba allí cerca y con ella fue tocando una por una las piedras diseminadas en el suelo y, a medida que las tocaba, se convertían en gallardos mancebos, montados en briosos caballos. Una vez que no quedaron piedras, la vieja hechicera, seguida siempre de Domingo, armado de su espada, penetró en el castillo, desde cuya puerta se divisaban interminables galerías de estatuas de mármol que representaban bellísimas niñas: unas de pie, otras sentadas, otras de rodillas, etc. También las fue tocando la vieja con la varita, y en cuanto sentían su contacto, se animaban y descendían de sus pedestales. Eran las numerosas jóvenes que el culebrón, en vez de devorarlas, como todos lo creían, llevaba al castillo, en donde eran transformadas en estatuas por las hechiceras.

Francisco y Domingo se abrazaron cariñosamente, y sin pérdida de tiempo emprendieron marcha a la ciudad, seguidos de los innumerables jóvenes de uno y otro sexo recientemente desencantados, que entonaban loores a su liberador.

Llegaron a palacio y Francisco contó al rey y a la princesa las peregrinas aventuras que les habían acaecido.

Al día siguiente se celebró el fausto acontecimiento con un gran banquete, al que concurrió toda la familia real y los jóvenes salvados por Domingo. Él fue, naturalmente, el héroe de la fiesta, y a cada momento se le aclamaba.

Invitado por el rey a que escogiera la que más le agradara para esposa, entre las jóvenes salvadas por él mismo, todas las cuales eran de sangre real, fijó su atención en una que descollaba entre todas por su aspecto dulce y modesto. Era prima de la princesa, mujer de su hermano, y muy querida del rey y de ella.

Con ella se casó y fijaron su residencia en el antiguo castillo de la "Torderás, irás y no volverás", el que, libre de la maléfica influencia del culebrón y de sus servidoras, se había transformado en una espléndida mansión. Domingo le cambió el fatídico nombre con que era conocido, por el de, "Castillo de la Torderás, si a él vas, contento volverás"; y en efecto, quien lo visitaba salía plenamente satisfecho de la magnificencia con que era atendido por sus dueños.

Francisco y Domingo no olvidaron a sus padres en la prosperidad: los llevaron a su lado y los honraron como buenos hijos. Dios los premió, haciéndolos felices hasta el fin de su vida, que fue larga y se deslizó dulcemente, sin penalidades ni contratiempos.

Y aquí se acabó el cuento; y se lo llevó el viento, y se entró por la puerta de un convento; los frailes, que lo oyeron, quedaron muy alegres; los *mochos** y sirvientes se cayeron de contentos.

* Religiosos legos. Que carecen de órdenes eclesiales.

Capítulo II
Cuentos de Pedro Urdemales*

* De la edición de Micaela Navarrete. Santiago, LOM ediciones, 1996, de la cual son las acepciones de las voces que componen su "vocabulario", anotadas a pie de página, excepto las propuestas por Manuel Dannemann (MD).

LA PIEDRA DEL FIN DEL MUNDO

Divisó Pedro Urdemales a un huaso que venía de a caballo y entonces se puso a sujetar una piedra muy grande que había en la falda de un cerro.

Cuando el huaso llegó, Pedro le dijo: "Si esta piedra se cae, el mundo se acaba: yo estoy muy cansado; ¿por qué no se pone usted en mi lugar mientras voy a buscar gente que la sujete?"

El huaso accedió, se bajó del caballo y se colocó en el sitio en que estaba Pedro. Entonces Pedro Urdemales se subió al caballo del huaso, y diciéndole que se aguantara un *ratito**, que ligerito volvía con otros hombres, se mandó a cambiar y lo dejó esperando hasta el día de hoy la vuelta de su caballo.

EL CURA COÑETE

Entró Pedro Urdemales a servir en casa de un cura muy cicatero, que siempre comía fuera de la casa.

"La obligación es poca", le dijo el cura, "tú me acompañarás a las casas a donde yo vaya a comer y mientras como, me tienes la mula, y por cada plato que coma le haces un nudo a la soga con que la amarres, y cuando hayas hecho cinco nudos en la comida y tres en la cena, me avisas, porque yo soy muy olvidadizo y no puedo comer más de cinco platos en la comida, ni más de tres en la cena: el médico me ha ordenado que coma poco. Y a todo esto, dime ¿cómo te llamas?".

* Momentito (MD).

"Así, señor".

"Bueno, pues, *Así.* Tendrás tres pesos mensuales, ya que tu trabajo va a ser casi ninguno. ¿Estás conforme?".

"Como no, pues, señor; no me figuré que su *mercé* fuera tan generoso".

Pasaron algunos días viviendo de esta manera, hasta que Pedro Urdemales, que en todo este tiempo se había estado haciendo el zorro rengo y el que comía poco, le dijo al cura:

"Mire, padre, ¿para qué se mortifica tanto, saliendo todos los días dos veces? Más es lo que gasta en mantener su mula que lo que economiza. ¡Y lo poquito que se moja cuando llueve! ¿Y cuando el sol pica? El día menos pensado le da una pulmonía o un *chavalongo**. Ha de saber su *mercé* que yo soy muy buen cocinero, y si *usté* me da cuatro reales diarios, yo le daré, más que comida, unos manjares que se va a chupar los dedos".

No le pareció mal al cura la propuesta y aceptó.

Pedro Urdemales tenía economizada una platita y de ella gastó el primer día, además de cuatro reales que le dio el cura, cinco pesos, así es que pudo servirle a su patrón una buena cantidad de platos, remojados con muy buenos tragos de la mejor chicha de Quilicura.

El cura se imaginó que estaba en la gloria y no se cansaba de darle gracias a Dios por haberle proporcionado tan buen sirviente, tan económico que ni buscado con un cabo de vela. ¡Por cuatro reales darle tan bien de comer! No encontraría en todo el mundo otro hombre como *Así.*

Una vez que concluyó de cenar, Pedro Urdemales dijo al cura:

"Padrecito, tengo ahí un doble de leche y un poquito de aguardiente de Aconcagua; si a su paternidad le parece, le puedo arreglar un ponchecito para que se lo tome antes de acostarse;

* Fiebre (MD).

le pongo un pedacito de nuez moscada, otro de vainilla y unos clavitos de olor y queda de *rechupete** ¿qué le parece, patrón?".

"No me tientes, *Así*, le contestó el cura; me has dado mucho de comer y si echo al cuerpo alguna otra cosa, reviento".

"Pero Padre", le dijo Urdemales "¡pruebe siquiera un traguito; el aguardiente es *correlativo*** y le va a hacer bien!".

"Bueno, pues, *Así*; pero que sea un traguito bien corto".

Se fue Pedro para el interior y en un momento fabricó un ponche bien cabezón, pero le puso tanta azúcar, que se encontraba suavecito. ¡Bueno en el hombre diablo! Le llevó un medio vasito al cura, que se quedó saboreándolo, y al fin dijo:

"No está malo".

Y Pedro Urdemales:

"Si su reverencia quiere, le traigo otro *poquichicho*; fíjese en que el aguardiente es *bajamuelles****".

"Tráeme otro poquitito; me ha quedado gustando; se me está haciendo agua la boca".

Trajo Pedro Urdemales un *potrillo***** que haría como un litro más bien más que menos, y le dijo al cura:

"Sírvase su paternidad lo que quiera, que lo que sobre me lo tomaré yo, si su *mercé* me da permiso".

Esto que oye el cura, agarra el potrillo con las dos manos y se toma todo el ponche de un solo trago. *Al tirito****** se le cerraron los ojos y se quedó dormido como una piedra.

Pedro aguardó un rato, y en cuanto lo oyó roncar se fue *cortito******* a la pieza en que el cura tenía la plata, que era mucha, y se la

* Exquisito (MD).

** Licor digestivo.

*** De provecho estomacal.

**** Vaso muy grande.

***** Inmediatamente.

****** Ligero.

robó toda; pero antes de irse le pintó la cara con hollín y después se mandó a cambiar.

Al otro día despertó el cura con el sol bien alto, y principió a llamar: "*Así, Así, Así*", pero nadie le contestaba. Se levantó entonces medio atontado y con el cuerpo *malazo** a buscar a *Así*, y no encontrándolo, se puso a registrar la casa. Cuando vio que su sirviente le había robado, casi se cayó muerto y salió desesperado a la calle preguntando a todo el mundo:

"¿Me han visto a *Así*?".

"No, señor", le contestaban; porque era cierto que nunca lo habían visto así, todo pintado de hollín, y creían que se había vuelto loco. Llegó a casa de unas confesadas que se asustaron todas al verlo y le dijeron: "¿Qué tiene, señor? trae la cara como diablo". Le pasaron un espejo, y al verse todo embadurnado, casi se murió de la rabia.

Pedro Urdemales desapareció para siempre, y el cura quedó castigado de su avaricia.

LAS TRES PALAS

Entró a servir Pedro Urdemales en casa de un caballero hacendado que tenía tres hijas muy bonitas, que le *llenaron el ojo***.

Pedro se condujo muy bien y en poco tiempo se ganó la voluntad y confianza de su patrón, que nada hacía sin consultarlo con él.

Fueron un día a ver cómo iban los trabajos de un canal que se construía en la falda de un cerro y el mayordomo de la obra le dijo que el trabajo no avanzaba como debiera por falta de palas.

* Adolorido, sin fuerzas.

** Lo atrajeron (MD).

Entonces el caballero mandó a Pedro que fuera a buscar tres palas que había en la bodega de la casa, que se las pidiera a su hija mayor, que tenía las llaves.

Llegó Pedro Urdemales a la casa y encontró bordando a las tres niñas. "Señoritas", les dijo, "el patrón está hecho un diablo con ustedes; no sé qué cuentos le han llevado y no quiere hablar más con ustedes; me ha encargado que las lleve donde su abuelita".

Las niñas se pusieron a llorar y le dijeron a Urdemales:

"Pero no será a las tres; alguna de nosotras quedará con mi papá".

"No, señorita, las tres se han de ir; me lo dijo clarito el patrón. Preguntémoselo desde aquí y verán".

Y Pedro gritó:

"¿No son las tres, patrón, las que he de llevar?".

Y el caballero que creía que le preguntaba por las palas, le gritó desde la loma:

"Sí, las tres, y lueguito con ellas".

"Ya ven, pues, señoritas; con que las tres a montar a caballo ligerito, y nos vamos por la puerta de atrás antes que el patrón venga, que es capaz de matarnos a todos a balazos, porque está muy enojado".

Y las tres niñas montaron más que ligero a caballo y se fueron con aquel pícaro. ¡Pobrecitas!

LA OLLITA DE VIRTUD

Una vez que Pedro Urdemales estaba cerca de un camino haciendo su comida en una olla que, calentada a un fuego vivo, hervía que era primor, divisó que venía un caballero montado en una mula, y entonces se le ocurrió jugarle una treta.

Saca prestamente la olla del fuego y la lleva a otro sitio distante, en medio del camino y con dos palitos se pone a tamborear sobre la cobertera, repitiendo al compás del tamboreo:

"Hierve, hierve, ollita hervidora,
que no es para mañana, sino para ahora".

El caballero, sorprendido de una operación tan extraña, le preguntó qué hacía, y Pedro Urdemales le contestó que estaba haciendo su comidita.

"¿Y cómo la haces sin tener fuego?", interrogó el caballero, y Pedro, levantando la tapa de la olla, repuso:

"Ya ve su *mercé* cómo hierve la comidita. Para que hierva no hay más que tamborear en la tapadera y decirle: 'Hierve, hierve, ollita hervidora, que no es para mañana, sino para ahora'".

El caballero, que era avaro, quiso comprarle la ollita que podía hacerle economizar tanto; pero Pedro Urdemales se hizo mucho de rogar, hasta que le ofreció mil pesos por ella y Pedro aceptó. El viejo, que creyó hacer un gran negocio, vio muy luego castigada su avaricia, pues la ollita, a pesar del tamboreo y del ensalmo, siguió como si tal cosa.

EL HUEVO DE YEGUA

Un gringo recién llegado a Valparaíso iba subiendo por el cerro de La Cordillera a tiempo que bajaba Pedro Urdemales con un enorme zapallo en brazos.

El gringo detuvo a Urdemales y le dijo: "¿Qué cosa ser esa, amiguito?".

"Es un huevo de yegua, señor", le contestó Urdemales.

"¿Y cuánto valer?".

"Dos pesos no más, señor".

"Y *usté* tomar estas dos pesos y darme a mí la hueva de yegua".

Y así lo hizo.

Siguió subiendo el gringo, y por mal de sus pecados dio un tropezón que lo obligó a soltar el zapallo, que se fue rodando cerro abajo. Se levantó el gringo y apurado siguió corriendo tras el zapallo; pero este, que iba ya muy lejos, se dio contra un árbol que se levantaba al lado de una cueva, y del golpe se partió. Al ruido salió de la cueva una zorra toda asustada, arrancando como un diablo. El gringo, que alcanzó a divisar que del lado del zapallo, que había quedado abierto, salía un animalito, siguió corriendo de atrás y gritaba: "¡Atajen la *potrilla*! ¡Atajen la *potrillita*!".

Creyó él que el animalito que huía era el potrillo que debía haber dentro del huevo de yegua, el cual había salido vivo al romperse el huevo.

LOS CHANCHOS EMPANTANADOS*

Esta era una vieja que tenía un hijo muy diablo llamado Pedro *Urdimale*, que salió un día a buscar trabajo donde un caballero que le dijo que tenía necesidad de un hombre que le cuidara unos chanchos, y le encargó que no los pasara por un barrial que

* Este cuento y los tres que siguen son, tal vez, los más populares de Pedro Urdemales (RL).

había por ahí cerca. Pedro dijo que pondría mucho cuidado y que no los pasaría por ahí.

Hacía como tres días que cuidaba, y urdió echarlos allá para hacer negocio.

Pasó un caballero y le preguntó si acaso vendían chanchos: Pedro le dijo que tenía orden de vender los que le comprasen; pero con una condición: que le dejasen las colas.

Se hizo el negocio y el caballero se llevó los chanchos, sin cola, como Pedro le había dicho. Entonces Pedro tomó las colas y las ensartó en el barro y después se fue donde el patrón, fingiéndose el muy asustado, a decirle que los chanchos se le habían ido al barrial y no los podía sacar. El caballero se fue con él a hacer que los sacara, y le decía por el camino: "¡Tanto que te encargué que no los pasaras por aquí!".

Llegaron al barrial, y Pedro se hacía que tiraba con harta fuerza de las colas, y como salían solas, decía: "No ve, señor, los chanchos se han enterrado tanto en el barro que la cola se les corta de tanto que las tiro".

Así fue tirando todas las colas hasta que no quedó ninguna.

Entonces el caballero le dijo que no lo tenía más a su servicio, le pagó los tres días que le debía y lo echó.

Pedro Urdemales se fue muy contento con la *platita** que le dio su patrón y la que había recibido del caballero que compró los chanchos, y decía: "Ya voy saliendo bien; ¡tan *lesito*** que es este *maire****! Y siguió andando por un camino en que se puso a hacer su necesidad.

* Dinero (MD).

** Tonto, en sentido fingido, jocosamente.

*** En cuanto a tener gran capacidad de inventiva, de astucia (MD).

En esto estaba cuando vio venir a un caballero montado en muy buen caballo, y apenas tuvo tiempo de levantarse, amarrarse los calzones y ponerle el sombrero encima a lo que acababa de dejar en tierra. El caballero le preguntó:

"Pedro ¿qué estás haciendo ahí?". Y Pedro le contestó:

"*Estése* calladito no más, señor; usted no sabe lo que estoy cuidando".

"¿Y qué es lo que cuidas?", dijo el caballero.

"Es una perdicita de oro que vengo siguiendo desde *puallá**, muy lejos, y no tuve más como pescarla que ponerle el sombrero encima, y no hallo cómo sacarla".

Entonces le dijo el caballero: "Ven acá; dámela, hombre;... pero yo tampoco tengo en qué ponerla. Hombre, anda a mi casa a buscar una jaula".

"¿Y adónde es su casa, patrón?", le preguntó Pedro.

"Anda camino derecho unas diez cuadras y después tuerces a la izquierda y la primera casa que veas, esa es la mía; golpeas y pides la jaula".

"¿Y cómo voy de a pie tan *lejazo* pues, patroncito? Me demoro mucho", le dijo entonces Pedro.

"Vas en mi caballo, pues, hombre".

"¿Y cómo voy en cabeza y sin manta con este *solazo*** que hace?", volvió a decir Pedro.

"Ponte mi sombrero y mi manta" replicó el caballero, y se los pasó.

Salió entonces Pedro muy contento, yendo bien aperado y hasta con caballo, y dejó al caballero cuidando la perdiz y esperando la jaula.

* Lejos, desde allá...

** Sol muy caluroso (MD).

Pasó un buen rato, y viendo el caballero que Pedro no volvía y que se hacía tarde, hizo empeño en tomar la perdiz y puso mucha atención para que no se le escapara. Al fin levantó una puntita del sombrero y metió la mano debajo con toda ligereza para coger la perdiz; pero en lugar de tomarla se engrudó toda la mano con meca. Ya estaba un poco oscuro y no vio lo que era, y para asegurarse con qué se había untado la mano, se la llevó a las narices. De la rabia que le dio, hijito de mi alma, sacudió la mano con toda fuerza y se pegó tan feroz golpe en una piedra, que, sin querer, del dolor se llevó la mano a la boca y se chupó los dedos.

Después el caballero se fue rabiando en contra de Pedro, y Pedro por allá decía: "¡No me va yendo muy mal en las diabluras que voy haciendo!".

EL CARTERO DEL OTRO MUNDO

Un día que Pedro Urdemales amaneció *sin Cristo en los bolsillos**, se le ocurrió la siguiente estratagema para hacerse de dinero. Se montó en un burro con la cara para atrás y entró al pueblo gritando:

"El cartero del otro mundo, ¿quién manda cartas para el cielo?, ¿quién manda cartas para el cielo?". Muchos salieron a la bulla, pero nadie le encargaba nada, hasta que una mujer lo llamó y le preguntó:

"¿Usted viene del cielo?".

"Sí, señora, y luego me voy de regreso. Soy el cartero de San Pedro".

* Sin dinero ninguno.

"¡Quién lo hubiera sabido con tiempo para haberle escrito a mi marido, que se murió hace un mes!".

"Ya no hay tiempo de escribir, señora, porque ando apurado, pero si usted quiere mandar a su marido plata, ropa y algunas cositas de comer, porque está muy pobre y muy flaco, puede enviárselas conmigo".

"¡Ay, cuánto le agradezco su buena voluntad! En un momentito voy a arreglarle un paquete para que le lleve de todo".

Y efectivamente, poco rato después la mujer le entregaba un gran paquete con toda clase de ropas de hombre, una gallina fiambre y doscientos pesos en buenos billetes, y le encargaba que todo lo diera a su marido personalmente y que no olvidara decirle que siempre lo tenía muy presente en sus oraciones para que Dios le aumentara la gloria.

Pedro se despidió de ella y siempre montado en el burro con la cabeza para atrás, se alejó gritando:

"Que se va el cartero, ¿nadie manda cartas para el cielo? Que se va el cartero, ¿nadie manda cartas para el cielo?". Y en cuanto salió del pueblo se montó como debía y apretó a correr a todo lo que daba el burro.

Cuando se vio lejos, libre ya de cuidados y temores, se bajó de la cabalgadura y cambió la ropa vieja que llevaba puesta por la que le había entregado la mujer, que estaba como nueva, y se comió tranquilamente la gallina.

Con los doscientos pesos tuvo Pedro para mantenerse y divertirse algunos días.

LAS APUESTAS CON EL GIGANTE

En una de sus correrías, la noche sorprendió a Pedro Urdemales en medio de las montañas y para librarse de la intemperie se metió en una gran cueva que encontró en su camino y se tendió a dormir. Cuando despertó, en la mañana, vio a su lado a un enorme gigante que lo miraba con curiosidad.

"¿Quién eres tú?", le preguntó el gigante, "¿y quién te dio permiso para dormir en mi casa?".

"Yo soy Pedro Urdemales", contestó el interpelado, "y para dormir aquí le pedí permiso a mi cuerpo, que se sentía fatigado y necesitaba descanso".

"¿Con que tú eres el mentado Pedro Urdemales? ¿Y es cierto que eres tan *diablo** como dicen?".

"Tal vez no tanto, señor gigante; soy regularcito no más".

"Voy a probarte, para ver si la fama coincide con los hechos".

"Cuando quiera, pues, señor, que estoy a sus órdenes".

"Bueno, vas a ser mi huésped por una semana y cada día haremos una apuesta; el que gane recibirá mil pesos del perdedor por cada apuesta en que salga triunfante. Supongo que tendrás plata".

"¡Que no iba a tener este niño! Es claro, pues, señor, y aquí tiene para que vea", dijo Pedro mostrando un gran rollo de billetes.

"Entonces mañana lunes comenzaremos. Vamos a apostar primero quién dispara más alto una piedra".

"Me parece muy bien. Pero sepa, señor gigante, que yo soy *chimbero*** santiaguino y que nadie me la ha ganado hasta ahora a disparar peñascazos".

* Astuto y hábil (MD).

** Habitante del Barrio de La Chimba, Santiago, famoso por su gran calidad de tirar piedras.

"Déjate de *faramallas** y mañana veremos quién gana".

Pedro Urdemales se levantó al otro día muy temprano, armó una trampa y poco después cazaba un pajarito de color gris, parecido a la diuca, que guardó en el bolsillo de la blusa.

Apenas lo divisó el gigante, le dijo:

"Ya es hora de hacer la apuesta".

"Bueno, pues, estoy a su disposición. Comience usted, que es el dueño de casa".

Y el gigante, inclinándose, tomó del suelo un enorme guijarro y lo lanzó con tanta fuerza, que, a pesar de su tamaño, apenas se divisaba y se demoró cerca de un cuarto de hora en caer.

"De veras que es bien forzudo usted", dijo Pedro, "pero ahora va a ver usted de qué es capaz un buen chimbero". Y sacando del bolsillo, oculto en la mano, el pajarillo que había cazado en la trampa, se inclinó a tierra como para tornar un guijarro, y enderezándose fingió que lo disparaba, y el avecita, viéndose libre, se remontó a tanta altura que se perdió de vista.

El gigante se quedó esperando que la piedra cayese, pero Urdemales sonriéndose, le decía:

"Espere no más; si la piedra todavía va subiendo, subiendo, y no dejará de subir hasta que llegue a la luna".

El gigante tuvo que confesarse vencido, y pagó mil pesos a Pedro Urdemales.

Después el gigante llevó a Pedro a unas canteras y mostrándole unas piedras blancas muy duras le dijo que al otro día apostarían quién desharía entre sus manos una de esas piedras hasta reducirla a polvo.

"Dificililla está la cosa", dijo Pedro "pero habrá que tentarla".

Y como la apuesta era para el día siguiente, le pidió permiso al gigante para ir al pueblo vecino a despachar unas diligencias

* Bravatas (MD).

urgentes. El gigante no puso dificultad y solo le pidió que se volviera el mismo día, porque a él le gustaba hacer sus apuestas en la mañana temprano.

Fue Pedro al pueblo y volvió antes de oscurecerse, y al otro día, cuando el sol no aparecía aún, ya estaban en facha los apostadores. Pedro dijo:

"Empiece usted, que es de aquí; después trabajaré yo, que soy forastero".

Entonces el gigante tomó entre sus manazas una gran piedra blanca, y haciendo un pequeño esfuerzo, la redujo a finísimo polvo.

"¡Bravo!" exclamó Pedro, "ahora vamos a ver cómo me porto yo".

Y sacando de la faltriquera unos quesillos (que para comprarlos había ido al pueblo), fingió tomar de la cantera una piedra blanca, y apretándolos entre sus manos, comenzó a caer el agua que contenían, hasta dejarlos bien secos y convertirlos en algo que parecía un puñado de harina.

"Me la ganaste también", dijo el gigante "porque por más que yo apreté la piedra, no pude sacar ni una gota de agua y tú sacaste más de un litro".

Y le pagó otros mil pesos a Urdemales. Enseguida agregó:

"Mañana miércoles vamos a ver cuál de los dos, de un bofetón, abre un hoyo más profundo en la roca".

"Aceptada la apuesta" contestó Pedro Urdemales, y mientras el gigante salió a traer un ternero para su almuerzo, con el asador abrió un hoyo tan hondo en la roca, que le cabía todo el brazo; y disimuló la abertura tapándola con una delgada piedra que calzaba perfectamente.

Después de desayunarse, al otro día, dijo Pedro al gigante:

"A la hora que quiera puede empezar, que yo seguiré detrasito de usted".

Y sin hacerse de rogar, el gigante dio tan feroz puñetazo en la roca que metió todo el puño. Cierto que de las coyunturas de los dedos le chorreaba abundante sangre.

"¡Ahora me toca a mí!", dijo Pedro "¡Atención!".

Y con toda su fuerza dio un puñetazo en la piedra que había puesto de tapa al hoyo fabricado el día anterior, y tras de ella, con gran asombro del gigante, metió el brazo hasta el hombro.

"Me ganaste otra vez" gruñó el gigante, que no se explicaba cómo un hombre tan chico podía vencerlo, y le pagó los mil pesos que acababa de perder, agregando:

"Entonces mañana jueves vamos a apostar cuál de los dos se echa a la espalda una carga más grande de leña y la lleva más lejos".

"Convenido: pero acuérdese, señor gigante, que yo soy muy forzudo; y ya estoy viendo que usted va a perder".

El jueves, a la hora acostumbrada, estaban los dos apostadores al lado afuera de la caverna. Pedro dijo a su contendor:

"Comience usted, que tiene más edad que yo". Y el gigante, seguido de Pedro, se dirigió a un bosque no muy distante de la cueva y ya en el sitio se puso a despojar las ramas más gruesas de los árboles, y cuando hubo reunido un montón enorme, lo ató con una cuerda, se lo echó al hombro como quien se echa una pluma y lo llevó hasta la entrada de la caverna. Pedro Urdemales, que lo había seguido sin pronunciar palabra, tomó tres lazos muy largos que colgaban de un clavo y atándolos uno con otro, se dirigió al bosque, tirándolos de una punta.

"¿Qué vas a hacer con esos lazos añadidos?".

"Ya verá lo que voy a hacer".

Y atando al primer árbol la punta que llevaba cogida, siguió rodeando el bosque, sin soltar los lazos añadidos, que escurría por entre las manos a medida que andaba.

El gigante, que marchaba detrás de él, dijo de pronto:

"Pero sepamos qué vas a hacer, Pedro".

"Pues, amarrar todo el bosque para echármelo a la espalda y llevármelo a mi casa, porque pienso negociar en leña por mayor. ¡Malito negocio voy a hacer ahora que el tiempo está tan frío, y la leña tan cara!".

"¡No seas diablo, Pedro! Me doy por vencido; toma los mil pesos y déjame la leña. Mañana viernes sí que te gano; apostaremos quién puede acarrear, en un viaje, mayor cantidad de agua de la laguna.

El viernes, bastante temprano, ya estaban ambos contendientes en facha. Pedro dijo:

"Comience usted, que es tan *re* grande".

El gigante se echó al hombro un tonel que haría más de mil arrobas, y se dirigió a la laguna, que estaba al otro lado del bosque; lo llenó y cargándoselo al hombro, lo llevó a la caverna como si nada llevara y lo dejó al lado adentro. Pedro lo siguió callado, y tomando una barreta, dijo:

"Ahora me toca a mí", y se fue acompañado del gigante. Una vez en la orilla de la laguna, se puso a cavar.

"¿Qué haces, hombre?", le preguntó el gigante.

"Voy a cavar por toda la orilla para llevarme la laguna entera para mi tierra, porque por allá está el agua muy escasa".

El gigante se asustó y le dijo:

"Pedro, no seas diablo; me doy por vencido; toma los mil pesos y déjame el agua".

"Se la voy a dejar por ser a usted, no más; pero créame que más que los mil pesos me convendría llevarme la laguna.... ¿Y cuál será la sexta apuesta, señor gigante?".

"Mira, Pedro, mejor será que no hagamos ninguna otra apuesta".

"¡Cómo, ninguna otra apuesta! Entonces confiésese completamente vencido de antemano y entrégueme los otros mil pesos".

"¡Eso sí que no! Vamos a la sexta apuesta. Mañana sábado veremos cuál de los dos dispara más lejos una lanza. Yo arrojaré esta y tú esta otra".

"Perfectamente", contestó Pedro.

Al otro día, en cuanto estuvieron en el sitio en que iba a tener lugar la apuesta, dijo Pedro:

"Dispare usted primero, ya que se tiene por tan forzudo".

Y aquel desaforado gigante se puso en facha y casi sin hacer esfuerzo, lanzó el rejón tan lejos que cayó a más de diez cuadras de distancia.

"No lo ha hecho mal", dijo Pedro. "Ahora yo... Pero dígame antes ¿en dónde vive su señora madre?".

"Muy lejos de aquí, pero muy lejos: en Francia. Por este camino derecho se llega a su casa viajando en tren expreso, en quince días. ¿Y se puede saber para qué me lo preguntas?".

"Para que esta lanza que tengo en mis manos, que va a llegar allá en menos de quince minutos, le lleve memorias mías".

Y tomándola del medio, comenzó a balancearla, como para que saliera con fuerza, al mismo tiempo que decía:

"¡Lanza! ¡lanza! ¡lanza! ¡ándate a Francia, hasta donde está la madre del gigante y atraviésale la panza!".

"¡Alto ahí!" gritó el gigante, "eso sí que no, que mi madre es sagrada. Me confieso vencido, toma los mil pesos; vete y no vuelvas más por acá".

Y nuestro Pedro Urdemales se fue contentísimo de haber engañado al gigante y haberse embolsicado seis mil pesos con tanta facilidad. Fue esa una semana muy provechosa para Pedro.

LA GALLINA

Pedro Urdemales había comprado una gallina muy bonita, y teniendo que hacer un viaje muy largo, se la dejó encargada al rey que la hizo llevar al gallinero.

Un día la princesa vio la gallina y la encontró tan linda que le dieron ganas de comérsela; pero el rey le dijo que era ajena y que mejor escogiera otra para hacérsela guisar. La princesa se empecinó y dijo que o se comía esa gallina o no comía nada hasta morirse de hambre, y se puso a llorar. El rey, que la quería mucho y no podía verla sufrir, consistió que matasen la gallina de Urdemales y la princesa se la comió hecha estofado.

Después de algún tempo, Pedro pasó a buscar su gallina y se encontró con que se la había comido la hija del rey. Pedro la reclamó y el rey ofreció pagársela muy bien pagada, pero Pedro no consintió: "o me dan mi gallina, o me llevo a la princesa, que se comió mi gallina". Y nadie lo pudo sacar de esto.

El rey le entregó la princesa, y Pedro, metiéndola en su saco, se la echó al hombro y se largo por esos mundos, hasta que, después de un mucho andar, llegó a un *rancho** en que vivía una viejecita. Pedro le pidió agua, y la viejecita le dijo que fuese a buscarla a un esterito que corría a los pies del rancho. Dejó Pedro su saco en tierra y con un calabazo que le proporcionó la anciana, fue en busca del agua. La viejecita aprovechó la ausencia de Pedro para ver lo que el saco contenía, porque era curiosa como un *diantre***, y lo abrió, y al ver a la linda princesa que había adentro y a quien ella conocía bien porque la había criado a sus pechos, se le ocurrió cambiarla por una perra *arestinienta****,

* Casa campesina, pequeña y modesta (MD).

** En alto grado (MD).

*** Que padece la enfermedad cutánea del arestín, muy común entre las especies caninas (MD).

muy brava, que tenía. Y así lo hizo; sacó a la princesa y la escondió muy bien escondida y en su lugar metió la perra en el saco.

Poco después volvió Pedro y echándose su saco al hombro se despidió de la vieja y siguió su camino.

Mientras iba andando, la perra se movía en el saco, pero Pedro le decía, creyendo que era la princesa: "No se desespere, hijita, que luego vamos a llegar y quedará contenta".

Cuando llegó Pedro a su casa, abrió el saco para sacar a la princesa, pero en vez de salir ella, saltó afuera la perra y le mordió las pantorrillas.

Desde ese momento Pedro Urdemales vivió muy triste hasta que murió de la pena que le causó el haber sido engañado por una vieja.

Capítulo III

Cuentos de Fórmula y Cuentos de nunca acabar

CUENTOS DE FÓRMULA

LA TENQUITA*

Para saber y contar y contar para aprender**.

Esta era una tenquita que tenía unos tenquitos muy lindos, que acababan de salir del huevo.

Una mañanita salió a buscarles qué comer, y como era invierno y había caído mucha nieve, a la tenquita se le heló una patita.

Al verse coja la avecita se afligió mucho y llorando le dijo a la nieve:

"Nieve, ¿por qué eres tan mala que me quemas la patita a mí?".

Y la nieve le contestó:

"Más malo es el sol que me derrite a mí".

Entonces la tenquita se fue donde el sol y le dijo:

"Sol, ¿por qué eres tan malo que derrites a la nieve y la nieve me quema la patita a mí?".

Y el sol le respondió:

"Más malo es el nublado que me tapa a mí".

Se fue la tenquita a ver al nublado y le dijo:

"Nublado, ¿por qué eres tan malo que tapas al sol, el sol derrite a la nieve y la nieve me quema la patita a mí?'".

"Más malo es el viento que me corre a mí".

Fue la tenquita donde el viento y le dijo:

"Viento, ¿por qué eres tan malo que corres al nublado, el nublado tapa al sol, el sol derrite a la nieve y la nieve me quema la patita a mí?".

"Más mala es la pared que me ataja a mí".

Fue la tenquita a ver a la pared y le dijo:

* Tenca, *Mimus thenca* (MD).

** Es de rigor "decir de una sola tirada, sin descansar ni tomar aliento, las quejas de la tenquita" (RL).

"Pared, ¿por qué eres tan mala que atajas al viento, el viento corre al nublado, el nublado tapa al sol, el sol derrite a la nieve y la nieve me quema la patita a mí?".

"Más malo es el ratón me agujerea a mí".

Fue la tenquita donde el ratón y le dijo:

"Ratón, ¿por qué eres tan malo que agujereas a la pared, la pared ataja al viento, el viento corre al nublado, el nublado tapa al sol, el sol derrite a la nieve y la nieve me quema la patita a mí?".

"Más malo es el gato que me come a mí".

Fue la tenquita donde el gato y le dijo:

"¿Gato, por qué eres tan malo que te comes al ratón, el ratón agujerea a la pared, la pared ataja al viento, el viento corre al nublado, el nublado tapa al sol, el sol derrite a la nieve y la nieve me quema la patita a mí?".

"Más malo es el perro que me corre a mí".

Entonces la tenquita fue donde el perro y le dijo:

"Perro, ¿por qué eres tan malo que corres al gato, el gato come al ratón, el ratón agujerea a la pared, la pared ataja al viento, el viento corre al nublado, el nublado tapa al sol, el sol derrite a la nieve y la nieve me quema la patita a mí?".

"Mas malo es el palo que me pega a mí".

Fue entonces la tenquita donde el palo y le dijo:

"Palo, ¿por qué eres tan malo que le pegas al perro, el perro corre al gato, el gato come al ratón, el ratón agujerea a la pared, la pared ataja al viento, el viento corre al nublado, el nublado tapa al sol, el sol derrite a la nieve y la nieve me quema la patita a mí?".

"Más malo es el fuego que me quema a mí".

Fue la tenquita donde el fuego y le dijo:

"Fuego ¿por qué eres tan malo que quemas al palo, el palo le pega al perro, el perro corre al gato, el gato corre al ratón, el ratón agujerea la pared, la pared ataja al viento, el viento corre al nublado, el nublado tapa al sol, el sol derrite a la nieve, y la nieve me quema la patita a mí?".

"Más mala es el agua que me apaga a mí".

Fue la tenquita donde el agua y le dijo:

"Agua, ¿por qué eres tan mala que apagas al fuego, el fuego quema al palo, el palo le pega al perro, el perro corre al gato, el gato come al ratón, el ratón agujerea a la pared, la pared ataja al viento, el viento corre al nublado, el nublado tapa al sol, el sol derrite a la nieve y la nieve me quema la patita a mí?".

"Más malo es el buey que me *toma** a mí".

Fue la tenquita donde el buey y le dijo:

"Buey, ¿por qué eres tan malo que tomas el agua, el agua apaga al fuego, el fuego quema al palo, el palo le pega al perro, el perro corre al gato, el gato come al ratón, el ratón agujerea a la pared, la pared ataja al viento, el viento corre al nublado, el nublado tapa al sol, el sol derrite a la nieve y la nieve me quema la patita a mí?".

"Más malo es el cuchillo que me mata a mí".

Fue la tenquita donde el cuchillo y el dijo:

"Cuchillo, ¿por qué eres tan malo que matas al buey, el buey se toma el agua, el agua apaga al fuego, el fuego quema al palo, el palo le pega al perro, el perro corre al gato, el gato come al ratón, el ratón agujerea a la pared, la pared ataja al viento, el viento corre al nublado, el nublado tapa al sol, el sol derrite a la nieve y la nieve me quema la patita a mí?".

"Más malo es el hombre que me hace a mí".

Fue la tenquita donde el hombre y le dijo:

"Hombre, ¿por qué eres tan malo que haces al cuchillo, el cuchillo mata al buey, el buey se toma el agua, el agua apaga al fuego, el fuego quema al palo, el palo le pega al perro, el perro corre al gato, el gato come al ratón, el ratón agujerea a la pared, la pared ataja al viento, el viento corre al nublado, el nublado tapa al sol, el sol derrite a la nieve y la nieve me quema la patita a mí?".

"Pregúntaselo al Señor que me hizo a mí".

* Bebe.

Fue entonces la tenquita donde su Divina Majestad, y arrodillándose humildemente delante de ella inclinó la cabeza hasta besar el suelo, y le dijo:

"Señor, ¿por qué hiciste al hombre, que es tan malo, el hombre hace al cuchillo, el cuchillo mata al buey, el buey se toma el agua, el agua apaga al fuego, el fuego quema al palo, el palo le pega al perro, el perro corre al gato, el gato come al ratón, el ratón agujerea la pared, la pared ataja al viento, el viento corre al nublado, el nublado tapa al sol, el sol derrite a la nieve y la nieve me quema la patita a mí?".

Y la Tenquita se puso a llorar tan amargamente que daba lástima verla.

El Señor se compadeció de la desgracia de la pobre avecita y le dijo con mucha dulzura,

"Vete tranquila, tenquita, a cuidar a tus tenquitos, que están tiritando de frío y muriéndose de hambre".

La tenquita, como buena cristiana, obedeció al momento y cuando llegó a su nidito se encontró con que tenía buena y sana la patita quemada.

EL GALLITO

Había una vez en una aldea un gallo, que recibió una invitación de otro gallo, primo suyo, para asistir a sus bodas. El gallo se levantó muy temprano, se acicaló y vistió convenientemente y emprendió el viaje, olvidando tomar el desayuno.

En el camino encontró una boñiga de vaca, toda llena de granos de trigo sin digerir; y aquí vinieron los apuros de mi buen gallo, que empezó a decir entre sí:

'¿Qué haré? ¿Picaré o no picaré? Si pico, me mancho el pico, y si no, me muero de hambre'.

Así estuvo meditando por algún rato y mirando los granos de trigo, hasta que cayó en la tentación y se dio un buen hartazgo.

Siguió su camino y a poco andar encontró una mata de malva y le dijo:

"Malva, límpiame el pico, que voy a la boda de mi primo Juan Periquito".

La malva dijo:

"No quiero".

Más adelante encontró a una oveja y le dijo:

"Oveja, come a malva, que malva no quiso limpiarme el pico, que voy a la boda de mi primo Juan Periquito".

La oveja dijo:

"No quiero".

Siguió andando y más adelante encontró a un lobo y le dijo:

"Lobo, come a oveja, que oveja no quiso comer a malva, que malva no quiso limpiarme el pico, que voy a la boda de mi primo Juan Periquito".

El lobo dijo:

"No quiero".

Siguió el gallo su camino y más adelante encontró a un perro y le dijo:

"Perro, mata a lobo, que lobo no quiso comer a oveja, que oveja no quiso comer a malva, que malva no quiso limpiarme el pico, que voy a la boda de mi primo Juan Periquito".

El perro dijo:

"No quiero".

A poco andar encontró el gallo a un palo y le dijo:

"Palo, apalea a perro, que perro no quiso matar a lobo, que lobo no quiso comer a oveja, que oveja no quiso comer a malva, que malva no quiso limpiarme el pico, que voy a la boda de mi primo Juan Periquito".

El palo dijo:

"No quiero".

Anduvo el gallo un rato más y se encontró con un fuego y le dijo:

"Fuego, quema a palo, que palo no quiso pegar a perro, que perro no quiso matar a lobo, que lobo no quiso comer a oveja, que oveja no quiso comer a malva, que malva no quiso limpiarme el pico, que voy a la boda de mi primo Juan Periquito".

El fuego dijo:

"No quiero".

Más adelante encontró el gallo al agua y le dijo:

"Agua, apaga a fuego, que fuego no quiso quemar a palo, que palo no quiso pegar a perro, que perro no quiso matar a lobo, que lobo no quiso comer a oveja, que oveja no quiso comer a malva, que malva no quiso limpiarme el pico, que voy a la boda de mi primo Juan Periquito".

El agua dijo:

"No quiero".

Siguió andando el gallo y más adelante encontró a un burro, y le dijo:

"Burro, bébete a agua, que agua no quiso apagar a fuego, que fuego no quiso quemar a palo, que palo no quiso pegar a perro, que perro no quiso matar a lobo, que lobo no quiso comer a oveja, que oveja no quiso comer a malva, que malva no quiso limpiarme el pico, que voy a la boda de mi primo Juan Periquito".

(Aquí se suspende el cuento y se habla de cualquiera otra cosa. De pronto se dice: "¿Donde llegaba?, ¿al Palo?, ¿al Fuego?; y cuando contesta alguno: "Al Burro", se le dice: "Álzale la cola y bésale el *c...* *).

* El recato de don Ramón Laval lo hizo abstenerse de reproducir la castiza palabra castellana *culo* (MD).

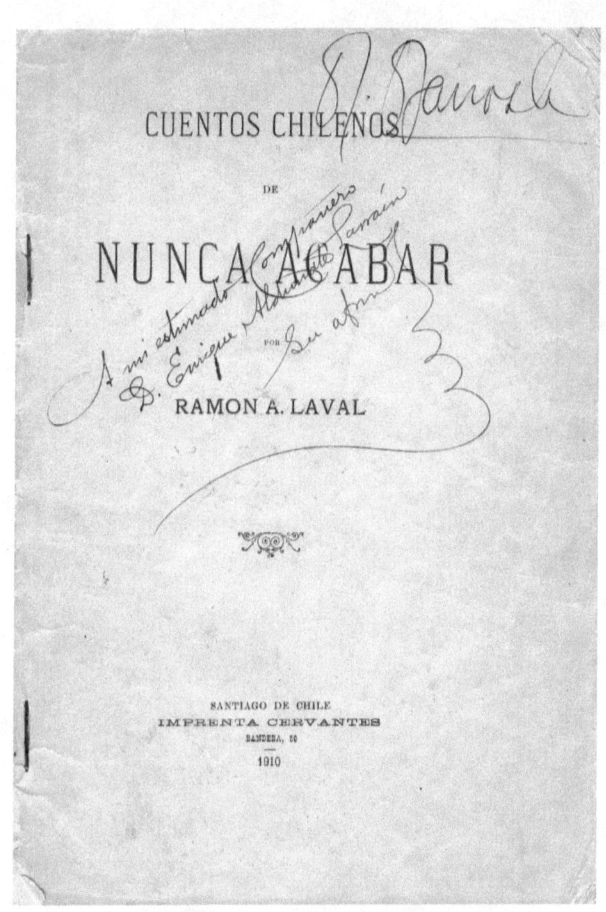

CUENTOS CHILENOS

DE

NUNCA ACABAR

POR

RAMON A. LAVAL

SANTIAGO DE CHILE
IMPRENTA CERVANTES
BANDERA, 50

1910

Ejemplar dedicado a Enrique Aldunate Larraín, quien a su vez, lo obsequiara a Raquel Barros Aldunate.

CUENTOS DE NUNCA ACABAR

CUENTO DEL GATITO MONTÉS

Pa'saber y contar y contar *pa'saber*; estera y esterita, *pa'secar* peritas; estera y esterones, *pa'secar* orejones; no *l'eche* tantas *chacharachas**, porque la vieja es mui *lacha***; ni se las deje *d'echar*, porque de *too* ha de llevar: pan y queso *pa'los* tontos lesos; pan y harina, *pa'las* monjas capuchinas; pan y pan, *pa'las* monjas de San Juan. *Est'era* un gatito montés que tenía la cabeza de trapo y el *potito**** al revés *¿querís* que te lo cuente otra vez?

Uno de los que allí estábamos exclamó "bueno", y la viejecita comenzó de nuevo: "*Pa'saber* y contar y contar *pa'saber* ..." hasta terminar el largo preámbulo y seguir: "*Est'era* un gatito montés que tenía la cabeza de trapo y el potito al revés *¿querís* que te lo cuente otra vez?".

Y no faltó otro niño bellaco que dijese "bueno", y la mama Antuca, impertérrita, comenzó de nuevo: "*Pa'saber* y contar y contar *pa'saber*...", etc.

Este fue el primer cuento de nunca acabar que oí en mi vida: y no obstante la poca y ninguna gracia que entonces me hizo, ahora lo recuerdo con gusto. Años más tarde he oído otros, especialmente a otra vieja, la Polonia González, a quien mis niños llamaban la *Pollonguita* y que era una verdadera *cutama***** de cuentos. No son muy numerosos, pero por sí solos constituyen un interesante capítulo del folklore chileno. Helos aquí:

* Seguidilla de palabras con escasa o ninguna coherencia entre ellas (RL).

** Con inclinación de conquista sexual (MD).

*** Extremo del trasero del cuerpo (MD).

**** Voz mapuche: costal, saco de... (MD).

EL GATO CON LOS PIES DE TRAPO

Est'era un gato que tenía los pies de trapo y la camisa al revés *¿querís** que te lo cuente otra vez?

EL REY QUE TENÍA DOS HIJOS

"*Est' era* un rey que tenia dos hijos, uno era más grande y otro más chico, uno se llamaba Pancho y otro Francisco. Cuando el rey se levantaba, se levantaba con sus dos hijos, uno era más grande y otro más chico, uno se llamaba Pancho y otro Francisco. Cuando el rey almorzaba, almorzaba con sus dos hijos, uno era más grande y otro más chico, uno se llamaba Pancho y otro Francisco. Cuando el rey salía a la calle, salía con sus dos hijos,... etc.".

Se comprende que con este sistema puede el *contador* repetir el cuentecillo mientras viva, ya que no ha de faltarle alguna diligencia, asunto o negocio que achacar al rey para que lo haga o despache en compañía de sus hijos, pues tiene la facilidad de marchar con ellos paso a paso y momento a momento.

Este y los demás que siguen tienen todos los caracteres del verdadero cuento de nunca acabar.

* Quieres (MD).

EL HUMITO

"Esta era una bruja que tenía encantada a una princesa muy linda a quien había encerrado en un *ranchito** de donde siempre salía un humito. Sucedió que un príncipe muy poderoso vio el retrato de la princesa y se enamoró de ella y salió a buscarla para hacerla su mujer. Después de mucho andar llegó donde la bruja, y señalándole el retrato, le preguntó si podía darle noticias del paradero de la princesa. La bruja le contestó que, aunque sabía en qué parte la princesa se hallaba, sólo podia decirle que estaba encantada y encerrada en un *ranchito* de donde siempre salía un humito y que mucho habría de costarle dar con ella, pero que cuando la encontrara cesaría el encantamiento. Con esto que oyó el príncipe, quedó muy esperanzado y siguió inmediatamente en busca de su adorada. Anduvo meses de meses y después de pasar muchos trabajos, se encontró por fin con un *ranchito* del cual salía un humito y a cuya puerta estaba sentada una vieja.Señora, le dijo el príncipe, busco a la princesa que representa este retrato ¿no estará por casualidad en esta casa? No, mi señor, le contestó la vieja, pero puede ser que esté en un ranchito de donde sale aquel humito que desde aquí se divisa. Siguió el principe andando muchos días, porque el rancho estaba muy lejos, y cuando llegó a él, vio a una vieja que estaba sentada a la puerta y le dijo: Señora, busco a la princesa que representa este retrato ¿no estará por casualidad en esta casa? No, mi señor, le contestó la vieja, pero puede ser que esté en un *ranchito* de donde sale aquel humito que desde aquí se ve. Siguió el principe caminando muchos días más, porque el *rancho* estaba más lejos de lo que parecía, y cuando llegó a él, vio a una vieja que estaba

* Casa de construcción muy modesta (MD).

sentada a la puerta y le dijo: Señora, busco a la princesa que representa este retrato...

Y el príncipe recibió la misma respuesta que de la vieja anterior y siguió andando y encontrando nuevos ranchos con sus humitos y las viejas correspondientes, a las cuales dirigía la consabida pregunta, que siempre era contestada en la forma ya dicha. De suerte que el príncipe hasta ahora anda en la aventura de buscar a la princesa encantada, sin adelantar cosa en su diligencia".

LA HORMIGUITA

Est'era una hormiguita
que de su hormiguero
salió calladita
y se metió a un granero,
se robó un triguito
y arrancó ligero.
Salió otra hormiguita
del mismo hormiguero
y muy calladita
se metió al granero,
se robó un triguito
y arrancó ligero.
Salió otra hormiguita... etc.

Y salieron ciento, y mil, y cien mil, y aquello era para aburrir a un santo, porque el granero era muy grande y tenía muchísimo trigo.

EL CUENTO DEL PATO

Este cuento del pato, que tan popular era entre los niños, lo he oído después de esta otra manera, que estimo sea la forma original:

Est' era un pato
que tras de una pata andaba,
y por ver si la pisaba,
platicó con ella un rato;
cuando ¡zas! llegó otro pato
más *copetón** y más *lacho***
que tras de la pata andaba,
y, por ver si la pisaba,
platicó con ella un rato;
cuando ¡zas! llegó otro pato... etc.

EL REAL Y MEDIO

Yo tenía mi real y medio.
Con mi real y medio compré una polla,
¡ay, qué polla!
y la polla me puso unos huevos.
Yo tengo la polla, yo tengo los huevos,
y siempre me quedo con mi real y medio.

* Engreído (MD).
** Con inclinación de conquista sexual (MD).

Yo tenía mi real y medio.
Con mi real y medio compré una vaca,
¡ay, qué vaca!
y la vaca me dio un ternero.
Yo tengo la vaca, yo tengo el ternero,
yo tengo la polla, yo tengo los huevos,
y siempre me quedo con mi real y medio.

Yo tenía mi real y medio.
Con mi real y medio compré una burra,
¡ay, qué burra!
y la burra me dio un burrito.
Yo tengo la burra, yo tengo el burrito,
yo tengo la vaca, yo tengo el ternero.
yo tengo la polla, yo tengo los huevos,
y siempre me quedo con mi real y medio.

Yo tenía mi real y medio.
Con mi real y medio compré una mona,
¡ay, qué mona!
y la mona me dio un monito.
Yo tengo la mona, yo tengo el monito,
yo tengo la burra, yo tengo el burrito,
yo tengo la vaca, yo tengo el ternero,
yo tengo la polla, yo tengo los huevos,
y siempre me quedo con mi real y medio.

Yo tenía mi real y medio.
Con mi real y medio compré una cabra,
¡ay, qué cabra!
y la cabra me dio un cabrito,
yo tengo la cabra, yo tengo el cabrito,

yo tengo la mona, yo tengo el monito,
yo tengo la burra, yo tengo el burrito,
yo tengo la vaca, yo tengo el ternero,
yo tengo la polla, yo tengo los huevos,
y siempre me quedo con mi real y medio.

Yo tenía mi real y medio.
Con mi real y medio compré una lora,
¡ay, qué lora!
y la lora me dio un lorito,
yo tengo la lora, yo tengo el lorito,
yo tengo la cabra, yo tengo el cabrito,
yo tengo la mona, yo tengo el monito,
yo tengo la burra, yo tengo el burrito,
yo tengo la vaca, yo tengo el ternero,
yo tengo la polla, yo tengo los huevos,
y siempre me quedo con mi real y medio.

Yo tenía mi real y medio.
Con mi real y medio compré una gringa,
¡ay, qué gringa!
y la gringa me dio un gringuito,
yo tengo la gringa, yo tengo el gringuito,
yo tengo la lora, yo tengo el lorito,
yo tengo la cabra, yo tengo el cabrito,
yo tengo la mona, yo tengo el monito,
yo tengo la burra, yo tengo el burrito,
yo tengo la vaca, yo tengo el ternero,
yo tengo la polla, yo tengo los huevos,
y siempre me quedo con mi real y medio.

Yo tenía mi real y medio.

Con mi real y medio compré una guitarra,
¡ay, qué guitarra!
y cada vez que en ella tocaba,
bailaba la gringa, bailaba el gringuito,
bailaba la lora, bailaba el lorito,
bailaba la cabra, bailaba el cabrito,
bailaba la mona, bailaba el monito,
bailaba la burra, bailaba el burrito,
bailaba la vaca, bailaba el ternero,
bailaba la polla, bailaban los huevos,
yo siempre contento con mi real y medio.

LA MULA BAYA DE DON PEDRO ARCAYA

¿*Querís** que te cuente el cuento de la mula baya de don Pedro Arcaya?

Ya está.

Yo no te digo que me *digái*** «ya está», sino si acaso *querís* que te cuente el cuento de la mula baya de don Pedro Arcaya.

Bueno, cuéntamelo.

Yo no te digo que me *digái* "bueno, cuéntamelo", sino si acaso *querís* que te cuente el cuento de la mula baya de don Pedro Arcaya.

Y así sucesivamente, hasta que uno de los interlocutores, aburrido, se calla o se retira.

* Quieres (MD).

** Digas (MD).

EDITORIAL UNIVERSITARIA

Comité Editorial Jorge Hidalgo L., Faride Zerán C., Isabel Torres D., Jorge Martínez W., Arturo Matte I., Vivian Lavín A., Luz Pacheco M.; *Gerente General* Arturo Matte I.; *Dirección de Contenidos* Vivian Lavín A.; *Producción Editorial* Víctor Letelier E., Norma Díaz S., Yenny Isla R.; *Corrección de textos* Luis Riveros M.; *Ventas* Marcela Verdugo T., Ricardo Farías S., Fernando Ramírez P.; *Promoción* Patricio Araya T.; *Administración y Finanzas* Lilian Isamit R., Jocelyn Retamal V., Mónica Donoso V., Pamela Villalón G., Mónica León V.; *Soporte técnico* Omar Bastidas F.; *Librería* Jenny Guzmán L., Sebastián Diez C., Giselle Marchant S., Antonio Contreras S.; *Comunicaciones* Octavio Crespo P.

www.ingramcontent.com/pod-product-compliance
Lightning Source LLC
LaVergne TN
LVHW101935220826
846093LV00009B/465

9789561125001